Le Livre de Poche Jeunesse

# CHAMPION

## Marie Lu

C'est en regardant le film *Les Misérables* que Marie Lu a eu l'idée de mettre en scène un hors-la-loi de génie et une jeune enquêtrice exceptionnelle... au XXI$^{e}$ siècle. Avant de se consacrer exclusivement à l'écriture, Marie Lu était directrice artistique d'un studio de jeux vidéo. Elle vit en Californie et *Legend* est sa première trilogie.

**Du même auteur :**

- Legend - Tome I
- Legend - Tome 2

MARIE LU

# CHAMPION

LEGEND – TOME 3

Traduit de l'anglais (États-Unis)
par Olivier Debernard

Titre original :
*Champion*

Originellement publié par G.P. Putnam's Sons,
une division du Penguin Young Reader's Group,
membre du groupe Penguin (États-Unis) Inc.

## Remerciements

La fin d'un voyage est un moment curieux et mélancolique. Au cours des dernières années, j'ai vécu dans le monde de *Legend.* Ma vie est devenue celle de Day et celle de June. À travers eux, j'ai vu mes craintes, mes espoirs et mes désirs influencer leurs destins. Mais, aujourd'hui, nos chemins se séparent. Ils vont continuer leurs vies au-delà des frontières de cette trilogie et je ne peux que les saluer en restant à l'écart. Je ne sais pas ce qui les attend, mais je pense que tout ira bien pour eux.

Je ne suis pas seule, bien entendu. Je reste en compagnie de tous ceux qui ont commencé cette aventure avec moi et tous ceux que j'ai rencontrés en chemin :

Mon fantastique agent littéraire, Kristin Nelson ; l'équipe NLA composée de Anita Mumm, Sara Megibow, Lori Bennett et Angie Hodapp. Merci, merci et merci de m'avoir accompagnée.

Mes incroyables éditeurs : Jen Besser, Ari Lewin et Shauna Fay Rossano qui, lors de l'écriture de ce troisième volume, ont vaincu mes démons à l'aide de leurs cris de guerre. Nous y sommes arrivés ! Je ne sais pas ce que j'aurais fait sans vous. Je vous aime toutes les trois, mesdames.

Team Putnam Children's, Team Speak et Team Penguin : Don Weisberg, Jennifer Loja, Marisa Russel, Laura Antonacci, Anna Jarzab, Jessica Schoffel, Elyse Marshall, Jill Bailey, Scottie Bowditch, Lori Thorn, Linda McCarthy,

Erin Dempsey, Shanta Newlin, Emily Romero, Erin Gallagher, Mia Garcia, Lisa Kelly, Courtney Wood, Marie Kent, Sara Ortiz, Elizabeth Zajac, Kristin Gilson et Eileen Kreit. À vous tous, vous formez l'équipe la plus épique qu'une demoiselle peut espérer à ses côtés.

Les fabuleux membres de CBS Films, Temple Hill, UTA, et ALF&L: Wolfgang Hammer, Grey Munford, Matt Gilhooley, Ally Mielnicki, Isaac Klausner, Wyck Godfrey, Marty Bowen, Gina Martinez, Wayne Alexander, et mon extraordinaire agent cinématographique Kassie Evashevski. Merci à tous d'avoir cru en mes rêves.

Wicked Sweet Games: Matt Sherwood, Phil Harvey, Kole Hicks, Bobby Hernandez et, bien sûr, l'Elector Primo. *Cities of Legend* est un jeu plein de crapuleries parce que vous êtes tous de sacrées crapules.

Mes fabuleux éditeurs étrangers qui ont diffusé *Legend* à travers le monde et semé des fans jusqu'à Pasadena (C'est à toi que je pense, chère Ruth.)

Mes irremplaçables collègues et amis: JJ, Ello, Andrea, Beth, Jess Spotswood, Jess Khoury, Leigh, Sandy, Amie, Ridley, Kami, Margie, Tahereh, Ransom, Cindy, Malinda et les incroyables dames de PubCrawl. Il est rare de pouvoir rassembler une telle tribu. Je ne peux exprimer tout ce que vous représentez pour moi. Merci pour votre amitié.

La famille, les amis, Andre, mon oncle et ma tante, mon merveilleux fiancé et surtout, ma mère. Vous êtes toujours présents, quoi qu'il arrive. Je vous aime.

Et, au terme de cette aventure, j'ai des remerciements particuliers à adresser.

À tous mes lecteurs. C'est grâce à vous que je continue à faire ce que j'aime. Je vous suis très reconnaissante. J'adresse également un message à mes lecteurs les plus jeunes : les livres que j'ai lus au cours de mon enfance occupent une place privilégiée et irremplaçable dans mon cœur. J'espère avec humilité que *Legend* aura le privilège de trouver une place semblable dans vos cœurs. J'ai été très touchée par les lettres et les emails que vous m'avez envoyés au fils des ans. Vous formez une génération remarquable et je suis certaine que vous ferez des choses extraordinaires au cours de vos vies.

Vous m'avez fait l'honneur d'être votre conteuse et je vous en remercie.

*Ce roman est dédié à mes lecteurs.*

# SAN FRANCISCO
# CALIFORNIE

RÉPUBLIQUE AMÉRICAINE

POPULATION : 24 646 320

# DAY

De tous mes déguisements, c'est celui-ci que je préfère.

Mes cheveux sont teints en rouge sombre, une couleur bien différente de leur blond pâle habituel. Ils sont coupés à hauteur d'épaule et ramenés en queue-de-cheval. Mes yeux bleus sont dissimulés par des lentilles de contact qui leur donnent une teinte verte naturelle. Je porte une fine veste militaire et des bottes à bouts renforcés. Ma chemise froissée, avec de minuscules boutons argentés qui brillent dans l'obscurité, est à moitié rentrée dans un pantalon noir. Autour de mon cou est nouée une épaisse écharpe grise, qui cache mon menton et ma bouche. Une casquette de soldat sombre est enfoncée sur mon front et la partie gauche de mon visage est couverte d'un tatouage écarlate. Difficile de me reconnaître ainsi déguisé. Je porte évidemment un micro et une oreillette. La République est inflexible à ce sujet.

Dans la plupart des autres cités, ce satané tatouage attirerait probablement l'attention. Il manque certes un peu de discrétion, mais ici, à San Francisco, il me permet de me fondre dans la masse. La première chose que j'ai remarquée lorsqu'Eden et moi sommes arrivés en ville, il y a huit mois, ce fut la mode locale qui faisait rage : les jeunes peignaient des formes noires ou rouges sur leurs visages. Certains motifs étaient discrets et délicats, par exemple des sceaux de la République sur la tempe. D'autres étaient énormes et couvraient toute la figure, comme des cartes de la République. Ce soir, j'ai choisi un graphisme assez banal. Je n'ai pas assez confiance dans le gouvernement pour afficher des marques de loyauté envers lui sur mon visage – ce genre de maquillage conviendrait mieux à June. J'ai donc choisi une gerbe de flammes stylisées. C'est amplement suffisant.

Mon insomnie s'est rappelée à mon bon souvenir et, au lieu de dormir, j'arpente un quartier du nom de Marina, seul. D'après ce que je vois, il s'agit sans doute de l'endroit le plus vallonné de la ville, l'équivalent local de Lake, à L.A. La nuit est fraîche et plutôt silencieuse. Un vent léger porteur de bruine souffle de la baie. Les rues sont étroites et constellées de nid-de-poule. L'humidité les fait briller. La plupart des bâtiments qui se dressent de part et d'autre sont assez grands pour disparaître dans le ciel bas et couvert de nuages. Ils sont d'architectures différentes, éclectiques. Leurs façades rouge, or et noir sont décolorées. Leurs murs sont renforcés par d'énormes poutres en acier pour les protéger des tremblements de terre qui secouent la région tous les deux mois. Des JumboTron hauts de cinq ou six étages couvrent un bâtiment sur deux. Ils récitent les dernières nouvelles de la République sur un ton braillard. L'air salé et amer évoque la fumée, les déchets industriels et l'eau de mer avec une pointe de poisson frit. Parfois, je tourne à une intersection et je me retrouve au bord de l'eau, les bottes léchées par les vagues. Ici, les collines plongent directement dans l'océan et on aperçoit les sommets de centaines d'immeubles qui émergent des flots le long de la côte. Depuis la rive, on distingue également les ruines du Golden Gate, les vestiges tordus d'un ancien pont de l'autre côté de la baie. Je croise quelques personnes qui me dépassent parfois en me bousculant, mais la plupart des habitants sont couchés. Des feux de camp épars éclairent les ruelles. Ce sont les points de rassemblement de ceux qui vivent dans la rue. Ça me fait penser à Lake.

Enfin... il y a quand même quelques différences. Le stadium de l'Examen de San Francisco, qui se dresse au loin, est vide et non éclairé. La police urbaine est moins présente dans les quartiers pauvres. Les tags sont légion sur les murs. On peut toujours se faire une idée de ce que pensent les gens en observant les graffitis les plus récents. Depuis quelque temps, la plupart des messages appellent à soutenir le nouvel Elector de la République. « Il est notre lueur d'espoir », affirme un slogan gribouillé à la bombe sur la façade d'un immeuble. Un autre assure que « L'Elector nous guidera hors des ténèbres ». C'est un peu optimiste à mon goût, mais je suppose qu'il faut se réjouir de ce soutien populaire. Anden fait sûrement de son mieux. Et pourtant... Il y a aussi des tags qui proclament que « L'Elector est une arnaque, un pantin et que Le Day que nous connaissons est mort ».

Je ne sais pas trop. Parfois, j'ai l'impression que le nouveau climat de confiance entre le peuple et l'Elector ne tient qu'à un fil... et, ce fil, c'est moi. Et puis, qui sait si les graffitis optimistes n'ont pas été peints par des officiers de propagande ? Ça n'aurait rien d'impossible.

Avec la République, il vaut mieux se méfier.

Eden et moi disposons d'un appartement luxueux dans le quartier de Pacifica. Nous y habitons en compagnie de notre nounou, Lucy. Il faut bien que le gouvernement prenne soin du jeune voyou de dix-sept ans jadis recherché par toutes les polices du pays et désormais considéré comme un héros national, non ? Je me souviens du sentiment de méfiance qui m'a envahi quand Lucy s'est présentée à notre porte, à Denver. Cette femme de cinquante-deux ans avait une carrure de déménageur et la mine sévère. Elle portait un uniforme de la République. Elle a fait irruption dans l'appartement en déclarant :

— Le gouvernement m'a chargé de m'occuper de vous.

Elle avait alors posé les yeux sur Eden avant d'ajouter :

— Surtout du petit.

Ouais. Ce genre d'arrangement ne me convenait pas trop. Il m'avait fallu deux mois avant d'accepter qu'Eden quitte mon champ de vision ne serait-ce qu'un instant. Nous mangions côte à côte, nous dormions côte à côte, je ne le laissais jamais seul. J'allais jusqu'à monter la garde devant la porte des toilettes. Je craignais que les soldats de la République l'enlèvent – en passant par une gaine d'aération, par exemple – et le conduisent dans un laboratoire pour le brancher à un tas de machines.

— Eden n'a pas besoin de vous, avais-je lancé à Lucy. Je suis là. Je peux prendre soin de lui.

Mais mon état de santé avait commencé à jouer au yoyo. Un jour, je me sentais en pleine forme et le lendemain, une terrible migraine m'empêchait de quitter mon lit.

Les mauvais jours, Lucy me remplaçait et, après quelques fracassantes disputes, nous avons fini par accepter une cohabitation maussade. Je dois reconnaître que ses tourtes à la viande sont exceptionnelles. Quand nous avons déménagé à San Francisco, elle nous a suivis. Elle sert de guide à Eden. Elle s'occupe de mes médicaments.

Quand la fatigue m'envahit enfin, je remarque que j'ai quitté Marina pour entrer dans un quartier plus aisé. Je m'arrête devant une boîte de nuit. Les mots « Le Salon d'obsidienne » sont gravés sur une plaque métallique au-dessus de la porte. Je m'appuie contre le mur et je me laisse glisser en position assise, les bras contre les genoux. Je sens les vibrations de la musique. Ma jambe artificielle est aussi froide que la glace à travers le tissu du pantalon. En face de moi, un graffiti rouge s'étale sur le mur : « Day = Traître ». Je laisse échapper un soupir et je tire un mince étui argenté de ma poche. Je l'ouvre et j'en sors une longue cigarette. Je fais glisser mon doigt sur le « San Francisco Central Hospital » imprimé dans le sens de la longueur. Ce sont les ordres du docteur, non ? Je la porte à mes lèvres d'une main tremblante avant de l'allumer. Je ferme les yeux et j'inspire une bouffée. Je me perds dans les volutes de fumée bleue en attendant les doux effets hallucinogènes.

Ce soir, ils ne sont pas longs à se manifester. La migraine sourde et omniprésente reflue tandis qu'autour de moi le monde s'enfonce dans un brouillard qui ne doit rien aux conditions météorologiques. Une fille est assise à côté de moi. Tess.

Elle esquisse le petit sourire qui m'était si familier lorsque je trainais dans le quartier de Lake.

— Quelque chose d'intéressant aux infos ? demande-t-elle en pointant le doigt vers un JumboTron de l'autre côté de la rue.

Je souffle un nuage de fumée bleue avant de secouer la tête avec paresse.

— Non. Enfin, j'ai vu deux ou trois trucs à propos de deux Patriotes, mais on dirait que vous avez réussi à disparaître. Où êtes-vous ? Qu'est-ce que vous faites ?

— Est-ce que je te manque ? demande Tess sans prêter attention à mes questions.

Je contemple son image scintillante. Elle est telle que dans mes souvenirs, telle qu'elle était quand nous vivions dans les rues : ses cheveux roux-brun forment une tresse approximative, ses grands yeux sont lumineux, remplis de douceur et de gentillesse. Tess, ma petite sœur. Quels étaient les derniers mots que je lui ai dits, déjà ? Quand nous avons empêché les Patriotes d'assassiner Anden ? « *Viens ! S'il te plaît, Tess. Je ne peux pas t'abandonner ici !* » C'est pourtant bien ce que j'ai fait.

Je me détourne et j'inspire une nouvelle bouffée. Est-ce qu'elle me manque ?

— Chaque jour, avoué-je.

— Tu as essayé de me retrouver, dit Tess en se rapprochant. (Je pourrais jurer que je sens son épaule contre la mienne.) Je t'ai vu scruter les JumboTron et écouter les nouvelles à la radio, tendre l'oreille dans l'espoir de découvrir la moindre rumeur quand tu promènes dans la rue. Mais les Patriotes se cachent en ce moment.

Bien sûr qu'ils se cachent. Ils n'ont plus aucune raison de préparer des attentats maintenant qu'Anden est au pouvoir et qu'un traité de paix doit être signé entre la République et les Colonies. Quelle nouvelle cause ont-ils embrassée ? Je n'en ai aucune idée. Peut-être aucune. Peut-être que le mouvement n'existe plus.

— J'aimerais bien que tu reviennes, dis-je à Tess dans un murmure. Ce serait chouette de te revoir.

— Et June ?

Au moment où elle pose cette question, elle disparaît pour être remplacée par June. June avec sa longue queue de cheval et ses yeux sombres aux éclats dorés, ses yeux froids et sérieux toujours à l'affût. Je pose la tête contre mon genou et mes paupières se ferment. Cette simple illusion suffit à faire naître une douleur foudroyante dans ma poitrine. Merde ! Qu'est-ce qu'elle me manque !

Je me souviens de nos adieux à Denver, avant qu'Eden et moi déménagions à Frisco. « Je suis sûr que nous reviendrons bientôt, » lui ai-je dit dans le micro afin de combler le lourd silence qui s'était installé. « Dès que le traitement d'Eden sera terminé. » C'était un mensonge, bien entendu. Si nous allions à San Francisco, c'était pour mon propre traitement, pas pour celui d'Eden. Mais June l'ignorait, alors elle s'est contentée de dire : « Reviens vite. »

C'était il y a presque huit mois et je n'ai pas eu de ses nouvelles depuis. Je ne sais pas si c'est parce que nous craignons de déranger l'autre, de découvrir qu'il n'a plus envie de parler... À moins que nous soyons seulement trop fiers pour faire le premier pas. June estime peut-être que je n'en vaux plus la peine. Mais je suppose que vous savez comment ça se passe. Une semaine sans nouvelles, puis un mois et bientôt, on se sent mal à l'aise à l'idée de donner un coup de fil. Alors je n'appelle pas. D'ailleurs, qu'est-ce que je pourrais bien raconter ? Ne t'inquiète pas. Les médecins font tout leur possible pour me sauver la vie. Ne t'inquiète pas. Ils me gavent de médicaments dans l'espoir que ça leur donnera une chance de m'opérer. Ne t'inquiète pas. L'Antarctique va peut-être accepter de me soigner dans un de leurs hôpitaux de pointe. Ne t'inquiète pas. Tout ira bien.

Pourquoi rester en contact avec une fille dont on est fou amoureux alors qu'on va bientôt mourir ?

Ce rappel pragmatique fait naître une onde de douleur dans ma nuque.

— C'est mieux ainsi, me dis-je pour la centième fois.

C'est la vérité. Depuis que je me suis éloigné, les souvenirs de notre rencontre s'enfoncent dans le brouillard et j'oublie parfois que June est responsable de la mort de ma mère et de mon frère.

Contrairement à celle de Tess, l'image de June ne dit jamais rien. Je m'efforce d'ignorer sa silhouette lumineuse, mais elle refuse de disparaître. *Elle est si entêtée !*

Au bout d'un certain temps, je me lève et j'écrase ma cigarette sur le trottoir. Je franchis la porte du *Salon d'Obsidienne*. Peut-être que la musique et les lumières chasseront June de mes pensées.

Pendant un instant, je ne vois plus rien. L'entrée est plongée dans l'obscurité totale et le bruit est assourdissant. Je suis tout de suite arrêté par deux soldats à la carrure impressionnante. L'un d'eux pose une main ferme sur mon épaule.

— Nom et arme ? demande-t-il.

Je n'ai pas l'intention de dévoiler ma véritable identité.

— Caporal Schuster. Armée de l'air, déclaré-je en donnant le premier nom et le premier corps d'armée qui me passent par la tête. (Je pense toujours à l'armée de l'air avant les autres, sans doute à cause de Kaede.) Je suis en poste à la base navale numéro deux.

Un soldat hoche la tête.

— Les gars de l'armée de l'air sont au fond, à gauche, près des toilettes. Si je te vois faire le malin du côté des alcôves réservées à l'infanterie, je te fous dehors et je fais un rapport à ton commandant dès demain matin, compris ?

Je hoche la tête et les deux hommes me laissent passer. Je descends un couloir sombre et j'ouvre une seconde porte avant de me fondre dans la foule et les lumières aveuglantes.

La piste est envahie de danseurs portant des chemises déboutonnées aux manches relevées. Les uniformes froissés se mêlent aux robes. Je trouve les alcôves réservées aux soldats de l'armée de l'air au fond de la salle. Je suis heureux de constater que plusieurs sont vides. Je me glisse dans l'une d'elles et je m'assieds. Je me cale les pieds contre les sièges confortables d'en face et je laisse ma tête basculer contre le dossier. L'image de June s'efface enfin. La musique retentissante fait voler mes pensées en éclats.

Je suis installé depuis quelques minutes à peine quand une jeune fille se fraie un chemin à travers la masse compacte des danseurs et s'avance vers moi en titubant. Ses joues sont écarlates, ses yeux brillants et moqueurs. Je jette un coup d'œil derrière elle et j'aperçois ses amies qui nous observent en riant. Je m'oblige à sourire. En règle générale, j'aime bien qu'on fasse attention à moi dans les boîtes de nuit mais, parfois, j'ai juste envie de fermer les yeux et de me laisser emporter par le chaos.

La jeune fille se penche et presse ses lèvres contre mon oreille.

— Excuse-moi, hurle-t-elle pour couvrir le vacarme. Mes copines voudraient savoir si tu es bien Day.

On m'a déjà reconnu ? Instinctivement, je me recroqueville et je secoue la tête de manière à ce que les camarades de la jeune fille me voient.

— Vous vous trompez de personne, dis-je avec un sourire ironique. Mais ça fait plaisir qu'on me prenne pour lui, merci.

Le visage de l'inconnue est à peine éclairé, mais je devine qu'elle rougit jusqu'à la pointe des oreilles. Ses amies éclatent de rire. Aucune d'elles ne semble prête à croire mon mensonge.

— Tu danses ? demande-t-elle.

Elle regarde par-dessus son épaule, vers les éclairs bleus et dorés, puis elle m'observe de nouveau. Ses amies ont dû la mettre au défi de me traîner sur la piste.

Tandis que je cherche une manière aimable de refuser, j'entrevois son visage et sa silhouette. Il fait trop sombre pour que je la distingue clairement, mais les reflets des néons glissent sur sa peau, révèlent sa longue queue-de-cheval, ses lèvres brillantes qui dessinent un sourire, son corps mince et soyeux revêtu d'une courte robe et de bottes militaires. Mon refus poli s'enfuit au fond de mon esprit. Elle ressemble à June. Depuis que celle-ci est devenue princeps elect, il y a huit mois, peu de filles sont arrivées à éveiller mon intérêt, mais ce soir... Tandis que l'étrange sosie me fait signe de la rejoindre sur la piste, je laisse une lueur d'espoir monter en moi.

— D'accord, dis-je enfin. Pourquoi pas ?

Un grand sourire éclaire son visage et elle me prend la main lorsque je me lève. Ses amies laissent échapper un hoquet de surprise, suivi d'un concert d'acclamations. La jeune fille m'entraîne et, avant que je m'en rende compte, nous nous sommes taillé un minuscule territoire au milieu de la piste de danse.

Je me presse contre elle et elle glisse une main sur ma nuque. Nous laissons le rythme puissant nous porter. Plongé dans un océan de lumière et de membres qui s'agitent autour de moi, je suis forcé de reconnaître qu'elle est vraiment jolie. Une nouvelle chanson commence, puis une autre. Je serais incapable de dire depuis combien de temps nous sommes là. Quand elle se penche et que ses lèvres effleurent les miennes, je ferme les yeux et je ne résiste pas. Je sens même un frisson remonter le long de ma colonne vertébrale. Elle m'embrasse deux fois. Sa bouche est douce et liquide. Sa langue a un goût de vodka et de fruits. Je plaque une main au creux de ses reins et je la presse contre moi. Ses baisers se font plus ardents. C'est June, songé-je en décidant de céder à mon fantasme. Les yeux clos, l'esprit encore embrumé par la cigarette hallucinogène, j'y crois pendant un instant.

J'imagine que June m'embrasse, ici, qu'elle aspire l'air de mes poumons. Ma partenaire doit remarquer mes gestes plus pressants, ma faim et mon désir soudains. Elle sourit contre mes lèvres. C'est June. Ce sont les cheveux noirs de June qui caressent mon visage. Ce sont les longs cils de June qui effleurent mes joues. C'est le bras de June qui est autour de mon cou. C'est le corps de June qui ondule contre le mien. Je laisse échapper un faible gémissement.

— Viens, dit la jeune fille sur un ton malicieux. Allons respirer un peu d'air frais.

Depuis combien de temps suis-je avec elle ? Je n'ai pas envie de bouger, parce que ça m'obligerait à ouvrir les yeux et June céderait alors la place à une inconnue. Mais elle me tire par la main et je n'ai pas d'autre choix que la regarder. June a disparu, bien entendu. Pendant un instant, les lumières m'aveuglent. La jeune fille me guide à travers la masse des danseurs et m'entraîne dans le couloir sombre avant de franchir une porte de service sans marque distinctive. Nous arrivons dans une ruelle tranquille baignée par la sinistre lueur verdâtre de projecteurs anémiques.

La jeune fille me pousse contre un mur et m'embrasse goulument. Sa peau est moite et je la sens frissonner sous mes mains. Je lui rends son baiser et elle laisse échapper un petit rire surpris quand je la fais pivoter pour *la* plaquer contre le mur.

C'est June, continué-je à me répéter. Mes lèvres glissent avec avidité le long de sa gorge, savourant son parfum et l'odeur de fumée.

J'entends un faible grésillement dans mon écouteur, un bruit qui rappelle la pluie ou des œufs en train de frire dans une poêle. Je m'efforce de ne pas y prêter attention, même lorsque la voix d'un homme résonne dans mon oreille. Il y a vraiment des gens qui n'ont aucun savoir-vivre.

— Monsieur Wing.

Je ne réponds pas. *Fous-moi la paix. Je suis occupé.*

Quelques instants plus tard, la voix retentit de nouveau.

— Monsieur Wing, je suis le capitaine David Guzman, de la quatorzième patrouille de Denver. Je sais que vous m'entendez.

Oh. C'est Guzman. Le pauvre, c'est toujours lui qu'on charge de me contacter.

Je pousse un soupir et je m'écarte de la jeune fille.

— Désolé, dis-je, le souffle court. (Je fronce les sourcils pour m'excuser et je fais un signe en direction de mon oreille.) Tu veux bien m'accorder une minute ?

Elle sourit et lisse sa robe.

— Je t'attends à l'intérieur, dit-elle. Ne m'oublie pas.

Elle monte les quelques marches de l'escalier et regagne la boîte de nuit.

Je branche mon micro et je commence à faire les cent pas dans la ruelle.

— Qu'est-ce que vous voulez ? demandé-je dans un murmure agacé.

Le capitaine soupire à son tour avant de débiter son message.

— Monsieur Wing, votre présence à Denver serait souhaitée, demain soir, le jour de l'Indépendance, au bal de la tour du Capitole. Bien entendu, vous êtes libre de refuser cette invitation, comme à votre habitude, marmonne le capitaine.

Il y aura un dîner de crise, une réunion exceptionnelle de la plus haute importance. Si vous décidez de vous y rendre, un jet privé sera prêt à décoller demain matin.

Une réunion exceptionnelle de la plus haute importance. A-t-on jamais entendu autant de grands mots dans une phrase ? Je lève les yeux au ciel. Environ une fois par mois, je suis invité à un des satanés événements mondains de la capitale. Un bal pour les généraux de haut rang, la célébration du bannissement de l'Examen… Mais, si on me demande d'assister à ces soirées, c'est dans le seul but de m'exhiber comme un animal de foire, de me montrer au bon peuple. « Regardez ! Au cas où vous auriez oublié, Day est de notre côté ! » *Ne pousse pas le bouchon trop loin, Anden.*

— Monsieur Wing, dit le capitaine. (Comme je reste silencieux, il décide d'employer l'artillerie lourde.) Le glorieux Elector en personne a demandé votre venue. Ainsi que le princeps elect.

Le princeps elect.

Mes bottes crissent sur le bitume tandis que je m'immobilise au milieu de la ruelle. J'en oublie de respirer.

*Ne t'excite pas. Après tout, il y a trois princeps elects. Il peut s'agir de n'importe lequel.*

Plusieurs secondes s'écoulent avant que je me décide à poser la question.

— De quel princeps elect parlez-vous ?

— De celui qui a de l'importance à vos yeux.

Mes joues s'empourprent en entendant son ton moqueur.

— June ?

— Oui, mademoiselle June Iparis. (Le capitaine est soulagé d'avoir enfin éveillé mon attention.) Elle a souhaité vous inviter personnellement cette fois-ci. Elle serait très heureuse de vous voir lors de ce dîner à la tour du Capitole.

J'ai l'impression qu'un étau me broie le cœur et je dois faire un effort pour continuer à respirer normalement. J'ai déjà oublié la jeune fille rencontrée quelques minutes plus tôt. June n'a pas demandé *personnellement* à me voir depuis huit mois. C'est la première fois qu'*elle* m'invite à une réception officielle.

— Quel est le but de cette réunion ? C'est juste pour fêter l'indépendance, non ? En quoi est-ce si important ?

Le capitaine hésite.

— C'est une affaire de sécurité nationale.

— Qu'est-ce que c'est censé vouloir dire ?

Mon excitation retombe comme un soufflé sorti trop tôt du four. Et si Guzman me mentait ?

— Écoutez, capitaine, j'ai des affaires à régler. Essayez donc de me convaincre de nouveau demain matin.

L'officier marmonne un juron.

— Très bien, monsieur Day. Comme vous voudrez.

Il ajoute quelque chose que je ne comprends pas, puis coupe la communication. Je fronce les sourcils, exaspéré. Un sentiment de déception m'envahit et me ronge. Peut-être devrais-je rentrer à l'appartement maintenant. De toute façon, il est temps de m'assurer qu'Eden va bien. Quelle plaisanterie ! Le capitaine mentait sûrement lorsqu'il a affirmé que June souhaitait ma présence au dîner. Si elle avait envie de me voir, elle aurait...

— Day ?

Mon nom résonne dans l'écouteur. Je me fige.

Est-ce que les hallucinogènes de la cigarette médicamenteuse font encore effet ? Est-ce mon imagination qui me joue des tours ? Je n'ai pas entendu cette voix depuis huit mois, mais je la reconnaîtrais entre mille. Ses échos font apparaître June devant moi, comme si je venais de la rencontrer par le plus grand des hasards.

*Par pitié, faites que ce ne soit pas elle. Par pitié, faites que ce soit elle.*

Est-ce que sa voix a toujours eu un tel effet sur moi ?

Je ne sais pas combien de temps je reste paralysé. Un bon moment sans doute, parce que mon interlocutrice s'inquiète :

— Day ? C'est moi, June. Est-ce que tu es là ?

Je frissonne.

Je ne rêve pas. C'est vraiment elle.

Son ton est inhabituel, hésitant et formel, comme si elle s'adressait à un étranger. Je me ressaisis enfin et je branche mon micro. J'espère qu'elle ne remarque pas mon léger chevrotement.

— Je suis là, dis-je.

Comme elle, je parle sur un ton inhabituel, aussi hésitant et formel que le sien.

Une poignée de secondes s'écoule avant qu'elle reprenne la parole.

— Salut, dit-elle. (Un long silence s'installe.) Comment vas-tu ?

Soudain, une tornade de mots se forme dans ma gorge, prête à jaillir par ma bouche. J'ai envie de dire mille choses : j'ai pensé à toi chaque jour depuis notre dernière rencontre ; je suis désolé de ne pas t'avoir appelée ; je regrette que tu ne m'aies pas appelé. Tu me manques. Tu me manques tant.

Je ne dis rien de tout ça. Je parviens juste à articuler :

— Salut. Quoi de neuf?

Elle ne répond pas tout de suite.

— Oh, tout va bien. Je m'excuse de t'appeler si tard. Je suis sûre que je t'ai réveillé, mais le Sénat et l'Elector m'ont demandé de t'inviter personnellement. Je ne l'aurais pas fait si je ne pensais pas que ce soit important. Denver organise un bal pour fêter l'indépendance. Au cours de cet événement, nous tiendrons une réunion d'urgence. Nous avons besoin que tu sois présent.

— Pourquoi ?

Je suis incapable de former des phrases plus longues. Pour une raison étrange, je ne pense qu'à la voix qui résonne dans mon oreille.

Le soupir de June se traduit en un faible grésillement.

— Tu as entendu parler du traité de paix que préparent la République et les Colonies, je suppose ?

— Bien sûr.

Tous les habitants du pays sont au courant : la grande ambition de notre cher Anden est de mettre un terme à cette guerre qui dure depuis une éternité. Pour le moment, il ne se débrouille pas trop mal, car aucun coup de canon n'a été tiré sur la ligne de front depuis quatre mois. Qui aurait pensé qu'un tel miracle se produirait ? Et qui aurait pensé que les stadium de l'Examen se transformeraient en carcasses vides dans tout le pays ?

— On dirait que l'Elector est en passe de devenir le héros de la République, hein ?

— Ne parle pas trop vite, dit June sur un ton plus grave. (J'ai l'impression de voir son visage s'assombrir au seul son de sa voix.) Hier, nous avons reçu un message furieux des Colonies. Il semblerait qu'une épidémie se répand dans leurs cités frontalières et ils pensent que c'est à cause de nous. Ils ont récupéré des obus bactériologiques tirés par nos canons et identifié leurs numéros de série. Ils sont persuadés que ces projectiles sont à l'origine de l'épidémie.

Des images surgissent avec une telle violence que les paroles de June me parviennent désormais de très loin. Je revois Eden avec ses yeux noirs qui pleurent des larmes de sang. Je revois le malheureux garçon dans le train, le cobaye qui servait d'arme biologique.

— Est-ce que ça veut dire que le traité de paix ne sera pas signé ?

— Oui, dit June d'une petite voix. Les Colonies affirment que l'épidémie est un acte de guerre.

— Et qu'est-ce que je viens faire dans cette histoire ?

Un nouveau silence s'installe, long et inquiétant. Il me glace au point que je sens à peine l'extrémité de mes doigts. *L'épidémie. Elle est de retour. Le cycle recommence.*

— Je te le dirai quand tu seras là, répond enfin June. Je préfère ne pas aborder ce sujet par radio.

# JUNE

C'ÉTAIT MA PREMIÈRE CONVERSATION AVEC DAY DEPUIS HUIT MOIS. Je suis méprisable. Je me déteste. Comment ai-je pu devenir aussi manipulatrice ? Pourquoi est-ce que je profite toujours de ses faiblesses pour les retourner contre lui ?

La nuit dernière, à 23.06, Anden a frappé à la porte de mon appartement. Il était seul. Je pense qu'il n'y avait même pas de gardes postés dans le couloir pour assurer sa protection. Ce fut le premier indice qui me fit comprendre qu'il venait me parler de quelque chose de grave et de secret.

— Je dois vous demander une faveur, dit-il alors que je m'effaçais pour le laisser entrer.

Anden maîtrise fort bien son rôle de jeune Elector. Il est calme, détaché et concentré. Il garde la tête haute même s'il est inquiet et il parle d'une voix égale quand il est en colère. Mais, hier soir, ses yeux trahissaient son angoisse. Mon chien, Ollie, sentit lui aussi qu'il était préoccupé et il essaya de le rassurer en frottant son museau humide contre sa main.

J'éloignai mon chien avant de me tourner vers Anden.

— Que se passe-t-il ? demandai-je.

Anden glissa une main dans ses boucles noires.

—Je ne voulais pas vous déranger si tard, dit-il en inclinant la tête vers moi d'un air ennuyé, mais je crains que cette conversation ne puisse pas attendre.

Il était si près de moi que, si je l'avais voulu, j'aurais pu me pencher et effleurer ses lèvres avec les miennes. À cette pensée, je sentis mon cœur accélérer.

Anden remarqua ma gêne et il fit aussitôt un pas en arrière d'un air confus. Je ressentis un curieux mélange de soulagement et de déception.

—Le traité de paix est mort et enterré, murmura-t-il. Les Colonies s'apprêtent à nous déclarer la guerre de nouveau.

—Quoi ? demandai-je à voix basse. Mais pourquoi ? Que s'est-il passé ?

—J'ai reçu un rapport de mes généraux. Il y a deux semaines, les Colons ont découvert qu'un virus mortel se répandait rapidement sur leur territoire, le long de la frontière.

J'écarquillai les yeux en comprenant la gravité de la situation. Anden s'en aperçut et il hocha la tête. Il semblait épuisé, écrasé par le poids de ses responsabilités : la sécurité de toute une nation.

—On dirait que j'ai trop tardé à retirer nos armes biologiques du front, dit-il.

*Eden*. Les virus expérimentaux que le père d'Anden a utilisés dans le but de déclencher une épidémie dans les Colonies. Depuis des mois, je faisais tout mon possible pour oublier cette horrible histoire. Après tout, Eden était désormais en sécurité, sous la surveillance de son frère. Aux dernières nouvelles, il reprenait petit à petit un semblant de vie normale. Ces derniers mois, le calme régnait sur le front pendant qu'Anden s'efforçait de négocier un traité de paix avec les Colonies. Je pensais que l'avenir nous souriait, que nous n'entendrions plus jamais parler de ces armes biologiques. On peut toujours rêver.

— Est-ce que les sénateurs sont au courant ? demandai-je au bout de quelques instants. Et les autres princeps elects ? Pourquoi est-ce que vous me racontez tout cela *à moi* ? Je ne suis pas vraiment votre plus proche conseillère.

Anden soupira et se pinça l'arête du nez.

— Pardonnez-moi. Je regrette de vous impliquer dans cette affaire. Les Colonies pensent que nos laboratoires ont mis au point un remède contre le virus. Elles exigent que nous le leur donnions faute de quoi, elles lanceront toutes leurs forces dans une offensive générale. Si on en arrive à ce point, la situation sera très différente du conflit précédent. Les Colonies ont un nouvel allié. Elles ont signé un traité avec l'Afrique. Un soutien militaire en échange de la moitié des territoires conquis.

Un sombre pressentiment m'envahit. Anden n'avait pas besoin d'en dire davantage, j'avais compris la situation.

— Et nous n'avons pas le moindre remède, n'est-ce pas ?

— Non. Mais nous avons identifié les anciens cobayes qui peuvent nous permettre d'en créer un.

Je secouai la tête. Quand Anden tendit la main pour effleurer mon coude, je bondis en arrière.

— Certainement pas ! m'exclamai-je. Vous ne pouvez pas me demander cela. Je refuse de le faire.

Anden prit l'air peiné.

— J'ai organisé un repas privé demain soir pour réunir tous les sénateurs. Nous n'avons pas le choix si nous voulons mettre fin à la menace qui pèse sur nous, si nous voulons trouver un moyen de négocier la paix avec les Colonies. (Il poursuivit d'une voix plus ferme.) Vous le savez aussi bien que moi. Je veux qu'il participe à ce dîner et qu'il entende ce que nous avons à lui dire. Nous avons besoin de sa permission pour nous servir d'Eden.

*Il ne plaisantait pas.*

Je restai abasourdie.

— Il n'acceptera jamais de vous laisser toucher à Eden, affirmai-je. Vous en êtes conscient, n'est-ce pas ? Le peuple ne vous soutient pas encore pleinement et votre alliance avec Day est, au mieux, fragile. Comment pensez-vous qu'il va réagir à votre proposition ? Si vous le mettez en colère au point d'en appeler au peuple, de le pousser à sonner la révolte, que se passera-t-il ? Pire encore : imaginez qu'il demande l'aide des Colonies !

— Je sais. J'ai longuement réfléchi à la question. (Anden se massa les tempes d'un air las.) S'il y a une meilleure solution, je serais ravi de l'entendre.

— Ainsi, vous voulez que moi, je me débrouille pour qu'il accepte votre proposition ! (J'étais tellement en colère que je ne fis pas le moindre effort pour le cacher.) Eh bien, je refuse ! Demandez donc aux sénateurs de s'en occuper, ou chargez-vous de la besogne vous-même ! Ou trouvez un moyen de présenter vos excuses au chancelier des Colonies. Demandez-lui de négocier un nouveau traité.

— *Vous* êtes le point faible de Day, June. Il vous écoutera. (Anden esquissa une grimace, comme ses paroles lui étaient douloureuses.) Je sais de quoi j'ai l'air en ce moment. Je ne veux pas être cruel. Je ne veux pas que Day nous considère comme des ennemis. Mais je ferai le nécessaire pour protéger les citoyens de la République. Sinon, les Colonies passeront à l'attaque et il est fort probable que le virus se répande chez nous également. Vous le savez très bien.

Et Anden n'avait pas évoqué le pire : si les Colonies nous attaquaient avec le soutien de l'Afrique, notre armée ne serait sans doute pas en mesure de contenir l'offensive. Nous risquerions de perdre la guerre. *« Il vous écoutera. »* Je fermai les yeux et j'inclinai la tête. Je ne voulais pas le reconnaître, mais Anden avait raison.

Je fis donc ce qu'on m'avait ordonné de faire. J'appelai Day pour lui demander de regagner la capitale. Maintenant, à la seule idée de le revoir, je sens mon cœur marteler ma poitrine. Je prends conscience du vide douloureux qu'il a laissé en moi depuis notre séparation. Je ne l'ai pas vu et je ne lui ai pas parlé depuis si longtemps… et c'est dans ces conditions que nous allons nous retrouver ? Que va-t-il penser de moi ?

Et que va-t-il penser de la République quand il découvrira qu'elle veut mettre la main sur son petit frère ?

**12.01**
**Cour des Crimes Fédéraux du comté de Denver.**
**Température intérieure : 22 °C.**
**Six heures avant le début du bal et mes retrouvailles avec Day.**
**289 jours et 12 heures depuis la mort de Metias.**

Thomas et le commandant Jameson sont jugés aujourd'hui.

J'en ai assez des procès. Au cours des quatre derniers mois, une dizaine de sénateurs ont été condamnés pour leur participation au complot visant à assassiner Anden. Un complot que Day et moi avons fait échouer *in extremis*. Ils ont tous été exécutés. Comme Razor. J'ai parfois l'impression qu'il y a un nouveau procès chaque semaine.

Pourtant, celui d'aujourd'hui est différent. Je connais très bien les personnes qui sont jugées et je sais très bien ce qu'on leur reproche.

Je suis assise sur un balcon qui surplombe la salle circulaire. Je ne tiens pas en place et mes mains gantées s'agitent sans cesse. Je porte une veste et un manteau noir froissé. Je tapote mes bottes contre un pilier du balcon. Mon fauteuil est en noyer synthétique, matelassé avec un coussin en velours écarlate très doux, mais je ne trouve pas de position confortable. Pour me calmer et passer le temps, je déplie quatre trombones sur mes genoux et je les tresse avec soin pour en faire un petit anneau. Deux gardes se tiennent derrière moi. L'estrade du tribunal fait face à trois rangées en arc de cercle où sont assis les vingt-six sénateurs du pays. Ils portent tous leurs tenues rouge vif et noir avec des épaulettes argentées qui reflètent la lumière de la salle. Leurs voix résonnent sous le plafond voûté. Ils ne semblent guère intéressés par ce qui va suivre. On dirait qu'ils sont là pour discuter de traités commerciaux plutôt que du sort du pays. Des visages nouveaux sont venus remplacer ceux des traîtres qu'Anden s'est chargé de faire disparaître. C'est moi qu'on remarque au premier coup d'œil avec ma tenue noir et or. Soixante-seize soldats en uniforme écarlate montent la garde. Deux pour chaque sénateur, deux pour moi, deux pour les autres princeps elects, quatre pour Anden et quatorze pour surveiller les deux portes du tribunal. Cela signifie que les deux accusés, Thomas et Jameson, sont considérés comme très dangereux et qu'on craint une tentative d'évasion.

Je ne suis pas sénatrice, bien entendu. Je suis princeps elect et il est indispensable qu'on m'identifie en tant que tel.

Mes deux homologues portent le même uniforme noir et doré que moi. Je les observe. Ils sont assis sur des balcons. Quand Anden a décidé de me faire suivre la formation de princeps, le congrès l'a pressé de choisir d'autres candidats. Cela n'a rien d'étonnant : il est impensable qu'une seule personne se prépare au rôle de chef du Sénat, surtout si ladite personne est une jeune fille de seize ans sans la moindre expérience politique. Anden a accepté leur demande et il a sélectionné deux autres candidats. La première se nomme Mariana Dupree. Je la regarde. Elle a le nez retroussé et ses yeux témoignent d'une grande sévérité. Elle a trente-sept ans et elle est sénatrice depuis dix ans. Elle m'a détestée dès l'instant où elle m'a vue. Je tourne la tête vers le balcon occupé par le deuxième princeps elect. Serge Carmichael est un sénateur nerveux de trente-deux ans. Il est fin politique et il m'a tout de suite fait comprendre qu'il méprisait ma jeunesse et mon inexpérience.

Serge et Mariana. Mes deux rivaux au poste de princeps. Cette seule pensée m'épuise.

Sur un autre balcon, à plusieurs dizaines de mètres du mien, Anden est assis entre ses gardes. Il est impassible. Il bavarde avec un soldat. Il porte un élégant manteau militaire gris avec des boutons en métal blanc et brillant ainsi que des épaulettes et des insignes argentés. De temps en temps, il jette un coup d'œil aux prisonniers qui se tiennent devant l'estrade. Je l'observe en admirant son calme apparent.

Thomas et le commandant Jameson vont recevoir leur sentence pour les crimes qu'ils ont commis contre la nation.

La tenue de Thomas est encore plus irréprochable que d'habitude – ce qui est pourtant difficile. Ses cheveux gominés sont plaqués en arrière. Je suis prête à jurer qu'il a vidé un tube entier de cirage sur ses bottes. Il se tient au garde-à-vous et il regarde droit devant lui avec une concentration qui ferait la fierté de n'importe quel commandant de la République. Je me demande à quoi il pense. Est-ce qu'il se rejoue la nuit où il a assassiné mon frère dans une ruelle, tout près de l'hôpital ? Songe-t-il à ses nombreuses conversations avec Metias, quand il acceptait de se montrer vulnérable ? Ou bien au terrible moment où il a choisi de trahir mon frère plutôt que de l'aider ?

La tenue du commandant Jameson, elle, laisse à désirer.

Elle a le regard fixé sur moi depuis une dizaine de minutes. Elle m'observe d'un air froid et impassible. Je fais de même. J'essaie d'apercevoir un fragment d'âme dans ses yeux. Je n'y trouve rien d'autre qu'une haine glacée et une absence totale de conscience.

Je tourne la tête. Je respire profondément et lentement pour me calmer. Day revient occuper mes pensées. Voilà deux cent quarante et un jours qu'il est venu à mon appartement pour me faire ses adieux. Parfois, je voudrais qu'il apparaisse et qu'il me prenne dans ses bras pour m'embrasser comme il l'a fait ce jour-là. Nous nous serrions si fort que nous pouvions à peine respirer. Ses lèvres étaient si douces contre les miennes. Je me ressaisis et je chasse ces souvenirs. Tout cela ne fait que raviver la douleur de notre séparation, comme la présence de ces assassins ravive la douleur d'avoir perdu mon ancienne vie. Elle me rappelle également ma culpabilité. Day avait une vie lui aussi, une vie que je lui ai volée.

De toute manière, je doute qu'il ait encore envie de m'embrasser. Surtout quand il aura découvert les raisons pour lesquelles je lui ai demandé de revenir à Denver.

Anden tourne les yeux vers moi. Je croise son regard et il hoche la tête brièvement. Il se lève et quitte son balcon. Une minute plus tard, il entre dans mon alcôve. Je bondis sur mes pieds et je le salue, aussitôt imitée par mes gardes. Anden fait un geste impatient.

— Asseyez-vous, s'il vous plaît.

J'obéis et je me détends. Il se penche de manière à avoir les yeux à la hauteur des miens.

— Vous tenez le coup, June ?

Je lutte pour contenir la chaleur qui envahit mes joues. Après huit mois sans Day, je constate que je souris plus souvent à Anden, que je suis plus sensible à ses attentions et qu'il m'arrive même de les espérer.

— Je vais bien, merci. J'attends ce jour depuis longtemps.

— Bien sûr. (Anden hoche la tête.) Ne vous inquiétez pas, ces deux individus vont bientôt disparaître de votre vie. Une fois pour toutes.

Il pose la main sur mon épaule et la serre pour me rassurer. Puis il s'en va aussi vite qu'il est venu. Il s'évanouit dans le cliquettement de ses médailles et de ses épaulettes. Il réapparait sur son balcon quelques instants plus tard.

Je me redresse dans le vain espoir de me montrer courageuse. Je sais que le regard glacé du commandant Jameson est toujours posé sur moi. Alors que les sénateurs se lèvent pour se prononcer sur sa culpabilité à haute voix, je retiens mon souffle. Je chasse l'image des yeux implacables de Jameson au fond de mon esprit. Le vote semble durer des heures bien que les sénateurs soient impatients de prononcer le verdict qui, selon eux, satisfera l'Elector. Aucun d'entre eux n'a le courage de mécontenter Anden, pas après avoir vu tant de leurs collègues condamnés et exécutés. Mon tour arrive enfin. J'ai la gorge sèche et je déglutis plusieurs fois avant de parler.

— Coupable, dis-je d'une voix calme et posée.

Serge et Mariana se prononcent après moi. Puis nous votons de nouveau pour décider de la culpabilité de Thomas. Puis nous attendons. Trois minutes plus tard, un homme chauve se dirige vers le balcon d'Anden d'un pas pressé. Il a le visage rond et ridé. Il porte une robe rouge vif qu'il relève de la main gauche pour qu'elle ne traine pas par terre. Il salue l'Elector rapidement et Anden se penche vers lui pour murmurer à son oreille. J'observe la scène avec curiosité, sans un bruit. Je me demande si je peux deviner le verdict à leurs gestes. Au bout de quelques instants de délibération, Anden et son interlocuteur acquiescent. Le vieil homme se tourne vers la salle.

—Nous sommes désormais prêts à prononcer les sentences du capitaine Thomas Alexander Bryant et du commandant Natasha Jameson, de la 8e patrouille urbaine de Los Angeles. Levez-vous pour saluer notre glorieux Elector! déclare-t-il.

Tout le monde obéit dans un tintement de médailles. Le commandant Jameson tourne la tête vers Anden avec une expression de profond mépris. Thomas claque des talons et salue en direction de l'Elector. Il reste figé dans cette position pendant qu'Anden se lève et joint les mains dans son dos. Le silence s'installe tandis que nous attendons la lecture du verdict, l'énoncé du seul vote qui compte vraiment. Je retiens à grand-peine une envie de plus en plus impérative de tousser. Instinctivement, mes yeux se tournent vers mes deux homologues. Mariana fronce les sourcils d'un air satisfait. Serge paraît s'ennuyer au plus haut point. Je serre l'anneau de trombones inachevé. Il va laisser des marques profondes dans ma paume.

—Les sénateurs de la République ont prononcé leurs verdicts personnels, déclare Anden.

Ses paroles sont empreintes de la gravité des anciens discours officiels. Il s'en tire à merveille et je suis émerveillée par cette voix si forte et si douce à la fois.

— J'ai pris leurs décisions en compte et je vais maintenant vous faire part de la mienne.

Anden s'interrompt et tourne la tête vers les deux accusés. Thomas est toujours au garde-à-vous, les yeux fixés devant lui.

— Capitaine Thomas Alexander Bryant, de la 8e patrouille urbaine de Los Angeles, le tribunal vous reconnaît coupable...

La salle reste silencieuse. Je fais un effort pour respirer avec régularité. *Pense à quelque chose. N'importe quoi.* Les traités de politique que j'ai lus au cours de la semaine ? J'essaie de réciter des leçons que j'ai apprises, mais je m'aperçois que je ne me souviens plus de rien. C'est inhabituel.

— ... du meurtre du capitaine Metias Iparis la nuit du trente novembre, du meurtre de Grace Wing, exécutée sans jugement officiel, du meurtre de douze manifestants sur la place de Batalla Hall l'après-midi du...

La voix d'Anden me parvient tant bien que mal à travers le brouhaha qui emplit mon crâne. Je pose une main sur le bras de mon fauteuil. Je vide mes poumons avec lenteur en essayant de ne pas me laisser submerger par mes émotions. *Coupable.* Thomas a été reconnu coupable du meurtre de mon frère et de la mère de Day. Mes mains tremblent.

— ... et vous condamne à la peine de mort par fusillade dans deux jours, à 17 heures. Commandant Natasha Jameson, de la 8e patrouille urbaine de Los Angeles, le tribunal vous reconnaît coupable...

La voix d'Anden se noie dans un bruit de fond assourdi et où on ne distingue aucun mot. Autour de moi, tout semble se dérouler au ralenti. J'ai l'impression de vivre trop vite et de laisser la réalité derrière moi.

Il y a un an, je me tenais devant Batalla Hall et j'observais le déroulement d'un procès bien différent. En compagnie d'une foule considérable, je regardais un juge condamner Day à mort. Mais aujourd'hui, Day est vivant et il est devenu un héros de la République. J'ouvre les yeux. Les lèvres du commandant Jameson dessine une ligne à peine visible tandis qu'Anden la condamne à mort. Thomas est impassible. *Vraiment ?* Malgré la distance, il me semble que ses sourcils froncés expriment une vague tristesse. *Leurs peines devraient me réjouir*, me rappelé-je. Day et moi devrions être ravis. Thomas a tué Metias. Il a tué la mère de Day de sang-froid, sans la moindre hésitation.

Pourtant, la salle du tribunal semble lointaine et je ne vois que les images de Thomas lorsqu'il était adolescent, quand nous allions manger un plat de porc *edamame* dans une petite échoppe bien chauffée alors que la pluie s'abattait autour de nous. Je me rappelle sa fierté quand il m'a montré sa première arme de service. Je me souviens même de l'après-midi où Metias m'a emmenée assister à l'entraînement de sa patrouille. J'avais douze ans et j'étais étudiante à Drake depuis une semaine. Comme le monde me semblait simple à cette époque. Metias était venu me chercher après les cours, juste à l'heure, et nous nous étions rendus dans le quartier de Tanagashi où se déroulaient les manœuvres de sa patrouille. Je sens encore la chaleur écrasante du soleil sur mes cheveux, je vois les reflets sur les épaulettes argentées de mon frère, j'entends le bruissement de sa demi-cape noire ainsi que les claquements de ses bottes sur le bitume. Tandis que je m'installais sur un banc et allumais mon ordinateur pour prendre de l'avance sur mes lectures – enfin, pour faire semblant –, Metias avait aligné ses hommes pour les passer en revue. Il s'était arrêté devant chacun d'eux pour leur faire remarquer les défauts de leurs tenues.

— Cadet Rin, avait-il crié à une des dernières recrues. (La jeune femme avait sursauté en entendant la voix glacée de mon frère, puis elle avait penché la tête d'un air honteux tandis que Metias tendait le bras pour tapoter l'unique médaille accrochée sur sa poitrine.) Si je portais mes décorations comme vous le faites, le commandant Jameson me dégraderait sur-le-champ ! Vous n'avez plus envie de faire partie de cette patrouille, soldat ?

— P... pas du tout, monsieur, avait bafouillé la jeune femme.

Metias avait poursuivi son inspection en gardant ses mains gantées dans le dos. Il avait critiqué la tenue de trois autres soldats avant d'atteindre Thomas qui se tenait au garde-à-vous à l'extrémité de la rangée. Mon frère avait examiné son uniforme d'un œil sévère et attentif, mais il n'avait rien trouvé à redire. Il n'y avait pas un pli de travers, les épaulettes et les médailles rutilaient et les bottes étaient si bien cirées qu'on aurait sans doute pu se voir dedans. Un long silence s'était installé. J'avais posé mon ordinateur et je m'étais penchée en avant pour observer la scène. Metias avait fini par hocher la tête.

—Bon travail, soldat. Continuez et je m'assurerai que le commandant Jameson vous promeuve avant la fin de l'année.

Le visage de Thomas était demeuré impassible, mais je l'avais vu hausser le menton avec fierté.

—Merci, monsieur.

Les yeux de Metias s'étaient attardés sur lui pendant un instant, puis il s'était éloigné.

Lorsque l'inspection avait pris fin, mon frère s'était tourné vers ses soldats.

—Je suis déçu par ce que je viens de voir, avait-il déclaré d'une voix forte. Vous êtes désormais sous mon commandement, c'est-à-dire sous le commandement du commandant Jameson. Elle attend beaucoup de ses troupes et je vous conseille donc de faire des efforts si vous ne voulez pas avoir d'ennuis. C'est compris ?

Les soldats avaient salué avec énergie.

—Oui, monsieur !

Les yeux de Metias étaient retournés se poser sur Thomas. Ils exprimaient du respect, et même une certaine admiration.

—Si chacun d'entre vous est aussi pointilleux que le cadet Bryant, nous deviendrons la meilleure patrouille du pays. Prenez exemple sur lui.

Puis il avait exécuté le salut final.

—Longue vie à la République ! avaient répété les cadets après lui.

Ces souvenirs s'effacent et la voix de Metias se transforme en murmure fantomatique. Je suis épuisée, brisée par la tristesse.

Metias répétait souvent que son vieux camarade ne pensait qu'à devenir un parfait soldat. Je me rappelle la dévotion aveugle de Thomas envers le commandant Jameson, la même dévotion qu'il éprouve maintenant pour Anden. Un nouveau souvenir me traverse l'esprit : je suis dans une salle d'interrogatoire à Las Vegas. Thomas est assis en face de moi, de l'autre côté de la table. Je lis l'angoisse dans son regard. Il dit qu'il voulait me protéger. Qu'est-il arrivé au garçon timide et emprunté des quartiers pauvres de Los Angeles ? Le garçon qui s'entraînait avec Metias chaque après-midi ? Ma vision devient floue et j'essuie mes larmes d'un revers de main.

Je pourrais faire preuve de compassion. Je pourrais demander à Anden de l'épargner, de le condamner à une peine de prison et de lui offrir une chance de racheter ses fautes. Mais je reste là, les lèvres serrées, très droite. Mon cœur est dur comme de la pierre. Metias se serait montré plus miséricordieux.

Mais je n'ai jamais été aussi généreuse que lui.

— Voilà qui met un terme aux procès du capitaine Thomas Alexander Bryant et du commandant Natasha Jameson, conclut Anden. (Il tend la main en direction de Thomas.) Capitaine, avez-vous quelque chose à déclarer devant le Sénat ?

Thomas ne tressaille même pas. Son visage ne montre pas la moindre trace de peur, de remords ou de colère. Je l'observe avec attention. Une fraction de seconde s'écoule, puis il lève les yeux vers le balcon d'Anden et s'incline avec respect.

— Glorieux Elector, déclare-t-il d'une voix claire qui ne tremble pas. J'ai déshonoré la République en agissant d'une manière qui vous a déçu et irrité. J'accepte humblement votre verdict. (Il se redresse et salue.) Longue vie à la République !

Il tourne la tête vers moi tandis que les sénateurs approuvent le jugement d'Anden. Je baisse les yeux pour ne pas le voir. Je les lève au bout de quelques secondes, mais Thomas regarde droit devant lui de nouveau.

Anden tourne la tête vers le commandant Jameson.

— Commandant, dit-il. (Il tend une main gantée vers elle et hausse le menton d'un air majestueux.) Avez-vous quelque chose à déclarer devant le Sénat ?

Jameson regarde le jeune Elector sans crainte. Ses yeux ressemblent à des ardoises froides et sombres. Après un bref silence, elle acquiesce.

— Oui, *Elector*, dit-elle sur un ton dur et moqueur, un ton très différent de celui de Thomas. (Les sénateurs s'agitent, mal à l'aise, mais Anden lève la main pour réclamer le silence.) J'ai quelque chose à vous dire. Je n'ai pas été la première à souhaiter votre mort, et je ne serai pas la dernière. Vous êtes l'Elector, mais vous n'êtes qu'un gamin. Vous ne savez pas qui vous êtes. (Elle plisse les yeux... et sourit.) Mais moi, je le sais. J'ai vu bien plus de choses que vous. J'ai saigné des prisonniers qui avaient deux fois votre âge. J'ai tué des hommes qui avaient deux fois votre force. J'ai brisé des récalcitrants qui avaient deux fois votre courage. Vous êtes persuadé que vous êtes le sauveur de ce pays, hein ? Je ne suis pas dupe. Vous n'êtes que le fils de votre père. Et tel père, tel fils. Le vôtre a échoué, et vous échouerez également. (Son sourire s'élargit, mais ses yeux demeurent glacés.) Avec vous à la barre, ce pays sombrera dans un chaos destructeur et mon fantôme se moquera de vous au fin fond des enfers.

Anden reste impassible. Son regard ne trahit ni peur ni colère. Pendant un instant, je me sens attirée par lui comme un oiseau par le vaste ciel. Il toise la prisonnière.

— Voilà qui met un terme aux procès d'aujourd'hui, déclare-t-il. (Sa voix résonne dans la salle.) Commandant, je vous suggère de garder vos menaces pour le peloton d'exécution. (Il croise les mains dans son dos et fait un signe de tête en direction de ses soldats.) Emmenez-les. Je ne veux plus les voir.

Je me demande comment il peut être aussi courageux devant cette femme. Je l'envie. Je l'envie parce qu'en regardant les soldats entraîner Jameson je ne ressens qu'une terreur intense qui me glace les os. Comme si je n'en avais pas fini avec elle. Comme si elle nous conseillait de bien surveiller nos arrières.

# DAY

Nous atterrissons à Denver le matin du jour J, le jour du fameux dîner de crise. Ces mots me donnent envie d'éclater de rire. Un dîner *de crise*? Pour moi, dîner est synonyme de fête et j'ai du mal à imaginer en quoi une montagne de nourriture peut avoir un caractère de crise, même si elle est bel et bien cuisinée en l'honneur du jour de l'indépendance. Est-ce ainsi que les sénateurs gèrent les problèmes du pays ? En s'empiffrant comme des porcs ?

Eden et moi nous installons dans un petit appartement prêté par le gouvernement. Mon frère s'endort sitôt arrivé, épuisé par le vol un peu trop matinal. À contrecœur, je l'abandonne aux soins de Lucy afin de rencontrer la personne qui doit me préparer pour la réunion de ce soir.

Je regarde mon frère dormir.

— Si quelqu'un demande à le voir, murmuré-je à Lucy, pour quelque raison que ce soit, appelez-moi. Si quelqu'un...

Lucy a eu le temps de s'habituer à ma paranoïa. D'un geste, elle me fait signe de filer.

— Laissez-moi vous rassurer, monsieur Wing. (Elle me tapote la joue.) Personne ne verra Eden pendant votre absence. Je vous le promets. Et je vous appellerai sur-le-champ s'il se passe quelque chose.

Je hoche la tête. Je contemple Eden comme si je craignais qu'il disparaisse entre deux battements de cil.

— Merci, dis-je.

Pour participer à cette charmante soirée, il est impératif que je me conforme aux canons vestimentaires de la haute société. Et, pour me conformer aux canons vestimentaires de la haute société, la République m'a envoyé une fille de sénateur pour me guider dans le centre-ville, le quartier où sont rassemblées la plupart des boutiques. Je n'ai aucun mal à l'identifier : elle porte un uniforme très élégant, ses yeux marron clair mettent en valeur son teint mat et les épaisses boucles noires de ses cheveux nattés. Elle esquisse en sourire en me reconnaissant, puis elle observe mes habits d'un air désapprobateur.

— Vous devez être Day, dit-elle en me prenant la main. Je suis Faline Fedelma. L'Elector m'a demandé d'être votre guide. (Elle s'interrompt et hausse un sourcil en regardant ma tenue.) Nous avons du pain sur la planche.

Je baisse la tête pour examiner mes vêtements. Les jambes de mon pantalon sont rentrées dans mes bottes, ma chemise est froissée et une vieille écharpe pend autour de mon cou. À l'époque où je vivais dans la rue, j'aurais été ravi de porter de tels habits.

— Heureux que ça vous plaise, dis-je avec une pointe de mauvaise humeur.

Mais Faline se contente de rire et de me prendre par le bras.

Tandis qu'elle me conduit vers une rue remplie de magasins spécialisés dans les vêtements de soirée, j'observe la foule pressée qui nous entoure. Ce sont des gens bien habillés, des gens de la haute société. Trois étudiantes passent en gloussant. Elles portent des uniformes impeccables et des bottes cirées avec soin. Nous tournons à une intersection et nous entrons dans une boutique. Je remarque que des soldats montent la garde à chaque extrémité de la rue. De nombreux soldats.

—Est-ce qu'il y a toujours autant de militaires qui surveillent le centre-ville ? demandé-je à Faline.

Elle se contente de hausser les épaules et de plaquer une tenue contre moi, mais j'aperçois une lueur de gêne dans ses yeux.

—Non, dit-elle. Pas vraiment. Mais je suis sûre qu'il n'y a aucune raison de s'inquiéter.

Je n'insiste pas, mais une sourde angoisse monte en moi. Denver renforce sa sécurité. June ne m'a pas expliqué pourquoi elle tient tant à ce que j'assiste à cette réunion, mais c'est assez important pour qu'elle se donne la peine de me contacter après des mois de silence. Que peut-elle bien vouloir de moi ? Qu'est-ce que la République est en train de mijoter ?

Si le gouvernement a l'intention de rompre la trêve avec les Colonies, je ferais bien de m'arranger pour qu'Eden quitte le pays au plus vite. Je suis désormais en mesure d'émigrer, après tout. Je me demande pourquoi je ne l'ai pas encore fait.

Quelques heures plus tard, après le coucher du soleil, des feux d'artifice illuminent le ciel pour fêter l'anniversaire de l'Elector. Une jeep est venue me chercher à l'appartement pour me conduire à Colburn Hall. Je regarde par la vitre avec impatience. Sur les trottoirs, les gens se déplacent en groupes serrés. Tout le monde porte une tenue spéciale : rouge, en règle générale, avec une pointe de doré et des sceaux de la République en évidence au dos des gants blancs ou sur les manches des manteaux militaires. Je me demande combien de ces personnes pensent qu'Anden est le sauveur de la République, comme l'affirment certains graffiti, et combien croient qu'il n'est qu'un pantin, comme le proclament d'autres. Des soldats patrouillent dans les rues. Les JumboTron affichent de gigantesques sceaux de la République avant de diffuser des reportages en direct montrant les festivités qui se déroulent à Colburn Hall. Il faut reconnaître que, depuis qu'Anden est au pouvoir, la propagande s'est faite plus discrète, mais on n'a toujours aucune nouvelle du reste du monde. Je suppose qu'on ne peut pas tout avoir.

Lorsque nous atteignons les escaliers pavés de Colburn Hall, la fête bat son plein dans les rues. Les gens se mêlent à des gardes sur le qui-vive. Les spectateurs poussent une acclamation assourdissante en me voyant descendre de la Jeep. Le rugissement fait vibrer mes os et une douleur lancinante traverse l'arrière de mon crâne. Je salue la foule d'un geste hésitant.

Faline m'attend au pied des marches menant à Colburn Hall. Elle porte maintenant une robe cuivrée et ses paupières sont saupoudrées de poudre d'or brillante. Nous nous saluons et je lui emboîte le pas tandis qu'elle fait signe aux gens de s'écarter pour nous laisser passer.

— Vous êtes très élégant, dit-elle. Je connais quelqu'un qui sera ravi de vous voir.

— Je ne pense pas que l'Elector m'aime à ce point.

Elle me regarde par-dessus son épaule et sourit.

— Qui vous parle de l'Elector ?

Mon cœur bondit dans ma poitrine.

Nous nous frayons un chemin à travers la foule hurlante. Je tends le cou et j'admire la beauté subtile de Colburn Hall. Tout y brille. Les piliers sont couverts d'immenses bannières écarlates frappées du sceau de la République et au-dessus de l'entrée trône le plus grand portrait qu'il m'ait été donné de voir. Un portrait démesuré d'Anden. Faline m'entraîne dans un long couloir. Des sénateurs bavardent, des invités de marque parlent et rient comme si tout allait au mieux dans le pays. Mais, derrière ces masques ravis, je perçois des signes de nervosité. Les mains tremblent et les sourcils se froncent. Ces personnes ont remarqué qu'il y a beaucoup plus de soldats que d'habitude ici aussi. J'essaie d'imiter leur démarche élégante et leurs discours policés, mais je renonce en remarquant que Faline me regarde d'un air bizarre.

Nous traversons des salles magnifiques, perdus au milieu d'une mer d'hommes politiques. Les glands qui ornent mes épaulettes cliquètent. Je *la* cherche. Je la cherche alors que je ne sais même pas ce que je vais dire quand je serai devant elle – mais encore faudrait-il que je parvienne à la trouver. Comment pourrais-je la repérer au milieu de cet étalage de luxe ? Chaque fois que je change de direction, j'aperçois une débauche de robes colorées et de costumes élégants, des fontaines et des pianos, des serviteurs portant des flûtes de champagne, des gens raffinés affichant des sourires hypocrites. J'ai soudain l'impression d'étouffer.

*Où suis-je ? Qu'est-ce que je fais là ?*

Comme pour répondre à ces questions, elle apparait enfin. La foule aristocratique se fond dans le brouillard au moment où je repère sa silhouette. Je me fige. June. Les conversations et les éclats de rire se transforment en brouhaha à peine audible, monotone et sans intérêt. Malgré moi, mon attention se concentre sur la jeune fille que je me croyais capable de revoir.

Elle porte une longue robe écarlate qui effleure le sol. Ses cheveux épais et brillants sont rassemblés sur sa tête en une succession de vagues sombres, maintenus en place par des peignes rouges ornés de gemmes pourpres et rutilantes. Je n'ai jamais vu une fille aussi ravissante. Il n'y a pas une autre invitée qui peut rivaliser avec elle. Elle a grandi depuis notre dernière rencontre, il y a huit mois. Sa grâce, son maintien, son cou de cygne et ses grands yeux sombres sont l'image de la perfection.

Enfin, presque. En y regardant de plus près, je remarque un détail qui me fait froncer les sourcils. On dirait qu'elle est oppressée, hésitante. Elle ne ressemble pas à la June que je connais. Mais je suis incapable de résister à cette apparition et j'entraîne Faline vers elle. Puis les personnes qui l'entourent s'écartent et je vois l'homme qui se tient à ses côtés. Je m'arrête.

Il s'agit d'Anden, bien entendu. Je ne devrais pas être surpris. Près de lui, plusieurs jeunes filles très élégantes s'efforcent d'attirer son attention, mais il n'a d'yeux que pour June. Je l'observe se pencher vers elle et lui murmurer quelque chose à l'oreille avant de reprendre une conversation détendue avec elle et d'autres invités.

Je me détourne en silence. Faline fronce les sourcils, étonnée.

— Vous allez bien ? demande-t-elle.

Je me force à esquisser un sourire rassurant.

— Oh, sûr. Ne vous inquiétez pas.

Je ne me sens pas à ma place parmi cette élite, ces gens avec leur compte en banque bien garni et leurs manières distinguées. La République peut me couvrir d'or, mais je ne serai jamais qu'un garçon des rues.

Et j'avais oublié qu'un garçon des rues n'est pas digne d'un futur princeps.

# JUNE

**19.35**
**Colburn Hall, grande salle de bal.**
**20 °C.**

IL ME SEMBLE APERCEVOIR DAY DANS LA FOULE. UNE MASSE DE cheveux blond pâle et deux yeux bleus étincelants. Je cesse aussitôt de prêter attention à ma conversation avec Anden et les deux autres princeps elects. Je tends le cou en scrutant les invités, mais il a disparu – à supposer qu'il ait été là. Déçue, je tourne la tête vers mes compagnons en esquissant un sourire mille fois répété. Est-ce que Day viendra ce soir ? Je suis certaine que les agents d'Anden nous auraient informés s'il avait refusé d'embarquer sur le jet privé qui devait assurer son transport, ce matin. Pourtant, il s'est montré si distant, si mal à l'aise lors de notre conversation de la veille. Peut-être a-t-il décidé qu'en fin de compte, il n'avait aucune envie de venir à Denver. Peut-être qu'il me déteste. Après tout, nous sommes restés séparés assez longtemps pour qu'il réfléchisse à tête reposée sur la nature de notre relation. Les autres princeps elects rient à une plaisanterie d'Anden et j'en profite pour scruter la foule une nouvelle fois.

J'ai la profonde intuition qu'il viendra, mais je ne suis pas le genre de personne qui fait confiance à ses intuitions. D'un air absent, j'effleure les bijoux qui retiennent mes cheveux pour m'assurer qu'ils sont en place. Ils ne sont pas très agréables à porter, mais le coiffeur s'est extasié en voyant que les rubis s'harmonisaient à la perfection avec mes mèches brunes. Sa réaction m'a fait comprendre que l'effet produit valait bien un petit inconfort. Je ne sais pas trop pourquoi je me suis donné tant de peine pour être élégante ce soir. Mais après tout, c'est le jour de l'indépendance. Cela n'arrive qu'une fois par an.

— Mademoiselle Iparis se montre aussi précoce que nous l'avions espéré, déclare Anden à un groupe de sénateurs.

Il m'adresse un sourire. Sa joie n'est qu'un masque, bien entendu. Je suis son ombre depuis assez longtemps pour sentir sa nervosité. Ce soir, elle se remarque dans chacun de ses gestes. Je suis tendue, moi aussi. Dans un mois à peine, le drapeau des Colonies flottera peut-être sur les cités de la République.

— Ses professeurs affirment qu'ils n'ont jamais vu un étudiant assimiler si vite les théories politiques.

— Merci, Elector, dis-je sans réfléchir.

Les sénateurs rient doucement, mais derrière leur bonne humeur se cache le ressentiment immuable qu'ils éprouvent envers moi. Je suis la gamine qui a été choisie par l'Elector pour devenir leur chef – peut-être. Mariana me gratifie d'un hochement de tête diplomate, mais froid. Serge ne semble pas très heureux qu'Anden ne parle que de mes progrès. J'ignore le regard furieux qu'il me lance. Au départ, ce genre de réaction me contrariait. Aujourd'hui, je n'y prête plus attention.

—Ah! s'exclame le sénateur Tanaka, de l'état de Californie. (Il tire sur le col de la chemise de son uniforme et échange un regard avec sa femme.) Voilà de merveilleuses nouvelles, Elector. Je suis convaincu que les professeurs de mademoiselle Iparis savent également qu'un sénateur ne peut pas se contenter de théories. Il apprend beaucoup sur le terrain. Le Sénat est une excellente école, surtout quand on y passe de longues années, comme c'est le cas de notre cher sénateur Carmichael, ici présent.

Il incline la tête avec grâce pour saluer Serge et celui-ci se rengorge comme un paon.

Anden fait un geste blasé.

—Bien sûr, dit-il. Mais chaque chose en son temps, sénateur.

À côté de moi, Mariana laisse échapper un soupir. Elle se penche vers moi et désigne Serge d'un mouvement de menton.

—Si vous observez sa tête assez longtemps, il n'est pas impossible que vous la voyiez enfler suffisamment pour se transformer en montgolfière, marmonne-t-elle.

Sa réflexion m'arrache un sourire.

La conversation s'oriente vers un autre sujet que moi. On se demande comment améliorer la sélection des étudiants au lycée maintenant que l'Examen a été abandonné. Cette discussion politique me hérisse. J'observe la foule à la recherche de Day. En vain. Au bout d'un moment, je pose la main sur le bras d'Anden et je me penche vers lui.

— Excusez-moi, murmuré-je. Je reviens tout de suite.

Il hoche la tête. Je tourne les talons et je m'enfonce dans la foule. Je sens son regard qui s'attarde sur moi.

J'arpente la salle de bal pendant de longues minutes, sans succès. J'en profite pour saluer plusieurs sénateurs et leur famille. Où est Day ? Je tends l'oreille pour écouter des bribes de conversations, je scrute les endroits où les gens peuvent se rassembler. Day est célèbre. Il a dû attirer l'attention s'il est arrivé. Je m'apprête à traverser la salle quand les haut-parleurs se mettent à grésiller. Le serment d'allégeance. Je soupire et je me tourne vers Anden qui se trouve déjà sur l'estrade, entouré de gardes brandissant des étendards de la République.

— Je jure fidélité au drapeau de la grande République américaine…

Day !

Il est là !

Il est à une quinzaine de mètres de moi, une jeune fille en robe dorée à son bras. Il se tient de trois quarts et je ne distingue qu'une partie de sa silhouette. Ses cheveux épais et lisses ne sont pas attachés. Je l'observe avec attention et je remarque que ses lèvres ne bougent pas. Il ne répète pas un mot du serment d'allégeance. Je me tourne vers l'estrade tandis qu'un tonnerre d'applaudissements éclate dans la salle. Anden entame le discours qu'il a préparé. Du coin de l'œil, je vois Day regarder par-dessus son épaule. Mes mains se mettent à trembler lorsque j'entraperçois son visage. Avais-je vraiment oublié à quel point il est beau ? À quel point ses yeux brillent d'une lueur sauvage et indomptable ?

Qu'ils refusent de renoncer à leur liberté même au milieu de cet étalage d'ordre et d'élégance ?

Le discours se termine et je me dirige droit vers Day. Il porte une veste militaire et une tenue noires taillées à la perfection. N'aurait-il pas maigri ? J'ai l'impression qu'il a perdu cinq bons kilos depuis notre dernière rencontre. Il a sans doute été malade. Tandis que j'approche, Day m'aperçoit et interrompt sa conversation avec la jeune fille qui l'accompagne. Ses yeux s'écarquillent un peu. Je sens une vague de chaleur se répandre sur mes joues et je me concentre pour la chasser. C'est la première fois que nous nous revoyons depuis des mois et je ne tiens pas à avoir l'air ridicule.

Je m'arrête à un mètre de lui. Mes yeux se posent sur sa compagne. Je la reconnais. Elle s'appelle Faline, elle a dix-huit ans et c'est la fille du sénateur Fedelma.

Elle et moi échangeons un hochement de tête. Elle sourit.

— Bonsoir, June. Tu es ravissante ce soir.

Je lui rends son sourire sans avoir besoin de me forcer. C'est un soulagement après tous ceux que j'ai grimacés face aux princeps elects.

— Toi aussi, dis-je.

Faline ne perd pas une seconde. Elle remarque la légère rougeur de mes joues, fait une petite révérence et disparaît en nous abandonnant, Day et moi, au milieu de la foule.

Pendant un moment, nous nous regardons sans un mot. Je décide de prendre la parole avant que le silence devienne trop pesant.

— Salut, dis-je. (Je le contemple en me rappelant les moindres souvenirs de son visage.) Je suis contente de te voir.

Day s'incline en souriant, mais il ne me quitte pas des yeux. La manière dont il me regarde génère sur ma peau des frissons brûlants qui parcourent ma poitrine.

— Merci de ton invitation.

Entendre sa voix et le voir de nouveau...

J'inspire un grand coup en me rappelant les raisons pour lesquelles je lui ai demandé d'être présent ce soir. Ses yeux parcourent mon visage et ma robe. Il semble sur le point de faire une remarque, mais il se ravise et montre la salle d'un geste.

— Sympathique, cette petite fête.

— Ce n'est jamais aussi amusant que cela en a l'air, murmuré-je de manière à ce que personne d'autre ne m'entende. Je suis persuadée que certains sénateurs risquent d'exploser à force de devoir parler à des gens qu'ils n'aiment pas.

Ma plaisanterie fait naître un petit sourire soulagé sur son visage.

— Je suis heureux d'apprendre que je ne suis pas le seul à souffrir.

La réflexion de Day me rappelle que je dois le conduire au dîner. Cette pensée me fait descendre de mon petit nuage. Anden a déjà quitté l'estrade.

— Il est presque temps, dis-je en lui faisant signe de me suivre. Peu de gens assisteront au dîner. Toi, moi, les autres princeps elects et l'Elector.

— Qu'est-ce qui se passe ? demande Day en marchant à mon côté.

Son bras frôle le mien et j'en ai la chair de poule. Je m'efforce de respirer normalement. *Concentre-toi, June.*

— Tu as été plutôt avare de détail au cours de notre conversation. J'espère que je vais me farcir tous ces abrutis pour une bonne raison.

Je ne peux m'empêcher de sourire inférieurement en entendant la manière dont Day parle des sénateurs.

— Tu verras bien lorsque tu y seras. Et essaie d'être le moins offensant possible.

Je me détourne pour me concentrer sur le petit couloir qui mène à la Chambre Jasper, une pièce discrète à l'écart de la grande salle de bal.

— Je ne vais pas aimer ce que je vais entendre, hein ? marmonna Day à mon oreille.

Un sentiment de culpabilité m'envahit.

— Je suppose que non, réponds-je.

Nous entrons dans la salle à manger privée, une petite pièce rectangulaire avec une table en merisier et sept sièges. Serge et Mariana arrivent quelques instants après nous. Ils s'asseyent de chaque côté du fauteuil réservé à l'Elector. Je m'installe près de Day, ainsi qu'Anden l'a demandé. Deux serviteurs contournent la table et déposent des assiettes de melon et de salade de porc devant chaque siège. Serge et Mariana se lancent dans une discussion banale et polie, mais Day et moi restons silencieux. De temps en temps, je le regarde discrètement. Il contemple les rangées de fourchettes, de cuillères et de couteaux qui s'étalent devant lui avec un froncement de sourcil ennuyé. Il essaie de deviner comment on s'en sert sans avoir à demander. *Oh, Day!* Je ne sais pas pourquoi, mais cette scène me noue l'estomac et me serre le cœur. J'avais oublié à quel point ses longs cils reflétaient la lumière.

—Qu'est-ce que c'est que ça? me murmure-t-il en brandissant un des ustensiles.

—Un couteau à beurre.

Day le regarde d'un air renfrogné. Il fait glisser un doigt sur l'extrémité arrondie et émoussée.

—Je ne sais pas ce que c'est, marmonne-t-il, mais ce n'est certainement pas un couteau!

Serge a remarqué son embarras.

—Je suppose que vous n'avez pas l'habitude de manger avec des couverts, là d'où vous venez? lâche-t-il d'une voix glacée.

Day se raidit, mais ne se laisse pas démonter. Il saisit un couteau à viande plus impressionnant rangé près de son assiette et il l'agite d'un air désinvolte. Serge et Maria se reculent instinctivement sur leurs sièges.

—Là d'où je viens, nous nous efforçons avant tout d'être efficaces, dit-il. Un couteau comme celui-ci permet de faire rôtir la viande au-dessus d'un feu, d'étaler du beurre ou de trancher une gorge.

Day n'a jamais tranché la gorge de personne, bien entendu, mais Serge l'ignore. Le princeps elect laisse échapper un petit bruit méprisant, mais son visage est blême. Je dois faire semblant de tousser pour ne pas éclater de rire en regardant l'expression faussement sérieuse de Day.

Moi aussi j'aurais été intimidée si je ne l'avais pas connu si bien.

Je remarque alors un détail qui m'avait échappé. Day est pâle, beaucoup plus pâle que dans mes souvenirs. Mon amusement fond comme neige au soleil. Est-ce que sa récente maladie était plus grave que je l'avais pensé ?

Anden arrive une minute plus tard. Nous nous levons aussitôt et il nous fait signe de nous rasseoir. Il est accompagné de quatre soldats, dont l'un ferme la porte pour isoler la salle à manger du reste du monde.

— Day, dit Anden en lui adressant un hochement de tête poli. (Day ne semble pas très heureux de ces égards, mais il lui rend son salut.) C'est un plaisir de vous revoir, même dans des conditions aussi malheureuses.

— Malheureuses, comme vous dites, lâche Day.

Je m'agite sur mon siège, mal à l'aise. Comment imaginer une scène plus tendue que cette rencontre autour d'un repas ?

Anden ne relève pas la remarque acerbe.

— Laissez-moi vous faire un résumé de la situation. (Il pose la fourchette qu'il venait de prendre.) La signature du traité de paix avec les Colonies est repoussée *sine die*. Un virus se propage à une vitesse ahurissante dans leurs cités proches de la frontière méridionale.

Day a croisé les bras et il observe tout le monde d'un air suspicieux. Anden poursuit comme si de rien n'était.

— Les Colons pensent que nous sommes responsables de cette épidémie et ils exigent que nous leur fournissions un remède comme préalable à la reprise des pourparlers de paix.

Serge se racle la gorge comme s'il s'apprêtait à dire quelque chose, mais Anden lève la main pour l'interrompre. Il entre alors dans les détails : les Colonies ont commencé par envoyer un message cinglant à la République pour obtenir des informations sur le virus qui décime leurs troupes. Ils ont rapidement isolé les soldats contaminés avant d'envoyer un ultimatum à nos généraux sur le front. Ils affirment qu'il y aura de terribles conséquences si nous refusons de leur fournir un remède dans les plus brefs délais.

Day écoute sans bouger un muscle ni dire un mot. Il serre le bord de la table si fort que les articulations de sa main sont blanches. Je me demande s'il a compris où mène cette histoire et ce qu'on va lui demander. Quoi qu'il en soit, il attend qu'Anden termine son exposé.

Serge se laisse aller contre le dossier de son fauteuil en fronçant les sourcils.

— Si les Colonies veulent jouer à ce petit jeu, se moque-t-il, laissons-les faire. Nous sommes en guerre depuis bien longtemps, nous n'aurons aucun mal à tenir quelques années de plus. Nous ne sommes pas pressés

— Non, intervient Mariana. Vous pensez vraiment que les Nations Unies vont accepter l'ajournement du traité sans réagir ?

— Les Colonies ont-elles des preuves de notre implication dans cette épidémie ou s'agit-il de simples accusations ?

— Justement. Si elles croient que nous…

Day prend soudain la parole en regardant Anden.

— Cessons de tourner autour du pot, dit-il. Dites-moi ce que je fais ici.

Il n'a pas parlé fort, mais son ton sinistre réduit tout le monde au silence. Anden lui retourne son regard grave avant d'inspirer un grand coup.

— Day, je pense que cette épidémie a été causée par une arme biologique de mon père. Et je pense que le virus concerné a été extrait du sang de votre frère, Eden.

Day plisse les yeux.

— Et ?

Anden ne semble pas très enthousiaste à l'idée de continuer.

— Il y a plusieurs raisons pour lesquelles je ne voulais pas que l'ensemble des sénateurs participe à cette réunion. (Il se penche en avant et regarde Day avec humilité avant de poursuivre plus bas.) Je ne veux pas entendre l'avis des autres pour le moment, Day. Je veux entendre votre avis. Vous êtes le cœur des habitants de ce pays. Vous l'avez toujours été. Vous avez tout donné pour les protéger. (Day se raidit.) J'ai peur pour eux. J'ai peur qu'ils courent un grand danger. J'ai peur qu'en enquêtant sur cette affaire, nous ne fassions que les exposer à la colère de nos ennemis. (Il poursuit dans un murmure.) Je suis dans l'obligation de prendre des décisions difficiles.

Day hausse un sourcil.

— Quel genre de décisions ?

— Les Colonies sont prêtes à tout pour obtenir un remède contre l'épidémie. Notre seule chance d'en trouver un, c'est de placer temporairement Eden dans...

Day repousse sa chaise et se lève.

— Non, dit-il d'une voix plate et glacée.

Je me rappelle assez bien notre violente dispute pour savoir qu'une terrible colère bout sous son calme apparent. Sans ajouter un mot, il se tourne et se dirige vers la porte.

Serge fait mine de se lever, sans doute pour apostropher Day et lui reprocher son manque de savoir-vivre. Anden le fusille du regard et lui fait signe de rester assis. Puis il se tourne vers moi avec des yeux suppliants.

*Parlez-lui. Je vous en prie.*

J'observe Day s'éloigner. *Il a parfaitement le droit de refuser. Il a parfaitement le droit de nous détester pour avoir osé lui demander un tel sacrifice.* Pourtant, je me lève à mon tour et je quitte la salle à manger d'un pas rapide pour le rattraper.

— Day, attends !

Mes paroles me rappellent de douloureux souvenirs. La dernière fois que nous nous sommes trouvés tous les deux dans la même pièce, c'était pour nous dire adieu.

Nous sommes maintenant dans le petit couloir qui conduit à la grande salle de bal. Day ne se retourne pas, mais j'ai l'impression qu'il a ralenti pour que je le rattrape. Lorsque j'arrive enfin à sa hauteur, j'inspire profondément.

— Day, je sais que…

Il pose un doigt sur ses lèvres pour me faire taire, puis il me prend la main. Je sens la chaleur de sa peau à travers son gant. Après ces longs mois de séparation, ce contact me cause un tel choc que j'en oublie le reste de ma phrase. Sa présence, son toucher, tout cela me chavire.

— Parlons en privé, souffle-t-il.

Nous nous dirigeons vers une porte du couloir. Nous entrons et nous fermons derrière nous avant de tourner la clé dans la serrure. Mes yeux explorent la pièce avec méthode. Il s'agit d'une petite salle à manger. Les lampes sont éteintes. Une table ronde et douze chaises sont couvertes de housses blanches. Les murs sont noirs. Une grande fenêtre en forme d'arche laisse entrer un rayon de lune. Les cheveux de Day se transforment en masse argentée. Il tourne la tête vers moi.

Est-ce mon imagination ou ses joues sont-elles aussi rouges que les miennes après notre bref contact ? J'ai soudain l'impression que la robe me comprime la taille. L'air glisse sur mes épaules et mes omoplates nues. Le vêtement et les bijoux qui ornent mes cheveux semblent peser des tonnes. Les yeux de Day s'attardent sur mon collier et le rubis niché au creux de ma gorge. C'est son cadeau d'adieu. Ses joues s'empourprent légèrement dans la pénombre.

—Alors, dit-il enfin. C'est vraiment pour ça qu'on m'a fait venir ici ?

Malgré sa colère, ses paroles me font l'effet d'une douce brise après tant de discours politiciens mercantiles entendus au Sénat. Je voudrais respirer ses mots.

—Les Colonies refusent d'accepter une autre solution, dis-je. Elles sont convaincues que nous possédons un remède et Eden est la seule personne susceptible d'être porteuse d'un anticorps. La République fait déjà des tests sur les autres… cobayes… dans l'espoir de trouver quelque chose.

Day esquisse un mouvement de recul, puis il croise les bras sur sa poitrine et me regarde d'un air mauvais.

—La République fait déjà des tests, hein ? marmonne-t-il. (Il tourne la tête vers la fenêtre éclairée par la lune.)

Désolé de ne pas être emballé plus que ça par votre idée, ajoute-t-il sur un ton sec.

Je ferme les yeux pendant quelques secondes.

— Nous n'avons pas beaucoup de temps devant nous, avoué-je. Chaque jour d'attente attise un peu plus la colère des Colonies.

— Et que se passera-t-il si nous ne le leur donnons rien ?

— Tu sais très bien ce qui se passera. Ce sera la guerre.

Une lueur de crainte traverse ses yeux, mais il hausse les épaules.

— La République et les Colonies sont en guerre depuis la nuit des temps. En quoi la reprise des combats changerait-elle quoi que ce soit ?

— Cette fois-ci, elles nous battraient à plate couture, murmuré-je. Elles ont un allié puissant. Elles savent que nous sommes vulnérables après l'accession au pouvoir d'un Elector si jeune. Si nous ne leur donnons pas un remède, nous n'avons pas la moindre chance. (Je plisse les yeux.) Tu te souviens de ce que nous avons vu dans les Colonies ?

Day réfléchit. Il ne dit rien, mais son dilemme se lit sur son visage. Puis il soupire et ses lèvres se contractent sous le coup de la colère.

— Tu penses vraiment que je vais laisser la République reprendre Eden ? Si l'Elector le croit, alors je me suis vraiment trompé en le soutenant. Je ne l'ai pas aidé pour qu'il renvoie mon frère dans un laboratoire.

— Je suis désolée. (Il est inutile de chercher à le convaincre qu'Anden regrette d'en être arrivé à cette extrémité.) Il n'aurait pas dû te demander cela ainsi.

— Il t'a gentiment priée de manigancer tout ça, hein ? Je parie que tu n'étais pas enthousiaste non plus. Tu sais ce qu'Eden représente pour moi. (Sa voix est de plus en plus furieuse.) Tu savais que je refuserais. Alors pourquoi est-ce que tu t'es donné la peine de me faire venir ici ?

Je le regarde dans les yeux et je dis la première chose qui me traverse l'esprit.

— Parce que j'avais envie de te voir. Est-ce que ce n'était pas ce dont nous avions convenu ?

Ma réponse le réduit au silence. Il me tourne le dos et passe les deux mains dans ses cheveux avant de soupirer.

— Qu'est-ce que, toi, tu penses de la situation ? Dis-moi la vérité. Que me demanderais-tu de faire si tu étais libre de donner ton avis ?

Je glisse une mèche derrière mon oreille. *Sois forte, June.*

— Je…

J'hésite. Que lui dirais-je si je n'étais pas soumise à des impératifs d'État ? En toute logique, je devrais partager le point de vue d'Anden. Si les Colonies mettent leurs menaces à exécution, si elles lancent une offensive contre la République avec le soutien d'une superpuissance, d'innombrables innocents seront tués. Tant de victimes pour épargner une seule vie… Il n'y a pas de choix plus évident. Et puis nous pouvons nous assurer qu'Eden sera traité aussi bien que possible, qu'il sera examiné par les meilleurs docteurs et dans le plus grand confort. Day pourrait assister aux tests médicaux et voir ce qui se passe. Mais comment expliquer cela à un garçon qui a perdu le reste de sa famille, un garçon qui a vu son jeune frère enlevé pour servir de cobaye, un garçon qui a lui-même servi de cobaye ? Anden a lu tous les rapports possibles et imaginables sur Day, mais il est incapable de comprendre ce qu'il a enduré, contrairement à moi. Il ne le connaît pas, il n'a pas vécu ou voyagé à ses côtés, il n'a pas été témoin de ses souffrances. La question est trop compliquée pour se contenter d'une réponse simple et logique.

Plus important encore : *Anden est incapable de garantir que tout se passera bien pour Eden.* Les expériences sont dangereuses et je sais très bien que Day n'acceptera jamais que son frère courre de tels risques.

Il doit lire la frustration sur mon visage, car ses traits s'adoucissent et il avance d'un pas vers moi. Je sens presque la chaleur de son corps, la chaleur de sa présence. Je m'aperçois que j'ai du mal à respirer.

— Ce soir, je suis venu pour toi, dit-il à voix basse. Rien au monde n'aurait pu me convaincre d'accepter cette invitation, sinon m'entendre dire que tu voulais me voir. Je ne peux rien te refuser. On m'a affirmé que tu avais personnellement…

Il déglutit avec peine. Son expression trahit un conflit que je connais et qui me donne la nausée. Il tient à moi, mais il est terrifié à l'idée d'éprouver des sentiments pour celle qui a détruit sa famille.

— Je suis heureux de te revoir, June.

Il dit ces mots comme s'il se soulageait d'un pesant fardeau qu'il porte depuis trop longtemps. Je me demande s'il entend mon cœur qui bat à tout rompre. Mais, quand je reprends la parole, ma voix est calme et mesurée.

— Est-ce que tu vas bien ? Tu es tout pâle.

Ses yeux s'obscurcissent, comme si le fardeau pesait de nouveau sur ses épaules. Le bref moment de complicité prend fin et il s'éloigne en tripotant ses gants.

*Il a toujours détesté les gants,* me rappelé-je.

— J'ai attrapé une mauvaise grippe il y a deux semaines, dit-il en esquissant un petit sourire. Je vais mieux maintenant.

Il détourne légèrement les yeux et se gratte le bord de l'oreille. Ses membres sont tendus. Il y a un léger décalage entre ses paroles et son sourire.

J'incline la tête en fronçant les sourcils.

— Tu es un piètre menteur, Day. Tu ferais mieux de me dire ce qui te trotte dans le crâne.

— Il n'y a rien à dire, répond-il sur-le-champ. (Il regarde le sol et glisse les mains dans ses poches.) Si je suis un peu bizarre, c'est parce que je m'inquiète pour Eden. On soigne ses yeux depuis un an, mais il n'y voit presque rien. Les docteurs disent qu'il aura peut-être besoin de lentilles spéciales, mais rien ne garantit qu'il retrouve une vue normale.

Je sens que ce n'est pas pour cette raison qu'il a l'air épuisé, mais il sait qu'en prenant la guérison d'Eden comme excuse, je n'insisterai pas. Eh bien, s'il n'a pas envie d'en parler, qu'il en soit ainsi. Je me racle la gorge, un peu gênée.

— Ce ne sont pas de bonnes nouvelles, dis-je dans un souffle. Je suis désolée. Est-ce qu'il va bien en dehors de cela ?

Day hoche la tête. Le silence retombe dans la pièce éclairée par la lune. Je ne peux pas m'empêcher de me remémorer notre dernière rencontre, quand il a pris mon visage dans ses mains, quand ses larmes ont glissé sur mes joues. Je me souviens du ton sur lequel il a murmuré : « Je suis désolé. » Ce soir, nous nous observons à un mètre de distance, mais je sens le poids de notre longue séparation. Le moment est électrique, comme si nous étions deux étrangers se rencontrant pour la première fois.

Il se penche vers moi sous la pression d'une force invisible. Son visage suppliant me noue l'estomac : *Par pitié, ne me demande pas ça,* implorent ses yeux. *Ne me demande pas de sacrifier mon frère. Tu peux me demander n'importe quoi d'autre. Mais pas ça.*

— June, je…, souffle-t-il.

Sa voix est prête à se briser sous la force de la douleur qu'il garde au fond de lui.

Il ne termine pas sa phrase. Il pousse un soupir et incline la tête.

— Je ne peux pas accepter la proposition de l'Elector, lâche-t-il d'une voix grave. Je refuse qu'on prenne mon frère pour que la République lui fasse subir de nouvelles expériences. Dis à Anden que je suis prêt à travailler avec lui pour trouver une autre solution. Je comprends très bien la gravité de la situation et je n'ai pas l'intention de laisser la République s'effondrer. Je serais heureux de vous aider à la sauver, mais personne ne touchera à Eden.

C'est la fin de notre conversation. Day me salue, s'attarde un instant, puis recule d'un pas vers la porte. Je m'appuie contre le mur, épuisée. Dès que Day s'éloigne, l'énergie se fait plus rare et les couleurs deviennent ternes.

La lueur argentée de la lune a soudain viré au gris. J'observe son visage blême une dernière fois, du coin de l'œil. Il évite mon regard. Il y a quelque chose d'étrange, quelque chose dont il ne veut pas me parler. Quelque chose qui m'échappe.

Quoi ?

Il ouvre la porte et ses traits se durcissent.

— Et si la République s'avise de prendre Eden par la force, je monterai les gens contre Anden si vite que la révolution sera terminée avant qu'il ait le temps de s'en apercevoir.

# DAY

QUAND MÊME, JE DEVRAIS M'ÊTRE HABITUÉ À CES CAUCHEMARS DEPUIS le temps.

Cette fois-ci, je rêve de moi et d'Eden. Nous sommes dans un hôpital de San Francisco. Un docteur glisse une nouvelle paire de lunettes sur le nez de mon frère. Nous nous rendons à l'hôpital au moins une fois par semaine pour qu'on mesure les lents progrès des yeux d'Eden. Mais, aujourd'hui, je vois le docteur qui sourit à mon frère d'un air encourageant. C'est sans doute bon signe, non ?

Eden se tourne vers moi et sourit à son tour avant de bomber la poitrine avec fierté. Je ne peux retenir un éclat de rire.

— De quoi j'ai l'air? demande-t-il en ajustant les énormes montures.

Ses yeux ont encore cette étrange couleur mauve pâle et ils ont du mal à rester fixés sur moi, mais je m'aperçois qu'il est désormais capable de distinguer les murs et la lumière qui entre par une fenêtre. Mon cœur bondit de joie. Il y a enfin des progrès.

— D'un hibou de onze ans, réponds-je.

J'approche de lui et je lui ébouriffe les cheveux. Il rit comme un enfant et écarte ma main.

Nous restons assis dans le bureau en attendant qu'on remplisse divers documents. Je regarde Eden qui plie une feuille de papier en suivant un schéma complexe. Il se penche très près pour voir ce qu'il fait. Ses yeux ravagés brillent sous le coup de la concentration. Ses doigts s'agitent avec souplesse et détermination. Celui-là ! Toujours en train de fabriquer quelque chose.

— Qu'est-ce que tu fais ? demandé-je au bout d'un moment.

Eden est si concentré qu'il ne répond pas tout de suite. Puis il plie un dernier coin et brandit son œuvre avec un sourire effronté.

— Voilà ! dit-il en me donnant une sorte de boule de papier avec une languette. Tire dessus.

Je fais ce qu'il me demande. À ma grande surprise, la boule se transforme en une magnifique rose. Je lui rends son sourire.

— Impressionnant.

Eden reprend son pliage.

À cet instant, une alarme retentit dans tout l'hôpital. Eden laisse tomber la fleur de papier et se lève d'un bond. Ses yeux presque aveugles sont écarquillés par la terreur. Je jette un coup d'œil par la fenêtre et j'aperçois des médecins et des infirmières rassemblés. Dans le ciel, une rangée d'appareils des Colonies apparaît au-dessus de San Francisco. Ils se rapprochent. Dans leur sillage, d'innombrables incendies ravagent la ville.

Le bruit de l'alarme est assourdissant. Je saisis Eden par la main et je l'entraîne hors du bureau.

— Nous devons sortir au plus vite, crié-je.

Eden trébuche, incapable de voir où il pose les pieds. Je le prends sur mon dos. Autour de nous, des gens courent dans tous les sens.

J'atteins la cage d'escalier, mais un cordon de soldats de la République nous empêche de passer. L'un d'eux s'empare d'Eden. Mon frère pousse un hurlement en donnant des coups de pied à une personne qu'il ne voit pas. D'autres hommes me saisissent. J'essaie de me libérer, mais ils m'immobilisent avec une force incroyable. J'ai l'impression de me débattre dans des sables mouvants.

— Nous avons besoin de lui ! me souffle une voix que je ne reconnais pas. Il peut tous nous sauver.

Je crie, mais personne ne m'entend. Au-dessus de l'horizon, les appareils des Colonies prennent l'hôpital pour cible. Les vitres volent en éclat et je sens un souffle brûlant. La rose en papier d'Eden est par terre. Les flammes dévorent déjà ses extrémités. Je ne vois plus mon frère.

Il a disparu. Il est mort.

Une terrible migraine m'arrache au sommeil. Les soldats se sont volatilisés. L'alarme ne retentit plus. L'hôpital ravagé a cédé la place à une chambre aux murs bleu nuit. J'inspire profondément et je me tourne vers le lit d'Eden, mais la souffrance est telle que j'ai l'impression de recevoir un coup de pic à glace derrière la tête. Je me redresse en hoquetant de douleur. Je me rappelle enfin où je suis : l'appartement de

Denver mis à ma disposition par le gouvernement, le lendemain de ma rencontre avec June. J'aperçois ma radio posée sur la commode. Elle est toujours branchée sur le canal que les Patriotes utilisent – enfin, je crois.

— Daniel ?

Sur le lit voisin, Eden s'agite et s'étire.

Une vague de soulagement me submerge malgré les souvenirs vivaces du cauchemar.

*Ce n'était qu'un cauchemar.*

Comme toujours.

— Tu vas bien ? demande mon frère.

Il me faut un moment pour m'apercevoir que le soleil n'est pas encore levé. La pièce est plongée dans la pénombre et je ne distingue que la silhouette d'Eden sur une toile de fond bleu noir.

Je ne réponds pas. Je glisse les jambes hors du lit pour me tourner vers lui et je me prends la tête à deux mains. La douleur me frappe de nouveau, à la base du cerveau.

— Donne-moi mes médicaments, marmonné-je.

— Tu veux que j'aille chercher Lucy ?

— Non, laisse-la dormir. (La malheureuse a déjà passé deux nuits blanches à cause de mes migraines.) Mes médicaments.

Les élancements sont plus violents que d'habitude. Eden se lève avant que j'aie le temps de m'excuser de l'avoir réveillé. Il tâtonne à la recherche du flacon de pilules vertes que je garde sur la commode, entre les deux lits. Il le trouve et le tend à peu près dans ma direction.

— Merci, dis-je en la prenant.

Je fais tomber trois pilules dans la paume de ma main et j'essaie de les avaler. J'ai la gorge trop sèche. Je me lève et je me dirige vers la cuisine en tendant les bras devant moi.

— Tu es sûr que ça va ? demande Eden.

La souffrance est telle que je l'entends à peine. J'ai du mal à ouvrir les yeux.

J'atteins l'évier et je tourne le robinet. Je mets les mains en coupe sous le filet d'eau et je bois en avalant les comprimés. Puis je me laisse glisser par terre dans l'obscurité, le dos contre le métal froid de la porte du réfrigérateur.

*Tout va bien,* dis-je pour me rassurer.

Mes migraines ont empiré au cours des douze derniers mois, mais les docteurs m'ont promis que les crises ne dépasseraient pas une trentaine de minutes. Ils ont également dit que, si l'une d'elles devenait trop violente, je devais aussitôt me rendre aux urgences. Maintenant, chaque fois que la douleur me broie le crâne, je me demande si tout est normal ou si je vis les dernières heures de ma vie.

Quelques minutes s'écoulent avant qu'Eden arrive d'un pas mal assuré avec son radar de marche. Il s'agit d'un petit appareil qui émet un bip s'il est trop près d'un obstacle.

— On ferait mieux de demander à Lucy d'appeler un médecin, souffle-t-il.

Le spectacle d'Eden qui tangue en traversant la cuisine me fait éclater d'un rire incontrôlable, sans que je comprenne pourquoi.

— Mon vieux, regarde-nous un peu, réussis-je à dire avant que mon rire se transforme en quinte de toux. Quelle équipe, hein ?

Eden me repère en posant une main hésitante sur ma tête. Il s'assied à côté de moi, jambes croisées, et esquisse un sourire narquois.

—Hé, avec ta patte en métal, ta moitié de cerveau et les quatre sens qu'il me reste, on fait presque une personne complète.

Je ris plus fort, mais la douleur empire.

—Depuis quand es-tu aussi sarcastique, gamin? demandé-je en lui assénant un petit coup de coude affectueux.

Nous restons assis en silence pendant une heure. La migraine refuse de déclarer forfait et je me tords de douleur. Ma chemise blanche est trempée de sueur et mon visage de larmes. Eden est toujours assis à côté de moi. Il me serre la main avec ses petites menottes.

—Essaie de ne pas penser à la douleur, me souffle-t-il sur un ton pressant.

Il plisse les yeux et me regarde avec ses pupilles violet pâle. Il remonte ses lunettes à monture noire sur son nez. Des fragments de cauchemar me reviennent en mémoire. On m'arrache mon frère. J'entends ses hurlements. Je serre sa main si fort que je le vois grimacer.

—N'oublie pas de respirer. Le docteur a dit qu'il fallait respirer profondément, non? Inspire, expire.

Je ferme les yeux et j'essaie de suivre ses conseils, mais la migraine est si forte que j'ai du mal à l'entendre. La souffrance est insupportable. C'est une lame chauffée à blanc qui me transperce encore et encore. *Inspire, expire.* Voilà le schéma à suivre. La douleur s'engourdit petit à petit, avant de frapper brusquement avec une force inimaginable. Une lance me transperce le crâne. L'impact est si violent que mon corps tout entier se contracte. Cela dure trois longues secondes, puis vient un bref instant de répit. Et un nouveau cycle commence.

— Depuis combien de temps on est là ? demandé-je à Eden en hoquetant.

Une faible lumière bleue s'insinue à travers les volets.

Eden tire un ordicom carré de sa poche et appuie sur son unique bouton.

— Heure ? demande-t-il.

— Cinq heures et trente minutes, répond aussitôt l'appareil.

Il le range avec un froncement de sourcil inquiet.

— Ça fait presque une heure. Est-ce que ça avait déjà commencé quand je me suis réveillé ?

Je suis en train de mourir. Je suis vraiment en train de mourir. Dans ce genre de moments, je suis heureux d'être loin de June. À l'idée qu'elle me voie ainsi, effondré sur le sol d'une cuisine, sale et en sueur, serrant la main de mon frère comme un bébé... alors qu'elle me contemple, impériale, dans sa robe écarlate, les cheveux parsemés de pierres précieuses... Je vais vous avouer un secret : dans ce genre de moments, je suis soulagé que ma mère, mon père et John ne soient plus là pour assister à ma déchéance.

Je pousse un gémissement tandis qu'une vague de douleur terrible m'envahit. Eden ressort son ordicom et appuie sur le bouton.

— Ça suffit comme ça, dit-il. J'appelle un docteur. (L'ordicom produit un bip sonore pour indiquer qu'il est prêt.) Day a besoin d'une ambulance.

Sans me laisser le temps de protester, il hausse la voix pour appeler Lucy.

Lucy arrive quelques secondes plus tard. Elle n'allume pas – elle sait que ça ne ferait qu'empirer ma migraine. Je distingue sa silhouette massive approcher dans la pénombre et je l'entends s'exclamer :

— Day ! Depuis combien de temps êtes-vous affalé ici ?

Elle se précipite vers moi et pose une main charnue sur ma joue. Elle tourne la tête vers Eden et lui effleure le menton.

— Est-ce que tu as appelé un médecin ?

Eden acquiesce. Lucy examine mon visage, puis fait claquer sa langue d'un air inquiet et désapprobateur. Elle s'éloigne à grands pas pour aller chercher une serviette humide.

Le dernier endroit où je souhaite aller, c'est dans un hôpital de la République, mais Eden a déjà appelé les secours et, tout compte fait, je n'ai pas très envie de mourir. Ma vue devient floue et je comprends que c'est à cause des larmes qui coulent sans interruption. Je les essuie d'un revers de main et j'adresse un faible sourire à mon frère.

— Merde, je fuis comme un robinet mal fermé.

Eden s'efforce de paraître amusé.

— Ouais, dit-il. Tu as connu des jours meilleurs.

— Dis donc, gamin. Tu te souviens la fois où John t'avait demandé d'arroser les plantes devant la maison ?

Eden fronce les sourcils tandis qu'il fouille ses souvenirs. Puis son visage s'éclaire.

— Je m'en étais super bien tiré, pas vrai ?

— Tu avais fabriqué une catapulte miniature dans le jardin. (Je ferme les yeux et je savoure une brève accalmie.)

Ouais, je m'en souviens. Tu passais ton temps à bombarder ces malheureuses fleurs avec des ballons remplis d'eau. Il me semble qu'elles n'avaient plus le moindre pétale quand tu en as eu terminé. Oh, la vache ! John était furibard.

Il était d'autant plus furieux qu'il avait été incapable de punir son frère de quatre ans quand celui-ci l'avait regardé avec ses grands yeux étonnés.

Eden glousse. Je grimace alors qu'une nouvelle déferlante de douleur me déchire le crâne.

— Qu'est-ce que maman avait l'habitude de dire de nous ? demande-t-il.

Je comprends qu'il essaie de me distraire, de me faire oublier ma souffrance. Je parviens à sourire.

— Maman disait qu'avoir trois garçons à la maison, c'était avoir une mini tornade qui critique tout ce qu'on lui dit.

Nous rions pendant un moment, jusqu'à ce que mes paupières se ferment et se crispent de nouveau.

Lucy revient avec une serviette. Elle la pose sur mon front et je laisse échapper un soupir de soulagement en sentant le tissu frais et humide contre ma peau. Elle vérifie mon rythme cardiaque et ma température.

— Daniel, souffle Eden pendant qu'elle s'affaire. (Il se rapproche de moi et je vois ses yeux vides fixer un point à droite de ma tête.) Tu vas tenir le coup, hein ?

Lucy le regarde et fronce les sourcils en entendant le ton de sa voix.

— Eden ! le gronde-t-elle. J'aimerais bien qu'on fasse preuve d'un peu plus d'optimiste dans cette maison !

Une boule se forme dans ma gorge et ma respiration devient hachée. John n'est plus là. Maman n'est plus là. Papa n'est plus là. J'observe Eden en sentant ma poitrine se serrer. Avant, je pensais qu'étant le benjamin, Eden apprendrait de mes erreurs et de celles de John, qu'il aurait plus de chance que nous, qu'il aurait peut-être la chance d'aller à l'université ou de gagner sa vie en tant que mécanicien. Je pensais que nous serions tous là pour le guider à travers les difficultés de l'existence. Mais que se passera-t-il si je disparais à mon tour ? Que se passera-t-il s'il doit affronter la République seul ?

— Eden, dis-je dans un souffle pressant. (Je l'attire contre moi et il écarquille les yeux, surpris par le ton de ma voix.) Écoute-moi bien, OK ? Si des types de la République te demandent de les accompagner et si je ne suis pas à la maison, ou si je suis à l'hôpital, tu leur claques la porte au nez, c'est compris ? Je t'interdis de les suivre. Tu me téléphones tout de suite, tu appelles Lucy en criant de toutes tes forces, tu... (J'hésite pendant un bref instant.) Tu appelles June Iparis.

— Ta princeps elect ?

— Ce n'est pas ma... (Une nouvelle vague de douleur me fait grimacer.) Tu l'appelles. Tu lui dis d'ordonner à ces hommes d'arrêter.

— Je ne comprends pas...

— Promets-le-moi ! Promets-moi que tu n'iras pas avec eux, quoi qu'il se passe, d'accord ?

La suite de ma tirade est interrompue par un glaive de douleur qui me frappe avec une telle violence que je me replie en position fœtale. J'étouffe un cri. J'ai l'impression qu'on vient de me fendre la tête en deux. Je glisse une main tremblante sur ma nuque pour vérifier que mon cerveau ne s'est pas répandu sur le carrelage de la cuisine. Quelque part au-dessus de moi, j'entends Eden crier. Lucy appelle les urgences de nouveau. Sa voix frise l'hystérie.

— Dépêchez-vous ! hurle-t-elle. Dépêchez-vous !

Lorsque les secours arrivent, j'erre à la frontière de la conscience et de l'inconscience. À travers un épais brouillard, je vois qu'on me soulève et qu'on me glisse sur un brancard avant de me faire sortir de l'appartement. Une ambulance déguisée en Jeep de police attend devant l'entrée de l'immeuble. Est-ce qu'il neige ? Quelques flocons glissent sur mon visage et je sens des pointes glacées sur mes joues. J'appelle Eden et Lucy. Je les entends répondre, mais je ne parviens pas à les voir.

Puis le brancard est installé dans le véhicule qui démarre sans perdre de temps.

Je ne distingue que des taches de couleurs, des cercles flous qui planent dans mon champ de vision. J'ai l'impression de regarder à travers un fragment de verre épais et plein d'arêtes. J'essaie d'identifier certaines formes. S'agit-il de personnes ? J'espère que oui, car si ce n'est pas le cas, je suis sans doute mort. J'ai l'impression de flotter au milieu de curieux débris qui tourbillonnent autour de moi. Mais comment cela serait-il possible ? Les médecins auraient-ils décidé de se débarrasser de moi en me jetant dans le Pacifique ? Où est Eden ? Ils ont dû l'emmener. Comme dans mon cauchemar. Ils l'ont traîné dans un laboratoire.

Je ne peux plus respirer.

Mes mains essaient de remonter vers mon cou, mais j'entends un cri et on plaque mes bras contre moi. Une sensation de froid envahit ma gorge en m'étranglant.

— Du calme ! dit une voix. Tout va bien. Essayez d'avaler.

Je fais ce qu'on me dit de faire. Déglutir est plus difficile que je m'y attendais, mais j'y parviens enfin et la chose glacée glisse en direction de mon estomac. Un froid terrible m'envahit.

— Là, dit la voix, un peu moins fébrile. Ça devrait atténuer les futures céphalées, j'espère.

J'ai l'impression qu'elle ne s'adresse plus à moi. Une autre voix réagit quelques secondes plus tard.

— On dirait que ça fonctionne, docteur.

Je perds connaissance et, quand je me réveille, je constate que les motifs du plafond sont différents. Les rayons d'un soleil de fin d'après-midi entrent par la fenêtre de ma chambre. Je cligne des yeux et je regarde autour de moi. La migraine qui me broyait le crâne a disparu – pour le moment, du moins. J'ai récupéré partiellement ma vue et je m'aperçois que je suis dans une chambre d'hôpital. Je distingue l'inévitable portrait de l'Elector Anden sur un mur et un écran qui diffuse des nouvelles sur un autre. Je gémis, je ferme les yeux et je laisse échapper un soupir. Maudits hôpitaux. Je ne les supporte plus.

— Le patient est réveillé. Le patient est réveillé.

Je tourne la tête et je vois un appareil de surveillance qui répète la même phrase près du lit. Quelques instants plus tard, une voix humaine résonne dans des haut-parleurs.

— Monsieur Wing ?

— Ouais ? articulé-je tant bien que mal.

— Parfait, dit la voix. Votre frère vous rejoint dans quelques secondes.

À peine la communication s'interrompt-elle que la porte s'ouvre brusquement. Eden fait irruption dans la pièce avec deux infirmières exaspérées sur les talons.

— Daniel, hoquète-t-il. Tu es enfin réveillé ! On peut dire que tu as pris ton temps !

Sa mauvaise vue le trahit et il trébuche contre une armoire basse avant que je puisse le mettre en garde. Les deux infirmières l'attrapent pour l'empêcher de tomber.

— Du calme, petit, dis-je. (Ma voix est empreinte de lassitude alors que je me sens en forme et que la migraine a disparu.) Combien de temps est-ce que je suis resté dans les vapes ? Où est…

Je m'interromps, désorienté. Voilà qui est bizarre. Comment s'appelle notre nounou attitrée, déjà ? Je fouille mes souvenirs. *Lucy !*

— Où est Lucy ? dis-je enfin.

Eden ne répond pas tout de suite. Les infirmières le guident jusqu'au bord de mon lit et il se penche vers moi. Ses bras glissent autour de mon cou. Je suis stupéfait en m'apercevant qu'il pleure.

— Hé ! dis-je en lui tapotant la tête. Du calme. Tout va bien. Je suis réveillé.

— J'ai cru que tu allais y rester, murmure-t-il. J'ai cru que tu allais mourir.

— Eh bien, tu t'es trompé. Je suis là.

Je le laisse sangloter un moment, le visage contre ma poitrine. Ses larmes inondent les verres de ses lunettes et dessinent des taches sur ma chemise d'hôpital. Depuis quelque temps, j'emploie une nouvelle technique pour me protéger des émotions trop fortes : j'imagine que je me recroqueville dans la coquille de mon cœur avant de m'extraire de mon corps. Je ne suis plus vraiment présent. Je me contente d'observer le monde d'un œil extérieur. *Eden n'est pas mon frère. Il n'existe même pas. Rien n'existe. Tout n'est qu'illusion.* C'est une méthode qui m'aide beaucoup. J'attends, impassible, que mon frère se ressaisisse, puis je reprends possession de mon corps avec prudence.

Eden essuie ses dernières larmes et s'assied tout contre moi.

— Lucy est déjà en train de remplir les papiers. (Sa voix tremble encore un peu.) Tu es resté inconscient pendant près de dix heures. On t'a fait sortir de l'immeuble par l'entrée principale. La crise était trop grave pour qu'on t'évacue discrètement.

— Est-ce que quelqu'un m'a vu ?

Eden se frotte les tempes en fouillant sa mémoire.

— Peut-être. Je ne me rappelle pas bien. Je n'ai pas fait très attention. J'ai passé toute la matinée dans la salle d'attente parce qu'on ne voulait pas me laisser entrer.

— Est-ce que tu sais... (Je déglutis avec peine.) Est-ce que les docteurs ont dit quelque chose ?

Eden pousse un soupir de soulagement.

— Pas vraiment mais, au moins, tu vas bien maintenant. Ils ont dit que tu avais mal réagi à un médicament qu'on t'a donné. Il a été retiré du traitement. Ils vont trouver quelque chose d'autre pour le remplacer.

Les battements de mon cœur s'accélèrent en entendant la manière dont Eden résume la situation. Il croit encore que ma crise est due à un problème médicamenteux, pas à une détérioration générale de mon état de santé. Un mélange de malaise et d'angoisse me serre l'estomac. Pourquoi ne se montrerait-il pas optimiste ? Pourquoi n'imaginerait-il pas qu'il s'agit d'un simple contretemps dans le processus de guérison ? Je m'infuse cette saleté de médicament depuis deux mois, après l'échec des deux traitements précédents. Malgré les cauchemars et l'augmentation des migraines et des nausées, j'espérais que ces maudites pilules me faisaient quand même un peu de bien, qu'elles réduisaient la tache sombre près de mon hippocampe gauche – le joli nom que les médecins emploient pour parler de la base de mon cerveau. Il semblerait que je me sois trompé. Et s'il n'y avait pas de traitement ?

J'inspire un grand coup et je me force à sourire à mon frère.

— Eh bien ! Au moins, ils sont au courant maintenant. Ils vont peut-être se décider à me donner quelque chose d'efficace cette fois-ci.

Le visage d'Eden s'éclaire. Il a l'air si gentil, si innocent.

— Ouais.

Quelques minutes plus tard, un docteur entre dans la chambre et Eden est reconduit jusqu'à la salle d'attente. À voix basse, le médecin me parle de « nos prochaines options », des traitements que je vais suivre. Il me confie également que les chances de succès sont infimes. Comme je le craignais, ma dernière crise n'est pas le produit d'une simple réaction aux pilules que j'avale.

— Les médicaments réduisent lentement la zone affectée, dit le docteur avec un visage lugubre. Malheureusement, les tissus atteints continuent de dégénérer et votre corps commence à rejeter le traitement, nous obligeant ainsi à en trouver un autre. Il s'agit vraiment d'une course contre la montre, Day. Nous essayons de réduire le mal de manière conséquente afin de le rendre opérable avant qu'il soit trop tard.

Je l'écoute, imperturbable. Sa voix résonne comme si nous étions sous l'eau, monocorde et indistincte.

Je l'interromps au bout d'un moment.

— Écoutez, dites-moi simplement la vérité. Combien de temps me reste-t-il ? Si rien ne marche ?

Le médecin fait la moue, hésite et secoue la tête en poussant un soupir.

— Un mois, avoue-t-il. Peut-être deux. Nous faisons tout notre possible.

*Un mois ou deux. Bon, n'oublions pas qu'ils se sont déjà trompés à plusieurs reprises. Un mois ou deux, ça signifie sûrement quatre ou cinq.* Mais quand même. Je tourne la tête vers la porte contre laquelle Eden a sans doute collé l'oreille pour essayer d'entendre notre conversation. Puis je regarde le docteur et je déglutis avec peine.

— Deux mois, dis-je. Est-ce qu'il me reste une chance ?

— Nous pouvons essayer des traitements plus dangereux, mais leurs effets secondaires risquent de se révéler fatals en cas de mauvaise réaction. Une intervention chirurgicale serait prématurée et vous n'y survivriez probablement pas.

Le médecin croise les bras. Les verres de ses lunettes brillent d'un éclat froid et fluorescent si bien qu'il est impossible de distinguer ses yeux. Il ressemble à un robot.

— Day, je pense que vous feriez mieux de vous préparer au pire et d'agir en conséquence.

— D'agir en conséquence ?

— De préparer votre frère à votre possible disparition. De régler les affaires en cours.

# JUNE

À 8 H 10, LE LENDEMAIN DU DÎNER DE CRISE, ANDEN ME TÉLÉPHONE.

— Le capitaine Bryant a formulé une dernière volonté, dit-il. Il souhaite vous rencontrer.

Je m'assieds au bord de mon lit et je cligne des yeux pour chasser une nuit de sommeil erratique. J'essaie de trouver assez d'énergie pour comprendre ce qu'Anden raconte.

— Demain, nous le transférerons à la prison qui se trouve à l'autre bout de Denver en vue de son exécution. Il a demandé à vous voir avant.

— Que me veut-il ?

— Quoi qu'il ait l'intention de dire, il veut que vous soyez la seule à l'entendre, répond Anden. Rappelez-vous, June : vous avez parfaitement le droit de refuser sa requête. Il ne s'agit en rien d'une obligation.

*Demain, Thomas sera exécuté.*

Je me demande si Anden éprouve de la culpabilité après avoir condamné un soldat à mort. La perspective de rencontrer Thomas dans une cellule, seul à seul, fait naître en moi un sentiment de panique que je réprime aussitôt. Peut-être qu'il veut me dire quelque chose à propos de mon frère. Mais ai-je envie de l'entendre ?

— Je le verrai, dis-je enfin. Et j'espère bien que ce sera la dernière fois.

Anden a dû sentir quelque chose dans ma voix, car il poursuit sur un ton très doux.

— Très bien. Je m'occupe de votre escorte.

**09.30**
**Denver.**
**Pénitentiaire de l'État du Colorado.**

Le couloir qui dessert les cellules de Thomas et du commandant Jameson est éclairé par une lumière froide et fluorescente. L'écho de mes pas résonne contre les murs et le haut plafond. Je suis escortée de plusieurs soldats, mais je ne vois personne d'autre. L'endroit dégage une impression angoissante de vide. Des portraits d'Anden sont accrochés à intervalles irréguliers. Je contemple chaque cellule devant laquelle je passe. Je les observe. Je mémorise chaque détail afin d'occuper mon esprit, de rester calme et concentrée. Dix mètres carrés ; des parois en acier lisses, des vitres à l'épreuve des balles, des caméras de surveillance placées à l'extérieur plutôt qu'à l'intérieur. La plupart sont vides. Trois abritent des sénateurs qui ont conspiré contre Anden. Ce niveau est réservé aux prisonniers qui ont participé à la tentative d'assassinat contre l'Elector.

— S'il y a le moindre problème, dit un soldat, n'hésitez pas à nous appeler. (Il me salue avec respect en effleurant le bord de sa casquette.) Nous neutraliserons ce traître avant qu'il ait le temps de jouer au plus malin.

— Merci, dis-je.

Mes yeux continuent de scruter les cellules tandis que nous approchons de celle de Thomas. Je sais que je n'aurai pas besoin de faire appel à mon escorte. Thomas ne désobéirait jamais à l'Elector et il ne me ferait jamais de mal. Thomas a de nombreux défauts, mais ce n'est pas un rebelle.

Nous atteignons l'extrémité du couloir. Deux soldats montent la garde devant des cellules voisines.

Quelqu'un bouge dans la première. Instinctivement, je tourne la tête. Je n'ai pas le temps d'observer l'intérieur. Des mains de femme s'abattent sur les barreaux et je recule d'un bond. Je retiens un cri à grand-peine en découvrant le visage du commandant Jameson.

Nos regards se croisent et elle me gratifie d'un sourire. Je sens des gouttes de sueur glacée glisser sur ma peau. Je me souviens de ce sourire. Elle affichait le même la nuit où Metias a été assassiné, le jour où elle m'a acceptée comme agent-enquêteur stagiaire dans sa patrouille. Il n'exprime aucune émotion, aucune compassion, pas même de la colère. Peu de choses m'effraient mais, parmi elles, il y a l'expression glacée et impitoyable de la responsable du meurtre de mon frère.

— Tiens, tiens, dit-elle à voix basse. Ne serait-ce pas Iparis qui vient nous rendre visite ?

Un éclair traverse ses yeux et mes gardes se pressent contre moi pour mieux me protéger. *N'aie pas peur.* Je reste très droite, je serre les dents et je me force à l'affronter sans trembler.

— Vous me faites perdre mon temps, commandant, dis-je. Ce n'est pas vous que je suis venue voir. Et, lors de notre prochaine rencontre, vous ferez face à un peloton d'exécution.

Elle continue à sourire.

— Vous êtes devenue bien courageuse depuis que vous pouvez vous cacher derrière votre jeune Elector. Vous ne trouvez pas ? (Je plisse les yeux et elle éclate de rire.) Le commandant DeSoto aurait fait un Elector mille fois meilleur que ce gamin ne le sera jamais. Quand les Colonies nous envahiront, elles raseront le pays. À ce moment-là, les gens regretteront d'avoir fait confiance à un petit garçon.

Elle se presse contre les barreaux comme si elle voulait s'approcher de moi le plus possible. Je déglutis de nouveau et, malgré ma peur, je sens la colère bouillir en moi. Je ne détourne pas les yeux. C'est curieux, mais j'ai l'impression de distinguer un reflet luisant dans le regard de cette femme. Associée à ce sourire qui frise la démence, cette lueur a quelque chose de troublant.

— Vous faisiez partie de mes préférés, poursuit Jameson. Savez-vous pourquoi je tenais tant à vous avoir dans ma patrouille ? Parce que je me reconnaissais en vous. Vous et moi sommes faites du même bois. Moi aussi j'aurais pu être princeps, vous savez ? Je le méritais.

Les poils de mes bras se hérissent. Un souvenir me traverse l'esprit : la nuit de la mort de Metias, le commandant Jameson me conduit au corps de mon frère.

— Dommage que vos projets n'aient pas abouti, n'est-ce pas ? dis-je sur un ton sec.

Je suis incapable de cacher ma haine plus longtemps.

*J'espère qu'ils vous exécuteront à la va-vite, comme Razor!*

Le commandant Jameson se contente de ricaner. Ses pupilles se dilatent.

— Faites très attention, Iparis, souffle-t-elle. Il est bien possible que vous finissiez comme moi.

Ces mots me glacent le sang. Je me détourne pour ne plus la voir. Les soldats qui surveillent sa cellule ont les yeux fixés droit devant eux. Ils ne cherchent pas à croiser mon regard. Je reprends mon chemin accompagnée du doux ricanement de Jameson. Mon cœur bat à tout rompre dans ma poitrine.

Thomas est détenu dans une cellule rectangulaire dont les parois sont en verre épais – assez épais pour m'empêcher d'entendre ce qui se passe de l'autre côté. Je m'arrête et je m'efforce de calmer l'angoisse née de ma conversation avec le commandant Jameson. Pendant un instant, je me demande si je n'aurais pas dû refuser la requête de Thomas. Cela aurait peut-être été plus judicieux.

Mais, si je fais demi-tour maintenant, il me faudra affronter Jameson de nouveau. J'ai besoin d'un peu plus de temps pour me préparer à cette épreuve. J'inspire un grand coup et je fais un pas en direction de la grille qui fait office de porte. Un garde ouvre. J'entre en compagnie de deux soldats et j'entends qu'on ferme derrière nous. Le bruit de nos pas résonne dans la petite pièce vide.

Thomas se lève dans un cliquètement de chaînes. Je ne l'ai jamais vu dans un tel état. Je songe que, s'il n'était pas menotté, il se dépêcherait de demander un fer pour repasser son uniforme froissé et un peigne pour aplatir ses mèches rebelles. Mais il se contente de saluer en claquant des talons. Il reste ainsi, les yeux fixés droit devant lui, jusqu'à ce que je lui donne la permission de se mettre au repos.

— Je suis heureux de vous revoir, princeps elect, dit-il. (Son visage est dur, sévère, mais j'ai l'impression d'entendre une pointe de tristesse dans sa voix.) Je vous remercie d'avoir accepté ma requête. Rassurez-vous, vous serez bientôt débarrassée de moi.

Je secoue la tête, en colère contre moi. Thomas a commis de nombreux crimes, mais sa loyauté envers la République est sans faille. Cela m'agace. Cela m'agace d'autant plus que je ne peux m'empêcher d'éprouver une certaine compassion envers lui.

— Assieds-toi et mets-toi à l'aise, dis-je.

Il obéit sans la moindre hésitation. Nous nous agenouillons tous les deux sur le sol froid de la cellule. Il s'adosse contre une paroi tandis que je croise les jambes. Nous restons ainsi pendant un moment. Un silence gêné s'installe entre nous.

Je prends la parole la première.

— Tu n'as plus besoin de te montrer aussi loyal envers la République. Tu peux te laisser aller, tu sais.

Thomas secoue la tête.

— Le devoir d'un soldat est de rester fidèle jusqu'à la mort, et je suis toujours un soldat. Je le resterai jusqu'au dernier moment.

Je ne sais pas pourquoi, mais la perspective de sa mort prochaine réveille d'étranges sentiments en moi : de la joie, du soulagement, de la colère, de la tristesse.

— Pourquoi voulais-tu me voir ? demandé-je.

—Mademoiselle Iparis, avant la journée de demain… (Thomas hésite pendant un instant.) Je voulais vous raconter en détail ce qui est arrivé à Metias la nuit de sa mort, près de l'hôpital. Je pense… je pense que je vous dois cela. S'il faut que quelqu'un apprenne la vérité, c'est vous.

Mon cœur se met à battre plus fort. Est-ce que je suis prête à revivre ce terrible moment ? Est-ce que j'ai besoin de savoir ? Metias n'est plus là. Les détails de son assassinat ne le ramèneront pas à la vie. Je trouve cependant la force de croiser le regard de Thomas avec calme et assurance. Il a raison. Il me le doit. Et, plus important encore, je dois à mon frère de découvrir les circonstances de sa mort. Quand Thomas aura été passé par les armes, il faut que quelqu'un entretienne la mémoire de Metias et se rappelle comment il a été assassiné.

Petit à petit, je calme les battements de mon cœur. Quand j'ouvre la bouche pour parler, ma voix est un peu éraillée.

—Très bien.

Thomas poursuit sur un ton plus bas.

—Je me rappelle cette nuit-là dans les moindres détails. Les moindres détails.

—Je t'écoute.

En bon petit soldat, Thomas commence aussitôt son récit.

—La nuit du décès de votre frère, j'ai reçu un appel du commandant Jameson. Mon unité était stationnée devant l'hôpital et nous attendions dans des Jeeps. Metias discutait avec un infirmier près des portes automatiques de l'entrée.

Je me tenais derrière les véhicules, pas très loin. C'est à ce moment que le commandant m'a appelé.

Tandis que Thomas raconte, la cellule disparaît pour être remplacée par le décor de cette funeste nuit. Je vois l'hôpital, les Jeeps, les soldats et les rues comme si j'étais présente cette nuit-là, comme si je partageais les souvenirs de Thomas. Je vais assister au meurtre de mon frère.

— J'ai salué le commandant à voix basse dans mon micro, poursuit Thomas. Elle n'a pas pris la peine de faire de même. « Il faut que ce soit fait cette nuit », a-t-elle dit. « Si nous n'intervenons pas tout de suite, il est possible que votre capitaine commette un acte de trahison contre la République, peut-être même contre l'Elector. Je vous donne un ordre direct, lieutenant Bryant. Débrouillez-vous pour conduire le capitaine Metias dans un endroit discret ce soir. Je me fiche de savoir comment vous allez faire.

Thomas me regarde droit dans les yeux. Puis il répète :

— « Un acte de trahison contre la République. » J'ai serré les dents. Je m'attendais à ce coup de téléphone funeste. Je m'y attendais depuis que j'avais découvert que Metias s'introduisait en fraude dans la base de données des décès civils de Los Angeles. Il était impensable que ce piratage échappe à la vigilance du commandant Jameson. J'ai aussitôt tourné la tête vers votre frère qui était toujours à l'entrée de l'hôpital. Et puis j'ai murmuré : « Très bien, commandant. »

« Bien, » a-t-elle répondu. « Faites-moi savoir quand vous serez prêt. J'enverrai des ordres distincts aux hommes de votre patrouille pour les éloigner. Je veux du travail rapide et soigné. »

» J'ai alors senti que ma main s'était mise à trembler. J'ai essayé de discuter avec le commandant, mais elle a répliqué sur un ton glacé : « Si vous ne le faites pas, je m'en chargerai. Et, croyez-moi, je lui ferai regretter sa trahison ! Je ne pense pas que cette solution satisfasse quiconque. Vous avez bien compris ? »

» Je n'ai pas répondu tout de suite. Je regardais votre frère qui serrait la main de l'infirmier. Il s'est tourné en me cherchant des yeux, puis il m'a aperçu près des Jeeps. Il m'a fait signe d'approcher. J'ai acquiescé en m'efforçant de garder un visage impassible. « Je comprends, commandant », ai-je enfin dit dans mon micro.

« Vous êtes capable de le faire, Bryant, » a-t-elle ajouté. « Et, si vous réussissez, considérez-vous promu au grade de capitaine. » Puis elle a coupé la communication. J'ai rejoint Metias et un autre soldat à l'entrée de l'hôpital. Metias m'a souri. « Encore une longue nuit, hein ? » m'a-t-il demandé. « Je te jure que si on nous laisse plantés là jusqu'au lever du jour je vais pleurer toutes les larmes de mon corps dans les bras du commandant Jameson.

» Je me suis forcé à rire. « Espérons que la nuit sera calme, au moins. » Ces mots me sont venus naturellement.

« Oui, espérons-le, » a ajouté Metias. « Et puis, j'ai le plaisir d'être en ta compagnie. »

« Le plaisir est réciproque, » lui ai-je dit.

» Metias m'a regardé et ses yeux se sont attardés sur moi pendant une fraction de seconde, puis il a tourné la tête. Les premières minutes se sont écoulées sans incident. Quelques instants plus tard, un gamin des taudis vêtu de loques s'est traîné jusqu'à l'entrée de l'hôpital pour parler à une infirmière. Il était dans un triste état. Couvert de boue et de poussière. Du sang maculait ses joues. Ses cheveux noirs et crasseux étaient tirés de manière à dégager son visage et il boitait salement.

« Eh, cousine ! Est-ce que quelqu'un pourrait s'occuper de moi ? » a-t-il demandé à l'infirmière. Il y a encore de la place ce soir ? J'ai de quoi payer. »

» L'infirmière a continué à griffonner sur son carnet.

« Qu'est-ce qui vous est arrivé ? » a-t-elle enfin demandé.

« Il y a eu une bagarre. Je crois que j'ai écopé d'un coup de couteau. »

» L'infirmière a jeté un coup d'œil à votre frère et Metias a adressé un hochement de tête à deux soldats. Ceux-ci se sont dirigés vers le gamin pour le fouiller. Au bout d'un moment, ils ont empoché quelque chose et lui ont fait signe de passer. Il a franchi les portes d'un pas mal assuré et je me suis penché vers Metias pour lui murmurer :

« Je n'aime pas l'allure de celui-là. Il ne marche pas comme quelqu'un qui vient de recevoir un coup de couteau, non ? »

» Votre frère et le gamin ont échangé un regard. Quand le second est entré dans l'hôpital, Metias a hoché la tête.

« Je partage ton avis. Il faut le garder à l'œil. Lorsque nous aurons terminé notre quart, j'irais bien lui poser quelques questions. »

Thomas s'interrompt et examine mon visage, peut-être en quête d'une permission pour faire une pause. Je ne la lui accorde pas.

Il inspire un grand coup et reprend son récit.

— Il était si près de moi que j'en ai rougi. J'ai l'impression que votre frère s'est rendu compte de quelque chose et un silence gêné s'est installé entre nous. J'ai toujours su que je lui plaisais, mais, ce soir-là, c'était particulièrement évident. Peut-être que c'était à cause de notre longue journée. Il était désarçonné par vos pitreries à l'université et son assurance martiale était émoussée. Moi, j'affichais un air calme, mais mon cœur battait à tout rompre.

*Débrouillez-vous pour conduire le capitaine Metias dans un endroit discret ce soir. Je me fiche de savoir comment vous allez faire.*

» Ses sentiments pour moi m'offraient une occasion en or. (Thomas jette un bref coup d'œil à ses mains.) Alors, un peu plus tard, je lui ai tapé sur l'épaule.

« Capitaine, » ai-je murmuré. « Est-ce que je pourrais vous parler en privé pendant un instant ? »

» Metias a cligné des yeux.

« Est-ce que c'est urgent ? »

« Non, monsieur. Pas vraiment, mais… je préférerais que vous soyez au courant. »

» Votre frère m'a regardé pendant un long moment, désorienté, à la recherche d'un indice. Puis il a fait signe à un soldat de prendre sa place devant l'entrée de l'hôpital et nous nous sommes dirigés vers une ruelle sombre et tranquille de l'autre côté du bâtiment.

» Lorsque nous avons été hors de vue, Metias a tout de suite abandonné son ton d'officier supérieur.

« Qu'est-ce qui se passe, Thomas ? Tu n'as pas l'air dans ton assiette. »

» Je ne pensais qu'aux mots du commandant Jameson : *trahison contre la République.* Metias était incapable d'un tel crime. N'est-ce pas ? Nous avions grandi ensemble, nous nous étions entraînés ensemble. Nous étions devenus amis... Et puis je me suis rappelé la menace de Jameson. J'avais l'impression que le poignard accroché à ma ceinture pesait des tonnes.

« Je vais bien, » ai-je finalement répondu.

» Mais votre frère a éclaté de rire.

« Allons, Thomas. Tu n'as jamais eu besoin de me cacher quoi que ce soit. Tu le sais, non ? »

» *Vas-y, Thomas,* me suis-je dit. Je balançais entre mon amitié et le point de non-retour. *Force-toi à parler ! Il faut qu'il entende ce que tu as à dire.* Alors j'ai levé les yeux et j'ai demandé :

« Qu'y a-t-il entre nous ? »

» Le sourire de votre frère s'est évanoui et un lourd silence s'est abattu. Puis il a fait un pas en arrière.

« Qu'est-ce que tu veux dire ? » a-t-il demandé.

« Vous savez très bien ce que je veux dire, » ai-je répondu. « Nous. Depuis toutes ces années. »

» Metias a scruté mon visage avec intensité. Pendant de longues secondes.

« *Rien,* » a-t-il enfin dit en insistant sur le mot. « Rien ne peut se passer entre nous. Tu es mon subordonné. »

« Mais, pour vous, c'est très important, n'est-ce pas, monsieur ?

» Une expression à la fois joyeuse et tragique est passée sur le visage de Metias. Il s'est approché de moi. J'ai compris qu'entre nous, un mur venait de se fissurer.

« Et pour *toi*, est-ce que cela signifie quelque chose ? » a-t-il demandé.

(Thomas s'interrompt de nouveau, puis il reprend d'une voix plus douce.)

» La culpabilité m'étouffait, mais il était trop tard pour changer d'avis. Alors, j'ai fait un pas en avant, j'ai fermé les yeux et… je l'ai embrassé.

(Il se tait pendant un instant.)

» Votre frère est resté figé, comme je m'y attendais. Tout semblait parfaitement immobile. Puis nous nous sommes écartés dans un silence gêné. Pendant un moment, je me suis demandé si je n'avais pas commis une terrible erreur. Je me suis demandé si je n'avais pas mal interprété certains signes au cours des dernières années. Ou peut-être, *peut-être*, savait-il très bien ce que je manigançais. Cette pensée m'a apporté un étrange sentiment de soulagement. *Et si Metias avait deviné le sort que le commandant Jameson lui réservait ? Si tel était le cas, il y avait peut-être un moyen de se sortir de ce guêpier.*

» Mais Metias s'est penché vers moi et il m'a embrassé à son tour. Les derniers vestiges du mur se sont effondrés entre nous.

— Assez ! dis-je soudain.

Thomas se tait. Il essaie de cacher ses émotions sous un masque grave, mais il est clair qu'il a honte de lui. Je me laisse aller en arrière et je tourne la tête pour ne plus le voir. Je lève les mains et je les presse contre mes tempes. Je ferme les yeux. Le chagrin est sur le point de me submerger. Thomas ne s'est pas contenté de tuer Metias en sachant que mon frère était amoureux de lui.

Il s'est servi de cet amour *pour le piéger.*

*Je veux te voir mourir ! Je te déteste !*

Des vagues de haine montent en moi jusqu'au moment où j'entends le murmure de Metias dans ma tête, un faible souffle de raison.

*Tout ira bien, Puceron. Fais-moi confiance. Tout ira bien.*

Mon cœur bat avec régularité et j'attends que les douces paroles de mon frère me ramènent à la réalité. J'ouvre les paupières et je regarde Thomas droit dans les yeux.

— Que s'est-il passé ensuite ?

Thomas attend un long moment avant de répondre et, quand il le fait enfin, sa voix tremble.

— Je ne pouvais plus reculer. Metias n'avait aucune idée de ce qui se tramait contre lui. Il était tombé dans le piège que je lui avais tendu. Il ne soupçonnait rien. Ma main a glissé sur le manche du poignard accroché à ma ceinture, mais j'étais incapable de le dégainer. Je n'arrivais même plus à respirer.

Mes yeux se remplissent de larmes. J'ai hâte d'entendre la suite dans les moindres détails, mais je voudrais tout autant que Thomas se taise. Je voudrais oublier cette nuit terrible. Je voudrais qu'elle n'ait jamais existé.

— Une sirène a retenti dans la nuit. Metias et moi nous sommes séparés d'un bond. Il ne savait plus où il en était. Ses joues étaient écarlates. Il nous a fallu une bonne seconde pour comprendre qu'il s'agissait d'une alarme de l'hôpital. La bulle dans laquelle nous nous trouvions a éclaté. Votre frère est redevenu un soldat et il s'est précipité vers l'entrée de l'hôpital. « Je vais pénétrer dans le bâtiment », a-t-il lancé dans son micro. Il n'a pas jeté un regard en arrière. « Je veux que la moitié des hommes investissent les lieux et identifient l'endroit où il y a eu effraction. Rassemblez les autres devant l'entrée et attendez mes ordres. *Exécution !* »

» Je me suis élancé derrière lui. J'avais laissé passer ma chance. Je me suis demandé si le commandant Jameson était au courant de mon échec. *Les yeux de la République sont partout. Ils voient tout.* J'ai paniqué. Il fallait que j'essaie de nouveau. Il me fallait un moment seul avec votre frère. Si j'échouais, Metias risquait de connaître un sort bien pire encore.

» Lorsque je l'ai rejoint à l'entrée de l'hôpital, une sombre colère se lisait sur son visage. Il lançait des ordres. « Il y a eu effraction ! C'est l'adolescent qui est entré tout à l'heure. Bryant, prenez cinq hommes et contournez le bâtiment par l'est. Je vais passer de l'autre côté. » Il s'éloignait déjà en rassemblant ses soldats. « Nous l'attendrons quand il essaiera de sortir. »

» J'ai fait ce qu'il demandait, mais, dès que j'ai été assez loin pour ne plus l'entendre, j'ai ordonné à mes hommes de poursuivre vers l'est et j'ai rebroussé chemin. *Je dois suivre Metias. C'est ma dernière chance. Si j'échoue, je suis bon pour le cimetière.* Des gouttes de sueur coulaient dans mon dos. Je me suis glissé dans les ombres en me rappelant les leçons de Metias sur la discrétion et l'art de se déplacer en silence.

» À ce moment-là, j'ai entendu du verre se briser dans la nuit. Je me suis caché derrière un mur tandis que votre frère se précipitait vers la source du bruit, seul. Je l'ai suivi. L'obscurité me dissimulait entièrement. Pendant un moment, j'ai perdu Metias de vue dans les ruelles. *Où est-il passé ?* Je me suis retourné dans un passage étroit en essayant de deviner quel chemin il avait emprunté.

» À cet instant, j'ai reçu une communication. Le commandant Jameson. Elle a aboyé : « Vous avez intérêt à rattraper votre erreur de tout à l'heure, lieutenant. Débarrassez-vous de lui, et vite ! »

» Quelques minutes plus tard, j'ai retrouvé Metias. Il était seul. Il était allongé par terre et il essayait de se lever. Il avait un poignard planté dans l'épaule. Il était entouré de taches de sang et d'éclats de verre. Trois ou quatre mètres plus loin, il y avait la plaque de bouche d'égout posée sur le goudron. Je me suis précipité vers lui. Il m'a accordé un bref sourire tandis qu'il serrait le manche de l'arme plantée dans sa chair.

« C'était Day, » hoqueta-t-il. « Il s'est enfui par les égouts. Aide-moi à me lever, » ajouta-t-il en tendant un bras vers moi.

» *Saisis cette chance !* me suis-je dit. *Il n'y en aura pas d'autres. Si tu ne le fais pas maintenant, tu ne le feras jamais !*

La voix de Thomas faiblit tandis que je cherche à réveiller la mienne. Je voudrais le faire taire, mais j'en suis incapable. Je suis comme anesthésiée.

Thomas lève la tête.

— Je regrette de ne pas pouvoir vous montrer les images qui tourbillonnaient dans mon crâne en ce moment. Le commandant Jameson en train d'interroger Metias ; le torturant pour obtenir des informations ; lui arrachant les ongles ; le découpant jusqu'à ce qu'il hurle pitié ; le tuant à petit feu comme elle le faisait avec les prisonniers de guerre.

Tandis qu'il parle, des mots enflent en moi. Ils se précipitent dans ma gorge en un torrent furieux.

— J'ai songé au drapeau de la République, poursuit Thomas. Au sceau de la République, au serment que j'avais prêté le jour où Metias m'a accepté au sein de sa patrouille. J'ai juré que je resterai éternellement fidèle à ma République et à mon Elector, jusqu'à mon dernier souffle. Mes yeux se sont posés sur le manche de l'arme plantée dans l'épaule de Metias. *Vas-y! Maintenant!* me suis-je dit. Je l'ai saisi au col et j'ai attrapé le poignard que j'ai retiré d'un coup sec. Et puis j'ai frappé. Je l'ai enfoncé dans sa poitrine. Jusqu'à la garde.

J'entends un hoquet monter de mes lèvres. Comme si je m'étais attendu à une autre fin. Comme si à force d'écouter cette histoire, elle finirait par changer. Mais cela n'arrive jamais.

— Metias a poussé un cri étouffé, murmure Thomas. À moins que ça ait été moi, je ne me rappelle plus très bien. Il s'est effondré en me serrant toujours le poignet. Il avait les yeux écarquillés, incrédules. « Je suis désolé », lui ai-je dit d'une voix étranglée.

Thomas me regarde sans s'arrêter. Ses excuses sont destinées à mon frère, mais aussi à moi.

— Je me suis agenouillé près de son corps tremblant. « Je suis désolé. Je suis désolé, » lui ai-je répété. « Vous ne m'avez pas laissé le choix. *Tu ne m'as pas laissé le choix!* »

La voix de Thomas semble me parvenir de très loin. Je me rends à peine compte qu'il continue son récit.

— Une lueur de compréhension est passée dans ses yeux. Puis de la douleur, quelque chose qui allait bien au-delà de la souffrance physique. Le moment terrible où il a compris. Ensuite est venu le tour du dégoût, de la déception. « Maintenant, je comprends pourquoi tu as fait ça », a-t-il soufflé. J'ai tout de suite deviné qu'il parlait de notre baiser.

» J'ai eu envie de crier : *Non ! J'étais sincère ! C'était un cadeau d'adieu. Le seul que je pouvais t'offrir. Mais j'étais sincère. Je te le jure !*

» Mais je me suis contenté de dire : « Pourquoi est-ce que tu as désobéi à la République ? Je t'avais mis en garde mille fois. Enfreins les règles trop souvent et tu finiras par le regretter. Je t'avais *mis en garde* ! Je t'avais dit de m'écouter !

» Votre frère a secoué la tête. Ses yeux semblaient dire : il y a quelque chose que tu ne comprendras jamais. Du sang s'échappait de sa bouche. Ses doigts se sont serrés sur mon poignet et il a dit : « Ne fais pas de mal à June. Elle ne sait rien. » Et puis une lueur de pure terreur est passée dans ses yeux. « *Ne lui fais pas de mal ! Promets-le-moi !* »

» Alors je le lui ai promis. Je lui ai dit : « Je la protègerai. Je ne sais pas comment, mais je ferai tout mon possible. Je te le jure. »

» Ses yeux sont devenus vitreux. Ses doigts se sont relâchés. Il m'a regardé jusqu'au moment où il n'a plus rien vu. Et j'ai compris qu'il était mort. J'ai pensé : *Ne reste pas là ! Fiche le camp !* Mais je suis resté à genoux près du corps de Metias, l'esprit vide. Sa soudaine absence m'a frappé. Il avait disparu. Il ne reviendrait plus jamais et c'était entièrement ma faute. Non. *Longue vie à la République !* C'était cela le plus important, me suis-je répété. Oui. Oui. C'était le plus important. Ce… ce qui avait pu se passer entre Metias et moi n'était pas réel. Et puis, c'était sans espoir. Il était mon capitaine. Il était un criminel qui travaillait à la destruction de la République. Tout était mieux ainsi. *Oui. Tout était mieux ainsi.*

» Au bout d'un certain temps, j'ai entendu des soldats qui approchaient en criant. J'ai essuyé mes larmes. Il fallait aller jusqu'au bout. J'avais fait ce que j'avais à faire. J'avais prouvé ma loyauté envers la République. Mon instinct de survie se réveilla. Tout me parvenait de très loin, comme si je venais de plonger au cœur d'une nappe de brouillard. Parfait. J'avais besoin de ce calme étrange, de ce dénuement qui m'était offert. Je rangeai mon chagrin au fond de mon cœur, comme si rien ne s'était passé. Quand les premiers soldats arrivèrent, j'appelai le commandant Jameson.

» Je n'ai pas eu besoin de dire un mot. Mon silence lui apprit tout ce qu'il y avait à savoir. Et puis elle m'a dit : « Allez chercher la petite Iparis dès que vous en aurez l'occasion. Et toutes mes félicitations, capitaine. »

» Je n'ai rien répondu.

Thomas se tait. La scène s'efface de mon imagination. Je regagne la cellule. Mes joues sont trempées de larmes. Mon cœur saigne comme si j'avais reçu le même coup de couteau que mon frère.

Thomas contemple la portion de sol qui nous sépare, les yeux vides.

— Je l'aimais, June, dit-il après quelques instants de silence. Je l'aimais vraiment. Tout ce que j'ai accompli en tant que soldat, mon travail acharné et mon entraînement… Je l'ai fait pour l'impressionner.

Il a enfin baissé sa garde et je découvre la profondeur de sa douleur. Sa voix se durcit comme s'il voulait se convaincre de ses propres paroles :

— J'obéis à la République. Metias m'a formé pour être ce que je suis aujourd'hui. Même lui l'a compris.

Je suis surprise de constater à quel point cet homme m'émeut.

*Tu aurais pu aider Metias à s'échapper. Tu aurais pu faire quelque chose. N'importe quoi. Tu aurais pu essayer.* Mais, aujourd'hui encore, Thomas est incapable de se remettre en question. Il ne changera jamais. Il ne saura jamais, au grand jamais, qui Metias était vraiment.

Je comprends enfin la véritable raison pour laquelle il a demandé à me voir. Il voulait se confesser à moi. Comme lors de mon interrogatoire à Las Vegas, il essaie désespérément d'obtenir mon pardon, de trouver une excuse qui justifie – même de manière insignifiante – ce qu'il a fait. Il veut croire que son terrible geste était légitime. Il veut que je le plaigne. Il veut trouver la paix avant de mourir.

Mais il a perdu son temps en ce qui me concerne. Je ne peux pas lui offrir la paix qu'il cherche, même la veille de son exécution. Il est des actes qui ne sont pas pardonnables.

— Je suis désolée pour toi, dis-je à voix basse. Parce que tu es si faible.

Les lèvres de Thomas se contractent. Encore en quête d'un soupçon d'excuse, il reprend la parole.

— J'aurais pu choisir de suivre l'exemple de Day. J'aurais pu devenir un criminel. Mais je ne l'ai pas fait. J'ai agi comme il le fallait, tu sais. C'est pour cette raison que

Metias m'aimait. Qu'il me respectait. J'obéissais à toutes les règles, à toutes les lois. Je suis parti de rien et j'ai gravi les échelons de la hiérarchie un à un.

Il se penche vers moi. Ses yeux brillent d'une lueur de plus en plus désespérée.

— J'ai prêté serment, June. Je suis toujours lié par ce serment. Je serai honoré de mourir en sacrifiant tout ce que j'ai – sans exception – pour le bien de mon pays. Et pourtant, Day est devenu une légende alors que moi, j'attends mon exécution. (Sa voix se brise enfin sous la pression de l'angoisse et de son tourment intérieur, de l'injustice qu'il ressent.) Cela n'a aucun sens.

Je me lève. Derrière moi, les gardes approchent de la porte.

— Tu te trompes, dis-je. Tout cela est parfaitement logique.

— Pourquoi ?

— Parce que Day a choisi le chemin de la lumière.

Je lui tourne le dos pour la dernière fois. La porte s'ouvre. Les grilles s'écartent pour me permettre de rejoindre le couloir, la liberté. En sortant, je remarque que les gardes ont été relevés.

— Le même chemin que Metias.

## 15.32

Au cours de l'après-midi, je me rends au stade de l'université de Denver avec Ollie. J'espère que cela m'éclaircira les idées. À la lumière du soleil, le ciel semble jaunâtre et brumeux. J'essaie de l'imaginer envahi par des appareils des Colonies, zébré par des explosions et des avions de chasse engagés dans des duels meurtriers. Nous n'avons plus que douze jours avant la fin de l'ultimatum. Sans l'aide de Day, qu'allons-nous faire ? Ces pensées me mettent mal à l'aise mais, par bonheur, elles me permettent d'oublier Thomas et le commandant Jameson. J'accélère et mes chaussures de sport frappent le sol.

Quand j'arrive au stade, je remarque des gardes postés à chaque entrée. Au moins quatre par point d'accès. Anden doit sûrement faire sa séance de sport habituelle, lui aussi. Les militaires me reconnaissent et me laissent passer. Ils m'escortent jusqu'aux pistes qui encerclent un grand terrain herbeux à ciel ouvert. Je ne vois pas Anden. Peut-être est-il dans les vestiaires souterrains.

Je fais quelques étirements rapides tandis qu'Ollie attend en bondissant dans tous les sens avec impatience. Puis je m'élance sur une piste. J'accélère jusqu'à ce que j'atteigne ma vitesse maximum à la sortie du virage. Mes cheveux flottent derrière moi. Ollie halète en courant à mes côtés. J'imagine que le commandant Jameson me poursuit, une arme à la main. *Faites très attention, Iparis. Il est bien possible que vous finissiez comme moi.* Lorsque j'arrive en vue des cibles, je m'arrête et je dégaine mon pistolet de ma ceinture. Je tire quatre balles à cadence rapide. Quatre fois dans le mille. Je me remets aussitôt à courir et je refais le parcours trois fois. Dix fois. Quinze fois. Quand je m'arrête enfin, mon cœur bat comme un métronome devenu fou.

Je marche avec lenteur pour reprendre mon souffle. Mes pensées tourbillonnent dans ma tête. Si je n'avais jamais rencontré Day, est-ce que j'aurais pu devenir un clone de Jameson ? Froide, calculatrice, impitoyable ? Ces adjectifs ne me décrivaient-ils pas à la perfection quand j'ai découvert la véritable identité de Day ? Est-ce que je n'ai pas conduit des soldats – sous le commandement de Jameson en personne – jusque chez lui sans songer un instant aux risques que sa mère et ses frères encouraient ? Je recharge mon arme et vise les cibles. Mes balles perforent le centre des cartons.

Si Metias était en vie, que penserait-il de ce que j'ai fait ?

Non. Je ne peux pas songer à mon frère sans me rappeler la confession de Thomas, ce matin. Je tire ma dernière balle et je m'assieds au milieu de la piste avec Ollie. J'enfouis ma tête dans mes mains. Je suis si fatiguée. Je ne sais pas si je parviendrai à échapper à la personne que j'étais. D'ailleurs, voilà que je recommence mes sombres manipulations. J'essaie de persuader Day de nous confier son frère, j'essaie de l'utiliser au profit de la République.

Je me lève enfin et j'essuie la sueur de mon front avant de me diriger vers les vestiaires. Ollie décide de m'attendre à l'ombre d'un surplomb, près de l'entrée. Il lape avec avidité une gamelle d'eau que je pose devant lui. Je descends l'escalier et je tourne dans un couloir. L'air est humide à cause des douches. Les minuscules gouttelettes en suspension forment un nuage de brume qui voile la silhouette de l'unique moniteur encastré à l'extrémité du passage. Au moment où je m'apprête à entrer dans les vestiaires des femmes, j'entends des voix qui viennent d'un peu plus loin. Anden apparaît, encadré par deux soldats. Je rougis aussitôt. Il sort visiblement de la douche. Il est torse nu et il termine de sécher ses cheveux avec une serviette. Ses muscles fins sont gonflés après l'effort. Il porte une chemise propre et bien repassée sur une épaule. Le tissu blanc souligne le teint olivâtre de sa peau. Un garde parle avec lui à voix basse. Avec un pincement au cœur, je me demande si c'est en rapport avec les Colonies. Anden lève alors les yeux et m'aperçoit. La conversation s'interrompt.

— Mademoiselle Iparis, dit-il avec un sourire poli qui masque peut-être son inquiétude. (Il se racle la gorge et tend la serviette à un garde, puis glisse un bras dans la manche de sa chemise.) Je vous prie de bien vouloir excuser ma tenue... légère.

Je le salue en inclinant la tête. Je fais de mon mieux pour conserver une expression imperturbable tandis que tous les regards se tournent vers moi.

— Ce n'est rien, Elector.

Il adresse un hochement de menton à ses gardes.

— Partez devant. Je vous rejoindrai en haut de l'escalier.

Les soldats s'inclinent à l'unisson avant de s'éloigner. Anden attend qu'ils aient disparu au coin du couloir pour se tourner vers moi.

— J'espère que votre matinée s'est bien passée, dit-il en boutonnant sa chemise. (Il fronce les sourcils.) Pas de problème ?

— Pas de problème, répété-je, peu encline à évoquer ma conversation avec Thomas.

— Bien. (Anden glisse une main dans ses cheveux mouillés.) Dans ce cas, vous avez eu plus de chance que moi.

J'ai eu une conversation de plusieurs heures avec le président de Ross City, en Antarctique. Je lui ai demandé son soutien militaire en cas d'invasion de notre territoire. (Anden soupire.) L'Antarctique compatit, mais il n'est pas facile à séduire. Je ne sais pas comment convaincre Day de nous autoriser à pratiquer des examens sur son frère.

— Personne ne convaincra Day, affirmé-je en croisant les bras. Pas même moi. Vous dites que je suis son point faible, mais sa famille est plus importante que tout le reste.

Anden demeure silencieux. J'examine son visage avec attention en me demandant quelles pensées peuvent bien traverser son esprit. Je me rappelle alors qu'il peut se montrer impitoyable quand il le décide. Il n'a pas hésité à condamner Thomas à mort. Lorsque Jameson l'a insulté, sa réplique a été aussi sèche qu'une gifle. Il a fait exécuter tous ceux qui avaient comploté contre lui. Derrière sa voix douce et aimable se cache une détermination de glace.

— N'essayez pas de lui forcer la main, dis-je. (Anden me regarde, surpris.) Je sais à quoi vous pensez.

Il finit de boutonner sa chemise.

— Je suis obligé de faire ce qui est nécessaire, June, dit-il avec douceur, et une pointe de tristesse.

*Non, je ne vous laisserai pas faire du mal à Day. Pas comme ça. Pas comme je lui ai fait du mal.*

— Vous êtes l'Elector, vous n'êtes obligé à rien. Si vous tenez à la République, vous ne prendrez pas le risque de vous mettre à dos la seule personne en qui le peuple croit.

Je me mords la langue. Trop tard ! *Les gens ont confiance en Day. Ils n'ont pas confiance en vous.*

Anden grimace. Il ne fait aucun commentaire, mais je me maudis en silence pour ne pas avoir mesuré la portée de mes mots.

— Je suis désolée, murmuré-je. Je n'avais pas l'intention de présenter les choses ainsi.

Anden reprend la parole après un long silence.

— Ce n'est pas aussi facile que cela en a l'air.

Il secoue la tête. Une gouttelette tombe d'une mèche et s'écrase sur son col.

— Est-ce que vous agiriez différemment si vous étiez à ma place ? Est-ce que vous seriez prête à sacrifier une nation entière pour un seul homme ? Je ne peux pas justifier un tel acte. Les Colonies lanceront une offensive si nous ne leur donnons pas un remède. Et je suis responsable de cette catastrophe.

— Non. Votre père est responsable de cette catastrophe. Vous n'avez pas hérité de sa culpabilité.

— Je suis quand même son fils, réplique Anden d'une voix dure. Quelle différence cela fait-il ?

Ces mots nous surprennent tous les deux. Je serre les lèvres et je décide de ne pas insister, mais mes pensées se bousculent dans ma tête. *Il y a une différence.* Puis je me rappelle ce qu'Anden m'a dit à propos de la naissance de la République. Son père et ses prédécesseurs n'ont pas eu le choix. Ils ont été obligés de prendre des décisions difficiles au cours de ces sombres années. *Faites très attention, Iparis. Il est bien possible que vous finissiez comme moi.*

Peut-être qu'il n'y a pas que moi qui dois faire attention.

Quelque chose apparait sur l'écran du moniteur, au fond du couloir. Je tourne la tête. On parle de Day. J'aperçois des images d'archive, puis des prises de vue de l'hôpital de Denver. Les plans ont été coupés et ils sont très brefs, mais j'ai le temps de distinguer une foule rassemblée devant le bâtiment. Anden regarde à son tour. S'agit-il d'une manifestation ? Mais contre quoi ?

Daniel Altan Wing a été admis a l'hôpital pour y subir dès examens médicaux de routine. Il sortira des demain.

Anden porte une main à son oreillette. Quelqu'un l'appelle. Il me jette un rapide coup d'œil et branche son micro.

— Oui ?

Le silence s'installe. Le reportage se poursuit tandis qu'Anden pâlit. Je me souviens alors du teint blafard de Day le soir du dîner. Cette image et celle de l'hôpital convergent et se percutent pour donner naissance à une terrible hypothèse. Je découvre soudain le secret que Day voulait tant me cacher. Une angoisse terrible me coupe le souffle.

— Qui a donné l'autorisation de diffuser ce reportage ? demande Anden dans un murmure où pointe la colère. Il n'y aura pas de prochaine fois. Je veux être informé en premier ! C'est compris ?

J'ai du mal à avaler. Anden coupe la communication, laisse sa main glisser le long de son corps et m'observe d'un air grave.

— C'est Day, dit-il. Il a été hospitalisé.

— Pourquoi ?

— Je suis vraiment désolé.

Il incline la tête d'un air tragique avant de se pencher vers moi. Il murmure à mon oreille. Il me raconte. Je suis prise de vertige. Le monde tourbillonne au point de devenir flou. Comme si tout cela n'était qu'un rêve. J'ai l'impression de me retrouver dans une ruelle sombre, derrière le Los Angeles Central Hospital. Il fait nuit et je suis agenouillée près du corps sans vie de mon frère. Je contemple un visage que je ne reconnais plus. Mon cœur ralentit avant de s'arrêter. Tout s'arrête. *Tout cela n'est pas réel.*

Comment le garçon qui a soulevé tout un pays pourrait-il mourir ?

# DAY

Les médecins m'ont gardé en observation toute la nuit, puis ils m'ont autorisé à regagner mon appartement. À l'heure qu'il est, tout le monde est au courant de mon hospitalisation. Les passants qui avaient assisté à mon évacuation en ont parlé et, de fil en aiguille, la nouvelle s'est propagée comme un feu de forêt par grand vent aux quatre coins de la ville. En regardant les bulletins d'information, je me suis rendu compte qu'on a essayé de minimiser l'incident par deux fois déjà. On a raconté que j'étais à l'hôpital pour y subir des examens de routine, puis que j'allais simplement rendre visite à mon frère. N'importe quoi. Personne n'y croit.

J'ai passé la journée à savourer le confort d'un lit qui n'est pas un lit d'hôpital. J'ai observé la lumière, la neige fondue qui tombe dehors. Pendant ce temps, Eden campe sur mon lit, à mes pieds. Il joue avec un kit de robotique que la République lui a offert. Il assemble des pièces pour construire une sorte d'automate. Il a équipé un cube lumineux magnétique – une boîte qui tient dans la paume de la main avec des écrans en guise de faces – des cubes bras, des cubes jambes et des cubes ailes pour créer une espèce de mini JumboTron humanoïde volant. Il contemple son œuvre avec un sourire ravi, puis il détache les différentes pièces pour les réagencer. Le nouveau robot ressemble à une paire de jambes qui diffusent les images des JumboTrons chaque fois qu'il avance. Je souris à mon tour. Pendant un instant, je suis heureux de voir Eden heureux. Il faut reconnaître qu'il y a au moins un bon côté à la République : elle satisfait tous les caprices de mon frère en matière de technologie. Environ une semaine sur deux, nous recevons de nouveaux jouets habituellement réservés aux enfants des milieux aisés. Je me demande si June n'est pas à l'origine de cette générosité, sachant ce qu'elle sait. À moins que ce soit Anden qui se sent coupable de tout ce que son père nous a fait endurer.

Je me demande si June a vu les nouvelles. Probablement.

— Attention, dis-je tandis qu'Eden se déplace sur mon lit et se penche pour poser sa nouvelle création au bord de la fenêtre.

Ses mains tâtonnent. Elles cherchent le montant ainsi que la vitre.

— Si tu tombes et tu te casses quelque chose, il faudra qu'on retourne à l'hôpital, et je te garantis que je ne serai pas très content.

— Tu penses encore à elle, hein ? réplique Eden avec douceur. (Ses yeux vides se plissent et contemplent les cubes qui sont à moins de trois centimètres de son visage.) Tu parles toujours avec une voix différente quand tu penses à elle.

Je cligne des paupières, surpris.

— Quoi ?

Il tourne la tête vers moi et hausse les sourcils. Une expression comique se peint sur ses traits enfantins.

— Oh, arrête ! Ça crève les yeux. Qu'est-ce qu'elle représente pour toi exactement, cette fameuse June ? Des rumeurs courent sur vous deux dans tout le pays et, quand elle t'a demandé de venir à Denver, tu t'es précipité pour faire tes valises. Et puis tu m'as dit de l'appeler si la République venait me prendre. Il faudra bien que tu me dises la vérité un jour ou l'autre, non ? Tu parles tout le temps d'elle.

— Je ne parle pas tout le temps d'elle !

— Ben voyons.

Je suis heureux qu'Eden ne voie pas mon visage. Je ne lui ai pas beaucoup parlé de June et j'ai soigneusement évité d'aborder son rôle dans la mort de maman et de John – une autre bonne raison de ne pas l'approcher de trop près.

— C'est une amie, dis-je enfin.

— Tu l'aimes bien ?

Mes yeux se tournent pour observer le paysage pluvieux à travers la fenêtre.

— Ouais.

Eden attend que j'ajoute quelque chose, mais je reste silencieux. Il hausse les épaules et se concentre sur son robot.

— Très bien, marmonne-t-il. J'attendrai.

À cet instant, mon oreillette grésille pour me signaler un appel. Je l'accepte et j'entends le doux murmure de la voix de June. Elle n'évoque pas ma maladie, elle se contente d'allusions.

— Est-ce que nous pouvons parler ?

Je savais qu'elle ne tarderait pas à appeler. C'était une simple question de temps. Je regarde Eden jouer pendant une seconde.

— Pas tant que je suis ici, soufflé-je aussi bas que possible.

Eden me regarde, étonné par ces mots. Je ne veux pas gâcher notre première journée hors de l'hôpital en révélant mon état de santé à un enfant de onze ans.

— Si nous faisions une promenade ?

Je jette un nouveau coup d'œil par la fenêtre. L'heure du dîner approche et les cafés de la rue doivent être bondés de clients armés de parapluie, de chapeaux, de casquettes et de capuches pour se protéger de la neige fondue qui tombe dans la lumière du crépuscule.

— Et si tu venais ici et qu'on décidait ensuite où aller ? Qu'est-ce que tu en penses ?

— Super, répond June avant de raccrocher.

La sonnette retentit dix minutes plus tard. Eden sursaute. Son nouveau robot tombe du lit et trois membres se séparent du corps. Il tourne la tête vers moi.

— Qui est-ce ?

— Ne t'inquiète pas, gamin, dis-je en me dirigeant vers la porte. C'est June.

Les épaules d'Eden se détendent et un petit sourire malicieux éclaire son visage. Il se lève d'un bond en abandonnant ses cubes à robots sur le rebord de la fenêtre. Il longe le lit avec prudence.

— Alors ? demande-t-il. Tu vas la faire entrer oui ou non ?

Quand je vivais dans la rue, j'ai souffert de ne pas voir Eden grandir, s'épanouir. Le petit garçon tranquille est devenu têtu, opiniâtre. Je me demande bien de qui il a hérité ça. Je soupire. Je n'aime pas lui cacher des choses, mais comment pourrais-je lui présenter la situation ? Au cours des derniers mois, je lui ai expliqué qui était June : une jeune fille de la République qui avait décidé de nous aider, une jeune fille qui suivait la formation de princeps. Je n'ai jamais trouvé le moyen de lui raconter le reste, alors je ne lui ai rien dit de plus.

June ne sourit pas quand j'ouvre la porte. Elle jette un coup d'œil à Eden avant de reporter son attention sur moi.

— C'est ton frère ? demande-t-elle à voix basse.

Je hoche la tête.

— Tu ne l'as pas encore rencontré, hein ? (Je me tourne.) Eden ! La politesse, ça te dit quelque chose ?

Eden agite la main depuis le lit.

— Salut, lance-t-il.

Je m'écarte pour laisser June entrer. Elle se dirige vers mon frère et s'assied à côté de lui en souriant. Elle prend une de ses petites mains entre les siennes et la secoue deux fois.

— Je suis très heureuse de faire ta connaissance, Eden, dit-elle avec douceur. (Je m'appuie dans l'encadrement de la porte pour observer la scène.) Comment vas-tu ?

Eden hausse les épaules.

— Plutôt bien, je suppose. Les docteurs disent que l'état de mes yeux s'est stabilisé. Je prends dix pilules différentes par jour. (Il incline la tête.) Mais je crois que je deviens plus fort.

Il bombe un peu le torse et prend la pose en pliant les bras pour gonfler ses biceps. Ses yeux vides regardent à gauche du visage de June.

— De quoi j'ai l'air ? demande-t-il.

June éclate de rire.

— Je dois reconnaître que tu sembles en meilleure santé que la plupart des gens que je croise. J'ai entendu bien des choses sur toi.

— Moi aussi, j'ai entendu plein de choses sur toi, réplique aussitôt mon frère. De la part de Daniel surtout. Il trouve que tu es super canon.

— Bon, ça suffit, dis-je. (Je me racle la gorge assez fort pour qu'il m'entende et je le foudroie du regard bien qu'il soit presque aveugle.) Nous sortons.

— Est-ce que tu as dîné ? demande June pendant que nous nous dirigeons vers la porte. Je devais accompagner Anden et les autres princeps elects, mais il a été appelé dans une caserne de l'Armure pour un briefing – quelque chose à propos d'une intoxication alimentaire qui a rendu malades bon nombre de soldats. J'ai donc deux heures de libres. (Elle rosit avant de poursuivre.) Je pensais qu'on pourrait aller dîner quelque part.

Je hausse un sourcil et je me penche vers elle si près que ma joue effleure la sienne. À ma grande joie, je constate que ce simple contact la fait frissonner. Mes lèvres approchent de son oreille et murmurent d'une voix douce et réjouie :

— Mais, mais, mais, mademoiselle Iparis… Seriez-vous en train de me proposer un rendez-vous galant ?

Les joues de June passent du rose au rouge écarlate, mais leur éclat ne gagne pas ses yeux.

Je cesse de la tourmenter et je m'éclaircis la voix avant de regarder mon frère par-dessus mon épaule.

— Je te rapporterai quelque chose à manger. Ne sors pas tout seul. Et fais ce que Lucy te dit de faire.

Eden hoche la tête, complètement absorbé par la configuration de son nouveau robot. Cinq minutes plus tard, June et moi sortons de l'immeuble pour affronter une pluie glacée de plus en plus violente. Je baisse la tête et je veille à ce que mon visage reste dans l'ombre de ma casquette militaire. Une grosse écharpe rouge me protège le cou et j'ai plongé les mains dans les poches de mon manteau de soldat. Je suis étonné par la facilité avec laquelle je me suis habitué à porter des vêtements de la République. June relève le haut col de son pardessus. Sa respiration produit de petits nuages de vapeur autour d'elle. Des rafales fouettent mon visage. Un mélange de neige fondue et de gouttes glacées me chatouille les sourcils. Des bannières écarlates sont encore accrochées aux fenêtres de la plupart des tours et les JumboTron affichent un symbole rouge et noir aux coins de leurs écrans en l'honneur de l'anniversaire d'Anden. Dans la rue, les passants défilent dans des mouvements indistincts. Nous marchons dans un silence agréable, savourant simplement la présence de l'autre.

C'est un peu étrange, en fait. Il y a longtemps que je ne me suis pas senti aussi bien qu'aujourd'hui et je n'ai aucun mal à soutenir le rythme de June. Je n'ai pas l'impression qu'il me reste seulement deux mois à vivre. Peut-être que mes nouveaux médicaments vont enfin me guérir.

Nous ne disons pas un mot avant que June s'arrête devant un petit café à quelques pâtés de maisons de mon appartement. Je comprends tout de suite pourquoi elle l'a choisi : il est presque vide. C'est un minuscule établissement peu éclairé au coin d'une tour qui ruissèle d'un mélange de neige et de pluie. Il n'y a qu'une grande salle commune, comme la plupart des cafés du secteur, mais quelques alcôves discrètes attirent notre attention. Il n'y a pas d'autre lumière que celle fournie par les lanternes cubiques posées sur chaque table. Une serveuse nous accueille et nous installe dans un coin tranquille, ainsi que le demande June. Des soucoupes remplies d'eau odorante sont disposées un peu partout dans la salle. Je frissonne malgré la chaleur produite par la lanterne qui est devant moi.

*Mais qu'est-ce que nous faisons là ?* Un brouillard étrange me brouille l'esprit pendant un bref moment. *Nous sommes ici pour dîner. C'est ça, pour dîner.* Je secoue la tête. Je me rappelle la brève amnésie dont j'ai été victime à l'hôpital. Je ne parvenais pas à me souvenir du nom de Lucy. Une pensée inquiétante me traverse la tête.

Et s'il s'agissait d'un nouveau symptôme ? À moins que je devienne paranoïaque.

Nous passons notre commande et June prend la parole. Les taches dorées de ses pupilles brillent à la lueur orangée de la lampe.

— Pourquoi est-ce que tu ne m'as rien dit ? demande-t-elle.

J'ouvre les mains et les approche de la lanterne pour savourer sa douce chaleur.

— Qu'est-ce que ça aurait changé ?

June fronce les sourcils et je remarque alors que ses yeux sont un peu gonflés, comme si elle avait pleuré. Elle secoue la tête en me regardant.

— Des rumeurs courent dans toute la ville, dit-elle si bas que j'ai du mal à l'entendre. Des témoins racontent qu'on t'a évacué sur un brancard il y a trente-deux heures, pour être conduit de ton appartement à l'hôpital. Il semblerait que l'un d'entre eux ait entendu un membre du personnel médical commenter ton état de santé.

Je soupire et je lève les mains en signe de défaite.

— Tu sais quoi ? Si je suis responsable de nouvelles émeutes et de nouveaux ennuis pour Anden, je suis désolé. On m'a demandé de garder le secret. Et c'est ce que j'ai fait. Aussi bien que possible. Je suis sûr que notre glorieux Elector trouvera le moyen de calmer la population.

June se mord les lèvres.

— Il doit y avoir un remède, Day. Est-ce que les docteurs…

— Ils ont déjà tout essayé. (Je grimace quand une onde douloureuse me traverse la nuque.) J'ai subi trois batteries de tests. Les progrès sont lents et pénibles pour le moment.

Je répète à June ce que les médecins m'ont expliqué. L'étrange infection qui s'est développée sur mon hippocampe, les traitements qui m'affaiblissent, qui me sapent peu à peu toute énergie…

— Crois-moi, ils cherchent un remède.

— Combien de temps te reste-t-il ? demande June dans un souffle.

Je demeure silencieux. Je m'abîme dans la contemplation de la lanterne. Je ne sais pas si je vais trouver le courage de répondre à sa question.

June se penche un peu plus près, jusqu'à ce que son épaule touche la mienne.

— Combien de temps te reste-t-il ? répète-t-elle. Je t'en prie. J'espère quand même que tu tiens encore assez à moi pour me dire la vérité.

Je lève la tête pour l'observer, cédant irrémédiablement à son charme, comme toujours. *Ne m'oblige pas à faire ça. Par pitié.* Je n'ai pas envie de lui répondre. J'ai l'impression que cela pourrait valider le diagnostic funeste des médecins. Mais elle semble si effrayée, si triste que je suis incapable de résister. Je vide mes poumons, je glisse une main dans mes cheveux et je baisse la tête.

— On m'a dit un mois, dis-je dans un murmure. Peut-être deux. On m'a conseillé de me préparer au pire et d'agir en conséquence.

June ferme les yeux. Il me semble qu'elle vacille un peu sur son siège.

— Deux mois, souffle-t-elle d'une voix blanche.

La douleur qui envahit son visage me rappelle pourquoi je ne voulais pas qu'elle le sache.

Un nouveau silence s'installe entre nous. Puis June sort de sa transe et plonge la main dans sa poche. Je découvre un petit objet métallique au creux de sa paume.

— Je voulais te donner cela, dit-elle.

Je regarde l'objet d'un air ahuri. C'est un anneau tressé avec des trombones. Les fils métalliques s'entrelacent avec élégance en formant un cercle parfait. Il est en tout point identique à celui que j'avais fabriqué pour elle. Mes yeux s'écarquillent et se lèvent pour croiser les siens. June reste silencieuse. Elle se contente de baisser la tête et de glisser l'anneau à mon annulaire droit.

— Je n'ai pas eu beaucoup de temps pour le faire, marmonne-t-elle enfin.

Je pose un doigt sur l'anneau, encore abasourdi. J'ai l'impression que mon cœur va exploser. Dix émotions différentes me submergent.

— je suis désolé, bafouillé-je au bout d'un moment.

Je cherche frénétiquement quelque chose d'optimiste à ajouter, mais je ne trouve rien. Que puis-je dire après avoir reçu un tel cadeau ?

— Les médecins pensent néanmoins qu'il y a une chance. Ils vont bientôt m'administrer de nouveaux traitements.

— Un jour, tu m'as expliqué pourquoi tu avais choisi « Day » comme nom de rue, déclare June sur un ton ferme.

Elle pose la main sur la mienne, cachant ainsi l'anneau de fils métalliques tressés. La chaleur de sa peau me coupe presque le souffle.

— Chaque matin, tout redevient possible, hein ?

Des picotements courent le long de ma colonne vertébrale. J'ai envie de prendre son visage dans mes mains, d'embrasser ses joues, d'admirer ses yeux sombres et tristes, de lui dire que je vais m'en sortir. Mais ce ne serait qu'un mensonge de plus. Mon cœur est partagé. La première moitié souffre de la voir si malheureuse, la seconde se réjouit qu'elle tienne encore à moi. Il y a de l'amour dans ses mots tragiques, dans l'entrelac de l'anneau de fils métalliques. N'est-ce pas ?

J'inspire un grand coup.

— Parfois, le soleil se couche plus tôt. Le jour n'est pas éternel, tu sais. Mais je me battrai jusqu'au bout. Je te le promets.

Les yeux de June s'adoucissent.

— Tu n'as pas besoin de te battre tout seul.

— Pourquoi devrais-tu supporter les conséquences de mon mal ? marmonné-je. Je pensais juste… je pensais juste que ce serait plus facile ainsi.

— Plus facile pour qui ? demande June sur un ton sec. Pour toi ? Pour moi ? Pour les gens ? Tu préfèrerais mourir tout seul, sans un bruit, sans m'adresser un dernier mot ?

— Oui, je préfèrerais que ça se passe comme ça ! répliqué-je aussitôt. Si je t'avais dit que j'étais malade, ce soir-là, est-ce que tu aurais accepté de devenir princeps elect ?

Les mots qui attendent dans la gorge de June ne sortiront jamais. Elle se tait. Puis elle déglutit.

— Non, avoue-t-elle. Je n'aurais pas eu le cœur d'accepter la proposition d'Anden. J'aurais attendu.

— Tu vois ! (J'inspire profondément.) Tu crois que j'avais envie de me plaindre de mon état de santé à ce moment ? Tu crois que j'avais envie de devenir un obstacle entre toi et une carrière extraordinaire ?

— C'était à moi de choisir ! gronde June, les dents serrées.

— Eh bien moi aussi, j'ai fait un choix. Je voulais que tu prennes ta décision sans me traîner comme un boulet.

June secoue la tête et ses épaules s'affaissent un peu.

— Tu penses vraiment que tu comptes si peu à mes yeux ?

Nos plats arrivent. Des bols de soupe fumante, des petits pains et une boîte enveloppée avec soin contenant le repas d'Eden. J'accueille un nouveau silence avec soulagement.

*Ça aurait été plus facile pour moi. Je préfèrerais m'effacer plutôt que d'entendre chaque jour que le temps qu'il me reste à passer avec toi se réduit comme une peau de chagrin.* Mais j'aurais honte de prononcer ces mots à haute voix. Quand June me regarde en attendant ma réponse avec impatience, je me contente de secouer la tête et de hausser les épaules.

C'est à ce moment que l'alarme retentit à travers la ville.

Le bruit est assourdissant. June et moi nous figeons, puis nous tournons la tête vers les JumboTron qui bordent la rue. Je n'ai jamais entendu ces sirènes de ma vie. Elles évoquent un hurlement sans fin qui vous submerge en vous déchirant les tympans. Le vacarme déferle comme un raz-de-marée dévorant tout sur son passage. Les JumboTron se sont éteints. Je regarde June, éberlué. Mais qu'est-ce que c'est que ce bazar ?

June, elle, ne me regarde plus. Elle contemple les haut-parleurs qui hurlent dans toute la rue. Son visage exprime un sentiment d'horreur. Je tourne la tête et je vois les JumboTron se rallumer. Deux mots dorés s'affichent en caractères gras sur les écrans rouge sang :

ABRITEZ-VOUS

— Qu'est-ce qui se passe ? crié-je.

June se lève, me prend par la main et m'entraîne dehors en courant.

— Il se passe qu'il va y avoir un bombardement. L'Armure est attaquée.

# JUNE

— Eden !

C'est le premier mot que prononce Day. Les JumboTron diffusent en boucle leurs inquiétantes mises en garde sur fond écarlate. Les sirènes continuent à hurler à travers la ville. Leur rugissement régulier et assourdissant couvre tous les autres bruits. Je vois des gens regarder aux fenêtres et jaillir des immeubles. Ils sont aussi éberlués que nous. Des flots de soldats s'alignent dans la rue en criant dans leurs micros. Je cours à hauteur de Day. Des pensées et des chiffres se bousculent dans ma tête. Quatre secondes. *Douze secondes. Quinze secondes par pâté de maisons.* Cela signifie qu'il nous faudra soixante-quinze secondes pour atteindre l'immeuble de Day, à condition de conserver le même rythme. N'y aurait-il pas un raccourci ? Et Ollie ? Il faut que j'aille le chercher à mon appartement. Une étrange concentration m'envahit. J'ai ressenti le même calme lorsque j'avais aidé Day à s'évader de Batalla Hall, et quand Day a escaladé la façade de la tour du Capitole pour s'adresser à la foule pendant que je servais de leurre aux soldats qui nous poursuivaient. Au Sénat, je suis peut-être un observateur silencieux et mal à l'aise mais, dans les rues, au milieu du chaos, je pense et j'agis.

J'ai appris à reconnaître cette alerte quand j'étais au lycée. J'ai lu des manuels et j'ai fait des exercices, mais je crains qu'il ne m'en reste pas grand-chose. Après tout, Los Angeles était bien loin des Colonies et les entraînements étaient rares. Ces sirènes devaient nous avertir que l'ennemi attaquait, qu'il se tenait à la périphérie de la ville et qu'il était prêt à l'envahir. Je ne sais pas si elles ont la même signification à Denver, mais je ne vois pas pourquoi il en irait autrement. Nous devons évacuer sans tarder et chercher le bunker souterrain le plus proche. Là, nous pourrons embarquer dans des trains qui nous conduiront dans une ville plus sûre. Après l'université, quand je suis entrée dans l'armée, les instructions ont changé. Un soldat se doit de rejoindre au plus vite le point de ralliement que son officier-commandant lui a donné par radio. Il doit se préparer à combattre.

Je n'ai jamais entendu ces sirènes annoncer une véritable attaque contre une cité de la République, pour la bonne raison que ce n'est jamais arrivé auparavant. La plupart des offensives étaient bloquées avant d'atteindre les villes importantes. Jusqu'à aujourd'hui. Tandis que je cours à côté de Day, je devine ses pensées. Cela réveille un sentiment de culpabilité familier au creux de mon ventre.

Day n'a jamais entendu cette alarme et il n'a jamais participé à un exercice d'évacuation. C'est parce qu'il vient d'un secteur pauvre. Il est facile de s'en rendre compte en observant son expression désorientée. J'avoue que le problème ne m'avait pas vraiment effleurée, mais, aujourd'hui, je comprends que les bunkers souterrains sont réservés aux seuls habitants des quartiers favorisés, les quartiers des gemmes. Les pauvres devront se débrouiller tout seuls.

J'entends le rugissement d'un moteur dans le ciel, bientôt suivi d'autres. Des jets de la République. Des cris éclatent et se mêlent aux hurlements des sirènes. Je devrais recevoir un appel d'Anden d'un instant à l'autre. Puis, loin au-dessus de l'horizon, j'aperçois la première lueur orangée jaillir des flancs de l'Armure. La République passe à la contrattaque depuis ses remparts. *Ce n'est pas un rêve.* Ce devrait, pourtant. Les Colonies nous ont accordé un délai – très court, certes – pour leur fournir un remède. Quatre jours seulement se sont écoulés depuis l'envoi de leur ultimatum. La colère monte en moi. Avaient-elles l'intention de nous prendre par surprise en agissant ainsi ?

Je serre la main de Day et j'accélère.

— Est-ce que tu peux appeler Eden ? lui crié-je.

— Ouais, me répond-il en haletant.

Je m'aperçois qu'il a perdu son endurance. Sa respiration est un peu difficile, ses pas ont ralenti. Je sens une boule se former dans ma gorge. C'est la première fois que je me rends compte qu'il est malade. Une vague de tristesse m'envahit et m'oppresse. Derrière nous, une explosion fait vibrer l'air nocturne. Je serre la main de Day un peu plus fort.

— Dis à Eden de nous attendre à l'entrée de l'immeuble, crié-je. Je sais où aller.

Une voix pressée retentit dans mon oreille. Celle d'Anden.

— Où êtes-vous ? demande-t-il.

Je frissonne en décelant un soupçon de peur dans ses mots. Encore quelque chose d'inhabituel.

— Je suis à la tour du Capitole, poursuit-il. Je vais envoyer une Jeep vous chercher.

— Envoyez-la à l'appartement de Day. Nous y serons dans une minute. Et mon chien, Ollie...

— Je m'en occupe. On va le conduire dans un bunker. Faites attention à vous.

Anden coupe la communication et j'entends un grésillement pendant un court instant. À côté de moi, Day répète mes instructions à l'attention d'Eden dans son micro.

Lorsque nous arrivons devant l'immeuble de Day, plusieurs groupes de personnes sont déjà rassemblés en bas du bâtiment. Des patrouilles militaires les entraînent dans différentes directions. Dans le ciel, j'aperçois des jets à intervalles réguliers. Les trainées de leurs réacteurs zèbrent le ciel nocturne. Je frissonne de peur en réalisant que certains appareils ne portent pas les couleurs de la République. J'ai du mal à identifier leurs cocardes mais, s'ils sont si près, c'est qu'ils sont parvenus à franchir le barrage des missiles à longue portée. Deux gros points noirs planent à l'autre bout du ciel. Des dirigeables des Colonies.

Day aperçoit Eden avant moi. La petite silhouette aux cheveux blonds se cramponne à la rambarde de l'entrée de l'immeuble. Le frère de Day plisse des yeux pour scruter en vain la foule qui l'entoure. Son infirmière se tient derrière lui. Elle a posé les mains sur ses épaules pour le rassurer.

— Eden ! crie Day.

Le garçon tourne aussitôt la tête dans notre direction.

Day monte le petit escalier d'un bond et prend son frère dans ses bras. Puis il se tourne vers moi.

— Où va-t-on ? demande-t-il.

— L'Elector nous envoie une Jeep, lui dis-je à l'oreille pour que personne d'autre n'entende.

Nous avons déjà attiré l'attention. Dans le flot de personnes qui passe devant nous, des gens nous reconnaissent malgré la panique ambiante. Je remonte mon col aussi haut que possible, puis je baisse la tête.

— Allez, marmonné-je.

— June, dit Day. (Je croise son regard.) Qu'est-ce qui va se passer dans les autres secteurs ?

C'était la question que je craignais d'entendre. *Qu'est-ce qui va se passer dans les secteurs pauvres ?* J'hésite et Day devine la réponse à mon silence. Ses lèvres se contractent. Une rage intense brille dans ses yeux.

L'arrivée de la Jeep m'évite des explications pénibles. Elle s'arrête dans un crissement de pneus à l'écart de la foule. À l'intérieur, j'aperçois Anden qui me fait signe depuis le siège passager.

— Allons-y, dis-je à Day.

Nous descendons le petit escalier et un soldat nous ouvre la portière. Day aide son frère et son infirmière à monter en premier. Une fois qu'ils ont tous deux bouclé leur ceinture, nous embarquons à notre tour. La jeep s'élance à toute allure tandis que de nouveaux chasseurs de la République nous survolent. Au loin, des nuages orange en forme de champignon montent de l'Armure. Est-ce que mes yeux me jouent des tours ou les explosions se rapprochent-elles ?

Compte tenu de leur taille, je dirais qu'elles ont progressé d'une trentaine de mètres.

— Je suis heureux que vous alliez tous bien, dit Anden sans se tourner.

Il nous salue rapidement les uns après les autres, puis marmonne des ordres au chauffeur. Celui-ci tourne brusquement à l'intersection suivante. Eden laisse échapper un petit cri effrayé. L'infirmière passe un bras autour de ses épaules et s'efforce de le rassurer.

— Pourquoi prenons-nous le chemin le plus long ? demande Anden tandis que la Jeep s'engage dans une rue étroite.

Le sol tremble sous l'impact d'une lointaine déflagration.

— Toutes mes excuses, Elector, dit le chauffeur. J'ai été informé qu'il y a eu des explosions à l'intérieur de l'Armure. L'itinéraire le plus rapide n'est plus sûr. Plusieurs Jeeps ont été bombardées de l'autre côté de Denver.

— Il y a des blessés ?

— Par chance, pas trop. Deux véhicules renversés, un soldat tué et plusieurs prisonniers qui en ont profité pour s'échapper.

— Quels prisonniers ?

— Nous n'avons pas encore confirmation de leur identité.

Un sombre pressentiment monte en moi. Quand j'ai rendu visite à Thomas, une équipe de gardes surveillait la cellule du commandant Jameson. Lorsque je suis partie, elle avait changé.

Anden laisse échapper un grognement frustré et se tourne vers nous.

— Nous nous dirigeons vers un bunker baptisé Souterrain Alpha. Si vous avez besoin de quitter ou de regagner cet endroit, des gardes vous identifieront en scannant vos empreintes digitales à l'entrée. Mais vous avez entendu le chauffeur. Ce n'est pas une bonne idée de se promener dehors par ce temps-là. Vous m'avez bien compris ?

Le chauffeur porte la main à son oreille et blêmit avant de regarder Anden.

— Monsieur, nous avons confirmation de l'identité des évadés. Ils sont trois. (Il hésite et déglutit tant bien que mal.) Il s'agit du capitaine Thomas Bryant, du lieutenant Patrick Murrey et du commandant Natasha Jameson.

J'ai l'impression que le monde bascule. J'en étais sûre. J'en étais sûre ! Pourtant, hier encore, j'ai vu le commandant Jameson derrière d'épais barreaux et j'ai parlé avec Thomas qui s'étiolait lentement dans sa cellule. *Ils n'ont pas pu aller bien loin.*

— Anden, dis-je tout bas en m'efforçant de me calmer. Hier, quand j'ai rendu visite à Thomas, les gardes ont été relevés. Est-ce que c'est normal ?

Day et moi échangeons un bref regard. Pendant une fraction de seconde, j'ai l'impression que l'univers tout entier a décidé de se moquer de nous, de transformer nos vies en une longue succession de plaisanteries cruelles.

— Trouvez ces prisonniers ! aboie Anden dans son micro. (Il a le visage blême, lui aussi.) Abattez-les à vue !

Il me lance un regard avant de poursuivre :

— Et convoquez les gardes qui étaient chargés de leur surveillance. Tout de suite !

Je tressaille tandis qu'une nouvelle explosion fait trembler le sol. *Ils n'ont pas pu aller bien loin. Ils seront arrêtés ou tués avant demain.* Je me répète ces mots encore et encore. Mais non. Il se passe quelque chose d'anormal. Mon esprit analyse les différentes possibilités.

Ce n'est pas une coïncidence si le commandant Jameson est parvenue à s'échapper et si les Colonies lancent une offensive le jour de son transfert. Il reste sûrement des traîtres au sein de la République, des militaires qu'Anden n'a pas encore identifiés et neutralisés. Il n'est pas impossible que Jameson se soit servie d'eux pour faire passer des informations aux Colonies. Nos ennemis savaient quand la relève des soldats de l'Armure aurait lieu et, surtout, ils savaient qu'une intoxication alimentaire avait fait des ravages dans nos rangs. Ils ont frappé au moment où nous étions les plus vulnérables et cela ne doit rien au hasard.

Si je ne me trompe pas, cela signifie que les Colonies ont préparé cette attaque depuis des mois. Avant même le début de l'épidémie, peut-être.

Et Thomas? Est-ce qu'il fait partie de ce complot? A-t-il essayé de m'avertir? Est-ce pour cette raison qu'il a demandé à me voir hier? Pour satisfaire ses dernières volontés, et dans l'espoir que je remarquerais que les gardes avaient changé? Mon cœur s'emballe. Pourquoi ne se serait-il pas contenté de me le dire?

— Quelle est la suite du programme? demandé-je, hébétée.

Anden pose la tête contre le dossier du siège. Il passe sans doute en revue les mêmes hypothèses que moi à propos de l'évasion des prisonniers, mais il n'y fait pas allusion.

— Tous nos chasseurs sont engagés à l'extérieur de Denver. L'Armure devrait tenir un certain temps, mais de nouvelles unités des Colonies vont sans doute arriver d'ici peu. Nous allons avoir besoin d'aide. Les cités voisines sont informées de la situation et elles ont envoyé des renforts, mais… (Anden s'interrompt et tourne la tête pour me regarder.) Je ne suis pas sûr que ce soit suffisant. Pendant que nous continuons à guider les civils vers les abris souterrains, vous et moi allons avoir une petite conversation privée, June.

— Où les habitants des secteurs pauvres sont-ils évacués, Elector ? intervient Day à voix basse.

Anden se tourne de nouveau. Il croise les yeux bleus et hostiles de Day en restant aussi impassible que possible. Je remarque qu'il évite de regarder Eden.

— Des troupes sont en route vers les secteurs extérieurs. Nous trouverons des abris pour les civils et nous les défendrons jusqu'à ce que je donne de nouveaux ordres.

— Je suppose qu'ils n'ont pas de bunkers souterrains à leur disposition, lâche Day sur un ton glacé.

— Je suis désolé. (Anden pousse un long soupir.) Les bunkers ont été construits il y a des années, avant même que mon père devienne Elector. Nous envisageons d'en installer d'autres.

Day se penche en avant et plisse les yeux. Sa main droite serre celle d'Eden avec force.

— Dans ce cas, divisez les bunkers entre les secteurs. La moitié pour les riches, la moitié pour les pauvres. Les nantis devraient courir les mêmes risques que les autres.

— Non, dit Anden sur un ton ferme.

Il y a une pointe de regret dans sa voix. Il fait une erreur en poursuivant cette conversation avec Day, mais je ne suis pas en mesure de l'arrêter.

—Si nous faisions une telle chose, les problèmes de logistique deviendraient un véritable cauchemar. Les secteurs extérieurs ont des itinéraires d'évacuation particuliers. L'ennemi pourrait décider de nous bombarder et des centaines de milliers de personnes seraient dehors parce que nous n'avons pas eu le temps de nous organiser. Nous allons commencer par évacuer les secteurs des gemmes. Ensuite, nous…

—Partagez les abris! hurle Day. Je me fous de vos putains de problèmes de logistique!

Le visage d'Anden se durcit.

—Je ne tolèrerai pas que vous vous adressiez à moi sur ce ton! réplique-t-il. (Il parle d'une voix dure, celle avec laquelle il s'est exprimé lors de procès du commandant Jameson.) N'oubliez pas que je suis votre Elector!

—Et n'oubliez pas que c'est grâce à moi que vous avez obtenu ce titre! Vous voulez parler logistique, d'accord! Je suis votre homme. Si vous ne faites pas plus d'efforts pour protéger les pauvres maintenant, je peux vous garantir que vous allez probablement vous retrouver avec des émeutes massives sur les bras. Vous croyez vraiment que ce serait le moment? Alors que les Colonies nous attaquent? Vous êtes l'Elector, vous l'avez dit. Mais vous ne le resterez pas longtemps si les pauvres de ce pays apprennent comment vous gérez les évacuations! Même moi je ne suis pas sûr de pouvoir empêcher une révolution. Ces gens pensent déjà que la République essaie de me tuer. Combien de temps pensez-vous résister contre un ennemi extérieur et un ennemi intérieur ?

Anden se retourne et regarde droit devant lui.

— Cette conversation est terminée.

Il a parlé d'une voix dangereusement basse, mais nous n'avons aucun mal à comprendre ses paroles.

Day lance un juron et se laisse aller contre le dossier de son siège. Nos yeux se croisent et je secoue la tête. L'argument de Day est solide, certes, mais celui d'Anden l'est tout autant. Le problème, c'est que nous n'avons pas de temps à perdre en querelles stupides. Après un silence, je me penche en avant et je me racle la gorge avant de me lancer.

— Nous devrions évacuer les pauvres dans les secteurs des gemmes, dis-je. Ils seraient encore exposés à un bombardement, mais les quartiers aisés sont au centre de Denver et non le long de l'Armure, où les combats se déroulent. Le plan est loin d'être parfait, mais les pauvres se rendraient compte que nous faisons des efforts pour les protéger. Ensuite, au fur et à mesure que la population des abris serait évacuée vers L.A. par convois ferroviaires, nous aurions le temps et la place de les accueillir dans les bunkers.

Day marmonne quelque chose tout bas, mais il laisse échapper un grognement pour faire comprendre qu'il est d'accord. Il me regarde d'un air reconnaissant.

— On dirait que ton plan est meilleur que le mien, dit-il. Avec le tien, les gens ont au moins un endroit où aller.

Je comprends alors ce qu'il vient de dire tout bas : *Tu ferais un bien meilleur Elector que cet imbécile.*

Anden reste silencieux. Il réfléchit à ma proposition. Puis il hoche la tête et porte une main à son oreillette.

— Commandant Greene, dit-il.

Il donne une série d'ordres.

Je croise le regard de Day. Il est toujours en colère mais, au moins, ses yeux ne brillent plus de fureur et d'indignation comme c'était le cas quelques instants auparavant. Il tourne la tête vers Lucy qui a passé un bras protecteur autour des épaules d'Eden. Celui-ci est recroquevillé dans un coin de la banquette, les jambes serrées contre lui. Il regarde l'intérieur de la Jeep, les yeux plissés, mais je ne sais pas trop ce qu'il parvient à distinguer. Je tends le bras et j'effleure son épaule. Il se contracte aussitôt.

— Tout va bien. C'est moi, June. Ne t'inquiète pas. Nous allons nous en tirer, tu entends ?

— Pourquoi les Colonies nous attaquent-elles ? demande-t-il en tournant ses yeux violets vers Day et moi.

Je déglutis avec peine. Aucun d'entre nous ne peut répondre à cette question. Eden la repose pourtant et Day se serre contre son frère avant de lui murmurer quelque chose à l'oreille. L'enfant ne se départit pas de son air mécontent et apeuré mais, au moins, sa terreur reflue. Nous accomplissons le reste du trajet sans prononcer un mot.

J'ai l'impression que le voyage dure une éternité – deux minutes et douze secondes seulement, en fait. Nous arrivons devant un immeuble banal au cœur du centre-ville de Denver. Il s'agit d'un bâtiment d'une trentaine d'étages entourés d'étais qui forment une véritable toile d'araignée métallique. Des dizaines de patrouilles urbaines s'efforcent de rassembler les civils en groupes devant l'entrée. Notre véhicule se glisse le long d'un mur et les gardes ouvrent une porte pour nous laisser franchir une palissade de fortune. À travers la vitre, j'aperçois des soldats qui saluent en claquant des talons sur notre passage. L'un d'entre eux tient Ollie en laisse. Je pousse un profond soupir de soulagement en voyant mon chien. La Jeep s'arrête et deux hommes ouvrent aussitôt les portes. Anden sort et il est immédiatement entouré par quatre capitaines de patrouilles qui lui expliquent avec fébrilité où en est l'évacuation. Ollie s'élance vers moi en entraînant le soldat qui le tient. Je remercie l'homme et je prends la laisse. Je frotte la tête de mon chien qui halète d'un air inquiet.

— Par ici, mademoiselle Iparis, dit le garde qui m'a ouvert la porte de la Jeep.

Day me suit dans un silence tendu. Il a toujours une main serrée sur l'épaule d'Eden. Lucy ferme la marche. Je jette un coup d'œil derrière moi et j'aperçois Anden en grande conversation avec ses capitaines. Il s'interrompt en croisant mon regard, puis ses yeux se posent sur Eden. Je comprends alors qu'il partage la même obsession que Day : *Il faut protéger cet enfant à tout prix.* Je hoche la tête. Nous passons devant une foule de civils qui attend d'être évacuée et Anden disparaît de ma vue.

Sans prêter attention aux files d'attente qui s'allongent devant l'immeuble, des soldats nous conduisent à une porte qui se trouve à l'écart. Nous entrons et nous descendons un escalier en colimaçon qui débouche sur un hall chichement éclairé, à l'extrémité duquel j'aperçois une imposante double porte en acier. Les soldats qui la surveillent se mettent au garde-à-vous en me reconnaissant.

— Mademoiselle Iparis, par ici, dit l'un d'eux.

J'aperçois un garde se raidir à la vue de Day, mais il détourne la tête avant que leurs regards se croisent. Les portes s'ouvrent.

Une bouffée d'air chaud et humide nous enveloppe tandis que nous découvrons une scène de chaos organisé. Nous pénétrons dans une salle qui ressemble à un gigantesque entrepôt – la moitié de la taille d'un stadium de l'Examen, trois dizaines de rampes de néons, six rangées de poutres métalliques qui zèbrent le plafond. Un unique JumboTron est accroché sur la paroi gauche. Il hurle des ordres aux civils des quartiers des gemmes qui fourmillent autour de nous. Parmi eux, je distingue quelques habitants des secteurs pauvres – quatorze, pour être précise. Il doit s'agir d'employés de maison qui ont suivi leurs riches maîtres. Je suis déçue de constater que les gardes les ont rassemblés dans une file à part. Certains réfugiés des quartiers riches les regardent avec condescendance, d'autres avec mépris.

Day le remarque.

— Heureusement que nous sommes censés être tous égaux, marmonne-t-il.

Je ne réagis pas.

À droite, une série de portes permet d'accéder à des pièces plus petites. À l'extrémité de la salle, on aperçoit le wagon de queue d'un train dans un tunnel. Une foule de militaires et de civils sont rassemblés sur les quais. Les soldats essaient de réguler la masse des réfugiés confus et effrayés pour les faire monter dans les voitures. Je me demande dans quelle ville on va les envoyer.

À côté de moi, Day observe la scène en silence. La colère couve dans ses yeux. Il tient Eden par la main. Je me demande s'il s'est rendu compte que la plupart des réfugiés portent des vêtements hors de prix.

— Nous nous excusons pour la pagaille, me dit la garde qui nous conduit vers une des pièces latérales. (Elle effleure le bord de sa casquette de la main.) Nous en sommes toujours aux premières phases de l'évacuation et, comme vous pouvez le voir, le premier convoi n'est pas encore parti. Nous allons tous vous faire monter à bord, si cela ne vous dérange pas d'attendre un peu dans une suite privée.

Il est probable que Mariana et Serge sont déjà installés dans un salon particulier.

— Merci, dis-je.

Nous passons devant des portes et des fenêtres rectangulaires qui laissent entrevoir des pièces vides avec des portraits d'Anden accroché aux murs. On dirait que deux d'entre elles ont été réservées pour les fonctionnaires de haut rang. Les autres semblent servir de cellules aux fauteurs de troubles – des individus au visage sombre surveillés par des gardes. En regardant à travers une vitre, j'aperçois un groupe de civils entourés de soldats.

Je m'arrête net. Je viens de reconnaître un visage. Est-ce vraiment elle ?

— Attendez ! lancé-je en m'approchant de la fenêtre.

Aucun doute possible. Je regarde la jeune fille aux yeux écarquillés avec des cheveux en bataille coupés au bol.

Elle est assise sur une chaise près d'un garçon aux yeux gris et trois autres personnes. Tous ont l'air las et abattu. Je jette un coup d'œil à notre guide.

— Pourquoi ces personnes sont-elles ici ?

Day suit mon regard et, quand il voit ce que j'ai vu, il est secoué par un hoquet.

— Fais-moi entrer là-dedans, me souffle-t-il d'une voix aussi pressée que désespérée. Je t'en prie.

— Il s'agit de prisonniers, mademoiselle Iparis, répond la garde, étonnée par ma question. Je ne vous conseille pas…

Mes lèvres se contractent.

— Je veux les voir, la coupé-je.

La garde hésite et regarde autour d'elle. Puis elle hoche la tête à contrecœur.

— Bien sûr.

Elle fait un pas et déverrouille la serrure avant de s'écarter pour nous laisser entrer. Lucy reste à l'extérieur, serrant la main d'Eden avec force. La porte se referme derrière nous.

J'observe Tess et la poignée de Patriotes qui l'entourent.

# DAY

MERDE ! LA DERNIÈRE FOIS QUE J'AI VU TESS, C'ÉTAIT AU MILIEU D'UNE ruelle, près de l'endroit où nous devions assassiner Anden. Elle avait les poings serrés et le visage décomposé. Elle est différente aujourd'hui. Elle est plus calme, plus mûre. Elle a également gagné quelques centimètres et ses traits ronds de petite fille se sont affinés. Le spectacle me fait un drôle d'effet.

Ses compagnons et elle sont enchaînés à leurs chaises, ce qui n'améliore pas vraiment mon humeur. Je reconnais l'un d'eux : Pascao, le courrier à la peau sombre, aux cheveux bouclés coupés court et aux yeux d'une pâleur incroyable. Il n'a pas beaucoup changé, mais, en approchant, je remarque l'ombre d'une cicatrice en travers de son nez et de sa tempe droite. Il m'adresse un sourire éclatant qui suinte le sarcasme.

— Mais je ne rêve pas, c'est Day, dit-il en me faisant un clin d'œil séducteur. Toujours aussi mignon. L'uniforme de la République te va à ravir.

Ses mots me blessent. Je tourne mon regard furieux vers les gardes.

— Pourquoi diable les a-t-on arrêtés ?

Un soldat incline le nez vers moi. À en juger par la pile de décorations sur son uniforme, il doit s'agir d'un capitaine ou de quelque chose comme ça.

— Ce sont d'anciens Patriotes, dit-il en insistant sur le dernier mot, comme pour souligner la stupidité de ma question. Nous les avons surpris le long de l'Armure. Ils essayaient de saboter notre équipement militaire pour aider les Colonies.

Pascao s'agite avec indignation sur sa chaise.

— Conneries ! Espèce d'âne bâté ! s'écrie-t-il. Nous nous trouvions à proximité de l'Armure parce que nous nous efforcions d'aider vos pathétiques soldats. Je crois que nous aurions mieux fait de nous abstenir.

Tess m'observe avec méfiance. C'est la première fois qu'elle me regarde ainsi. Ses bras semblent si fins, si fragiles avec ces énormes menottes aux poignets. Je serre les dents. Mes yeux se posent sur les armes accrochées aux ceinturons des gardes. *Pas de mouvement brusque. Pas à côté de ces excités de la gâchette.* Du coin de l'œil, je remarque qu'une prisonnière a l'épaule en sang.

— Libérez-les, dis-je. Ce ne sont pas des ennemis.

Le capitaine me toise avec un mépris glacé.

— Certainement pas, lâche-t-il. Nous avons ordre de les surveiller jusqu'à ce que…

À côté de moi, June hausse le menton.

— Qui a donné ces ordres ? demande-t-elle.

La morgue de l'officier vacille pendant un instant.

— Mademoiselle Iparis, j'ai reçu ces ordres de notre glorieux Elector en personne.

Il rougit en voyant June plisser les yeux, puis il bafouille quelque chose à propos de leur ronde le long de l'Armure et de la violence des affrontements. Je m'avance et je m'accroupis devant Tess de manière à avoir la tête à la hauteur de la sienne. Les gardes lèvent leurs armes, mais June leur ordonne aussitôt de les baisser.

— Tu es revenue, murmuré-je à Tess.

Elle ne se départit pas de son air méfiant, mais ses yeux s'adoucissent.

— Oui.

— Pourquoi ?

Elle hésite. Elle regarde Pascao qui pose ses extraordinaires yeux gris sur moi.

— Nous sommes revenus parce que Tess a entendu que tu nous appelais.

Ils m'ont entendu. Tous ces messages envoyés pendant des mois et des mois ont quand même servi à quelque chose. *Ils m'ont enfin entendu.* Tess déglutit avec peine avant de trouver le courage de s'adresser à moi.

— Frankie a capté une première transmission il y a quelques mois. (Elle fait un signe de tête en direction d'une jeune fille aux cheveux bouclés attachée sur une chaise.) Elle nous a dit que tu cherchais à nous contacter. (Elle baisse les yeux.) Je ne voulais pas te répondre. Et puis j'ai appris que tu étais malade… et…

Ah ! il semblerait que tout le monde soit au courant.

— Hé, l'interrompt Pascao en remarquant mon expression. Nous ne sommes pas revenus parce qu'on était désolé pour toi. On a écouté les nouvelles qui venaient de la République et des Colonies. On a entendu parler du conflit qui menaçait d'éclater.

— Et vous avez décidé de venir nous aider ? intervient June. (Une lueur de méfiance brille dans ses yeux.) Et pourquoi tant de générosité, tout d'un coup ?

Le sourire sarcastique de Pascao s'évanouit. Il regarde June en inclinant la tête.

— Tu es June Iparis, pas vrai ?

Le capitaine frémit. Il ouvre la bouche pour ordonner à Pascao de s'adresser au princeps elect sur un ton plus poli, mais June acquiesce.

— Ainsi donc, poursuit Pascao, c'est toi qui as saboté notre attentat et qui as provoqué notre débandade. (Pascao hausse les épaules.) Je ne t'en veux pas. Ce n'est pas comme si j'étais un admirateur fervent de Razor, tu vois ?

— Pourquoi êtes-vous revenus dans ce pays ? demande June.

— Ouais, ouais. On s'est fait virer du Canada. (Pascao inspire profondément.) On s'est caché là-bas quand les catastrophes ont commencé à pleuvoir, après le… (Il s'interrompt et jette un coup d'œil aux soldats.) Le tu sais quoi. Notre petit rendez-vous avec Anden. Mais les Canadiens se sont aperçus que nous n'étions pas censés être chez eux et on a dû filer vers le sud. Notre groupe s'est dispersé au fil du temps. Je n'ai aucune idée de l'endroit où se trouve la moitié des anciens membres. Je suppose qu'une bonne partie est encore au Canada. Quand on a appris que Day était malade, la petite Tess a demandé l'autorisation de partir pour se rendre à Denver, toute seule. Je n'avais pas très envie qu'elle… meure, alors nous l'avons accompagnée.

Pascao baisse les yeux. Il poursuit son récit, mais à ce stade, ce n'est plus qu'un ramassis d'excuses visant à occulter le véritable motif de leur retour.

— Quand les Colonies sont passées à l'attaque, je me suis dit que si nous aidions l'armée, peut-être pourrions-nous être graciés et obtenir la permission de rester au pays, même si je sais bien que votre Elector n'est pas notre plus grand…

— Qu'est-ce qui se passe ?

Nous nous retournons tous en entendant cette voix. Au même instant, les soldats se mettent au garde-à-vous. Je me redresse pour faire face à Anden qui se tient dans l'encadrement de la porte, ses gardes du corps derrière lui. Ses yeux sombres et inquiétants se posent sur June, puis sur moi, puis sur les Patriotes. Quand nous l'avons quitté, il y a quelques minutes, il était en compagnie de ses officiers. Il semblerait que les dernières nouvelles du front ne l'aient pas vraiment transporté de joie. Une fine couche de poussière couvre ses épaules. Le capitaine chargé de la surveillance des prisonniers se racle la gorge avec nervosité.

— Toutes mes excuses, Elector. Nous avons arrêté ces criminels à proximité de l'Armure…

À ces mots, June croise les bras.

— Il paraitrait que c'est vous qui avez autorisé cette capture, Elector ? dit-elle.

Sa voix trahit une tension qui laisse entendre qu'à cet instant, elle n'est pas dans les meilleurs termes du monde avec Anden.

Celui-ci observe la scène. Je ne crois pas qu'il ait déjà oublié notre prise de bec dans la voiture, mais il ne regarde pas dans ma direction. Bon, si ça lui fait plaisir. Peut-être que je l'ai obligé à réfléchir un peu sur le sort des habitants des quartiers pauvres. Au bout d'un moment, il hoche la tête en direction du capitaine.

— Qui sont ces gens ?

— D'anciens Patriotes, monsieur.

— Je vois. Qui a ordonné leur arrestation ?

Le visage du capitaine devient écarlate.

— Eh bien, Elector, commence-t-il en essayant de parler sur un ton aussi professionnel que possible. Mon officier-commandant…

Mais Anden ne prête déjà plus attention à ses mensonges. Il se tourne pour sortir.

— Détachez-les, ordonne-t-il. Gardez-les ici pour le moment, puis évacuez-les avec le dernier groupe de réfugiés. Surveillez-les bien. (Il nous fait signe de le suivre.) Mademoiselle Iparis, monsieur Wing, s'il vous plaît.

Je jette un dernier coup d'œil à Tess qui observe un soldat déverrouiller ses menottes, puis je rejoins June. Eden se précipite vers moi et me bouscule presque dans son empressement. Je lui prends la main.

Anden s'arrête devant un groupe de soldats de la République. Je fronce les sourcils en les regardant. Quatre d'entre eux sont à genoux, les mains sur la tête, les yeux baissés. L'un d'eux pleure en silence.

Leurs camarades pointent leurs armes sur eux. L'officier se tourne vers Anden.

— Voici les gardes qui étaient chargés de la surveillance du commandant Jameson et du capitaine Bryant. Nous avons trouvé trace d'une communication suspecte de l'un d'entre eux avec les Colonies.

Je comprends pourquoi Anden nous a conduits ici. Il veut nous montrer les visages des probables traîtres. J'observe les quatre prisonniers. Celui qui pleure lève la tête et contemple Anden avec des yeux suppliants.

— Pitié, Elector, implore-t-il. Je n'ai rien à voir avec cette évasion. Je… je ne sais pas ce qui est arrivé. Je…

Un coup de crosse sur la tête le réduit au silence.

Mes yeux passent du malheureux à Anden. Le visage de celui-ci, habituellement pensif et réservé, exprime une dureté implacable. Il reste silencieux pendant un moment, puis il adresse un hochement de tête à ses hommes.

— Interrogez-les. S'ils refusent de coopérer, abattez-les. Assurez-vous que chaque soldat apprenne ce qui leur est arrivé. Que cela serve de leçon aux autres traîtres qui gangrènent nos rangs. Qu'ils sachent que nous allons nous occuper d'eux.

Les soldats en armes claquent des talons.

— Bien, monsieur.

Ils relèvent les prisonniers. Un vague malaise me serre l'estomac. Anden ne revient pas sur sa décision. Il observe les quatre hommes qui crient et supplient tandis qu'on les entraîne hors du bunker. June semble avoir été frappée par la foudre. Elle suit les malheureux des yeux.

Anden se tourne vers nous, le visage grave.

— Les Colonies ont reçu de l'aide.

Un bruit sourd retentit au-dessus de nos têtes. Le sol et le plafond se mettent aussitôt à trembler. June observe Anden en plissant les yeux. On dirait qu'elle cherche à lire ses pensées.

— Quel genre d'aide ?

— J'ai vu leurs escadres dans le ciel, juste au-delà de l'Armure. Elles ne sont pas seulement composées d'avions de chasse des Colonies. Certains appareils portent les étoiles africaines sur leurs flancs. Mes généraux m'ont informé que les Colons sont tellement sûrs de leur victoire qu'ils ont fait atterrir un dirigeable et un escadron de chasseurs à moins d'un kilomètre de l'Armure. En outre, ils ont installé des aérodromes de fortune au fur et à mesure de leur avance. Ils se préparent à lancer un nouvel assaut.

Je serre la main d'Eden un peu plus fort. Mon frère plisse les yeux en tournant la tête vers les groupes de réfugiés rassemblés près du train. Il est sans doute incapable de voir autre chose que des taches floues en mouvement. Je voudrais avoir le pouvoir de chasser la peur de son visage.

— Combien de temps Denver pourra-t-elle tenir ? demandé-je.

— Je l'ignore, répond Anden d'une voix sombre. L'Armure est résistante, mais nous ne pourrons pas repousser une superpuissance très longtemps.

— Qu'allons-nous faire ? demande June. Si nous ne pouvons pas les retenir, allons-nous nous laisser battre, comme ça ?

Anden secoue la tête.

— Nous avons besoin d'aide, nous aussi. Je vais demander une audience en urgence aux Nations unies ou à l'Antarctique. Nous verrons bien si quelqu'un est prêt à user de son influence en notre faveur. Cela nous permettra peut-être de gagner assez de temps pour…

Il regarde mon frère qui se tient calme et silencieux à mes côtés. Un sentiment de culpabilité et de rage me transperce. J'observe Anden en plissant les yeux. Pourquoi Eden est-il au cœur de cette histoire ? Pourquoi dois-je faire un choix entre perdre mon frère et perdre mon foutu pays ?

— J'espère qu'on n'en arrivera pas là, soufflé-je.

Anden et June se lancent dans une conversation à bâtons rompus à propos de l'Antarctique. Je tourne la tête vers la pièce ou Tess et ses camarades sont retenus. À travers la fenêtre, je la vois soigner l'épaule de la jeune fille blessée. Les gardes la regardent avec un certain malaise. Je me demande bien pourquoi ces assassins de métier ont peur d'une adolescente armée de bandages et d'une bouteille de désinfectant. Je frissonne en songeant à la manière dont Anden a ordonné l'interrogatoire et l'exécution potentielle des supposés traîtres. Pascao a l'air frustré. Il croise mon regard à travers la vitre. Ses lèvres demeurent immobiles, mais je devine ses pensées.

Il se dit que garder des Patriotes enfermés alors qu'une bataille fait rage et que des militaires et des civils se font tuer à la surface, c'est une aberration.

— Elector, dis-je soudain.

Je me tourne vers Anden et June. Ceux-ci se taisent et me regardent.

— Laissez les Patriotes quitter le bunker. (Anden reste silencieux et je me sens obligé de poursuivre.) Ils sont en mesure de vous aider. Je suis sûr qu'ils sont capables de mener des actions de guérilla bien plus efficaces que vos soldats. Et, comme l'évacuation des secteurs pauvres ne commencera pas avant un moment, vous avez besoin de toute l'aide disponible.

June reste silencieuse et Anden croise les bras sur sa poitrine.

— Day, j'ai gracié les Patriotes parce que cela faisait partie de notre marché initial, mais je n'ai pas oublié que les relations entre eux et moi ont toujours été tendues. Je ne souhaite pas voir vos amis menottés comme des prisonniers, mais je n'ai aucune raison de croire qu'ils sont prêts à aider un pays qu'ils ont terrorisé pendant si longtemps.

— Ils ne feront rien contre vous, insisté-je. Pourquoi s'en prendraient-ils à la République ?

— Trois condamnés à mort viennent de s'échapper, réplique Anden. Les Colonies ont lancé une attaque-surprise sur la capitale et des gens qui ont tenté de m'assassiner sont assis à dix mètres de moi. Excusez-moi, mais je ne suis pas franchement d'humeur clémente.

— J'essaie de vous aider, lâché-je sur le même ton agacé. Et puis, vous venez de capturer vos traîtres, non ? Vous pensez vraiment que les Patriotes ont quelque chose à voir avec l'évasion du commandant Jameson ? Alors qu'elle les a laissés tomber ? Vous pensez vraiment que je suis heureux de savoir les assassins de ma mère en liberté ? Relâchez les Patriotes et ils se battront pour vous !

Anden scrute mon visage.

— Qu'est-ce qui vous fait penser qu'ils sont fidèles à la République ?

— Laissez-moi prendre leur commandement. (Eden tourne brusquement la tête vers moi, stupéfait.) Et je garantirai leur loyauté.

June me lance un regard sévère pour me conseiller de changer de ton. J'inspire un grand coup, j'avale ma frustration et je m'efforce de me calmer. Elle a raison. Il ne servirait à rien de mettre Anden en colère alors que j'ai besoin de son aide.

— S'il vous plaît, dis-je à voix basse. Laissez-moi vous aider. Il faut bien que vous fassiez confiance à quelqu'un. Ne laissez pas des gens mourir comme ça à la surface.

Anden me regarde avec attention pendant un long moment. Je frissonne en réalisant qu'à cet instant, il est le portrait craché de son père. Mais les ressemblances disparaissent soudain derrière son expression sérieuse et inquiète. Il pousse un profond soupir et pince les lèvres.

— Expliquez-moi votre plan quand il sera prêt et je prendrai une décision, dit-il enfin. En attendant, je vous suggère de faire monter votre frère dans le train.

Il remarque mon inquiétude et ajoute :

— Il sera en parfaite sécurité jusqu'à votre retour. Vous avez ma promesse.

Puis il s'éloigne et fait signe à June de le suivre. Je soupire à mon tour en voyant un soldat les conduire vers un groupe de généraux. June me regarde par-dessus son épaule. Je sais qu'elle pense la même chose que moi. Elle s'inquiète des effets de cette guerre sur Anden. Et sur nous tous.

Lucy me rappelle à la réalité.

— Nous ferions peut-être bien de conduire votre frère au train, dit-elle.

Elle m'adresse un regard compatissant.

—Vous avez raison, dis-je.

Je regarde Eden et je lui tapote l'épaule. Je fais de mon mieux pour croire en la promesse de l'Elector.

—Allons-y et voyons comment te tirer de ce bazar.

—Et toi ? demande Eden. Tu vas vraiment aller te battre à la tête de ces gens ?

—Je te retrouverai à Los Angeles. Je te le promets.

Eden ne dit pas un mot pendant que nous nous dirigeons vers le quai. Des soldats nous escortent. Mon frère arbore une expression sombre et grave. Lorsque nous arrivons devant la porte vitrée d'une voiture, je me penche pour le regarder en face.

—Écoute, dis-je. Je suis désolé de ne pas t'accompagner. J'ai besoin de rester ici pour aider les gens, tu comprends ? Lucy va s'occuper de toi. Elle te protègera. Je vous rejoindrai bientôt...

—Ouais, ouais, grommèle Eden.

—Bon, euh...

Je m'éclaircis la voix. Eden est malade, il lui arrive d'être pénible et il raisonne en scientifique, mais je l'ai rarement vu dans une telle colère. Malgré sa cécité, il a conservé son optimisme. Sa froideur me bouleverse donc.

—Bien, c'est super, me décidé-je à dire. Je suis heureux que...

—Tu me caches quelque chose, Daniel, me coupe-t-il. Je le sens. Qu'est-ce que c'est ?

—Tu te trompes, lâché-je au bout d'un certain temps.

—Tu es nul comme menteur ! (Eden s'arrache à moi et fronce les sourcils.) Il se passe quelque chose. Je l'ai senti dans la voix de l'Elector. Et, quand tu m'as dit tous ces trucs bizarres l'autre jour... Quand tu as dit que tu avais peur que des soldats de la République débarquent chez nous... Pourquoi des soldats viendraient-ils chez nous tout d'un coup ? Je croyais que tous les problèmes étaient réglés.

Je soupire et je baisse la tête. Les yeux d'Eden s'adoucissent un peu, mais les muscles de sa mâchoire restent contractés.

— Que se passe-t-il ? demande mon frère.

Il a onze ans. Il a le droit de connaître la vérité.

— La République veut te récupérer pour faire de nouvelles expériences, dis-je à voix basse pour être sûr qu'il est le seul à entendre. Un virus s'est répandu dans les Colonies. Les scientifiques pensent que ton sang contient des anticorps. Ils veulent te coller dans un laboratoire.

Eden garde les yeux fixés dans ma direction pendant un long moment de silence. Au-dessus de nous, un nouveau bruit sourd fait trembler le sol. Je me demande si l'Armure tient le coup. Plusieurs secondes s'écoulent, puis je pose la main sur le bras de mon frère.

— Je ne les laisserai pas t'emmener, dis-je pour le rassurer. D'accord ? Tout va bien se passer. Anden – l'Elector – sait qu'il ne peut pas te prendre sans risquer une révolution nationale. Il ne peut pas le faire sans ma permission.

— Tous ces gens des Colonies, ils vont mourir, hein ? marmonne Eden. Ceux qui ont attrapé le virus ?

J'hésite. Je ne me suis pas vraiment intéressé aux effets de la maladie. J'ai cessé d'écouter dès qu'on a évoqué mon frère.

— Je ne sais pas, avoué-je.

— Et puis il va gagner la République. (Eden baisse la tête et se tord les mains.) Peut-être même que ça a commencé.

Si les Colons envahissent la capitale, ils vont propager l'épidémie, non ?

— Je ne sais pas, répété-je.

Les yeux d'Eden cherchent mon visage. Malgré sa cécité presque complète, ils brillent de colère.

— Tu n'es pas obligé de prendre toutes les décisions à ma place, tu sais ?

— Je ne pensais pas prendre une décision à ta place. Tu n'as pas envie de rejoindre L.A. ? C'est plus sûr là-bas et je te l'ai promis, je te rejoindrai bientôt.

— Non, je ne parle pas de ça. Pourquoi est-ce que tu ne m'en as pas parlé ?

C'est pour ça qu'il est en colère ?

— Tu plaisantes, hein ?

— Pourquoi ? répète-t-il sur un ton pressant.

— Tu aurais accepté ? (Je m'approche de lui et je jette un coup d'œil aux soldats et aux réfugiés qui nous entourent avant de poursuivre dans un murmure.) J'ai déclaré que je soutenais Anden, mais ça ne veut pas dire que j'ai oublié ce que la République a fait à notre famille. Ce qu'elle t'a fait, à toi. Quand je t'ai vu tomber malade, quand la patrouille sanitaire est venue chez nous pour t'emmener sur ce chariot, avec ce sang qui obscurcissait tes yeux...

Je m'interromps et je clos les paupières. Je me concentre pour chasser cette scène de mon esprit. Je l'ai jouée dans ma tête un million de fois. Je n'ai pas le temps d'assister à une séance supplémentaire. Le souvenir réveille la douleur à la base de ma nuque.

— Tu crois que je ne le sais pas ? demande Eden d'une voix basse et rebelle. Tu es mon frère, pas ma mère.

Je plisse les yeux.

— Je suis aussi ta mère, maintenant.

— Certainement pas. Maman est morte. (Eden inspire profondément.) Je me souviens de ce que la République nous a infligé. Comment pourrais-je ne pas m'en souvenir ? Mais les Colonies nous envahissent et je veux aider.

Je n'arrive pas à croire qu'Eden ait dit ça. Il n'imagine pas ce que la République est capable de faire. A-t-il oublié les expériences qu'on lui a fait subir ? Je me penche en avant et je pose la main sur son poignet décharné.

— Ça pourrait te tuer, tu le comprends ? Et ce n'est même pas sûr qu'ils parviennent à trouver un remède à partir de ton sang.

Eden s'écarte de moi.

— C'est à moi de choisir, pas à toi.

Ses paroles font écho à celles de June, quelques heures plus tôt.

— Très bien, dis-je sur un ton sec. Et qu'est-ce que tu choisis, gamin ?

Je vois mon frère rassembler toutes ses forces avant de parler.

— Je crois que j'ai envie de les aider.

— Tu te paies ma tête ? Tu veux les aider ? Est-ce que tu dis ça uniquement pour me foutre en rogne ?

— Je suis sérieux.

Une boule se forme dans ma gorge.

— Eden, nous avons perdu maman et John. Papa a disparu. Tu es tout ce qui me reste. Je ne peux pas me permettre de te perdre aussi. Tout ce que j'ai fait jusqu'ici, je l'ai fait pour toi. Je ne vais pas te laisser risquer ta vie pour sauver la République – ou les Colonies.

La lueur rebelle s'évanouit de ses yeux. Il saisit la rambarde et appuie la tête sur ses mains.

— S'il y a une chose que je sais sur toi, dit-il, c'est que tu n'es pas égoïste.

Je réfléchis. Égoïste. Je suis égoïste. Je veux qu'Eden soit à l'abri du danger et je me fiche de savoir ce qu'il en pense. Mais, en entendant ces mots, un sentiment de culpabilité bouillonne au fond de moi. Combien de fois John m'a-t-il tiré du pétrin ? Combien de fois m'a-t-il mis en garde alors que je me frottais à la République ou que j'essayais de trouver des médicaments pour Eden ? Je ne l'ai jamais écouté et je ne le regrette pas. Eden me regarde avec ses yeux presque aveugles, une infirmité qu'il doit à la République. Et voilà qu'il s'offre comme agneau sacrificiel, qu'il accepte d'être conduit à l'abattoir... Je ne comprends pas.

Ou plutôt, je comprends très bien. Il est comme moi. Il agit comme je le ferais à sa place.

Mais je suis incapable de supporter l'idée de le perdre. Je pose une main sur son épaule et je le pousse vers le train.

— Commence par te rendre à L.A. Nous parlerons de tout ça plus tard. Tu devrais réfléchir sérieusement à ce que tu as l'intention de faire, parce que si tu te portes volontaire...

— J'y ai déjà réfléchi, réplique-t-il. (Il recule d'un pas pour échapper à mon contact et se dirige vers la porte de la voiture.) En plus, tu crois vraiment que nous pourrons arrêter les Colons s'ils viennent me chercher ?

Son tour arrive et Lucy l'aide à monter dans le train. Je tends les bras pour serrer sa main pendant un bref instant, avant qu'il soit trop loin. Malgré sa colère, il presse mes doigts avec force.

— Dépêche-toi de me rejoindre, OK ? me dit-il.

Et, soudain, il se jette à mon cou. Près de lui, Lucy esquisse un de ses sourires rassurants.

— Ne vous inquiétez pas, Daniel. Je le surveillerai comme le lait sur le feu.

Je la remercie d'un hochement de tête reconnaissant. Je serre Eden dans mes bras. Je ferme les yeux et j'inspire un grand coup.

À contrecœur, je me sépare de lui et Eden disparaît dans la voiture. Quelques instants plus tard, le train quitte la station pour conduire la première vague de réfugiés vers la côte est du pays.

Une fois le train parti, je reste assis, seul, perdu dans mes pensées.

*« Je crois que j'ai envie de les aider. »*

Les paroles de mon frère résonnent inlassablement à mes oreilles. Je suis responsable d'Eden. Je suis en droit de faire tout ce qui est nécessaire pour le protéger. Que je sois damné si je laisse des scientifiques le transformer en rat de laboratoire après tout ce que j'ai fait pour le sauver. Je ferme les yeux et je me passe les mains dans les cheveux.

Au bout d'un certain temps, je regagne la pièce où se trouvent les Patriotes. La porte est ouverte. J'entre et Pascao interrompt ses étirements. Tess lève la tête. Elle termine de bander l'épaule de la blessée.

— Alors, dis-je tandis que mes yeux s'attardent sur Tess, comme ça, vous êtes revenus en ville pour en faire voir de toutes les couleurs aux Colons ?

Tess baisse la tête.

Pascao hausse les épaules.

— Bah, c'est sans importance si on nous empêche de remonter à la surface. Pourquoi ? Tu as un plan ?

— L'Elector a donné sa permission, dis-je. Tant que c'est moi qui prends les décisions, il estime que nous aurons la gentillesse de ne pas trahir la République.

Quelle idée stupide, d'ailleurs ! Ils ont toujours mon frère comme otage, non ?

Un sourire se dessine sur les lèvres de Pascao.

— Tiens, tiens. Voilà qui pourrait être amusant. Qu'est-ce que tu as l'intention de faire ?

Je glisse les mains dans mes poches et je prends un air arrogant.

— J'ai l'intention de montrer aux Colons que ma réputation n'est pas usurpée.

# JUNE

**51 heures et 50 minutes depuis ma dernière conversation avec Thomas.**
**15 heures depuis que j'ai vu Day pour la dernière fois.**
**8 heures depuis que le bombardement de l'Armure a été interrompu.**

NOUS SOMMES DANS L'AVION DE L'ELECTOR EN ROUTE POUR ROSS CITY, en Antarctique.

Je suis assise en face d'Anden. Ollie est couché à mes pieds. Les deux autres princeps elects sont dans une cabine voisine séparée de la nôtre par une paroi en verre – un mètre sur deux, matériau à l'épreuve des balles, un sceau de la République gravé de mon côté, à en juger par la marque des entailles. À travers le hublot, j'aperçois un ciel d'un bleu éclatant au-dessus d'une couche de nuages qui s'étend jusqu'à l'horizon. L'appareil devrait amorcer sa descente d'une minute à l'autre pour nous faire découvrir la gigantesque métropole antarcticienne.

Je suis restée silencieuse pendant la plus grande partie du voyage. J'ai écouté Anden recevoir une interminable série d'appels de Denver. On l'informe constamment des derniers événements militaires. Ce n'est qu'au moment où nous approchons des eaux territoriales antarcticiennes qu'il se tait enfin. Je regarde les rayons de lumière jouer avec son visage, modeler ses jeunes traits où se lit le poids de tous les maux du monde.

— Quels sont nos liens avec l'Antarctique ? demandé-je au bout d'un moment.

La question qui m'intéresse vraiment serait plutôt : *Vous pensez qu'il nous apportera son aide ?* Mais à quoi bon la poser : il est impossible d'y répondre. Ce ne serait qu'une perte de temps.

Anden détourne les yeux du hublot pour me regarder.

— L'Antarctique nous soutient. Nous recevons son aide depuis des années. Notre économie n'est pas assez forte pour tenir debout sans une solide paire de cannes.

J'ai longtemps cru que mon pays était une superpuissance et j'ai encore du mal à accepter qu'il survit qu'à grand-peine.

— Et quelles sont nos relations aujourd'hui ?

Anden continue à m'observer. Je remarque une tension dans sa façon de me regarder, mais son visage est impassible.

— L'Antarctique a promis de doubler son aide si nous parvenons à la signature d'un traité rétablissant le dialogue avec les Colonies. En revanche, il a promis de réduire son aide de moitié si aucun traité n'est signé avant la fin de l'année. (Il marque une courte pause.) Alors notre visite n'a pas pour seul but de demander son soutien. Il va également falloir persuader les Antarcticiens de ne pas nous abandonner.

Nous allons devoir expliquer pourquoi nous avons sombré dans le chaos. Voilà qui ne va pas être facile.

— Pourquoi avoir choisi l'Antarctique ?

— L'Antarctique et l'Afrique sont rivaux depuis très longtemps. Si une nation influente doit décider de nous aider à affronter les Colonies et ses alliés, ce sera l'Antarctique.

Il se penche en avant et pose les coudes sur ses cuisses. Ses mains gantées sont à trente centimètres de mes jambes.

— Nous verrons bien ce qui se passe, poursuit-il. Nous leur devons beaucoup d'argent et voilà quelques années que les Antarcticiens ne sont pas très satisfaits de nous.

— Est-ce que vous avez déjà rencontré leur président ?

— Il lui arrivait de rendre visite à mon père. (Anden esquisse un sourire en coin et, à ma grande surprise, je sens les battements de mon cœur s'emballer.) C'était un charmeur au cours des dîners. Vous pensez que j'ai une chance de lui plaire ?

Je lui rends son sourire. J'ai compris le double sens de sa question. Il ne fait pas seulement référence au président de l'Antarctique.

— Vous êtes un homme charismatique, si c'est ce que vous voulez savoir, dis-je après un moment de réflexion.

Anden éclate de rire. Je suis heureuse de le voir se détendre un peu. Il tourne la tête et baisse les yeux.

— Je n'ai pas eu beaucoup de chance en matière de séduction ces derniers temps, dit-il à voix basse.

L'avion amorce sa descente. Je me concentre sur mon hublot et j'inspire un grand coup dans l'espoir de chasser la rougeur qui me monte aux joues.

Les nuages se rapprochent et l'appareil est bientôt enveloppé dans des tourbillons de brume grise. Quelques minutes plus tard, nous crevons la masse cotonneuse et nous découvrons un gigantesque territoire tapissé de gratte-ciels aux couleurs éclatantes serrés les uns contre les autres. Le spectacle me coupe le souffle. Il suffit d'un simple coup d'œil pour comprendre que la richesse et le niveau technologique de cette nation sont bien supérieurs aux nôtres. Un mince dôme transparent recouvre la ville, mais l'appareil le traverse aussi facilement que le banc de nuages. Les bâtiments changent parfois de couleur. J'en aperçois un passer du vert pastel au bleu nuit, un autre du doré au blanc. On pourrait jurer qu'ils viennent juste d'être construits : leurs parois sont parfaitement lisses, impeccables. Il ne doit pas y avoir plus d'une poignée de gratte-ciels de cette qualité au sein de la République. D'innombrables ponts immenses et élégants brillent d'un éclat blanc sous les rayons du soleil. Ils relient les tours voisines à hauteur d'un même étage. Ils tissent un réseau dans les tons ivoire qui n'est pas sans rappeler la structure alvéolaire d'une ruche. Les plus hauts ont une sorte de place ronde au milieu. Je regarde avec attention et je m'aperçois que des appareils y sont stationnés. Je remarque également que tous les bâtiments sont surmontés d'un énorme hologramme argenté représentant des nombres entre zéro et trente mille. Je fronce les sourcils. Sont-ils projetés depuis les toits ? Indiquent-ils la population de chaque tour ? Cette dernière hypothèse est peu crédible : des gratte-ciels de cette taille doivent accueillir bien plus de trente mille habitants.

La voix du pilote résonne dans la cabine. Elle nous informe que nous sommes sur le point d'atterrir. Tandis que les bâtiments aux couleurs chatoyantes envahissent notre champ de vision, l'appareil met le cap vers une de ces plateformes circulaires au centre d'un pont. Sur l'une d'elles, des gens se préparent à notre arrivée. L'avion approche et se stabilise au-dessus de la place. Une brusque secousse nous projette sur le côté de nos sièges. Ollie lève la tête et laisse échapper un grognement sourd.

— Nous avons été pris en charge par un système de traction magnétique, explique Anden en voyant mon air surpris. Maintenant, notre pilote n'a plus rien à faire. Notre appareil va être guidé depuis la plateforme pour les manœuvres d'atterrissage.

L'avion se pose avec une telle douceur que je ne m'en rends même pas compte. Tandis qu'Anden et moi débarquons en compagnie d'une escouade de sénateurs et de gardes, je constate avec étonnement que la température extérieure est très agréable. Je sens une brise fraîche, la chaleur du soleil – 22 °C environ, vent venant du sud-ouest, étonnement faible compte tenu de l'altitude à laquelle nous nous trouvons. Comment cela est-il possible ? Ne sommes-nous pas à la base du globe terrestre ? Je me rappelle alors le dôme transparent et immatériel que nous avons traversé. Il semblerait que les Antarcticiens soient capables de contrôler le climat de leurs cités.

Je reste ébahie en apercevant des hommes avec des masques et des combinaisons Hazmat blanches se précipiter vers nous. Ils nous conduisent aussitôt sous une tente en plastique. L'Antarctique a dû découvrir que les Colonies sont frappées par une épidémie. Une personne — un homme, une femme ? impossible de le dire à cause du casque – inspecte rapidement mes yeux, mon nez, ma bouche et mes oreilles avant de scanner mon corps à l'aide d'un large rayon verdâtre.

J'attends dans un silence tendu qu'il ou elle lise les résultats des analyses sur un petit appareil portatif. Du coin de l'œil, j'aperçois Anden qui subit les mêmes tests que moi. Ce n'est pas parce qu'il est Elector qu'il ne peut pas être contaminé. Il faut une bonne dizaine de minutes pour que tout le monde soit examiné et que nous soyons autorisés à quitter la tente.

Anden salue trois Antarcticiens – respectivement vêtus d'une tenue verte, bleue et noire de coupe étrange – qui nous attendent sur la passerelle en compagnie de plusieurs gardes.

— J'espère que votre vol s'est bien déroulé, déclare l'un d'eux – une femme – alors que nous approchons. (Elle nous salue en anglais, mais elle parle avec un accent lourd et sensuel.) Si vous le souhaitez, nous pouvons vous fournir un de nos appareils pour le voyage retour.

La République est loin d'être parfaite, je le sais depuis longtemps et ma rencontre avec Day n'a fait que confirmer les évidences, mais je sens ma chair se hérisser en entendant la remarque arrogante de l'inconnue. Il semblerait que les Antarcticiens considèrent que nos appareils sont des cages à poules d'un autre âge. Je tourne la tête vers Anden pour voir sa réaction. Il se contente de s'incliner et d'adresser un ravissant sourire à la femme.

— *Gracias*, dame Medina. Vous êtes charmante, comme toujours, dit-il. Je vous suis reconnaissant de votre offre, mais je ne voudrais en aucun cas abuser de votre gentillesse. Nous nous contenterons de notre appareil.

Je ne peux pas m'empêcher d'admirer cet homme. Chaque jour, je découvre de nouveaux fardeaux qui pèsent sur ses épaules.

Après une discussion brève, mais passionnée, j'accepte qu'un garde conduise Ollie à l'hôtel où nous logerons. Nous nous rangeons en une procession silencieuse avant de nous diriger vers le bâtiment qui se trouve à une extrémité de la passerelle – un gratte-ciel écarlate, mais je ne suis pas certaine que ce soit en l'honneur de notre arrivée. Je décide de marcher au bord du pont de manière à observer la cité. Pour une fois, il me faut un bon moment pour compter les étages. En me fondant sur le nombre de passerelles qui partent de chaque niveau, j'arrive à un total de trois cent vingt-sept. Je détourne finalement les yeux pour chasser les premiers symptômes du vertige. Le soleil illumine les étages supérieurs, mais il y a également de la lumière tout en bas. Je suppose qu'il existe un système d'éclairage artificiel pour les gens qui empruntent les rues. Je regarde Anden et dame Medina bavarder et rire comme de vieux amis. Anden est parfaitement naturel. Je me demande s'il apprécie la compagnie de cette femme ou s'il joue l'homme d'État charmant. Il est clair que son père n'a pas négligé de lui enseigner les subtilités de la diplomatie internationale.

L'entrée du bâtiment, une arche encadrée de volutes complexes gravées dans la paroi, s'ouvre devant nous. Nous nous arrêtons dans un hall richement décoré. Je suis fascinée par les épais tapis ivoire qui produisent des taches de couleur à l'endroit où je pose les pieds. J'aperçois des rangées de palmiers en pots, un mur en verre incurvé sur lequel s'affichent des messages publicitaires lumineux. Il y a également des bornes interactives dont je ne comprends pas l'utilité. Tandis que nous poursuivons notre chemin, nos hôtes antarcticiens nous offrent des paires de lunettes à fine monture. Anden et les sénateurs les chaussent aussitôt, comme s'ils avaient l'habitude. Les Antarcticiens se donnent néanmoins la peine d'expliquer à quoi elles servent. Je me demande s'ils savent qui je suis, et si je présente le moindre intérêt à leurs yeux. Quoi qu'il en soit, ils ont remarqué mon embarras lorsque j'ai pris ma paire de lunettes.

— Gardez-les toujours sur vous pendant votre séjour, déclare dame Medina avec son lourd accent. (Elle semble s'adresser à tout le monde, mais je devine que ses explications me sont destinées.) Elles vous aideront à voir Ross City telle qu'elle est vraiment.

Intriguée, je m'exécute.

Je cligne les yeux, surprise. Je sens d'abord un vague chatouillement dans mes oreilles, puis je vois de petits caractères brillants au-dessus des têtes des Antarcticiens. *28627 : NIVEAU 29* pour dame Medina. *8819 : NIVEAU 11* et *11201 : NIVEAU 13* pour ses deux compagnons – qui n'ont pas encore dit un mot. Je tourne la tête pour observer la salle et j'aperçois quantité de chiffres et de mots virtuels. *EAU : +1* s'affiche au-dessus d'une plante verte bulbeuse posée dans un coin ; *PROPRETÉ : +1* survole une petite table sombre. Au bas de mes verres, je lis :

June Iparis

Princeps Elect 3

République américaine

Niveau 1

22 septembre 2132

Score de la journée : 0

Score total : 0

Nous nous remettons en marche. Aucun de mes compatriotes ne semble intrigué par les innombrables informations virtuelles qui s'impriment sur le monde réel. Je n'ai pas d'autre choix que d'échafauder des hypothèses. Les Antarcticiens ne portent pas de lunettes, mais ils tournent parfois la tête vers les étranges messages flottants. Ils doivent avoir un système greffé sur leurs pupilles, ou dans leurs cerveaux, qui leur permet d'accéder plus naturellement à cet univers virtuel.

Un des compagnons de dame Medina, un homme aux larges épaules avec des yeux sombres, des cheveux blancs et une peau dorée, ralentit et arrive à ma hauteur, en queue de cortège. Je me raidis en le voyant approcher, mais il prend la parole d'une voix douce et aimable.

— Mademoiselle June Iparis ?

— En effet, monsieur.

J'incline la tête avec respect comme j'ai vu Anden le faire un peu plus tôt. À ma grande surprise, je remarque que les chiffres changent dans le coin de mes lunettes.

22 septembre 2132

Score de la journée : 1

Score total : 1

Un vertige me saisit. Selon toute apparence, les lunettes ont enregistré mon salut et un système de comptabilisation m'a créditée d'un point. Saluer permet donc d'augmenter son score. Je remarque alors que l'homme aux cheveux blancs m'a parlé sans accent. Il poursuit d'ailleurs dans un anglais irréprochable. Je tourne la tête vers dame Medina. J'entends quelques bribes de sa conversation avec Anden et je réalise qu'elle aussi parle désormais sans le moindre accent. Ces chatouillis dans l'oreille tout à l'heure… Peut-être que les lunettes font également office d'interprète. Peut-être qu'elles permettent aux Antarcticiens de communiquer avec nous en s'exprimant dans leur langue, sans délai de traduction.

L'homme aux cheveux blancs se penche vers moi et il murmure :

— Je suis le Gardien Makoare, l'un des nouveaux gardes du corps de dame Medina. Elle m'a chargé de vous servir de guide, mademoiselle Iparis, étant donné que c'est votre première visite dans notre cité. C'est très différent de votre République, n'est-ce pas ?

Le Gardien Makoare ne s'exprime pas avec l'air condescendant de dame Medina et sa question ne m'agace pas.

— Je vous remercie, monsieur, dis-je avec reconnaissance. Et oui, je dois avouer que toutes ces informations virtuelles que je vois autour de moi me semblent bien étranges. J'ai du mal à les comprendre.

Makoare sourit et gratte son menton couvert de poils blancs.

— À Ross City, la vie est un jeu et nous sommes tous des joueurs. Les Antarcticiens n'ont pas besoin de lunettes comme les visiteurs, car on nous implante une puce dans la tempe le jour de nos treize ans. Elle contient un programme qui assigne des points à tout ce qui nous entoure. (Il pointe le doigt.) Vous voyez « Eau : +1 » au-dessus de cette plante ? (Je hoche la tête.) Cela signifie que, si vous décidez de l'arroser, vous gagnerez un point. Dans cette ville, les actions positives sont récompensées par des points de réussite alors que les actions négatives vous en font perdre. En augmentant votre score, vous changez de niveaux. En ce moment, vous êtes au niveau un. (Il montre les lignes virtuelles qui flottent au-dessus de sa tête.) Moi, je suis au niveau treize.

— Quel est l'intérêt de gagner… des niveaux ? demandé-je alors que nous quittons la salle pour entrer dans un ascenseur. Est-ce qu'ils déterminent votre rang au sein de la cité ? Est-ce qu'ils permettent de mieux contrôler les civils ?

Gardien Makoare acquiesce.

— Vous verrez.

Nous quittons l'ascenseur pour nous engager sur un nouveau pont – celui-ci est couvert par un toit en verre voûté – et pénétrer dans un autre bâtiment. Tandis que nous marchons, je comprends mieux les explications du Gardien Makoare. Le gratte-ciel ressemble à une gigantesque université. À travers des parois transparentes, nous apercevons des salles de classe avec des rangées de personnes assises – sans doute des étudiants. Tous ont leurs scores et leurs niveaux qui flottent au-dessus de leurs têtes. Devant eux, un écran géant affiche des séries de questions mathématiques surmontées de chiffres luisants.

Calcul - Deuxième semestre

Q1 : 6 PTS

Q2 : 12 PTS

Et ainsi de suite. J'aperçois un étudiant se pencher vers son voisin dans l'espoir de tricher. Son score personnel passe au rouge vif et se met à clignoter avant de baisser de cinq points.

Tricherie : -5 PTS

1 642 : Niveau 3

L'étudiant se fige avant de se rasseoir convenablement et de se concentrer sur son examen.

Le Gardien Makoare sourit en me voyant réfléchir à la scène dont j'ai été témoin.

— Le niveau est primordial à Ross City. Plus il est élevé, plus vous gagnez d'argent, plus vous pouvez prétendre à des emplois intéressants, plus on vous respecte. Les plus hauts scores sont célèbres et très admirés. (Il pointe le doigt vers l'étudiant qui a essayé de tricher.) Nos citoyens se passionnent tant pour ce jeu de la vie que la plupart évitent de commettre des actes qui risquent de faire baisser leur score. En conséquence, notre taux de criminalité est minime.

— C'est fascinant, murmuré-je, incapable de me détourner de la salle de classe.

Nous atteignons l'extrémité du couloir et nous nous engageons sur un troisième pont. Au bout d'un moment, un nouveau message se met à clignoter dans un coin de mes lunettes.

1 000 mètres parcourus à pied : +2 PTS

Score de la journée : 3

Score total : 3

Je suis surprise de constater que cette augmentation de score me procure un bref moment d'excitation et de satisfaction. Je regarde le Gardien Makoare.

— Je comprends que ce système de niveaux doit motiver vos compatriotes. C'est fantastique.

Mais je ne lui fais pas part de la question qui me tourne dans la tête : *Et comment distingue-t-on les bonnes actions des mauvaises ?* Qui décide quoi ? Que se passe-t-il lorsqu'une personne critique le gouvernement ? Est-ce que son score augmente ou baisse ? En revanche, je suis sidérée par la technologie de cette cité. Pour la première fois de ma vie, je me rends compte que la République n'est guère plus qu'un pays sous-développé. Est-ce que cette inégalité a toujours existé ? Ou a-t-on été, un jour, à la pointe du progrès ?

Nous arrivons enfin dans un bâtiment avec une immense salle en demi-cercle qui accueille les réunions politiques. Dame Medina l'appelle « La Chambre des Discussions ». Les murs sont tapissés des drapeaux de tous les pays. Une longue table en acajou se trouve au centre. Les délégués antarcticiens s'assoient d'un côté et nous nous installons en face. Deux autres personnes du même niveau que dame Medina nous rejoignent, puis nous entamons les pourparlers. C'est alors qu'un nouvel homme arrive. Il doit avoir une quarantaine d'années. Il a des cheveux cuivre, une peau sombre et une barbe taillée avec soin. Au-dessus de sa tête, son compteur annonce : *NIVEAU 202*.

— Président Ikari.

Dame Medina fait les présentations. Anden et les sénateurs le saluent avec respect. Je fais de même, mais je n'ose pas quitter mes homologues antarcticiens des yeux. Du coin de l'œil, j'aperçois le drapeau de la République. Sur les verres de mes lunettes, République américaine apparait en lettres brillantes. Celui des Colonies est accroché à côté. Une superposition de bandes noires et grises avec un oiseau doré au centre. Je remarque que certains drapeaux sont accompagnés du mot « Alliés ». Ce n'est pas le cas du nôtre.

Les pourparlers sont tendus depuis le début.

— Il semblerait que les plans de votre père se soient retournés contre vous, dit le président Ikari à Anden. (Il se penche en avant avec raideur.) Les Nations Unies s'inquiètent du soutien de l'Afrique aux Colonies, bien entendu. Les Colonies ont décliné notre invitation à négocier.

Anden soupire.

— Nos scientifiques cherchent activement un remède. (Il n'évoque pas Eden, ni le manque de coopération de Day.) Mais nous sommes incapables de résister à l'attaque des Colonies tant qu'elles bénéficient du soutien financier et militaire de l'Afrique. Il nous faut de l'aide pour repousser leurs troupes si nous ne voulons pas être envahis avant un mois. Il n'est pas impossible que le virus se répande chez nous également…

—Vous parlez avec passion, l'interrompt le président Ikari. Et je ne doute pas que vous fassiez de grandes choses en tant que nouvel Elector de la République, mais la situation se présente ainsi… Il faut avant toute chose contenir l'épidémie. J'ai entendu dire que les Colonies avaient déjà franchi vos frontières.

Les yeux couleur miel d'Ikari sont aussi brillants que perçants. Quand Serge fait mine de prendre la parole, il lui intime le silence sans cesser de regarder fixement Anden.

—Laissez votre Elector répondre !

Serge se tait en prenant l'air renfrogné. J'aperçois un rictus satisfait passer sur les lèvres des sénateurs. La colère monte en moi. Ces gens – les sénateurs, le président antarcticien et même les deux autres princeps elects – se moquent subtilement de l'Elector, chacun à sa manière. Ils lui coupent la parole. Ils insistent sur son âge. Je regarde Anden en lui criant mentalement de se défendre. Mariana hoche la tête dans sa direction.

—Monsieur ? dit-elle.

Je suis soulagée en voyant Anden lancer un regard désapprobateur à Serge. Puis il lève la tête et prend la parole avec calme.

—C'est la vérité. Nous parvenons encore à les contenir, mais ils sont aux faubourgs de la capitale.

Le président pose les coudes sur la table.

—Ainsi donc, il n'est pas impossible que le virus ait déjà franchi la frontière ?

— En effet, répond Anden.

Le président reste silencieux pendant quelques instants, puis il reprend :

— Qu'attendez-vous de nous exactement ?

— Nous avons besoin de votre soutien militaire. Votre armée est la meilleure du monde. Aidez-nous à sécuriser nos frontières et, surtout, aidez-nous à trouver un remède à l'épidémie. Les Colonies nous ont informés que ce remède est la seule chose qui les fera renoncer à leur offensive. Nous avons besoin de temps pour y parvenir.

Le président serre les lèvres et secoue la tête une fois.

— Pas de soutien militaire, financier ou logistique. Je crains que vos dettes envers nous soient trop élevées pour que nous prenions de tels risques. Je peux vous proposer de mettre à votre disposition des scientifiques pour vous aider à découvrir un remède, mais il est hors de question que j'envoie des troupes dans une région potentiellement contaminée. C'est trop dangereux. (Ses yeux se durcissent en voyant la réaction d'Anden.) Veuillez nous tenir informés sur l'évolution de la situation. J'espère tout autant que vous que cette affaire se résoudra dans le calme. Je suis désolé de ne pas pouvoir vous offrir davantage, Elector.

Anden se penche sur la table et ses doigts se nouent.

— Que puis-je faire pour vous convaincre, monsieur le président ? demande-t-il.

Ikari se laisse aller contre le dossier de son siège et observe Anden pendant un long moment avec un air pensif. Ce spectacle me fait frissonner. Il attendait cette supplique depuis le début des négociations.

— Vous allez devoir m'offrir quelque chose qui justifie mes efforts, dit-il enfin. Quelque chose que votre père ne m'a jamais proposé.

— Et quoi donc ? demande Anden.

— Des territoires.

Mon cœur se serre douloureusement en entendant ces mots. Céder des territoires. Pour sauver la République, nous allons être obligés de nous vendre à une autre nation. Quelque part, c'est un peu comme si nous nous prostituions, ou que nous abandonnions un enfant à un étranger… Se séparer d'une partie de notre nation… J'observe Anden en essayant de déchiffrer les émotions derrière son masque impassible.

Il regarde droit devant lui pendant une éternité. Imagine-t-il comment son père réagirait à une telle proposition ? Se demande-t-il s'il est un bon chef pour son peuple ? Enfin, il incline la tête. Il est toujours plein de grâce, même dans l'humilité.

— Je suis prêt à entamer des négociations sur ce point, dit-il à voix basse.

Le président acquiesce. J'aperçois l'ombre d'un sourire aux coins de ses lèvres.

— Dans ce cas, nous négocierons. Si vous découvrez un remède au virus et si nous trouvons en accord sur les territoires à céder, je vous promets un soutien militaire. En attendant, le monde devra se comporter comme il convient de le faire en cas d'épidémies.

— Qu'entendez-vous par là, monsieur ? demande Anden.

— Il nous faut fermer vos frontières, vos aéroports et vos ports, ainsi que ceux des Colonies. Il faut également informer les autres nations. Je suis sûr que vous comprenez.

Anden reste silencieux. J'espère que le président ne remarque pas mon expression accablée. La République tout entière va être placée en quarantaine.

# DAY

June est partie en Antarctique. Eden est parti à Los Angeles avec la deuxième vague de réfugiés. Les autres sont toujours dans le bunker à écouter les offensives des Colonies se succéder. On dirait que la situation a empiré. Parfois, la terre tremble si fort qu'une fine poussière tombe du plafond, recouvrant d'une mince pellicule cendreuse la file de réfugiés qui avance vers le convoi ferroviaire d'un pas pressé. Près du tunnel, des sortes de gyrophares nous zèbrent d'éclairs rouges. Je me demande comment ça se passe dans les autres bunkers de la cité. L'évacuation devient plus urgente chaque heure, quand un train part pour être aussitôt remplacé par le suivant. Qui sait combien de temps le tunnel résistera aux bombardements ? De temps en temps, la situation dégénère et des soldats doivent repousser des mécontents dans la file d'attente.

— Une seule file ! aboient-ils en brandissant leurs armes d'un air menaçant. (Leurs visages sont dissimulés par des masques antiémeutes que je ne connais que trop bien.) Les fauteurs de troubles seront abandonnés ici sans aucune forme de procès. Allez, avancez !

Je me tiens à un bout du bunker en compagnie de Pascao, de Tess et des autres Patriotes. Je regarde la poussière qui continue de tomber. Au début, des soldats ont essayé de me faire monter dans un train, mais ils ont fini par me ficher la paix quand je me suis mis à les traiter de tous les noms. Maintenant, ils font comme si je n'existais pas. Je regarde les gens embarquer pendant quelques secondes, puis je reprends ma conversation avec Pascao. Tess est assise à côté de moi, mais la tension qui plane entre nous me donne l'impression qu'elle est à l'autre bout du monde. Mon éternelle migraine palpite sur un rythme sourd à la base de ma nuque.

— Tu connais mieux la ville que moi, dis-je à Pascao. À ton avis, est-ce que l'Armure tient le coup ?

— Pas si bien que ça, répond Pascao. Avec l'aide de son nouvel allié, je ne serais pas surpris que les Colonies s'en emparent en quelques jours. Surtout si elles continuent à lancer des offensives aussi soutenues. Elle ne tiendra plus très longtemps, tu peux me croire.

Je regarde les réfugiés pour me faire une idée de leur nombre.

— Qu'est-ce qu'on pourrait faire pour donner un peu de fil à retordre aux Colonies ?

Une Patriote intervient. C'est une hackeuse, Frankie, la fille qui est blessée à l'épaule.

— Si on parvient à mettre la main sur quelques électrobombes dit-elle sur un ton pensif, on pourrait sans doute les recâbler pour neutraliser certaines armes des Colons, quelque chose dans ce genre. On pourrait peut-être bousiller leurs chasseurs.

Les chasseurs. Bien sûr. Anden a dit que les Colonies avaient fait atterrir des chasseurs sur l'aérodrome qu'elles ont installé à proximité de l'Armure.

— Je peux me débrouiller pour en trouver, murmuré-je. Avec des grenades.

Pascao fait entendre un claquement de langue enthousiaste.

— On pourra faire mumuse avec de la nitroglycérine, dans ton plan ? Alors tu peux compter sur nous.

Il se tourne vers Baxter qui me lance un regard mauvais. Il lui manque toujours un morceau d'oreille.

— Baxter, mon pote. Tu te chargeras d'épauler Gioro et Frankie. Assure-toi qu'ils auront le temps de préparer leurs petits tours de magie.

— Pascao, dis-je à voix basse. Tu te sens d'attaque pour une petite attaque en territoire ennemi ?

Il éclate de rire.

— Ce n'est pas la spécialité des courriers ?

— Allons nous amuser avec les Colons. Je veux que tu m'accompagnes jusqu'à leur aérodrome.

— Voilà qui m'a l'air très intéressant.

— Parfait.

Malgré la gravité de la situation, je ne peux retenir un sourire. Je continue à donner des ordres avec une pointe de dédain dans la voix.

— Cette nuit va se terminer sur la tragique mise au rencart d'un sacré tas d'engins militaires hors de prix.

— T'es complètement malade, le petit génie, me lance Baxter sur un ton revêche. La République n'arrive pas à contenir l'armée des Colonies et toi, tu crois que notre groupe a une chance de leur mettre une raclée ?

— On n'a pas besoin de leur mettre une raclée. On a juste besoin de stopper leur avance. Et je suis persuadé que nous sommes faits pour ça.

Baxter laisse échapper un grognement irrité, mais le sourire de Pascao s'élargit un peu plus. Près de moi, Tess s'agite d'un air gêné. Elle pense sans doute à mes exploits passés. Elle n'en a pas raté un et elle a bandé mes blessures après chacune de mes expéditions. Peut-être s'inquiète-t-elle pour moi. Ou peut-être est-elle heureuse. Peut-être aurait-elle préféré que je ne sois pas là. Pourtant, elle est revenue pour moi. C'est ce qu'elle a dit, non ? Elle doit donc encore tenir à moi, d'une manière ou d'une autre. J'essaie de trouver des paroles pertinentes pour chasser le malaise entre nous, mais je finis par poser des questions à ses compagnons.

—Vous m'avez dit tout à l'heure que vous étiez revenus parce que vous vouliez obtenir la grâce présidentielle. Mais vous auriez pu vous réfugier dans un autre pays que la République, non ? Vous n'auriez pas à l'aider maintenant. Anden – l'Elector, je veux dire – aurait fini par vous amnistier de toute façon. (Mes yeux se posent sur Pascao.) Tu le sais très bien, n'est-ce pas ? Quelle est la véritable raison de votre retour ? Je sais que ce n'est pas seulement parce que vous avez entendu mes appels.

Le sourire de Pascao disparaît et, pendant un moment, il affiche un air sérieux. Il soupire et jette un coup d'œil à ses camarades. À cet instant, il est difficile de croire qu'ils ont fait partie d'un groupe beaucoup plus important.

—On est des Patriotes, hein? dit-il enfin. Nous avons promis de lutter pour la restauration des États-Unis d'Amérique, d'une manière ou d'une autre. Vu comment ça a l'air de se passer dans les Colonies, je ne suis pas sûr qu'elles sont les mieux placées pour réaliser notre rêve. Et puis je dois reconnaitre que le nouvel

Elector de la République a du potentiel. Vu comment Razor s'est foutu de notre gueule, même moi je pense qu'Anden est peut-être la réponse que nous cherchions. (Pascao s'interrompt et hoche la tête en direction de Baxter qui hausse les épaules.) Même Baxter partage cet avis.

Je fronce les sourcils.

— Si j'ai bien compris, les gars, vous êtes revenus ici parce que vous voulez aider la République à gagner cette guerre ? Vous avez vraiment l'intention de défendre le pays ? (Pascao acquiesce.) Pourquoi est-ce que vous ne l'avez pas dit quand vous étiez prisonniers ? Ça aurait fait une sacrée impression.

— Non, je ne crois pas, dit Pascao en secouant la tête. Les gardes ne nous auraient pas crus. Les Patriotes, des terroristes qui adoraient faire sauter les soldats de la République ? Ben voyons. Non, j'ai pensé qu'il valait mieux jouer la carte du pardon. J'ai pensé que ton Elector et ta petit princeps elect trouveraient ça plus crédible.

Je reste silencieux. Quand Pascao me voit hésiter, il se frotte les mains pour en chasser la poussière et il se lève.

— Eh bien ! Au boulot, dit-il. Nous n'avons pas de temps à perdre, pas tant que la tempête fait rage au-dessus de nos têtes.

Il fait signe à ses compagnons de se rassembler et il commence à leur indiquer leurs missions. Je me redresse en position accroupie.

Tess inspire un grand coup. Elle croise mon regard et décide de me parler pour la première fois depuis que je suis revenu dans cette pièce.

— Je suis désolée, Day, dit-elle si bas que je suis le seul à l'entendre.

Je reste figé, les coudes appuyés sur mes cuisses.

— Pourquoi ? demandé-je. Tu n'as aucune raison d'être désolée.

— Si, bien sûr que si.

Elle détourne la tête. Comment a-t-elle pu grandir si vite ? Elle est toujours mince et délicate, mais ses yeux sont ceux d'une jeune fille plus âgée que celle que je connaissais.

— Je n'avais pas l'intention de t'abandonner, et je n'avais pas l'intention de rendre June responsable de tous nos malheurs. Je sais que ce n'est pas une mauvaise personne. Je ne l'ai jamais cru. C'est juste que j'étais... tellement en colère.

Son visage m'attire comme un aimant, comme toujours, comme la première fois où je l'ai vue fouiller un container à ordures. Je voudrais la serrer contre moi, mais je reste assis et j'attends. J'attends qu'elle prenne l'initiative.

— Tess..., dis-je à voix basse.

Je me demande comment exprimer au mieux ce que je ressens. Merde ! Je lui ai dit tellement de conneries par le passé.

— Je t'aime. Quoiqu'il se passe entre nous.

Tess glisse les bras autour de ses jambes repliées.

— Je sais.

Je déglutis avec peine et je baisse les yeux.

— Mais je ne t'aime pas comme tu le souhaiterais. Je suis désolé si je t'ai donné cette impression. Je ne crois pas t'avoir traitée aussi bien que tu le méritais. (J'ai l'impression de recevoir un coup de couteau dans le cœur lorsque ces mots quittent ma bouche pour aller la frapper.) Alors tu n'as aucune raison d'être désolée. Tout est ma faute, pas la tienne.

Tess secoue la tête de nouveau.

— Je sais bien que tu ne m'aimes pas comme ça. Tu crois que je ne l'ai pas encore compris ? (Une note d'amertume se mêle à sa voix.) Mais toi, tu ne sais pas ce que j'éprouve pour toi. Personne ne le sait.

Je la regarde en face.

— Eh bien, dis-le-moi.

— Day, tu n'es pas qu'un simple flirt pour moi. (Elle fronce les sourcils tandis qu'elle cherche à s'expliquer.) Quand le monde entier m'a rejetée et m'a laissée mourir dans un coin, c'est toi qui m'as sauvée. Tu es la seule personne qui s'est souciée de ce qui pouvait m'arriver. Tu représentais tout pour moi. Tout. Tu es devenue toute ma famille. Mes parents, mes frères et mes sœurs, la personne qui prenait soin de moi, mon seul compagnon et mon seul ami. Tu étais mon protecteur et tu avais besoin que je te protège. Tu comprends ? Je ne t'aimais pas comme tu l'as peut-être cru, même si je ne peux pas nier que j'ai des sentiments pour toi. Ce n'est qu'une partie de ce tout. D'un tout qui va bien au-delà.

J'ouvre la bouche pour répondre, mais rien n'en sort. Je ne sais pas quoi dire. Je ne peux que regarder.

Tess laisse échapper un soupir tremblotant.

— Alors, quand j'ai cru que June allait t'emmener loin de moi, je n'ai pas su quoi faire. J'ai eu l'impression qu'elle allait m'arracher la seule personne à laquelle je tenais. J'ai eu l'impression qu'elle obtenait de toi tout ce que je n'ai pas pu avoir. (Elle baisse les yeux.) C'est pour cette raison que je suis désolée. Je suis désolée parce que tu ne devrais pas tout représenter pour moi. Tu étais là pour moi, mais j'ai oublié que je pouvais aussi compter sur moi-même. (Elle s'interrompt et observe les Patriotes en grande conversation.) C'est un sentiment nouveau, une chose à laquelle je ne suis pas habituée.

Et brusquement, nous redevenons des enfants. Je nous revois, quand nous étions si jeunes, assis au sommet d'un gratte-ciel en ruine, balançant nos pieds dans le vide en regardant le soleil s'enfoncer chaque soir dans l'océan. Je songe à tout ce que nous avons découvert depuis, à tout ce que nous avons appris, au chemin que nous avons parcouru.

Je tends la main pour tapoter l'arête de son nez, comme j'avais l'habitude de le faire. Elle sourit. Son premier sourire depuis une éternité.

Il fait nuit et le soleil ne se lèvera pas avant plusieurs heures. La bruine et la neige fondue ont enfin cessé de tomber et la cité brille sous les rayons de lune. Les sirènes d'évacuation retentissent encore de temps en temps et les JumboTron continuent d'afficher le sinistre message demandant aux habitants de se mettre à l'abri. Les combats ont momentanément cessé et on ne voit plus d'avions de chasse ni d'explosions dans le ciel. Je suppose que les deux camps ont décidé de prendre un peu de repos. Je frotte mes yeux pour en chasser la fatigue. J'essaie d'ignorer ma migraine. Quelques heures de sommeil ne me feraient pas de mal.

— Ça ne va pas être facile, tu sais, murmure Pascao tandis que nous contemplons les alentours. Les Colons sont sans doute que le qui-vive, à l'affût du moindre soldat de la République.

Nous sommes installés au sommet de l'Armure et nous observons les champs qui s'étendent au-delà des frontières de la cité. Il y a des gens qui vivent à l'extérieur de l'Armure, bien entendu, mais, à Denver, ils forment une population moins dense qu'à L.A. qui s'étend jusqu'aux villes voisines. J'aperçois ici et là de petits amas de bâtiments qui semblent vides. Je me demande si la République a vu l'armée des Colonies arriver et si elle a eu le temps de conduire les populations rurales à l'intérieur de l'Armure. Les appareils des Colonies ont regagné leurs bases pour faire le plein de carburant, mais il y a de nombreux chasseurs posés dans les champs et les zones contrôlées par l'ennemi sont bien éclairées. Je suis étonné et un peu choqué par le dégoût que j'éprouve à l'idée que les Colonies nous envahissent. Il y a un an, j'aurais applaudi leur arrivée à deux mains mais, aujourd'hui, leur devise résonne sans cesse dans ma tête : « Un État libre est un État dirigé par des entreprises ». Je frissonne en me souvenant des innombrables publicités sur les immeubles de leurs cités.

Il m'est vraiment difficile de faire un choix entre voir mon frère grandir sous la férule des Colonies ou le voir conduit dans un laboratoire pour servir de cobaye.

— Ouais, dis-je. La surveillance sera serrée.

Je me tourne et je commence à descendre le long de la muraille, côté ville. Au pied des remparts extérieurs, des chasseurs de la République sont alignés avec leurs pilotes, prêts à décoller.

— Mais nous ne sommes pas des soldats de la République, dis-je en réponse à la remarque de Pascao. Si les Colons ont pu nous attaquer par surprise, il n'y a pas de raison qu'on ne puisse pas leur rendre la monnaie de leur pièce.

Pascao et moi sommes habillés de la même manière : tout en noir. Des masques dissimulent nos visages. S'il n'était pas plus grand que moi, je pense que personne ne pourrait nous différencier.

Pascao branche son micro.

— Vous êtes prêts, tous les deux ? demande-t-il aux hackers.

Il me jette un coup d'œil en levant le pouce. Ils sont en place, ce qui signifie que Tess l'est également. *Fais attention à toi.*

Nous atteignons le sol et plusieurs soldats de la République nous guident jusqu'à un petit souterrain dont l'entrée est camouflée. Le passage nous conduit à l'extérieur de l'Armure, vers les zones de combat. Lorsque nous atteignons la sortie, les gardes hochent la tête en silence pour nous souhaiter bonne chance, puis ils font demi-tour pour regagner la ville. Nom de dieu ! J'espère que ça va marcher.

Je jette un coup d'œil dehors et j'aperçois des avions de combat des Colonies. Lorsque j'avais quinze ans, j'ai incendié une dizaine de chasseurs de la République F-472 flambants neufs sur le tarmac de la base militaire de Burbank, à Los Angeles. C'est cet exploit qui m'a valu d'être placé en tête de la liste des dix criminels les plus recherchés du pays. C'est également un des forfaits que June est parvenue à me faire avouer après mon arrestation. J'avais commencé par voler plusieurs litres de nitroglide bleu, un produit explosif, dans différentes bases aériennes. Je l'avais versé dans les tuyères et sur la dérive des appareils. Quand les pilotes ont mis les réacteurs en marche, la queue des chasseurs a volé en éclats dans des gerbes de flammes.

Ce souvenir me revient avec une précision étonnante. La silhouette des avions de combat des Colonies est différente avec leurs ailes à flèche inverse et à géométrie variable, mais, en fin de compte, ce ne sont que des machines. Et aujourd'hui, je ne suis pas tout seul. J'ai le soutien de la République. Mieux encore : elle m'a fourni des explosifs.

— Tu es prêt à passer à l'action ? soufflé-je à Pascao. Tu as tes bombes ?

— Tu crois vraiment que je suis du genre à oublier mes bombes ? Tu me prends pour qui ? (La voix de Pascao se fait moqueuse.) Day, pas de conneries cette fois-ci. Pigé, mon grand ? S'il te prend soudain l'envie de n'en faire qu'à ta tête, tu as intérêt à m'avertir avant. Ça me laissera au moins le temps de te coller ma main dans la figure.

La pique me fait sourire.

— À vos ordres, chef.

Nos vêtements nous permettent de nous fondre dans la nuit. Nous avançons sans un bruit et nous franchissons la courte distance au-delà de laquelle les soldats de l'Armure ne peuvent plus nous couvrir en cas de pépin. Nous sommes désormais hors de portée. L'aérodrome de campagne des Colonies est juste devant nous. Des soldats montent la garde à la périphérie. J'aperçois deux rangées de chars d'assaut un peu plus loin. Il n'y a pas de dirigeables dans les parages, mais il y a largement assez de matériel pour lancer une nouvelle offensive.

Pascao et moi nous accroupissons derrière une pile de détritus à proximité des pistes. Je distingue vaguement sa silhouette dans la pénombre. Il hoche la tête avant de murmurer quelque chose dans son micro.

Nous attendons pendant plusieurs secondes, les nerfs tendus comme des cordes de piano. Soudain, les JumboTron qui tapissent les murailles extérieures de l'Armure s'allument à l'unisson. Le drapeau de la République s'affiche sur les écrans géants et les haut-parleurs de la ville diffusent le serment d'allégeance dans la nuit. On dirait vraiment un numéro de propagande de la République. Des images apparaissent sur les JumboTron : des scènes présentant des militaires et des civils dévoués à la République, des victoires éclatantes et des cités prospères. Autour de l'aérodrome, les soldats des Colonies se tournent vers les écrans. Ils sont d'abord surpris, nerveux et inquiets, mais ils se détendent vite en comprenant qu'il ne s'agit pas d'une attaque.

Parfait. Ils croient que la République se lance dans une campagne destinée à remonter le moral de ses soldats. Rien de grave. C'est même assez distrayant pour attirer leurs regards. Je repère un coin où tous les gardes contemplent les JumboTron. Je hoche la tête en direction de Pascao. Il me fait signe de passer devant. C'est à moi de jouer.

Je plisse les yeux en observant les environs. Je cherche un chemin sûr. Il y a quatre soldats des Colonies sur ma route, quatre soldats absorbés par les images des écrans. Le plus éloigné porte une combinaison de pilote et il me tourne le dos. D'après ce que je vois, il se moque des vidéos avec un camarade. Je prends le temps de vérifier que personne ne surveille plus la zone qui m'intéresse, puis je bondis par-dessus le tas d'ordures sans un bruit. Je file me cacher derrière le train d'atterrissage de l'avion le plus proche. Je me fais tout petit et je me fonds dans la nuit.

Un garde jette un coup d'œil nonchalant en direction de l'appareil. Il ne remarque rien de particulier et il tourne la tête vers les JumboTron.

J'attends quelques secondes de plus, puis j'ajuste mon sac à dos et je grimpe dans la tuyère du chasseur. Mon cœur accélère. Je savoure à l'avance une scène à laquelle j'ai déjà assisté. Il n'y a pas de temps à perdre. Je tire un petit cube métallique de mon sac et je le fixe à la paroi cylindrique. Son écran émet une lueur rouge si diffuse que j'ai du mal à le lire. Je m'assure que tout est en place et je me glisse jusqu'au bout de la tuyère. Les gardes ne s'intéresseront pas aux émissions de propagande très longtemps. Je vérifie que le chemin est libre et je saute à terre. Mes bottes matelassées frappent le sol sans un bruit. Je me réfugie derrière le train d'atterrissage et j'observe les gardes de nouveau avant de courir jusqu'à la rangée de chasseurs suivante. Pascao doit faire de même de l'autre côté du terrain d'aviation. Si tout se passe comme prévu, l'explosion d'une seule bombe endommagera tous les appareils à proximité.

Je me précipite vers la troisième rangée et je pose ma dernière charge. Je suis trempé de sueur. Au loin, les JumboTron continuent à diffuser leurs vidéos, mais je m'aperçois que plusieurs gardes n'y prêtent plus attention. Il est temps de filer.

J'agrippe le bord de la tuyère et je me glisse à l'extérieur. Je reste suspendu dans les ténèbres pendant quelques secondes. Quand vient le bon moment, je me laisse tomber à terre.

Sauf que ce n'était pas vraiment le bon moment. Ma main glisse et le bord de la tuyère me déchire la paume. Mon corps affaibli par la maladie me fait rater ma réception et je laisse échapper un grognement de douleur. Je ne me cache pas assez vite derrière le train d'atterrissage. Un garde me repère. Il est trop tard pour le neutraliser. Il écarquille les yeux et lève son fusil vers moi.

Il n'a pas le temps de pousser un cri. Une lame brillante jaillit des ténèbres et se plante dans son cou. J'observe la scène avec horreur. Pascao. Je sais que c'est lui. Il m'a sauvé la vie en attirant l'attention sur lui. Déjà, des cris retentissent de l'autre côté du terrain d'aviation. Je profite de l'occasion et je m'éloigne de l'aérodrome pour m'enfoncer dans une zone relativement sûre.

Je branche mon micro et je contacte Pascao.

— Tu vas bien ? demandé-je sur un ton urgent.

— Aussi bien que toi, mon grand, souffle-t-il. (J'entends une respiration haletante et des bruits de pas dans mon oreillette.) Je viens de quitter le secteur de l'aérodrome. Envoie le signal à Frankie. Il faut encore que je sème deux pots de colle.

Il coupe la communication.

J'appelle Frankie.

— Nous sommes prêts, lui dis-je. Tu peux y aller.

— Pigé, répond Frankie.

Les écrans s'éteignent brusquement. La cacophonie diffusée par les haut-parleurs fait place à un silence inquiétant. Les soldats des Colonies qui poursuivent Pascao ont dû lever les yeux vers les écrans noirs avec perplexité. Comme leurs camarades.

Quelques secondes s'écoulent.

Une explosion aveuglante pulvérise le centre du terrain d'aviation. Je vide mes poumons et je jette un coup d'œil vers l'aérodrome. Sur la route, j'aperçois une rangée de gardes se faire renverser par le souffle de la déflagration. Ils se relèvent avec lenteur, hébétés. Des étincelles électriques jaillissent de toutes parts et bondissent d'un avion à un autre avec frénésie. Au loin, des soldats ouvrent le feu au hasard en direction de bâtiments, mais ceux qui se trouvent à proximité des pistes d'atterrissage s'aperçoivent que leurs armes ne fonctionnent plus. Je m'élance vers l'Armure.

Une nouvelle explosion secoue l'aérodrome et une gigantesque lueur avale tout ce qui se trouve autour. Des soldats des Colonies poussent des cris de panique. Ils ne comprennent pas ce qui se passe mais, moi, je sais que mes bombes et celles de Pascao sont à l'œuvre. Les explosions endommagent les appareils et neutralisent temporairement les aimants des fusils et des pistolets. Au-delà de la zone affectée, certains soldats tirent dans les ténèbres comme si des ennemis s'y cachaient. Ils n'ont pas vraiment tort, en fin de compte. Pile à l'heure, les chasseurs de la République décollent de l'Armure dans des rugissements assourdissants.

Je contacte Frankie.

— Comment se passe l'évacuation ?

— Aussi bien que possible, répond-elle. Je pense qu'il reste encore deux vagues de réfugiés. Tu es prêt pour le clou du spectacle ?

— Quand tu veux, murmuré-je.

Les JumboTron se rallument soudain. Cette fois-ci, les écrans affichent mon visage barré par une large ligne noire. Il s'agit d'une vidéo que j'ai enregistrée. J'adresse d'innombrables sourires aux Colons qui se précipitent vers les appareils qui n'ont pas été endommagés. Et, soudain, j'ai l'impression de contempler un étranger, un homme aux traits inconnus et terrifiants. Pendant une fraction de seconde, j'oublie même que j'ai enregistré cette scène. La panique m'envahit et je fouille ma mémoire avec frénésie. L'amnésie reflue et je pousse un soupir de soulagement.

— Je m'appelle Day ! déclarent mes doubles. Et je me bats au nom du peuple de la République. À votre place, je me montrerais plus prudent.

Frankie coupe la communication. Les chasseurs de la République s'élancent vers le ciel dans un vacarme épouvantable. Je vois des boules de feu orange frapper l'aérodrome. Grâce à notre sabotage, la moitié des appareils ennemis ont été neutralisés. L'effet de surprise est total et les Colons battent en retraite. Je suis sûr que leur quartier général est submergé d'appels à l'heure qu'il est.

Frankie reprend contact avec moi.

— Les troupes de la République viennent d'apprendre que notre opération est un succès, exulte-t-elle.

Avec un profond soulagement, j'entends Pascao se connecter.

— Bon boulot, les courriers. Gioro et Baxter sont déjà en chemin, poursuit Frankie sur un ton soudain distrait. Nous regagnons la ville. Laissez-nous quelques secondes et nous...

La communication est brusquement interrompue. Je cligne des yeux, surpris.

— Frankie ? appelé-je.

J'essaie de rétablir le contact, mais je ne capte que des grésillements.

— Où est-elle passée ? demande Pascao sur fond de parasites. Est-ce que tu as été coupé, toi aussi ?

— Ouais.

J'accélère en essayant de ne pas envisager le pire. L'Armure est proche. Je distingue déjà la minuscule entrée que nous sommes censés emprunter. Au milieu du chaos ambiant, je vois des soldats de la République jaillir de nuages de poussière pour affronter les Colons qui auraient eu la mauvaise idée de nous suivre. Je ne suis plus qu'à quelques mètres de la porte maintenant.

Une balle frôle mon oreille en sifflant. J'entends un cri et mon cœur se serre. Je fais volte-face. Tess et Frankie sont à une dizaine de mètres sur la gauche. Elles s'appuient l'une sur l'autre. Elles se dirigent vers la porte aussi vite que possible. Derrière elles, j'aperçois cinq ou six soldats des Colonies. Je me fige pendant une fraction de seconde. Puis je tire mon poignard de ma ceinture et je le lance de toutes mes forces. Il se plante dans le flanc d'un homme qui tombe à genoux tandis que Tess et Frankie atteignent la porte. Les autres soldats remarquent alors ma présence. Je me précipite vers l'Armure pendant qu'ils me mettent en joue.

À l'instant où Tess et Frankie s'apprêtent à entrer, un homme en uniforme jaillit d'une zone sombre, tout près de la porte. Le soleil n'est pas encore levé, mais je suis assez près pour le reconnaître. *Thomas*. Il tient un pistolet dans la main.

Il regarde Tess, puis moi. Il arbore une expression sombre, furieuse, mortelle. Pendant un instant, j'ai l'impression qu'une chape de silence s'abat sur le monde. Je jette un coup d'œil à son arme. Il la lève. *Non !* Instinctivement, je me précipite vers Tess pour la protéger de mon corps. *Il va nous tuer !*

Tandis que cette pensée tourbillonne dans ma tête, Thomas se tourne vers les soldats des Colonies. Il serre la crosse du pistolet d'une main tremblante. Je suis stupéfait, mais ce n'est pas le moment de se poser des questions.

— Dépêche-toi ! lancé-je à Tess.

Nous franchissons le pas de la porte en titubant. Frankie nous a devancés.

Au même moment, Thomas vise et tire une balle, puis une deuxième, et une troisième. Il pousse un hurlement à glacer le sang chaque fois qu'il presse la détente pour abattre un soldat ennemi. Il me faut un moment pour comprendre ce qu'il dit.

— Longue vie à l'Elector ! Longue vie à la République !

Il parvient à tirer six fois avant que les Colons ripostent. Je serre Tess contre moi et je pose une main sur ses yeux. Elle laisse échapper un cri de protestation.

— Ne regarde pas, lui soufflé-je à l'oreille.

À cet instant, la tête de Thomas est projetée en arrière et son corps s'affaisse. Une image de ma mère me traverse l'esprit.

Une balle en pleine tête. Thomas vient de recevoir une balle en pleine tête. Exécuté par un peloton.

Les détonations font sursauter Tess. Elle pousse un sanglot étouffé derrière l'écran de ma main. La porte se ferme.

Pascao nous accueille au moment où elle claque. Il est couvert de poussière, mais il affiche toujours son demi-sourire.

— La dernière vague d'évacuation n'attend plus que nous, dit-il en hochant la tête vers des deux Jeeps qui doivent nous conduire au bunker.

Des soldats de la République avancent déjà vers nous mais, avant que l'un d'eux ait le temps de nous rejoindre, Frankie s'effondre et Tess s'agenouille aussitôt près d'elle. Les militaires verrouillent la porte pendant que nous nous rassemblons autour de notre camarade secouée par des spasmes. Tess sort un nécessaire de premiers secours.

On débarrasse Frankie de son manteau. En dessous, sa chemise est gorgée de sang. Elle a les yeux grands ouverts, conséquence du traumatisme. Elle a du mal à respirer.

— Elle a été blessée alors qu'on se repliait, dit Tess, des gouttes sueur au front. (Elle déchire la chemise de Frankie.) Trois ou quatre fois.

Ses mains tremblantes glissent au-dessus du corps de la blessée. Elles saupoudrent des sulfamides, puis enduisent les plaies d'un onguent. Une fois son travail terminé, Tess sort un épais rouleau de bandages.

— Elle ne s'en tirera pas, marmonne Pascao. (Il essaie de relever Tess, mais celle-ci l'écarte avant de comprimer une hémorragie.) Nous devons partir. Maintenant.

Tess s'essuie le front.

— Laisse-moi une minute de plus, dit-elle entre ses dents serrées. Il faut que le sang cesse de couler.

Pascao commence par protester, mais je le fusille du regard pour lui intimer l'ordre de se taire.

— Laisse-la faire.

Je m'agenouille près de Tess. Je ne peux pas m'empêcher de poser les yeux sur la malheureuse Frankie. Je sais qu'elle ne survivra pas.

— Fais ce que tu as à faire, murmuré-je à Tess. Je peux t'aider ?

— Appuie sur les plaies, m'ordonne Tess en pointant le doigt sur les bandages qui sont déjà plus rouges que blancs.

Elle se lance dans la préparation d'un cataplasme.

Les paupières de Frankie frémissent. Elle laisse échapper un cri étranglé avant de tourner les yeux vers nous.

— Vous… devez… partir. Les Colonies… ils… arrivent…

Il s'écoule une longue minute avant qu'elle meure. Tess continue à soigner ses blessures pendant un moment, jusqu'à ce que je l'interrompe en posant une main sur les siennes. Je lève la tête vers Pascao. Un soldat de la République approche et nous regarde d'un air sévère.

— C'est votre dernière chance, dit-il en montrant les portes ouvertes des deux véhicules. Nous partons.

— Va, dis-je à Pascao. Nous prendrons la deuxième Jeep. Nous ne serons pas longs.

Pascao hésite pendant un instant, accablé par la mort de Frankie. Puis il se lève d'un bond et monte dans le premier véhicule. Celui-ci part sur les chapeaux de roue en laissant un nuage de poussière dans son sillage.

—Allez, dis-je à Tess qui est toujours penchée sur le corps de Frankie. (Des bruits de bataille montent de l'autre côté de l'Armure.) Il faut y aller.

Tess repousse mon bras avant de jeter son rouleau de bandage contre la muraille. Puis elle se tourne vers le visage terreux de Frankie. Je me lève et je force Tess à faire de même. Mes mains ensanglantées laissent des marques rouges sur ses bras. Des soldats nous attrapent et nous conduisent vers la Jeep. Alors que nous nous glissons à l'intérieur, Tess tourne la tête vers moi. Ses yeux sont pleins de larmes et ce spectacle me brise le cœur. Nous nous éloignons de l'Armure pendant que des soldats chargent le corps de Frankie dans un camion. La Jeep tourne à un coin de rue et accélère en direction du bunker.

Lorsque nous arrivons à destination, Pascao est déjà dans l'abri. Les soldats sont tendus. Tandis que nous recevons l'autorisation de franchir le grillage qui entoure les lieux, une explosion monte de l'Armure en faisant trembler le sol. Comme dans un rêve, nous descendons un escalier en métal et nous nous précipitons dans des couloirs envahis par une sombre lumière rouge. Des échos de bottes nous parviennent de l'extérieur. Puis nous atteignons enfin le bunker et nous nous dirigeons vers les quais. Des soldats nous font monter dans le train qui attend.

Tandis que le convoi s'ébranle et prend de la vitesse, une série d'explosions font trembler l'air et nous perdons presque l'équilibre. Tess s'accroche à moi et je la serre contre mon torse. Derrière nous, le tunnel s'effondre et nous plongeant dans les ténèbres. Le train accélère encore. Les détonations nous parviennent à travers l'éboulis, étouffées.

Ma migraine se réveille et mon crâne explose.

Pascao essaie de me dire quelque chose, mais je ne suis plus en état de l'entendre. Je ne suis plus en état d'entendre quoi que ce soit. L'univers sombre dans un brouillard gris où je tourbillonne sans fin. Où sommes-nous déjà ? Quelque part, Tess crie mon nom, mais je ne comprends pas la suite, car je coule dans un océan de douleur et de ténèbres.

# JUNE

## 21.00
## Chambre 3323, hôtel de l'infini, Ross City.

Nous sommes tous dans nos chambres respectives. Ollie est couché au pied de mon lit, épuisé par cette longue journée. Je sens que je serai incapable de trouver le sommeil. Au bout d'un certain temps, je renonce à essayer et je me lève sans bruit. Je laisse trois biscuits pour Ollie près de la porte, puis je sors. Je me promène dans les couloirs avec mes lunettes électroniques dans la poche. Je suis soulagée de voir le monde tel qu'il est vraiment, sans ces nuées d'informations volantes. Je vais au hasard et je me retrouve deux étages plus haut, tout près de la chambre d'Anden. Le silence règne. Ce niveau doit lui être réservé, à lui et ses gardes.

Tandis que je marche, je passe devant l'entrée d'une grande pièce qui doit faire office de salon commun. Je reviens sur mes pas et je jette un coup d'œil à travers la porte transparente. On dirait que l'endroit a été passé à la chaux, sans doute parce que je ne porte pas mes lunettes et que je ne vois donc pas les simulations et autres hologrammes. La pièce est divisée en une série de grands isoloirs cylindriques séparés par des parois de verre. Intéressant. Il y a un de ces cylindres dans ma chambre, mais je ne me suis pas amusée à l'examiner de plus près. Je regarde de chaque côté du couloir et je pousse la porte avec prudence. Elle coulisse sans un bruit.

J'entre et la porte se referme aussitôt. Une voix enregistrée annonce quelque chose en antarcticien. Je chausse mes lunettes et la voix répète la phrase, en anglais.

— Bienvenue dans la chambre de simulation, June Iparis.

Je constate que mon score progresse de dix points pour récompenser ma première utilisation d'une chambre de simulation. Comme je l'avais imaginé, la pièce est désormais plus brillante, plus colorée. Toutes sortes d'écrans en mouvement apparaissent sur les parois des cylindres.

*Accédez au portail en étant loin de chez vous,* affiche l'un d'eux. *Utilisez-le en association avec vos lunettes virtuelles pour savourer une immersion totale.* En fond d'écran, un film montre de merveilleux paysages du monde entier. Je me demande si leur portail fait office de connexion Internet. Je sens ma curiosité s'éveiller. Je n'ai jamais accédé à Internet depuis l'étranger. Je n'ai jamais vu l'univers qu'à travers les filtres et les masques de la République. J'approche d'un cylindre de verre et je me glisse à l'intérieur. Les parois s'éclairent.

— Bonjour, June, dit une voix. Quelle recherche souhaitez-vous effectuer ?

Voyons un peu. Quelle recherche serait intéressante ? Je me décide pour le premier sujet qui me traverse la tête. Je prends la parole d'une voix tellement hésitante que je me demande si l'ordinateur va me comprendre.

— Daniel Altan Wing, dis-je.

Que sait le reste du monde à propos de Day ?

Soudain, la salle s'évanouit et je me retrouve au centre d'un cercle blanc avec des centaines – voire des milliers – d'écrans qui flottent autour de moi. Chacun diffuse des photos, des vidéos et des textes. Je ne sais pas quoi faire, alors je reste là, les yeux écarquillés, contemplant les images qui s'affichent autour de moi. Chaque écran présente différentes informations à propos de Day. La plupart sont des documents récents. Le plus proche de moi propose une vieille vidéo de Day sur un balcon de la tour du Capitole. Il harangue la foule pour qu'elle se range au côté d'Anden. Je la regarde un certain temps – trois secondes – et une voix se fait soudain entendre.

— Dans cette vidéo, Daniel Altan Wing, mieux connu sous le nom de Day, offre son soutien au nouvel Elector de la République et empêche ainsi une révolution nationale. Source : Archives publiques de la République Américaine. Souhaitez-vous consulter le document dans son intégralité ?

La voix s'éteint dès que je tourne la tête vers un autre écran. Celui-ci s'anime lorsque je le regarde. Je vois une jeune fille que je ne connais pas à la peau café au lait et des yeux noisette très clairs. Elle arbore une mèche écarlate.

— Je vis à Nairobi depuis cinq ans et je n'avais jamais entendu parler de lui avant que les vidéos contre la Rd'A soient mises en ligne. Maintenant, je fais partie d'un club.

La scène s'interrompt et la voix douce reprend la parole :

— Source : Kenya Broadcasting Corporation. Souhaitez-vous consulter le document dans son intégralité ?

Je fais un pas prudent en avant. À chacun de mes mouvements, je vois des écrans rectangulaires glisser autour de moi pour me proposer de nouvelles images. Des photos de Day lorsque nous travaillions tous les deux pour les Patriotes. Un cliché flou le montre regardant par-dessus son épaule, un petit sourire aux lèvres. Il me fait rougir et je détourne aussitôt les yeux. Je consulte deux documents de plus et je décide de me lancer dans une autre recherche. Cette fois-ci, je veux des informations sur un sujet qui a toujours éveillé ma curiosité.

— Les États-Unis d'Amérique, dis-je.

Les images de Day disparaissent en me laissant en proie à un étrange sentiment de déception. De nouveaux écrans apparaissent et j'ai presque l'impression de sentir un déplacement d'air en les regardant se mettre en place. La première chose que je vois, c'est un dessin que je reconnais sur-le-champ : il s'agit du drapeau des Patriotes, le drapeau qui sert également de base à leur symbole.

— L'ancien drapeau des États-Unis d'Amérique. Source : Wikiversity, la Libre Université. Histoire des États-Unis première année. Souhaitez-vous consulter le document dans son intégralité ? Pour une version textuelle, dites « Texte ».

— Je veux consulter le document dans son intégralité, dis-je.

L'écran se précipite vers moi et son contenu me submerge. Je ferme les yeux, surprise par ce déferlement d'images. Quand je les ouvre de nouveau, je manque de perdre l'équilibre. Je plane dans le ciel au-dessus d'une masse continentale qui est tout à la fois familière et étrange. Sa forme est celle de l'Amérique du Nord, mais il n'y a pas de lac qui s'étend entre Los Angeles et San Francisco et les territoires des Colonies semblent plus importants que dans mes souvenirs. Des nuages passent en dessous de moi. Je tends un pied avec prudence. Il s'enfonce et disperse une partie de la masse cotonneuse. Je sens bel et bien l'air frais qui siffle sous mes bottes.

Une voix se fait entendre.

— Les États-Unis d'Amérique, également connus sous le nom d'USA, d'États-Unis ou d'Amérique, étaient un pays important d'Amérique du Nord. Il était composé de cinquante états formant une république constitutionnelle fédérale. Il se déclara indépendant de l'Angleterre le 4 juillet 1776 et fut reconnu le 3 septembre 1783. Les États-Unis se scindent en deux entités officieuses le 1er octobre 2054. Elles deviendront la République Américaine à l'ouest et les Colonies d'Amérique à l'est le 14 mars 2055. (La voix fait une pause.) Souhaitez-vous consulter un sous-chapitre ? Les sous-chapitres les plus populaires sont : l'Inondation de trois ans, l'inondation de 2046, la République Américaine et les Colonies d'Amérique.

Une série de marqueurs bleus et brillants apparaissent sur les côtes est et ouest du continent. Je les observe pendant un moment, puis je tends la main, le cœur battant. J'effleure un symbole près de la côte méridionale des Colonies. À ma grande surprise, je sens la texture du relief sous mes doigts.

— Les Colonies d'Amérique, dis-je.

Le monde se précipite vers moi à une vitesse vertigineuse. J'ai maintenant l'impression d'être debout sur une surface dure. Autour de moi, des milliers de personnes se pressent dans des abris de fortune au sein d'une cité inondée.

Des centaines d'autres lancent une attaque désespérée contre des soldats portant des uniformes que je ne reconnais pas. Derrière les militaires, j'aperçois des caisses et des sacs qui semblent contenir des rations alimentaires.

La voix reprend son commentaire.

— Alors qu'en République Américaine, le gouvernement a imposé la loi martiale afin de sécuriser ses frontières et empêcher l'afflux de réfugiés, les Colonies d'Amérique se forment le 14 mars 2055 lorsque des sociétés s'emparent du pouvoir fédéral (voir États-Unis d'Amérique dans l'index ci-dessus) à la suite de l'incapacité du gouvernement à résorber les dettes accumulées depuis l'inondation de 2046.

Je fais un pas en avant. J'ai l'impression d'être au beau milieu de la scène, à quelques mètres des émeutiers. Les éléments de décors sont plus ou moins flous et pixellisés, comme si les images avaient été tournées par un caméscope.

— Dans ce document civil, on peut voir les émeutes d'Atlanta qui durèrent quinze jours. Les habitants de la ville affrontèrent les forces de l'Agence de Gestion des Urgences Fédérales du gouvernement. Des émeutes semblables eurent lieu dans toutes les cités de l'est du pays pendant trois mois. Ensuite, les villes se rangèrent sous l'autorité de la firme militaire DesCon, qui possédait des fonds bien supérieurs à ceux du gouvernement aux abois.

La scène se voile et disparaît. Je me retrouve au centre d'un gigantesque campus rassemblant de nombreux bâtiments portant tous le logo de DesCon.

— Avec douze autres compagnies, DesCon employa une partie de son argent à aider les civils. Au début de l'année 2058, le gouvernement des États-Unis d'Amérique cessa d'exister et fut remplacé par les Colonies d'Amérique, une coalition formée et financée par les treize compagnies les plus riches. Après une série de fusions, les Colonies d'Amérique ne comptent plus que quatre entreprises dirigeantes : DesCon, Cloud, Meditech et Evergreen. Souhaitez-vous davantage d'informations sur l'une de ces sociétés ?

Je reste silencieuse. J'observe la vidéo en trois dimensions jusqu'à ce qu'elle se fige sur la dernière image. L'image terrible d'un civil désespéré qui essaie de protéger son visage devant un soldat qui brandit son arme. J'ôte mes lunettes virtuelles et je me frotte les yeux. Je sors du cylindre. Il ressemble désormais à une sorte de pièce stérile, morne et nue. Le bruit de mes pas résonne dans la salle déserte. J'ai la tête qui tourne et je suis comme anesthésiée par le brusque sevrage d'images.

Comment deux nations avec des philosophies aussi différentes pourraient-elles se rassembler ? Quel espoir y a-t-il de voir la République et les Colonies fusionner pour reformer ce qu'elles étaient jadis ? À moins qu'elles se ressemblent plus que je le crois. Y a-t-il une telle différence entre les firmes des Colonies et le gouvernement de la République ? Le pouvoir absolu reste le pouvoir absolu, quel que soit le nom qu'on lui donne. Non ?

Je sors de la salle, perdue dans mes pensées. Tandis que je tourne au coin du couloir pour regagner ma chambre, je manque de percuter Anden.

— June ? bafouille-t-il en me voyant.

Ses cheveux ondulés ne sont pas très bien peignés, comme s'il venait d'y passer la main. Sa chemise est froissée, les manches sont remontées jusqu'aux coudes et les boutons du haut sont défaits. Il se ressaisit suffisamment pour esquisser un sourire et s'incliner.

— Que faites-vous donc ici ?

— Je visite, dis-je en souriant à mon tour. (Je suis trop fatiguée pour lui parler des recherches que je viens de faire.) Pour être honnête, je ne sais pas trop pourquoi je suis ici.

Anden rit doucement.

— Moi non plus. Voilà une bonne demi-heure que j'arpente les couloirs. (Le silence s'installe entre nous, puis Anden se tourne vers l'entrée de sa suite en me lançant un regard interrogateur.) Les Antarcticiens ne nous aideront pas, mais ils ont eu la gentillesse de faire porter une bouteille de leur meilleur vin dans ma chambre. Que diriez-vous d'un petit verre ? Un peu de compagnie ne serait pas pour me déplaire. Surtout si cette compagnie offre de bons conseils.

De bons conseils ? De la part du princeps elect le moins important ? J'emboîte le pas d'Anden, un peu trop consciente de l'intimité qui s'installe entre nous.

— C'est très courtois de leur part, dis-je.

— Trop courtois, marmonne Anden. (Il a parlé si bas que je l'ai à peine entendu.) Bientôt, ils organiseront un défilé pour nous distraire.

La suite d'Anden est plus jolie que la mienne, bien entendu – les Antarcticiens ont aussi eu la courtoisie de lui offrir la plus belle chambre. Une fenêtre en arc de cercle couvre la moitié du mur extérieur, permettant ainsi d'admirer un superbe coucher de soleil sur Ross City enveloppée de milliers de points lumineux. Je suppose que cette scène est encore une simulation, car c'est censé être l'été dans cette partie du monde. Je dois cependant reconnaître qu'elle est parfaite. Je songe au dôme transparent que nous avons traversé lorsque notre appareil a amorcé sa descente vers la ville. Peut-être qu'il fait aussi office d'écran géant. Des bandes d'une palette de couleurs extraordinaires dansent dans le ciel. Turquoise, magenta, doré. Elles se mêlent, disparaissent et réapparaissent sur la toile de fond étoilée. Je retiens mon souffle. Il doit s'agir de la représentation d'une aurore boréale. J'ai lu quelque chose à propos de ces phénomènes lumineux, mais je n'aurais jamais imaginé que c'était si magnifique, simulation ou pas.

— Jolie vue, dis-je enfin.

Anden grimace un sourire. Une pointe d'amusement éclaire son visage au demeurant plutôt maussade.

— C'est un des avantages inutiles d'être Elector de la République, dit-il. On m'a certifié que je pouvais voir à travers cette baie, mais que personne ne pouvait me voir de l'extérieur. Mais peut-être qu'on s'est moqué de moi.

Nous nous installons dans des fauteuils confortables près de la fenêtre. Anden remplit deux verres de vin.

— Un des gardes de la prison a avoué son implication dans l'évasion du commandant Jameson, dit-il en me tendant un verre. Certains soldats de la République n'aiment pas la manière dont je dirige le pays et ils se laissent corrompre par nos ennemis. Le commandant Jameson connaît parfaitement notre appareil militaire et ses informations vont être d'une grande aide aux Colonies. Il est bien possible qu'elle soit toujours sur notre territoire.

Je bois une gorgée de vin, abasourdie. Ainsi donc, c'était vrai. Comme je voudrais remonter le temps jusqu'au jour de ma visite à la prison et remarquer les indices qui laissaient deviner qu'il se passait quelque chose de louche. *Il est bien possible qu'elle soit toujours sur notre territoire.* Et Thomas, où est-il ?

— Ne craignez rien, poursuit Anden en remarquant ma réaction. Nous faisons tout ce qui est en notre pouvoir pour la retrouver.

Tout ce qui est en notre pouvoir ne suffira pas. Nos soldats sont en nombre insuffisant et nous devons nous concentrer sur tant de problèmes. Nous devons mener cette guerre sur trop de fronts.

— Que faisons-nous maintenant ? demandé-je.

— Nous regagnons la République demain matin, répond Anden. Voilà ce que nous faisons. Et nous allons repousser l'attaque des Colonies sans l'aide des Antarcticiens.

— Vous allez vraiment leur céder une partie de nos territoires ? demandé-je après un moment de silence.

Anden fait tourner le vin dans son verre avant d'en boire une gorgée.

— Je n'ai pas encore refusé cette proposition.

Sa voix est empreinte de dégoût pour lui-même. Son père aurait sans doute considéré un tel acte comme la trahison suprême envers la République.

— Je suis désolée.

Je ne trouve rien d'autre à dire pour lui remonter le moral.

— Je le suis aussi. Côté bonnes nouvelles, j'ai appris que Day et son frère avaient été évacués à Los Angeles.

(Il pousse un long soupir.) Je ne veux le forcer à rien, mais il est possible que je n'aie bientôt plus le choix. Il a respecté sa parole, vous savez ? Il a accepté de nous aider autant que possible – à condition qu'on laisse son frère en paix. Il nous aide dans l'espoir que la culpabilité m'empêchera d'exiger la coopération d'Eden. Je regrette de ne pas l'avoir emmené ici. Je regrette qu'il ne puisse pas voir la situation à travers mes yeux.

Il baisse la tête.

Mon cœur se glace en imaginant Day tué au cours d'une opération militaire, puis il se réchauffe en songeant qu'il est indemne.

— Et si nous persuadions les Antarcticiens de soigner Day ? C'est peut-être sa seule chance de survivre à sa maladie et cela pourrait l'amener à revoir sa position sur les expériences sur son frère ?

Anden secoue la tête.

— Nous n'avons rien à leur proposer en échange. L'Antarctique nous a présenté ce qu'il était disposé à offrir. Il ne se donnera pas la peine de soigner un de nos ressortissants.

Au fond de moi, je sens qu'Anden a raison. Cette idée n'était que la manifestation de mon désespoir. Moi aussi, je sais que Day n'accepterait jamais d'échanger son frère contre une chance de sauver sa propre vie. Mes yeux se posent sur les lumières, à l'extérieur.

— Je ne lui reproche rien, dit Anden au bout d'un moment. J'aurais dû m'occuper de ces armes biologiques à l'instant où j'ai été nommé Elector. Le jour même de la mort de mon père. C'est ce que j'aurais dû faire si j'avais pris la peine de réfléchir un instant. Mais il est trop tard pour les regrets. Day est parfaitement en droit de refuser notre demande.

J'éprouve un élan de compassion pour Anden. S'ils emmènent Eden par la force, Day appellera sans nul doute le peuple à se révolter. S'il respecte la décision de Day, il est possible qu'on ne trouve pas de remède et que les Colonies s'emparent de la capitale – et du pays tout entier. S'il accepte de céder une partie de notre territoire à l'Antarctique, il sera considéré comme un traître. Et si nos ports et aéroports sont soumis à un blocus, nous ne pourrons plus rien importer.

Pourtant, je ne peux rien reprocher à Day non plus. Je m'imagine à sa place : la République essaie de me tuer quand j'ai dix ans ; ses scientifiques se livrent à des expériences sur moi avant que je parvienne à m'échapper ; je passe plusieurs années dans un des pires quartiers de Los Angeles ; je vois le poison de la République tuer ma famille, tuer ma mère et mon frère aîné, rendre mon jeune frère aveugle ; je meurs à cause des expériences dont j'ai été victime ; et, après toute cette cruauté et tous ces mensonges, la République vient me voir pour me supplier de l'aider, pour me supplier d'autoriser de nouveaux tests sur mon frère. Des tests qui risquent de lui coûter la vie. Comment réagirais-je ? Il est probable que je refuserais, tout comme lui. La République a également fait souffrir ma famille… mais Day a toujours été aux premières loges, il a assisté à ces horreurs depuis son plus jeune âge. C'est un véritable miracle qu'il ait accepté d'apporter son soutien à Anden.

Anden et moi buvons quelques gorgées de vin en observant les lumières de la ville en silence.

— Vous savez, dit soudain Anden, j'envie Day. (Il parle d'une voix aussi douce que d'habitude.) Je suis jaloux de lui. Il peut se permettre de prendre des décisions en tenant compte de ses sentiments. Tous ses choix sont sincères et cela lui attire la sympathie des gens. Il a la chance de pouvoir écouter son cœur. (Son visage s'assombrit.) Mais le monde est si compliqué au-delà des frontières de la République. Il ne laisse aucune place aux émotions, vous ne croyez pas ? Nos relations avec l'étranger se résument à une toile fragile de liens diplomatiques, des liens qui nous empêchent de nous aider les uns les autres.

Quelque chose se brise dans sa voix.

— Il n'y a pas de place pour les émotions sur la scène politique, dis-je en posant mon verre.

Je ne suis pas certaine que ces mots lui apportent un peu de réconfort, mais ils sortent quand même de ma bouche. Je ne suis pas sûre d'y croire.

— Quand les émotions sont impuissantes, c'est la logique qui vous sauvera. Vous enviez peut-être Day, mais vous ne serez jamais lui et il ne sera jamais vous. Il n'est pas l'Elector de la République. Il est un garçon qui protège son frère. Vous êtes un homme politique. C'est à vous de faire les choix difficiles, de blesser, de mentir. De faire ce que personne ne comprendra. C'est votre devoir.

Tandis que je prononce ces paroles, je sens un doute naître au fond de mon esprit, la graine que Day y a plantée.

*Sans émotion, à quoi bon être humain ?*

Un voile triste couvre les yeux d'Anden. Ses épaules s'affaissent et, pendant un instant, je le vois tel qu'il est vraiment : un jeune chef d'État seul, qui affronte un déluge de catastrophes, qui essaie de prendre en charge tous les problèmes de son pays alors que le Sénat ne lui obéit que par crainte.

— Parfois, mon père me manque, dit-il. Je sais que je ne devrais pas dire cela, mais c'est la vérité. Je sais que tout le monde pense que c'était un monstre.

Il pose son verre sur la petite table, enfouit sa tête dans ses mains et se frotte le visage.

Mon cœur se serre en le voyant ainsi. Au moins, je peux pleurer mon frère sans m'exposer à la haine des gens. Que peut-on ressentir lorsqu'on sait qu'un parent aimé a commis des actes innommables ?

— Ne vous sentez pas coupable d'être triste, dis-je à voix basse. Il était aussi votre père.

Anden m'observe, puis il se penche vers moi comme s'il était manipulé par des mains invisibles. Il hésite, partagé entre le désir et la raison. Il est si près, si près que, s'il me venait l'idée d'esquisser le moindre mouvement, nos lèvres pourraient se toucher. Je sens son souffle sur ma peau, la chaleur de sa présence, la douceur de son amour. À cet instant, un élan irrésistible me pousse vers ce garçon.

— June, murmure-t-il.

Ses yeux dansent devant moi.

Il caresse mon menton d'une main et m'invite à venir plus près, puis il m'embrasse.

Je ferme les yeux. Je devrais l'arrêter, mais je n'en ai pas envie. Il y a quelque chose d'électrisant dans son élan de passion ; dans la manière dont il se penche vers moi ; dans le désir qu'il expose à travers son immuable politesse ; à la façon dont il m'ouvre son cœur, à moi et à personne d'autre ; à sa volonté de garder chaque jour la tête haute malgré les épreuves qu'il doit affronter ; au combat qu'il livre pour le bien de son pays. Notre combat à tous. Je me laisse emporter. Ses lèvres s'écartent des miennes pour m'embrasser la joue, pour m'effleurer la mâchoire jusqu'à l'oreille. Un frisson me balaie. Je sens qu'il se retient. Je sens qu'il a envie de glisser ses doigts dans mes cheveux et de se fondre en moi.

Mais il ne le fait pas. Il sait, tout comme moi, que ce moment n'est pas réel.

*Je dois l'arrêter.* Je fais un effort surhumain pour m'écarter de lui et j'essaie de reprendre mon souffle.

— Je suis désolée, murmuré-je. Je ne peux pas.

Anden baisse les yeux. Il est embarrassé, mais pas surpris. Je vois ses joues légèrement roses dans la faible lumière de la pièce. Il glisse la main dans ses cheveux.

— Je n'aurais pas dû faire cela, murmure-t-il.

Nous restons silencieux pendant quelques secondes lourdes de gêne. Puis Anden soupire et se laisse aller contre le dossier de son fauteuil. Je sens mes épaules s'affaisser en éprouvant du soulagement, et du regret…

— Je… sais que vous tenez beaucoup à Day, reprend Anden. Je sais que je ne suis pas de taille à lutter contre cela. (Il grimace.) Mon geste était déplacé. Je vous présente mes excuses, June.

J'éprouve la soudaine envie de l'embrasser de nouveau, de lui dire qu'il est important à mes yeux, de chasser la douleur et la honte de son visage, d'effacer cette expression qui me fait mal au cœur. Mais j'ai également envie de lui dire que je ne suis pas amoureuse de lui, que je ne peux pas continuer à jouer avec ses sentiments. Je sais que la seule raison qui nous a conduits à ce moment d'intimité, c'est mon incapacité à le repousser dans un moment si difficile. Mais, au fond de moi, c'est quelqu'un d'autre que je voulais en face de moi. La vérité me remplit d'un mélange de honte et de culpabilité.

— Je ferais mieux de partir, dis-je d'une voix triste.

Anden me semble plus lointain que jamais, plus seul que jamais, mais il se ressaisit et me salue avec respect. Son moment de faiblesse est passé et sa politesse naturelle reprend le dessus. Comme toujours, il cache sa douleur avec talent. Il se lève et me tend la main.

— Je vais vous raccompagner à votre chambre. Il faut vous reposer. Nous partons de bonne heure, demain matin.

Je me lève à mon tour, sans accepter son aide.

— Ne vous donnez pas cette peine. Je vais rentrer seule.

J'évite son regard. Je ne veux pas voir mes paroles le blesser un peu plus. Je me dirige vers la porte et je sors.

À mon retour, Ollie m'accueille en agitant la queue. Après une séance de caresses, je décide de me connecter à internet depuis le portail de ma chambre. Mon chien se roule en boule à mes pieds et s'endort aussitôt. Je fais une recherche sur Anden, ainsi que sur son père. Le terminal de ma chambre est moins perfectionné que celui que j'ai utilisé un peu plus tôt. Il ne propose pas de textures interactives ni de sons particulièrement réalistes, mais il est bien plus sophistiqué que tout ce que j'ai pu utiliser dans la République.

Je consulte calmement les informations disponibles. Il s'agit en grande partie de photos retouchées et de films de propagande que j'ai déjà vus : Anden enfant qui pose pour son portrait, l'ancien Elector qui se tient devant son fils au cours de conférences de presse et de réunions officielles. La communauté internationale n'a pas grand-chose à offrir de plus sur les relations entre le père et le fils. Je décide d'approfondir ma recherche et je découvre des documents d'une authenticité surprenante. Je regarde une vidéo d'Anden à quatre ans. Il salue, le visage grave, tandis que son père corrige sa position avec patience. Puis je trouve une photo de l'ancien Elector tenant un Anden en larmes et terrifié dans ses bras, murmurant quelque chose à son oreille sans se soucier de la foule qui les entoure. Un petit film le montre écartant des journalistes étrangers de son fils avec colère. Il serre la main d'Anden si fort que les articulations de ses doigts sont blêmes. Au cours d'une rare interview, un reporter africain lui demande ce qu'il a de plus précieux.

— Mon fils, répond l'Elector sans un instant d'hésitation. (Son visage reste dur, mais une certaine douceur pointe dans sa voix.) Mon fils sera toujours le plus important à mes yeux, parce qu'un jour, il sera le plus important aux yeux de la République.

Il s'interrompt pendant un instant et sourit. Dans ce sourire, j'aperçois un homme bien différent de l'Elector que je connaissais.

— Mon fils… est comme moi.

La nouvelle arrive le lendemain matin, alors que nous embarquons à bord de notre appareil. Nous ne l'attendions pas si tôt.

Denver est tombée aux mains des Colonies.

# DAY

— DAY, ON EST LÀ.

J'ouvre les yeux avec difficulté en entendant la douce voix de Tess. Elle me sourit. Je sens quelque chose qui me serre la tête. Je me tâte le front et je m'aperçois qu'il est bandé. Ma main blessée l'est également. L'instant suivant, je remarque que je suis assis dans un fauteuil roulant.

— Oh, c'est pas vrai ! dis-je aussitôt. Un fauteuil roulant ?

J'ai la tête qui tourne et j'ai du mal à réfléchir. Je reconnais les effets familiers des analgésiques.

— Où sommes-nous ? Qu'est-ce qui m'est arrivé ?

— Il faudra sans doute que tu ailles faire un tour à l'hôpital en descendant du train, dit Tess. Les médecins pensent que la commotion a provoqué une mauvaise réaction.

Elle marche à côté de moi tandis qu'un soldat pousse mon fauteuil dans le couloir d'une voiture. Devant moi, j'aperçois Pascao et les autres Patriotes qui descendent sur un quai.

— Nous sommes à Los Angeles, poursuit Tess. Nous sommes de retour chez nous.

— Où sont Eden et Lucy ? Tu le sais ?

— Ils ont déjà été installés dans un appartement du quartier de Ruby. (Elle se tait pendant un instant.)

Je suppose que tu habites maintenant dans les secteurs des gemmes.

Chez nous. Je reste silencieux pendant que nous descendons du train et remontons le quai en compagnie d'autres soldats. La ville est aussi chaude qu'à son habitude. Elle est recouverte par une couche de brouillard qui n'a rien de surprenant en cette fin d'automne. La lumière dorée me fait plisser les yeux. Je suis mal à l'aise dans ce fauteuil, mal à l'aise et agacé. Je suis un courrier, je ne suis pas censé rester assis dans cette saleté. J'ai envie de me lever et de courir. Je songe aux paroles de Tess. La commotion aurait provoqué une mauvaise réaction ? Je grince des dents, furieux de constater à quel point je suis devenu faible. Le dernier pronostic du médecin hante mes pensées. *Un mois ou deux.* Il ne fait aucun doute que la fréquence des migraines a augmenté.

Les soldats m'aident à monter dans une Jeep. Tess a le temps de glisser la tête par la vitre ouverte et de me prendre dans ses bras avant que le véhicule démarre. La chaleur de son corps me fait sursauter. Je la serre à mon tour en savourant cet instant. Nous nous regardons jusqu'à ce que la Jeep s'éloigne. La silhouette de Tess disparaît quand le véhicule bifurque à une intersection, mais je reste tourné sur mon siège dans l'espoir qu'elle va réapparaître.

Nous nous arrêtons à un feu. Tandis que nous attendons qu'un groupe de réfugiés traverse la rue, j'observe le centre-ville. Certaines choses n'ont pas changé : des soldats alignés lancent des ordres féroces aux personnes qui ne respectent pas les règles ; sur les côtés, des gens protestent contre l'arrivée de nouveaux réfugiés ; les JumboTron affichent des messages encourageants promettant la victoire de la République ; ils rappellent aux passants : « Ne laissez pas les Colonies envahir votre pays ! Soutenez l'effort de guerre ! »

Je repense à ma dernière conversation avec Eden.

Je cligne des yeux, puis je regarde les rues avec plus d'attention. Les scènes que je trouvais familières prennent une tout autre allure. Les soldats alignés qui lancent des ordres distribuent en fait des rations aux réfugiés. Les civils qui protestent ont le droit de protester – des militaires les observent, mais ils gardent leurs armes à leurs ceintures. La propagande des JumboTron – qui me faisait jadis frissonner – se résume à des messages optimistes, une lueur d'espoir dans ce sombre moment de notre histoire, un effort désespéré pour maintenir le moral de la population. Non loin de la Jeep, je vois un jeune soldat entouré d'enfants qui ont été évacués de Denver. Il s'est agenouillé pour être à leur hauteur. Il a une sorte de marionnette glissée sur la main, un jouet qu'il agite pour raconter une histoire à son jeune auditoire. Je baisse la vitre. J'entends sa voix, claire et enjouée. Parfois, les enfants rient, oubliant un instant leurs peurs et leur confusion. Quelques mètres plus loin, des parents observent la scène, le visage las et reconnaissant.

Les habitants de la République… sont unis.

Cette pensée sidérante me fait froncer les sourcils. La République a commis des crimes affreux à l'encontre de certains d'entre nous, c'est vrai, et il n'est pas impossible que quelques-uns de ces crimes se perpétuent. Mais… peut-être que je n'ai vu que ce que je voulais voir. Peut-être qu'à la mort de l'ancien Elector, les militaires ont commencé à se débarrasser de leurs masques. Peut-être qu'ils sont vraiment prêts à suivre Anden.

La Jeep me conduit d'abord à mon nouvel appartement. Eden sort en trombe de l'immeuble alors que le véhicule se gare le long du trottoir. Il semble avoir complètement oublié notre dispute.

— On m'a dit que tu avais créé problème sur problème là-bas, dit-il en approchant avec Lucy. (Une expression réprobatrice passe sur son visage.) Ne me fais plus jamais peur comme ça.

J'esquisse un sourire ironique en lui ébouriffant les cheveux.

— Maintenant, tu sais ce que je pense de ta décision.

Lorsque nous arrivons devant le Los Angeles Central Hospital, la nouvelle de mon retour s'est propagée comme un feu de forêt et une foule immense attend ma Jeep. Les gens crient, pleurent, chantent… Il faut deux patrouilles pour former un couloir jusqu'à l'entrée de l'hôpital. Hébété, j'avance en contemplant ces visages. De nombreuses personnes arborent une mèche teinte en rouge, d'autres brandissent des pancartes. Tous crient la même chose :

**SAUVE-NOUS**

Je détourne les yeux avec nervosité. Ils ont tous appris ce que j'avais fait avec les Patriotes à Denver, mais je ne suis pas un super soldat invincible. Je ne suis qu'un garçon qui va bientôt mourir et qui va se retrouver coincé dans un hôpital pendant que son pays se fait envahir.

Eden se penche sur les poignées de mon fauteuil roulant. Il ne dit rien, mais il me suffit de regarder son visage grave pour deviner les pensées qui lui traversent l'esprit. Des pensées qui me glacent jusqu'aux os.

*Je peux les sauver. Laisse-moi les sauver, Daniel.*

Nous entrons dans l'hôpital et des soldats forment aussitôt un cordon de sécurité devant les portes. On me conduit au deuxième étage. Eden attend dans le couloir pendant que des docteurs me couvrent d'électrodes et de fils métalliques. On me fait passer un scanner du cerveau, puis on m'accorde un peu de repos. Pendant l'examen, la migraine palpite sans interruption. Parfois, elle est si violente que j'ai l'impression de bouger alors que je suis étendu sur un lit. Des infirmières viennent me faire une piqure. Deux heures plus tard, au moment où je me sens assez fort pour m'asseoir, deux docteurs arrivent.

—Alors ? demandé-je avant qu'ils aient le temps d'ouvrir la bouche. Il ne me reste que trois jours ou quoi ? Qu'est-ce qui se passe ?

—Ne vous inquiétez pas, me rassure un médecin – le plus jeune, et le plus inexpérimenté, je suppose. Il doit toujours vous rester deux mois. Le pronostic n'a pas changé.

—Oh, dis-je en soupirant. Eh bien, voilà une bonne nouvelle.

Le second docteur gratte sa barbe d'un air gêné.

—Vous pouvez toujours vous déplacer et vous livrer à vos activités habituelles, quelles qu'elles soient, marmonne-t-il. Mais modérez vos efforts. Quant à votre traitement… (Il s'interrompt et me regarde par-dessus les verres de ses lunettes.) Nous allons essayer de nouveaux médicaments très forts. (Il grimace, mal à l'aise.) Mais soyons clairs, Day : notre pire ennemi, c'est le temps. Nous nous battons pour que vous puissiez subir une intervention chirurgicale extrêmement dangereuse, mais les médicaments ne produiront peut-être pas les effets voulus avant qu'il soit trop tard. Pourtant, c'est tout ce que nous pouvons faire.

— C'est tout ce que nous pouvons faire ? demandé-je.

Le docteur hoche la tête en direction de la poche de perfusion accrochée près de moi.

— Si vous tenez le coup jusqu'à la fin du traitement, il est possible que vous soyez en état d'être opéré, dans quelques mois.

Je baisse la tête. Me reste-t-il quelques mois ? Ils deviennent denrée rare.

— Si je comprends bien, dis-je en marmonnant, je serai peut-être mort avant qu'on puisse m'opérer. Et il n'est pas certain qu'à cette date, la République existe encore.

Le médecin devient livide en écoutant ma dernière remarque. Il ne répond pas, mais ce n'est pas nécessaire. Pas étonnant que son collègue m'ait dit de me préparer au pire. Même si tout se passe bien, il n'est pas sûr que je m'en tire cette fois-ci. Peut-être que je vivrai assez vieux pour assister à la mort de la République. Cette pensée me glace.

L'Antarctique ne nous aidera pas tant que nous n'aurons pas fourni la preuve de l'existence d'un remède contre l'épidémie, tant qu'il n'aura pas une bonne raison d'envoyer des troupes pour repousser l'attaque des Colonies. Et, le seul moyen d'obtenir un remède, c'est de laisser Eden servir de cobaye.

Les médicaments m'assomment. Je me réveille le lendemain de mon arrivée à l'hôpital. Quand les docteurs ne sont pas là, je teste mes jambes en faisant quelques pas dans ma chambre. Je me sens assez fort pour me passer de fauteuil roulant. J'essaie de sauter d'un bout à l'autre de la pièce, mais c'est trop demander et je manque de tomber. Rien à faire. Je pousse un soupir de frustration et je m'allonge sur le lit. Je tourne la tête vers l'écran accroché au mur. Il y a des informations sur Denver. Je me rends compte que la République a trié les images qui sont diffusées. Je sais ce qu'on ressent quand on voit les troupes des Colonies de près, mais le reportage ne montre que des plans lointains de la cité. Je distingue quelques nuages de fumée s'échappant de bâtiments ainsi qu'une sinistre colonne de dirigeables des colonies à proximité de l'Armure. Puis on passe à une rangée de chasseurs de la République prêts à décoller sur une base aérienne. Pour une fois, je suis heureux de voir de la propagande sur les écrans. À quoi servirait-il d'effrayer la population ? Autant montrer aux gens que la République se défend.

Je ne peux pas m'empêcher de songer au visage sans vie de Frankie, ou à la manière dont la tête de Thomas est partie en arrière lorsqu'elle a été frappée par une balle. Je grimace tandis que ces scènes tournent en boucle dans mon crâne. J'attends une demi-heure de plus en silence. J'observe les JumboTron passer de la bataille de Denver au titre principal : comment j'ai réussi à ralentir la progression des troupes ennemies. Dans les rues, il y a de plus en plus de gens avec des mèches écarlates et des pancartes. Ils pensent vraiment que je peux faire quelque chose. Je me frotte le visage avec la main. Ils ne comprennent pas que je ne suis qu'un simple garçon. Je n'ai jamais eu l'intention de m'impliquer à ce point dans toutes ces histoires. Sans les Patriotes, sans June et sans Anden, je n'aurais rien pu faire. Seul, je suis impuissant.

Des grésillements résonnent dans mon oreillette. Un message. Je sursaute et j'entends une voix qui ne m'est pas familière.

—Monsieur Wing, je présume?

Je me renfrogne.

—Qui êtes-vous?

—Monsieur Wing, poursuit l'inconnu, je suis le chancelier des Colonies. (Un frisson désagréable remonte le long de ma colonne vertébrale.) Je suis très heureux de faire votre connaissance.

Le chancelier? Je déglutis avec peine. Ouais, ben voyons, le chancelier...

—C'est une plaisanterie? craché-je dans le micro. Je suppose que tu es un petit hacker de génie qui...

—Allons, allons. S'il s'agissait d'une plaisanterie, elle ne serait guère amusante, ne pensez-vous pas?

J'ignorais que les Colonies étaient capables de pirater notre réseau de communications et de m'appeler ainsi. Je fronce les sourcils et je parle plus bas.

—Comment avez-vous eu accès à moi? Est-ce que les Colonies sont en train de gagner la bataille de Denver?

Est-ce que la cité est tombée dès que l'évacuation a été terminée ?

— Disons que j'ai des petits secrets, réplique le chancelier d'une voix parfaitement calme. Certains de vos concitoyens ont choisi de se ranger à nos côtés. On ne peut guère le leur reprocher.

Un traître a dû leur donner des informations qui leur permettent d'accéder à notre système de communications. Je me souviens soudain de l'opération que j'ai menée avec les Patriotes, quand Thomas a été tué d'une balle dans la tête. Cette dernière pensée me fait frémir et je m'efforce de la chasser. *Le commandant Jameson.*

— J'espère que je ne vous dérange pas, poursuit le chancelier avant que j'aie le temps de répondre. Compte tenu de votre état de santé et de la situation, je suis sûr que vous devez être un peu fatigué après votre petite opération nocturne à Denver. Je dois reconnaître que j'ai été impressionné.

Je reste interloqué. Je me demande ce que cet homme peut savoir. A-t-il appris dans quel l'hôpital j'étais soigné ? Pire encore, a-t-il découvert l'adresse de l'appartement où réside Eden ?

— Qu'est-ce que vous voulez ? murmuré-je enfin.

J'entends presque le sourire du chancelier dans mon oreillette.

— Je ne voudrais pas vous faire perdre votre temps, alors allons droit au but. L'Elector de la République est ce jeune Anden Stavropoulos, dit-il sur un ton condescendant. Mais vous et moi savons très bien qui dirige vraiment le pays. C'est vous. Le peuple est en adoration devant vous, Day. Quand mes troupes sont entrées dans Denver pour la première fois, savez-vous ce qu'elles m'ont rapporté ? « Les civils ont placardé des affiches de Day sur les murs. Ils veulent le voir sur les écrans des JumboTron. » La population ne s'est pas montrée très encline à collaborer et il serait épuisant de leur forcer la main.

Je fulmine.

— Laissez les gens en paix, grondé-je entre mes dents serrées. Ils n'ont pas demandé à vous voir débarquer chez eux.

— Vous oubliez une chose, dit le chancelier d'une voix mielleuse. Votre République a fait exactement la même chose pendant des dizaines d'années. N'est-ce pas ce qui est arrivé à votre famille ? Nous envahissons la République à cause de ce qu'elle nous a fait. À cause de ce virus qu'elle a envoyé de notre côté de la frontière. À qui êtes-vous fidèle exactement, et pourquoi ? Êtes-vous conscient, mon jeune ami, de l'incroyable position que vous occupez à votre âge ? Vous rendez-vous compte que vous êtes en mesure de prendre le pouls de cette nation ? Vous rendez-vous compte du pouvoir que vous…

— Et tout ça pour me dire quoi, chancelier ?

— Je sais que vous êtes sur le point de mourir. Je sais également que vous avez un jeune frère que vous aimeriez bien voir grandir.

— Parlez encore une fois d'Eden et cette conversation est terminée.

— Soit. Mais écoutez-moi quelques instants. Dans les Colonies, Meditech se charge de la gestion des hôpitaux et des soins. Je peux vous garantir que nos médecins sont en mesure de vous soigner bien mieux que ceux de la République. Alors voilà mon offre : vous pouvez gaspiller le peu de temps qu'il vous reste à vivre en demeurant loyal à un pays qui ne l'a jamais été envers vous, ou bien vous pouvez faire quelque chose pour nous. Vous pouvez demander publiquement aux habitants de la République d'accepter notre présence et permettre à ce pays d'être pris en main par un gouvernement plus compétent. Vous serez soigné dans un établissement réputé. Est-ce que ce ne serait pas agréable ? Je suis sûr que vous méritez mieux que ce qu'on vous offre en ce moment.

Un éclat de rire méprisant jaillit de ma gorge.

— Ouais, ben voyons. Et vous pensez vraiment que je vais vous croire ?

— Eh bien… (Le chancelier s'efforce de prendre une voix amusée, mais je sens une menace voilée dans ses mots.) Je constate malheureusement que cette conversation ne mène nulle part. Si vous choisissez de combattre pour la République, je respecterai votre décision. J'espère seulement que tout ira bien pour votre frère et vous, une fois que nous nous serons rendus maîtres du pays. Mais je suis un homme d'affaires, Day, et j'aime avoir un plan B en réserve. Alors, laissez-moi vous poser une question. (Il s'interrompt pendant une seconde.) Le princeps elect June Iparis, êtes-vous amoureux d'elle ?

Un étau glacé me broie la poitrine.

— Qu'est-ce que ça peut vous faire ?

Le chancelier me répond d'une voix inquiétante.

— Eh bien, mettez-vous à ma place, dit-il avec douceur. Compte tenu de la situation, les Colonies vont gagner cette guerre, tôt ou tard. Mademoiselle Iparis est un des membres les plus éminents de votre gouvernement. À votre avis, quel sort est réservé aux membres d'un gouvernement vaincu ?

Mes mains se mettent à trembler. Cette pensée flotte dans les tréfonds de mon esprit depuis un certain temps déjà, mais j'ai toujours refusé de lui prêter la moindre attention. Jusqu'à aujourd'hui.

— Est-ce que vous la menaceriez ? soufflé-je.

Le chancelier laisse échapper un petit bruit désapprobateur.

— J'essaie seulement de me montrer raisonnable. Que croyez-vous qu'il lui arrivera lorsque nous aurons remporté la victoire ? Vous pensez vraiment que nous pourrons épargner une jeune fille qui s'apprêtait à devenir la présidente du Sénat de la République ? C'est ainsi que les choses se passent entre nations civilisées, Day. Depuis des siècles. D'ailleurs, je suis sûr que votre Elector a fait exécuter les personnes qui se sont opposées à lui, non ? (Je reste silencieux.) Mademoiselle Iparis, l'Elector et les sénateurs seront jugés et exécutés. Voilà le sort réservé aux membres d'un gouvernement vaincu, Day. (Sa voix se fait plus grave.) Si vous refusez de coopérer, il est fort possible que vous ayez à vivre avec leur sang sur vos mains. Mais, si vous nous aidez, je trouverai peut-être un moyen de pardonner leurs crimes de guerre. Et, en plus, vous bénéficierez d'une vie aussi confortable que possible. Vous n'aurez plus jamais à vous inquiéter pour la sécurité de votre famille. Vous n'aurez plus jamais à vous inquiéter pour les citoyens de la République non plus. Les gens sont incapables de penser par eux-mêmes. Ils ne savent pas ce qui est bon pour eux. Mais, vous et moi, nous le savons, n'est-ce pas ? Vous savez qu'ils seraient plus heureux sans le fardeau de la République sur le dos. Parfois, ils sont incapables de mesurer les implications de leurs choix. Ils ont besoin qu'on prenne des décisions à leur place. Après tout, vous les avez manipulés vous aussi lorsque vous les avez poussés à accepter le nouvel Elector, non ?

Jugée et exécutée. *June, morte.* C'est une chose de craindre une vague possibilité, c'en est une autre de l'entendre employé comme menace contre vous. Mon cerveau cherche des solutions avec frénésie. June pourrait-elle trouver asile à l'étranger ? Les Antarcticiens accepteraient peut-être de la protéger, elle et les autres, si les Colonies parvenaient à prendre le contrôle de la République. Il doit exister un moyen. Mais... qu'arriverait-il au reste d'entre nous ? Qu'est-ce qui empêcherait les Colonies de faire du mal à mon frère ?

—Et comment puis-je être sûr que vous tiendrez vos promesses ? réussis-je enfin à demander d'une voix rauque.

—Pour vous convaincre de ma sincérité, j'ai ordonné à nos troupes de cesser leurs attaques depuis ce matin. Elles ne reprendront pas avant trois jours. Si vous acceptez ma proposition, vous garantissez la sécurité des habitants de la République... ainsi que des personnes qui vous sont chères. Le choix ne dépend que de vous. (Le chancelier rit doucement.) Et je vous conseille de ne pas parler de cette conversation.

—Je vais y réfléchir, dis-je dans un murmure.

—Magnifique ! s'exclame le chancelier avec enthousiasme. Le plus tôt sera le mieux. Dans trois jours, j'espère vous entendre vous adresser à la République. Voilà qui marque peut-être le début d'une relation fructueuse. Le temps est essentiel, vous le savez mieux que personne.

La communication s'interrompt. Le silence est assourdissant. Je songe à tout ce qui vient d'être dit. Je m'imprègne de chaque mot. Des pensées tournent sans cesse dans ma tête... Eden, June, la République, l'Elector. *Il est fort possible que vous ayez à vivre avec leur sang sur vos mains.* La frustration et la peur bouillonnent dans ma poitrine et menacent de m'engloutir. Le chancelier est un homme intelligent, je dois bien l'admettre. Il connaît mes faiblesses et il fait de son mieux pour les utiliser à son avantage. Mais nous pouvons être deux à ce petit jeu-là. Je dois avertir June, et je dois l'avertir le plus discrètement possible. Si les Colonies découvrent que je n'ai pas gardé secrète la conversation avec le chancelier, qui sait quels coups bas elles pourraient sortir de leur chapeau ? Il n'est peut-être pas impossible de tirer profit de leur offre. Je réfléchis à toute allure. Et si nous prenions le chancelier à son propre piège ?

Soudain, un hurlement de femme retentit dans le couloir et je sens ma peau se hérisser. Je tourne la tête vers l'entrée de ma chambre. J'entends quelqu'un qu'on entraîne contre sa volonté. Je ne sais pas qui c'est, mais elle résiste de toutes ses forces.

— Je ne suis pas infectée ! lance une voix.

Les bruits de chariot et les cris gagnent en intensité, puis s'éloignent vers le fond du couloir.

— Refaites vos examens ! Je n'ai rien. Je ne suis pas infectée !

Je connais cette voix.

*Tess.*

Je ne sais pas ce qui se passe, mais je comprends soudain que l'épidémie qui ravage les Colonies vient de contaminer une nouvelle personne.

Tess.

# JUNE

Pour la première fois depuis l'instauration de la République, il n'y a plus de capitale où se poser.

Notre appareil atterrit donc à Los Angeles, sur un aérodrome situé à moins de cinq cents mètres de l'université de Drake, tout près du bâtiment où j'assistais aux cours d'Histoire de la République. L'après-midi est ensoleillé, ce qui est assez étonnant pour la saison. J'ai du mal à croire qu'il y a moins d'un an, je menais encore une vie normale. Tandis que nous quittons l'avion et attendons qu'on débarque nos bagages, je regarde autour de moi dans un état de stupeur hébétée. La vue du campus réveille une vague de nostalgie, mais il ne me semble plus aussi familier que par le passé. Dans mes souvenirs, les étudiants étaient plus nombreux. J'ai entendu dire que la date des examens finaux a été avancée afin d'envoyer les dernières années combattre l'envahisseur au plus vite. Il faut bien défendre la République. Je parcours en silence les rues de l'université, quelques pas derrière Anden. Mariana et Serge abreuvent l'Elector taciturne de commentaires et de suggestions. Cela fait partie de leur travail de sénateur. Ollie reste à côté de moi, le poil hérissé. En temps normal, la grande place de Drake est envahie par les étudiants mais, aujourd'hui, elle n'accueille que des groupes de réfugiés venant de Denver et des cités voisines. C'est un spectacle étrange, inquiétant.

Nous atteignons la rangée de Jeeps qui nous attendent et nous traversons le quartier de Batalla. Je remarque alors que Los Angeles a changé. Les centres d'évacuation ont poussé à la frontière de Batalla et Blueridge. Des bâtiments militaires ont été transformés en tours d'habitation. Dans les secteurs pauvres, des immeubles à moitié abandonnés ont été rénovés en catastrophe pour accueillir les réfugiés. Des foules de personnes hagardes s'entassent devant les entrées. Elles arrivent sans doute de la capitale. Elles espèrent avoir la chance d'obtenir une chambre. Il me suffit d'un regard pour comprendre qu'elles habitaient les secteurs pauvres de Denver. Évidemment.

— Où logeons-nous les familles des quartiers aisés ? demandé-je à Anden. Dans un quartier des gemmes, je suppose ?

Il m'est difficile de prononcer ces paroles sans une pointe d'irritation.

Anden ne semble pas très heureux que je lui pose cette question, mais il répond d'une voix calme.

— À Ruby. Vous, Mariana et Serge y logerez également. (Il devine mes émotions.) Je sais ce que vous pensez, mais je ne peux pas me permettre de dresser les notables contre moi en les obligeant à s'installer dans des quartiers défavorisés. J'ai ordonné qu'un quota de places soit alloué aux pauvres dans le secteur de Ruby. Elles seront distribuées par tirage au sort.

Je reste silencieuse. Parce que je n'ai aucune critique à formuler. Que peut-on faire dans une telle situation ?

Anden n'a pas pu rénover toutes les infrastructures du pays en un an. Je continue à regarder par la fenêtre. Un groupe de manifestants de plus en plus nombreux est rassemblé le long d'une zone de réfugiés surveillée par des gardes. « ALLEZ VOUS INSTALLER EN BANLIEUE ! » lis-je sur une pancarte. « METTEZ-LES EN QUARANTAINE ! »

Un frisson remonte le long de ma colonne vertébrale. La situation ressemble fort à ce qui s'est passé au cours des années qui ont suivi la création de la République, quand les habitants de l'ouest protestaient contre l'arrivée des réfugiés de l'est.

Le voyage se poursuit sans que personne ne parle. Puis Anden porte la main à son oreille et adresse un signe au chauffeur.

— Branchez l'écran, dit-il en montrant le petit moniteur encastré dans l'appui-tête d'un siège. Le général Marshall vient de m'annoncer que les Colonies diffusent un message sur notre douzième chaîne.

Nous braquons tous les yeux vers l'écran qui s'allume. D'abord, nous ne voyons qu'une surface noire, vide. Puis une image se forme. Je vois le logo et la devise des Colonies se matérialiser par-dessus leur drapeau qui flotte au vent.

LES COLONIES D'AMÉRIQUE
CLOUD – MEDITECH – DESCON – EVERGREEN
UN ÉTAT LIBRE EST UN ÉTAT DIRIGÉ PAR DES ENTREPRISES

Puis une ville magnifique apparaît au crépuscule. Elle brille de milliers de points bleutés qui clignotent dans la pénombre du soir.

— Citoyens de la République, clame une voix aux accents grandiloquents. Bienvenue dans les Colonies d'Amérique. Beaucoup d'entre vous savent déjà que les Colonies se sont rendues maîtres de Denver, la capitale de la République. En conséquence, nous déclarons que nous avons d'ores et déjà remporté la victoire sur le régime tyrannique qui vous a oppressés si longtemps. Après des siècles de souffrance, vous êtes désormais libres.

L'image change et une carte montrant les Colonies et la République apparait. Mais la frontière séparant les deux nations a disparu. Je frissonne.

— Dans les semaines à venir, continue la voix, vous allez être intégrés à un système de juste compétition et de liberté. Vous êtes désormais des citoyens des Colonies. En quoi est-ce que cela va changer ma vie, vous demandez-vous sans doute ?

La voix fait une pause. Une famille souriante apparaît à l'écran. Ses membres brandissent un chèque devant eux.

— En tant que nouveau citoyen, chacun d'entre vous obtiendra un minimum de cinq mille unités coloniales. L'équivalent de soixante mille unités de la République. Cette somme vous sera versée par la compagnie pour laquelle vous choisirez de travailler. Plus votre salaire actuel est élevé, plus votre salaire à venir le sera. Vous n'aurez plus à obéir aux patrouilles de la police de la République, mais aux patrouilles urbaines de DesCon, *votre* police privée de quartier qui mettra tout en œuvre pour *vous* satisfaire. Vous ne serez plus employés par la République, mais par l'une de nos quatre distinguées firmes auprès desquelles vous poserez votre candidature pour y faire une carrière épanouissante.

De nouvelles images apparaissent à l'écran. Des travailleurs heureux, des visages fiers et souriants qui flottent sur une toile de fond composée de costumes et de cravates.

— Citoyens, nous vous offrons la liberté de choisir.

*La liberté de choisir.* Des images me traversent l'esprit. Je me rappelle ce que j'ai vu dans les Colonies quand Day et moi nous y sommes aventurés. Les foules de travailleurs, les quartiers misérables où s'entassent les pauvres. Les logos imprimés sur les vêtements des gens. Les spots publicitaires diffusés sur le moindre recoin de mur. Et surtout, la police de DesCon. Day m'a raconté comment des policiers avaient refusé d'aider une malheureuse victime de cambriolage parce qu'elle n'avait pas réglé son dû au commissariat de quartier. Est-ce là le futur de la République ? La nausée me gagne. Je ne sais plus où les gens seraient les plus heureux, dans la République ou dans les Colonies ?

La propagande continue.

— En échange, nous ne vous demandons qu'un modeste service. (Des manifestants apparaissent à l'écran.) Si vous, civils, avez des griefs contre la République, c'est le moment de le monter. Si vous avez le courage d'organiser des marches de protestation dans vos cités respectives, nous vous verserons un supplément de cinq mille unités des Colonies et nous vous offrirons une année de réduction sur tous les produits alimentaires de Cloud Corp. Il vous suffira d'envoyer la preuve de votre présence à une manifestation à une succursale de DesCon à Denver, Colorado, avec votre nom et votre adresse postale.

Viennent ensuite des explications sur les différentes manières d'organiser un défilé en milieu urbain. Même leur propagande ressemble à un film publicitaire. Un film publicitaire dangereusement alléchant.

— Il est encore un peu tôt pour revendiquer la victoire, marmonné-je entre mes dents.

— Ils essaient de monter la population contre nous, murmure Anden. Ils ont annoncé un cessez-le-feu ce matin. Peut-être pour mieux diffuser leur propagande.

— Je doute qu'elle ait beaucoup d'effet, dis-je d'une voix qui n'est pas aussi convaincue que je l'espérais. Voilà des années que notre propre propagande dénigre les Colonies. Je ne pense pas que la méfiance enracinée dans l'inconscient de nos concitoyens disparaisse du jour au lendemain. Vous ne partagez pas cet avis ?

La Jeep d'Anden ralentit. Je fronce les sourcils en me demandant ce qui se passe. Au lieu de me conduire à mon immeuble, le véhicule s'est arrêté devant le Los Angeles Central Hospital. À l'endroit où Metias a été assassiné. Je tourne la tête vers l'Elector.

— Que se passe-t-il ? demandé-je.

— Day est hospitalisé ici, répond Anden.

Sa voix tremble un peu lorsqu'il prononce ce nom.

— Pourquoi ?

Anden ne me regarde pas. Il n'a pas envie d'aborder ce sujet.

— Il a fait un malaise pendant l'évacuation de Denver, dit-il. Il semblerait que les explosions destinées à détruire les tunnels aient provoqué une de ses terribles migraines.

Les docteurs ont commencé un nouveau traitement. (Il s'interrompt, puis tourne la tête pour me regarder d'un air grave.) Il y a une autre raison à notre présence ici, mais je préfère que vous la découvriez seule.

Je descends de la Jeep et j'attends Anden. L'inquiétude me ronge. La maladie de Day a-t-elle empiré ? Et s'il ne s'en sortait pas ? Est-ce pour cela qu'il est hospitalisé ? Day n'avait aucune raison de vouloir remettre les pieds dans ce bâtiment, pas après ce qu'il y a subi. Il ne devait pas avoir le choix.

Anden et moi nous dirigeons vers l'entrée sous bonne escorte et nous montons au troisième étage. Un soldat glisse une carte magnétique dans un lecteur et une porte s'ouvre. Nous pénétrons dans le laboratoire de recherche de l'hôpital. Mon estomac se noue un peu plus à chacun de mes pas.

Nous arrivons en vue d'une succession de petites salles disposées le long du laboratoire principal. Nous franchissons une porte et j'aperçois Day. Il se tient devant une pièce aux murs transparents. Il fume une de ses cigarettes bleues en regardant de l'autre côté de la paroi de verre. Il observe des infirmiers en tenues Hazmat qui auscultent un malade. Je suffoque en constatant qu'il doit prendre appui sur des cannes pour se tenir debout. Depuis combien de temps est-il là ? Il est pâle et il semble épuisé, distant. Je me demande quel genre de médicaments les médecins lui ont prescrits. Je me rappelle soudain qu'il va bientôt mourir et un poignard me transperce le cœur. Ses dernières secondes de vie s'égrainent avec lenteur, les unes après les autres.

Près de lui, des infirmiers en combinaison blanche, lunettes de protection autour du cou, regardent à travers la paroi vitrée en prenant des notes sur leurs tablettes. Un peu plus loin, Pascao est en grande conversation avec un autre Patriote. Ils restent à l'écart de Day.

— Day ? dis-je en approchant.

Il tourne la tête vers moi. Dix émotions différentes passent dans ses yeux, dont certaines qui me font rougir jusqu'aux oreilles. Puis il remarque Anden. Il fait l'effort d'incliner la tête avec raideur pour le saluer, puis il reporte son attention vers le malade, de l'autre côté de la paroi.

Tess.

— Que se passe-t-il ? demandé-je à Day.

Il tire une bouffée sur sa cigarette et baisse les yeux.

— Ils ne veulent pas me laisser entrer. Ils pensent qu'elle a peut-être contracté le virus. (Il parle d'une voix calme, mais je sens sa frustration et sa colère.) Ils ont déjà fait de nouveaux examens sur moi et les autres patriotes, mais seuls les résultats de Tess sont inquiétants.

Tess écarte le bras d'un infirmier d'un geste sec, puis elle titube en arrière comme si elle avait perdu le sens de l'équilibre. Son front est couvert de sueur qui coule jusque dans son cou. Le blanc de ses yeux a pris une vilaine teinte jaunâtre et, en regardant attentivement, je remarque qu'elle plisse les yeux pour distinguer ce qui est autour d'elle. Je me souviens qu'elle est myope. Elle plissait toujours les yeux ainsi dans les rues de Lake. Ses mains tremblent. Je laisse échapper un petit hoquet en contemplant ce terrible spectacle. Les Patriotes sont restés en contact avec les soldats des Colonies pendant un bref moment seulement, mais il semblerait que cela ait suffi à contaminer l'un d'eux. Il est possible que les Colonies essaient de répandre le virus parmi nous maintenant qu'ils occupent une partie du pays. Un frisson glacé monte en moi lorsque je me souviens d'une ligne du journal de Metias. *Un jour, un virus échappera à tout contrôle. Il n'y aura ni vaccin, ni remède pour l'arrêter.* Et cela risque fort d'entraîner la chute de la République.

Une scientifique se tourne pour nous donner quelques explications.

— On dirait que le virus est une version mutante d'une souche issue de nos anciennes expériences, dit-elle en lançant un regard inquiet en direction de Day. (Celui-ci n'a pas dû se montrer d'une affabilité exquise avec le personnel du laboratoire.) D'après les statistiques que les Colonies ont diffusées, son pouvoir de contamination est assez faible sur les adultes en bonne santé, mais une fois qu'il a infecté quelqu'un, la maladie progresse vite et le taux de mortalité est très élevé. Nous avons recensé des cas où il s'est écoulé moins d'une semaine entre la contamination et la mort. (Elle se tourne vers Tess pendant un instant.) Cette jeune fille présente les premiers symptômes de la maladie : fièvre, jaunisse, vertiges et cécité temporaire – ou peut-être définitive. Ce dernier marqueur nous laisse penser qu'il s'agit bien d'un virus que nous avons créé.

À côté de moi, Day serre ses cannes si fort que les jointures de ses doigts blanchissent. Le connaissant, je songe qu'il n'est pas impossible qu'il se soit déjà battu avec les infirmiers, qu'il leur ait hurlé de laisser Tess tranquille ou qu'il ait essayé d'entrer en force dans la pièce où elle est retenue. Je sais qu'il doit aussi penser à Eden en ce moment. Eden et ses yeux violets presque aveugles. À cet instant, j'éprouve un puissant élan de rage contre l'ancienne République. Mon père a travaillé derrière les portes de ce laboratoire. Il a voulu cesser ses recherches quand il a découvert qu'elles étaient à l'origine des épidémies ponctuelles à Los Angeles. Cela lui a coûté la vie. Est-ce que la République a vraiment changé ? Est-ce qu'il est possible de faire oublier les horreurs passées au reste du monde ? Aux Colonies ?

— Elle a essayé de sauver Frankie, souffle Day, les yeux rivés sur Tess. Elle a atteint l'Armure en même temps que moi. J'ai cru que Thomas allait la tuer. (Il poursuit d'une voix amère.) Peut-être que la mort l'avait déjà dans le collimateur.

— Thomas ? demandé-je.

— Il est mort, murmure Day. Pascao et moi étions en train de regagner l'Armure. Je l'ai vu se tourner vers les soldats des Colonies, seul. Il a tiré jusqu'à ce qu'ils l'abattent d'une balle dans la tête.

Il frémit en prononçant cette dernière phrase.

Thomas est mort.

Je cligne des yeux deux fois. Je suis comme anesthésiée. Je ne devrais rien éprouver. Pourquoi est-ce que je ressens quelque chose ? J'étais préparée à cette nouvelle. L'homme qui a poignardé mon frère en plein cœur, qui a abattu la mère de Day… est mort. Il ne pouvait pas mourir autrement : en défendant la République jusqu'au bout, sans aucune hésitation, porté par sa loyauté inébranlable envers un État qui l'avait renié. Je comprends alors pourquoi Day est tellement ému. *Une balle dans la tête.* La nouvelle me laisse sans force. Épuisée. Atone. Mes épaules s'affaissent.

— Je suis heureuse que les choses se soient passées ainsi, murmuré-je malgré la boule dans ma gorge.

Des images de Metias me traversent la tête. Je songe au récit de Thomas à propos de la nuit du meurtre de mon frère. Je m'oblige à me concentrer sur Tess. Il faut penser aux vivants, et à tous ceux qu'on peut encore sauver.

— Tess va s'en sortir. (Mes paroles manquent de conviction.) Nous allons trouver un moyen de la soigner.

De l'autre côté de la paroi vitrée, un infirmier plante une longue aiguille dans le bras droit de la jeune fille, puis dans le gauche. Tess laisse échapper un sanglot étouffé. Day s'arrache à la contemplation de la scène, serre ses cannes un peu plus fort et passe devant nous. En arrivant à ma hauteur, il souffle :

— Ce soir.

Puis il s'éloigne sans nous prêter attention.

Je le regarde partir sans un mot. Anden soupire et contemple Tess d'un air triste avant d'approcher des infirmiers et des scientifiques rassemblés devant la paroi vitrée.

— Vous êtes sûrs que Day n'est pas contaminé ? demande-t-il à la femme qui nous a expliqué la situation. (Elle répond par l'affirmative et Anden hoche la tête avec soulagement.) Je veux qu'on teste tous nos soldats une fois de plus. (Il se tourne vers les sénateurs.) Je veux qu'on envoie un message urgent au chancelier des Colonies ainsi qu'au président-directeur général de DesCon. Voyons un peu s'il nous reste une option diplomatique. (Anden me regarde pendant un long moment.) Je sais que je n'ai pas le droit de vous demander cela, mais si vous aviez le courage de reposer la question à Day à propos de son frère, Je vous en serais reconnaissant. Il nous reste peut-être une chance de faire changer l'Antarctique d'avis.

**19.30**
**Secteur de Ruby.**
**23 °C.**

L'immeuble dans lequel je réside n'est pas très loin de l'appartement que je partageais avec Metias. Tandis que la Jeep approche de ma nouvelle adresse, je regarde la rue et j'essaie d'apercevoir mon ancienne tour. Même le secteur de Ruby est tapissé de bandes plastiques délimitant les zones réservées aux réfugiés. Les soldats sont omniprésents dans les rues. Je me demande où Anden a élu domicile au milieu de toute cette pagaille. Du côté de Batalla, je suppose. Il n'est pas près de se coucher, le malheureux. Avant de prendre congé pour me rendre à mon appartement, il m'a entraînée à l'écart dans le couloir du laboratoire. Il a contemplé mes lèvres pendant un bref instant, malgré lui, puis il m'a regardée dans les yeux. J'ai compris qu'il pensait encore à ce qui s'était passé à Ross City, et aux paroles qu'il avait prononcées. *Je sais que vous tenez beaucoup à Day.*

— June, a-t-il dit après un moment de gêne. Nous nous verrons au Sénat, demain matin, pour discuter de ce que nous allons faire. Je tiens à vous avertir : chaque princeps elect devra s'adresser aux sénateurs. C'est l'occasion de voir ce que vous feriez si vous étiez mon princeps. Soyez sur vos gardes : les esprits risquent de s'échauffer. (Il esquissa un petit sourire.) Cette guerre nous met les nerfs à vif, et c'est un euphémisme.

J'ai eu envie de lui dire que je n'assisterais pas à cette réunion. Je ne tiens pas à passer quatre heures en compagnie des sénateurs, à écouter quarante personnes ne cherchant qu'à démontrer que les autres ont tort. Une seule chose les intéresse : ridiculiser Anden en public ou s'attirer ses bonnes grâces. Sans compter que Mariana et Serge profiteront sûrement de l'occasion pour se mettre en valeur et apparaître comme le meilleur candidat pour la place de princeps. Cette idée a sapé mes dernières forces. Mais, d'un autre côté, je n'ai pas eu le courage de laisser Anden affronter seul une salle remplie de personnes froides et hostiles. Alors j'ai souri et je me suis inclinée, comme un bon petit princeps elect.

— Je serai là, ai-je dit.

La Jeep se dirige vers mon immeuble et s'arrête tandis que je chasse ces pensées de ma mémoire. Ollie et moi descendons du véhicule qui repart aussitôt et disparaît à un coin de rue. J'entre dans la tour.

J'ai l'intention d'aller voir Day à l'hôpital tout de suite après m'être installée. Je suis curieuse d'apprendre ce qu'il a voulu dire par « ce soir », mais, en sortant de l'ascenseur, je m'aperçois que je n'aurais pas à me donner cette peine.

Day est assis devant la porte de mon appartement, les épaules légèrement voûtées contre le mur. Il fume une cigarette bleue d'un air absent. Ses cannes sont posées près de lui. Il est immobile, mais quelque chose en lui – une aura sauvage, rebelle et impulsive – brille encore. Pendant un instant, je me souviens de notre première rencontre dans les rues de Los Angeles, de ses iris bleus, de sa crinière blonde et de ses mouvements aussi rapides et fluides que du vif-argent. Cette image nostalgique est si émouvante que je sens des larmes me monter aux yeux. J'inspire un grand coup et je m'efforce de ne pas éclater en sanglots.

Day se lève en me voyant au bout du couloir.

—June, dit-il tandis que j'approche.

Ollie trotte vers lui pour le saluer. Day lui tapote la tête. Il semble toujours aussi fatigué, mais il parvient à esquisser un sourire en coin – un peu triste, cependant. Sans ses cannes, il oscille. Ses yeux trahissent son angoisse et je devine que c'est à cause de ce qui s'est passé à l'hôpital.

—À en juger par ton expression, je suppose que la rencontre avec les Antarcticiens n'a pas été un franc succès, n'est-ce pas ? demande-t-il.

Je secoue la tête, puis je déverrouille la porte et l'invite à entrer.

—Pas vraiment, dis-je en fermant derrière nous.

Instinctivement, mes yeux examinent la pièce et mémorisent son agencement. L'appartement ressemble un peu trop à celui où j'habitais avec mon frère et je suis envahie par un vague sentiment de malaise.

— Ils ont contacté les Nations Unies à propos de l'épidémie. Ils vont fermer nos ports et nos aéroports. Plus d'importations ou d'exportations. Plus de soutien et plus d'approvisionnement. Nous sommes désormais en quarantaine. Ils ont dit qu'ils pourront nous aider quand nous leur fournirons la preuve que nous avons un remède. Ou si Anden accepte de leur offrir un bout de territoire en guise de paiement. En attendant, ils n'enverront pas de troupes. Tout ce que je sais maintenant, c'est qu'ils surveillent l'évolution de la situation comme le lait sur le feu.

Day reste silencieux. Il s'éloigne et se dirige vers le balcon. Il s'appuie sur la rambarde. Je prépare un peu de nourriture et d'eau pour Ollie avant de le rejoindre. Le soleil est couché depuis un moment mais, aux lumières de la ville, nous apercevons les nuages bas qui cachent les étoiles et qui peignent une toile gris et noir dans le ciel. Je remarque que Day s'appuie presque de tout son poids sur le garde-fou. J'hésite à lui demander des nouvelles de sa santé. Son expression m'en empêche. Il n'a certainement pas envie d'aborder ce sujet.

— Ah, dit-il en tirant une bouffée sur sa cigarette.

Les reflets d'un lointain JumboTron colorent son visage de lueurs bleues et violettes. Ses yeux observent les bâtiments de la cité et je sais qu'il imagine le meilleur moyen de les escalader – la force de l'habitude.

— Je suppose donc que nous sommes seuls. Je ne peux pas dire que ce soit pour me déplaire, au fond. La République a toujours verrouillé ses frontières, hein ? Peut-être qu'elle se battra mieux si c'est pour empêcher un ennemi de nous envahir. Il n'y a pas meilleure motivation que de se retrouver seul et acculé dans un coin de rue.

Il lève sa cigarette et je remarque que sa main tremble. L'anneau de trombones tressés brille à son doigt.

— Day, dis-je avec douceur. (Il hausse un sourcil et me regarde du coin de l'œil.) Tu trembles.

Il crache un panache de fumée bleue et plisse les yeux pour contempler les lumières de la ville qui brillent dans les ténèbres. Ses cils se baissent.

— C'est bizarre de se retrouver à L.A., dit-il d'une voix préoccupée et distante. Je vais bien. Tu ferais mieux de t'inquiéter pour Tess.

Un long silence s'installe. Le sort d'Eden est sur nos lèvres, mais aucun de nous ne veut être le premier à aborder le sujet. Day se décide enfin. Il prend la parole avec lenteur et maladresse.

— June, j'ai réfléchi à la demande de l'Elector. Tu sais, à propos de… mon frère.

Il soupire, se penche contre la rambarde et passe une main dans ses cheveux. Son bras effleure le mien et ce contact infime me fait l'effet d'une décharge électrique.

— Je me suis disputé avec Eden à ce propos.

— Qu'est-ce qu'il a dit ? demandé-je.

Je me sens coupable en songeant à la mission dont Anden m'a chargée. *Si vous aviez le courage de reposer la question à Day, à propos de son frère. Je vous en serais reconnaissant.*

Day écrase sa cigarette sur la rambarde et son regard croise le mien.

— Il veut vous aider, souffle-t-il. Après avoir vu Tess dans cet état, cet après-midi, et après ce que tu m'as dit, eh bien… (Ses mâchoires se contractent.) Je parlerai à Anden demain. Le sang d'Eden contient peut-être quelque chose qui pourrait… je ne sais pas, permettre de faire avancer les choses. *Peut-être.*

Cette idée ne lui plaît toujours pas, bien entendu, et j'entends très bien la douleur dans sa voix. Mais il accepte. Il accepte de laisser la République pratiquer des examens sur son jeune frère dans l'espoir de découvrir un remède au virus. Un petit sourire amer se dessine aux coins de mes lèvres. *Day, le champion du peuple, le garçon qui ne supporte pas de voir les gens souffrir à cause de lui, le garçon qui serait heureux de sacrifier sa vie pour les personnes qui lui sont chères.* Mais ce n'est pas sa vie dont nous avons besoin pour sauver Tess, c'est celle de son frère. Risquer la vie d'un proche pour en sauver un autre… Je me demande s'il n'y a pas une autre raison qui l'a poussé à changer d'avis.

—Merci, Day, murmuré-je. Je sais combien cette décision t'est difficile.

Il grimace et secoue la tête.

—Tu parles. Je ne fais que me comporter en égoïste, mais je ne peux pas m'en empêcher. (Il baisse les yeux en dévoilant l'étendue de sa faiblesse.) Contente-toi… contente-toi de dire à Anden de me le ramener en vie. Je vous en prie, ramenez-le-moi vivant.

Quelque chose d'autre le tourmente, quelque chose qui fait trembler ses mains de manière incontrôlable. Je me penche vers lui et je les prends dans les miennes. Il me regarde. Il y a une telle tristesse et une telle peur dans ses yeux. Mon cœur se serre.

— Qu'est-ce qui se passe, Day ? Il y a autre chose, murmuré-je. Qu'est-ce que tu as découvert ?

Cette fois-ci, il ne se détourne pas. Il déglutit avec peine et quand il prend la parole, sa voix chevrote un peu.

— Le chancelier des Colonies m'a appelé quand j'étais à l'hôpital.

— Le chancelier ? dis-je en parlant encore plus bas. (Il vaut mieux se montrer prudent.) Est-ce que tu en es sûr ?

Day hoche la tête. Il me raconte ce qui s'est passé : la conversation, la tentative de corruption, le chantage et les menaces. Il me dit ce que les Colonies ont l'intention de me faire s'il refuse leur proposition. Mes peurs secrètes deviennent réalité. Day soupire enfin. J'ai l'impression qu'il se sent – un peu – plus léger après m'avoir révélé toutes ces informations.

— Il doit y avoir un moyen d'utiliser tout ça à notre avantage, dit-il. Un moyen de les prendre à leur propre jeu. Je cherche encore comment. Si nous parvenons à convaincre le chancelier que je suis prêt à l'aider, nous serons peut-être en mesure de les prendre par surprise.

Si les Colonies gagnent cette guerre, elles feront tout pour m'arrêter. Tous les hauts responsables du gouvernement seront exécutés, sans exception. J'essaie de parler avec autant de calme que Day, mais je n'y parviens pas. Ma voix est éraillée.

— Il espère que ses paroles provoqueront une réaction émotionnelle, dis-je. C'est peut-être l'occasion de faire goûter ta propagande personnelle aux Colonies. Mais, quoi que nous fassions, nous devons agir avec prudence. Le chancelier n'est pas assez idiot pour te faire confiance aussi facilement.

— La situation risque de devenir difficile pour toi si les Colonies remportent la victoire, dit Day sur un ton douloureux. Les Colons ne sont pas de gentils gars prêts à tout pour aider leur prochain et tu ferais peut-être bien de trouver un moyen de quitter la République. De te réfugier dans un pays neutre et de demander asile.

Quitter la République, fuir ce cauchemar et se terrer à l'autre bout du monde ? Dans ma tête, une petite voix pernicieuse me souffle que c'est une excellente idée, que je serais en sécurité… Mais cette éventualité me fait frissonner. Je me ressaisis tant bien que mal.

— Non, Day, dis-je avec douceur. Si je m'enfuis, que feront les autres ? Et que feront ceux qui sont obligés de rester ?

— Les Colons te tueront ! (Day approche de moi avec des yeux implorants.) Je t'en prie !

Je secoue la tête.

— Je reste. Il est inutile de démoraliser la population un peu plus. Et puis tu auras peut-être besoin de moi. (Je lui adresse un petit sourire.) Je connais bien l'armée et il n'est pas impossible que je puisse t'apporter mon aide, tu ne crois pas ?

Day secoue la tête, déçu, mais il sait que je ne changerai pas d'avis. Il le sait parce qu'il agirait comme moi.

Il mes prend les mains et les attire vers lui. Ses bras m'enveloppent. Il y a si longtemps que je n'ai pas senti leur contact que j'ai l'impression de défaillir. Une vague de chaleur me traverse le corps. Je ferme les yeux et je me laisse aller contre sa poitrine en savourant le moment. Notre dernier baiser remonte-t-il donc à si loin ? Day m'a-t-il tant manqué ? Les problèmes qui menacent de nous broyer nous ont-ils affaiblis au point que nous avons du mal à respirer et que nous nous accrochons l'un à l'autre comme des naufragés à leurs bouées ? J'avais oublié le bien-être que me procurent ses bras. Sa chemise froissée glisse sur ma peau comme de la soie. À travers le tissu, je sens la chaleur de son corps et les faibles palpitations de son cœur. Son odeur évoque un mélange de terre, de fumée et de vent.

— Tu me rends fou, June, murmure-t-il dans mes cheveux. Tu es la personne la plus effrayante, la plus intelligente et la plus courageuse que je connaisse. Parfois, j'ai du mal à garder mon souffle parce que je fais tellement d'efforts pour rester à ta hauteur. Il n'y aura jamais plus quelqu'un comme toi. Tu le sais, n'est-ce pas ?

J'incline la tête pour le regarder. Ses yeux reflètent les lumières lointaines des JumboTron, un arc-en-ciel de couleurs nocturnes.

— Des milliards de gens naîtront et parcourront ce monde, June, mais il n'y aura jamais plus quelqu'un comme toi.

Mon cœur gonfle tant que j'ai l'impression qu'il va exploser. Je ne sais pas quoi dire.

Puis Day me lâche soudain. La fraîcheur de la nuit remplace sa chaleur et je frissonne. Malgré la pénombre, je le vois rougir. Sa respiration est plus laborieuse que d'habitude.

— Que se passe-t-il ? demandé-je.

— Je suis désolé, dit-il d'une voix tendue. Je vais bientôt mourir, June… Ne perds pas ton temps avec moi. Je ne m'en tirais pas trop mal de mon côté, et puis je te revois et tout est chamboulé. Je pensais que je ne tenais plus à toi, que tout irait bien tant que nous resterions loin l'un de l'autre. Et voilà que je reviens à Denver et que tu…

Il s'interrompt pour me regarder. Le spectacle de son angoisse me foudroie.

— Pourquoi est-ce que je me fais ça ? Je te vois et je me sens…

Ses yeux s'emplissent de larmes. C'en est plus que je peux en supporter. Il s'éloigne de deux pas et revient vers moi, comme un animal en cage.

— Est-ce que tu m'aimes seulement ? demande-t-il brusquement. (Il me saisit par les épaules.) Je t'ai dit ce que j'éprouvais pour toi et mes sentiments n'ont pas changé. Mais toi, tu ne m'as jamais rien dit. Et je suis incapable de deviner ce que tu penses de moi. Et puis tu m'as donné cet anneau… (Il s'interrompt de nouveau et lève la main.) Je suis complètement perdu.

Il se rapproche et je sens ses lèvres effleurer mon oreille. Je tremble comme une feuille.

— Est-ce que tu en as la moindre idée ? demande-t-il d'une voix douce, rauque et brisée. Est-ce que tu as la moindre idée de… combien je voudrais… (Il s'écarte assez longtemps pour me regarder dans les yeux d'un air désespéré.) Si tu ne m'aimes pas, dis-le-moi. Il faut que tu m'aides. Si tu n'éprouves rien pour moi, ce sera clair. Ce sera plus facile de rester loin de toi, hein ? Je pourrai me faire une raison. (Il parle comme s'il essayait de se convaincre.) Je pourrai me faire une raison si tu ne m'aimes pas.

Il prononce ces paroles comme si j'étais plus forte que lui, mais ce n'est pas le cas. Je ne supporte pas cette situation mieux que lui.

— Non, dis-je, les dents serrées et les yeux pleins de larmes. Je ne peux pas t'aider. Je ne peux pas t'aider parce que je t'aime.

Voilà, je l'ai dit.

— Je t'aime, répété-je.

Un mélange de joie et de tristesse passe sur le visage de Day. Il semble si fragile. Je comprends soudain à quel point il est sensible et vulnérable à mes paroles. Il m'aime de toute son âme. Il est ainsi. Il cligne des yeux et cherche quelque chose à dire.

— Je…, bafouille-t-il. J'ai tellement peur, June. J'ai tellement peur de ce qui pourrait arriver si…

Je pose deux doigts sur ses lèvres pour le faire taire.

— La peur te rend plus fort, dis-je tout bas.

Sans même m'en rendre compte, je prends son visage entre mes mains et je presse ma bouche contre la sienne.

Si Day conservait quelques vestiges d'hésitation, ceux-ci s'effondrent sur-le-champ. Il répond à mon baiser avec fougue. Je le sens me caresser les joues. Une paume est douce, l'autre est encore bandée. Il m'enlace et me serre si fort dans ses bras que je laisse échapper un hoquet. Personne ne peut être comparé à Day et, en ce moment, je ne veux personne d'autre que lui.

Nous rentrons sans que nos lèvres se séparent. Day titube contre moi avant de perdre l'équilibre. Nous tombons en arrière sur le lit. Son corps me coupe le souffle. Ses mains glissent sur mes mâchoires, ma nuque, mon dos, mes cuisses.

Je le débarrasse de son manteau. Sa bouche s'écarte de la mienne et il enfouit son visage au creux de mon cou. Ses cheveux cascadent sur mon bras. Ils sont plus lourds et plus doux que toutes les soies que j'ai portées. Il trouve enfin les boutons de ma chemise. J'ai déjà ouvert la sienne. Sous le tissu, sa peau est brûlante. La chaleur qu'il irradie me réchauffe. Je savoure le poids de son corps contre moi.

Aucun de nous n'ose prononcer le moindre mot. Nous avons peur que nos paroles nous interrompent, qu'elle brise le sortilège qui nous unit. Day tremble autant que moi. Je songe soudain qu'il est peut-être nerveux, lui aussi. Je souris quand ses yeux croisent les miens. Il les baisse aussitôt avec pudeur. *Day est timide ?* Quelle est cette nouvelle émotion sur son visage, quelque chose d'un peu déplacé et qui lui va pourtant si bien ? Je suis soulagée de la voir, parce que je sens mes joues virer à l'écarlate. Je suis un peu gênée. Je meurs d'envie de cacher ma peau nue. J'ai souvent imaginé que ma première fois se passerait ainsi, dans un lit, avec Day. Je l'aime. Je me répète ces mots nouveaux avec prudence. Je suis émerveillée et terrifiée par tout ce qu'ils impliquent. Day est là, en chair et en os.

Malgré notre passion fiévreuse, il est tendre avec moi. Sa douceur est différente de celle qui émane d'Anden, qui est empreinte de raffinement, de convenances et d'élégance. Day est fruste, ouvert, incertain et pur. Quand je le regarde, je remarque le mince sourire qui soulève les coins de sa bouche, une petite manifestation de malice qui ne fait que renforcer le désir que j'éprouve pour lui. Il glisse le nez dans mon cou. À son contact, des frissons montent et descendent le long de ma colonne vertébrale. Il soupire de soulagement contre mon oreille et mon cœur accélère un peu plus. Ce soupir m'apprend qu'il se libère de toutes les sombres émotions tapies en lui. Nous nous embrassons de nouveau. Mes mains glissent dans ses cheveux pour l'informer que je suis prête. Il se détend peu à peu. J'inspire un grand coup quand il se plaque contre moi. Ses yeux sont si brillants que je pourrais m'y perdre. Il embrasse mes joues en glissant une mèche derrière mon oreille tandis qu'il bouge en moi. Je passe mes bras autour de lui et je le serre plus fort.

Quoi que l'avenir nous réserve, quels que soient les chemins que nous prendrons, ce moment demeurera le nôtre.

Ensuite, nous restons silencieux. Day est allongé près de moi. Les draps couvrent une partie de ses jambes. Il somnole, les yeux fermés. Il me tient toujours par la main, comme s'il avait besoin d'être rassuré. Je regarde autour de moi. La couverture est roulée au bout du lit, prête à tomber par terre. Les draps froissés semblent dessiner des dizaines de petits soleils rayonnants. Mon oreiller est tout cabossé. Des éclats de verre et des fleurs jonchent le sol. Je n'avais même pas remarqué que nous avions renversé le vase de la table de nuit. Je ne l'ai pas entendu se briser sur le plancher en merisier. Mes yeux reviennent se poser sur Day. Ses traits sont si calmes. Je n'y trouve pas le moindre signe de souffrance en les observant dans la pénombre. Il a même un air innocent. Sa bouche n'est plus ouverte, ses sourcils ne sont plus froncés. Il ne tremble plus. Quelques mèches éparses encadrent son visage et reflètent les lumières de la ville. Je m'approche un peu et je fais glisser ma main sur les muscles de son bras. Mes lèvres se posent sur sa joue.

Il ouvre les yeux. Il cligne des paupières, à moitié endormi. Il me regarde pendant un long moment. Que voit-il ? Ressent-il encore la douleur et la peur qu'il a confessées tout à l'heure ? Le hanteront-elles à jamais ? Il se penche vers moi pour m'embrasser avec une exquise délicatesse. Ses lèvres s'attardent sur les miennes comme si elles avaient peur de s'éloigner. Je ne veux pas qu'elles s'éloignent. Je ne veux pas penser au moment où il nous faudra nous lever. Je l'attire contre moi et il ne résiste pas, encore affamé. Je lui suis infiniment reconnaissant de ne pas parler, de ne pas me dire que je resserre nos liens alors que je devrais les rompre.

# DAY

Au cours de ma vie, j'ai eu un certain nombre de petites amies. J'ai embrassé la première à douze ans. Elle en avait seize et elle avait menacé de me dénoncer à la police si je ne lui accordais pas un baiser. Je me suis amusé avec quelques filles des bas quartiers et deux ou trois demoiselles plus huppées. L'une d'elles habitait même le secteur des gemmes. C'était une lycéenne de seconde que j'ai fréquentée pendant quelques jours. J'avais quatorze ans. Elle était mignonne. Avec sa jolie peau couleur olive et ses cheveux châtain clair très courts, elle ressemblait à une elfe. L'après-midi, nous nous cachions dans la cave de son lycée et, euh… nous nous amusions un peu. C'est une longue histoire.

Mais… June.

Avec elle, j'ai l'impression que mon cœur vole en éclats – comme je l'avais craint – et je n'ai pas la moindre envie de rassembler les morceaux. Les barrières que j'avais dressées autour de moi, les efforts que j'avais faits pour faire taire mes sentiments… Tout a disparu. Tout a été réduit à néant. Dans la sombre lumière bleutée de la nuit, je tends la main et je caresse les courbes de son corps. Je respire encore par à-coups. Je ne veux pas être le premier à prendre la parole. Ma poitrine se presse contre son dos et mon bras repose confortablement sur sa hanche. Ses cheveux forment une corde sombre et luisante sur son cou. J'appuie mon visage contre sa peau si douce. Un million de pensées me traversent l'esprit mais, comme elle, je ne dis rien.

Parce qu'il n'y a rien à dire.

Je me réveille en sursaut, le souffle court. J'ai du mal à respirer. Mes poumons se soulèvent pour essayer d'inspirer un peu d'air. Je regarde autour de moi, affolé. *Où suis-je ?*

Je suis dans le lit de June.

Ce n'était qu'un cauchemar, rien qu'un cauchemar. La ruelle de Lake et le sang ont disparu. Je reste immobile, allongé, pendant un moment. Je m'efforce de reprendre mon souffle et de calmer les battements de mon cœur. Je suis trempé de sueur. Je jette un coup d'œil à June. Elle est couchée sur le côté, face à moi. Sa poitrine se soulève et s'affaisse au rythme doux et régulier de sa respiration. Parfait. Je ne l'ai pas réveillée. D'un revers de ma main valide, je me dépêche d'essuyer les larmes qui maculent mon visage. J'attends quelques minutes de plus, encore tremblant. Quand je comprends que je n'ai aucune chance de me rendormir, je m'assieds avec lenteur et je pose les coudes sur mes cuisses. Je baisse la tête. Mes cils effleurent mes bras. Je me sens si faible. J'ai l'impression d'avoir escaladé une tour de trente étages.

Ce dernier cauchemar était sans nul doute le pire de tous. Je suis terrifié à l'idée de cligner des yeux et d'affronter les ténèbres ne serait-ce qu'une fraction de seconde. J'ai peur de revoir les terribles images s'afficher sur mes paupières. J'observe la pièce. Ma vision se trouble et j'essuie les nouvelles larmes d'un geste rageur. Quelle heure est-il ? Dehors, il fait encore nuit noire. Seules les lointaines lueurs des JumboTron et des lampadaires de la rue parviennent à se glisser dans l'appartement. Je jette un nouveau coup d'œil en direction de June. Je regarde les taches de lumière pâle marbrer son corps. Cette fois-ci, je ne tends pas la main pour la toucher.

Je ne sais pas combien de temps je reste ainsi, affalé, inspirant un coup après l'autre jusqu'à ce que ma respiration retrouve son rythme normal. Assez longtemps pour que la sueur qui couvre mon corps sèche. Je contemple le balcon pendant un moment, incapable de détourner les yeux. Puis je me lève avec prudence, sans un bruit, et j'enfile mes vêtements ainsi que mes bottes. J'attache mes cheveux avant de les couvrir d'une casquette. June s'agite un peu et je me fige. J'attends qu'elle cesse de bouger pour finir de boutonner ma chemise. Je me dirige vers le balcon. Depuis le coin de la pièce où il est allongé, le chien de June me regarde avec curiosité en inclinant la tête, mais il ne fait pas un bruit. Je le remercie silencieusement. J'ouvre et je sors. La porte vitrée se ferme derrière moi sans le moindre cliquetis.

Je me hisse tant bien que mal sur la rambarde et, perché comme un chat, j'observe le quartier. Ruby fait partie du secteur des gemmes. Il ne ressemble en rien aux endroits où j'ai vécu. Je suis de retour à L.A., mais je ne reconnais pas la ville. Les rues sont propres, impeccables. Les JumboTron sont neufs et brillants. Les trottoirs sont larges, sans nids-de-poule ni fissures. Aucun policier des patrouilles urbaines n'entraîne des orphelins en larmes à l'écart des étals des marchés. Instinctivement, je tourne la tête dans la direction que je pense être celle de Lake. Depuis le balcon, je ne peux pas voir le centre-ville, mais je le sens. Je sens les souvenirs qui m'ont réveillé pour me susurrer de revenir. À mon doigt, l'anneau de trombones tressés semble peser des tonnes. Depuis mon cauchemar, une sombre et terrible sensation rôde à la lisière de mon esprit et je ne parviens pas à m'en défaire. Je saute de l'autre côté de la rambarde et je me laisse glisser vers une saillie. Je descends sans bruit, étage après étage, jusqu'à ce que mes bottes se posent sur le trottoir. Je me fonds dans les ténèbres de la nuit. Ma respiration est hachée.

Même dans le secteur des gemmes, des soldats surveillent les rues, les armes au poing, comme s'ils s'attendaient à une attaque-surprise des Colonies. Je les évite pour ne pas avoir à répondre à leurs questions. J'ai retrouvé mes vieilles habitudes. Je progresse à travers un labyrinthe de ruelles en profitant au mieux de l'obscurité. J'atteins une gare devant laquelle des Jeeps sont alignées en attendant d'éventuels passagers. Je n'y prête pas attention. Je ne suis pas d'humeur à bavarder avec un chauffeur. Il risquerait de me reconnaître et, le lendemain, il y aurait mille rumeurs pour expliquer ce que je faisais dans le coin en pleine nuit. Je me dirige vers la gare et j'attends la première rame automatique. Je monte dans une voiture pour me rendre à Union Station, dans le centre.

Une demi-heure plus tard, je descends du train et je m'éloigne de la gare. Je marche en silence vers la maison de ma mère. Dans les quartiers pauvres, les fissures qui zèbrent le macadam ont un avantage : elles permettent aux fleurs de pousser au hasard. Des taches turquoise et vertes marbrent la route grisâtre. Sans réfléchir, je me penche pour rassembler un bouquet. Ma mère adorait les fleurs.

— Hé, toi ! Hé, gamin !

Je me tourne et il me faut quelques secondes pour repérer la personne qui m'a appelé, car elle est toute petite. C'est une vieille femme qui se tient contre le mur d'une maison aux portes et aux fenêtres condamnées. Elle frissonne dans l'air nocturne. Elle est tellement voûtée qu'on dirait qu'elle est pliée en deux. Son visage est couvert de rides profondes et ses vêtements sont en si piteux état que je serais incapable de dire en quoi ils consistent. Ce n'est qu'un amas de loques. Une tasse fêlée est posée devant ses pieds nus et crasseux. Ce qui attire aussitôt mon attention, ce sont ses mains bandées – comme celles de maman. Quand elle s'aperçoit que je l'observe, une faible lueur d'espoir se met à briller dans ses yeux. M'a-t-elle reconnu ? C'est difficile à dire, car j'ai l'impression qu'elle a un problème de vue.

— T'aurais pas un peu de monnaie, petit ? demande-t-elle d'une voix rauque.

Je fouille mes poches et j'en tire une liasse de billets. Huit cents unités de la République. Il y a moins d'un an, j'aurais pris des risques insensés pour m'emparer d'une telle somme. J'approche, je me penche vers la vieille femme et je glisse l'argent dans sa paume tremblante avant de refermer sa main bandée.

— Ne le montrez pas. N'en parlez à personne.

Je m'éloigne tandis qu'elle me regarde, la bouche bée et les yeux exorbités. Il me semble l'entendre m'appeler, mais je ne me retourne pas. Je n'ai aucune envie de revoir ses pauvres mains.

Quelques minutes plus tard, j'arrive à l'intersection de Watson et de Figueroa. Mon vieux quartier.

La rue n'a guère changé, mais la maison familiale est abandonnée et les ouvertures ont été condamnées avec des planches, comme tant d'autres dans les secteurs pauvres. Et si des squatters s'y étaient installés ? Ils sont peut-être cachés dans la vieille chambre, à moins qu'ils ne dorment sur le sol de la cuisine. Il n'y a pas de lumière à l'intérieur. Je m'approche à pas lents. Je me demande si je ne suis pas encore endormi, si je ne suis pas prisonnier de mon cauchemar. Soudain, j'aperçois une vieille tache de sang sur le chemin de béton craquelé qui conduit à la maison. Une marque brune, à peine visible maintenant. Je la regarde avec détachement, comme si j'ignorais ce qu'elle représente. Puis je la contourne et je poursuis mon chemin. Ma main serre le bouquet de fleurs que j'ai cueillies.

En arrivant devant l'entrée, j'aperçois sur la porte le X rouge et familier malgré les planches pourries clouées en travers. La peinture a pâli et s'est écaillée. Je reste immobile pendant un moment. Je fais glisser un doigt sur le signe presque effacé. Plusieurs minutes s'écoulent avant que je m'arrache à ma contemplation. Je décide de faire le tour de la maison. La moitié de la palissade s'est effondrée et le petit jardin est désormais exposé aux regards des voisins. La porte de derrière est condamnée par des planches, elle aussi, mais elles sont si pourries qu'elles se brisent et tombent en morceaux dès que je tire dessus.

Je force la porte et j'entre. J'enlève ma casquette et mes cheveux retombent sur ma nuque. Maman nous disait toujours qu'on ne se promène pas avec un chapeau sur la tête dans la maison.

Mes yeux s'habituent aux ténèbres et je fais quelques pas. Je pénètre dans le minuscule salon. La maison a été condamnée car c'était la procédure normale, mais personne n'a touché aux meubles. En dehors de l'épaisse couche de poussière, rien n'a changé depuis ma dernière visite. Le portrait de l'ancien Elector est encore accroché au mur du fond, au centre et bien en évidence. La pile de bouts de carton remplit toujours son office sous le pied trop court de la petite table sur laquelle nous mangions. Une chaise est renversée, comme si quelqu'un s'était levé précipitamment. Je me rappelle que c'était John, quand nous nous sommes rués dans la chambre pour chercher Eden avant l'arrivée de la patrouille sanitaire.

La chambre. Mes pieds se tournent vers la porte étroite. Il ne me faut que quelques pas pour l'atteindre. Rien n'a changé, là non plus, à part les nouvelles toiles d'araignées. La plante qu'Eden avait rapportée est toujours dans un coin, mais elle est morte. Les feuilles et la tige sont noires et fanées. Je la regarde pendant un moment, puis je regagne le salon. Je fais le tour de la table avant de m'asseoir sur ma vieille chaise qui proteste en grinçant.

Je pose le bouquet à côté de la lanterne éteinte qui trône au centre de la table. D'habitude, les choses se passaient ainsi : tous les jours, ma mère arrivait vers 18 heures, bien après mon retour de l'école primaire. John ne rentrait jamais avant 21 ou 22 heures. Maman s'efforçait de ne pas allumer la lanterne avant. Eden et moi attendions avec impatience qu'on gratte une allumette pour enflammer la mèche, car cela signifiait que John était là et que nous allions nous mettre à table.

Je ne sais pas pourquoi j'éprouve le vieux sentiment d'excitation et d'anticipation qui montait en moi quand maman sortait de la cuisine pour allumer la lanterne. Je ne sais pas pourquoi une pointe de joie me réchauffe le cœur en pensant que John est rentré et que le dîner est servi. C'est un réflexe stupide, mais mes yeux se tournent vers la porte et l'espoir m'envahit.

Mais la lanterne reste éteinte. John n'entre pas. Maman n'est pas à la maison.

Je pose lourdement mes coudes sur la table et je me cache le visage dans les mains.

—Aidez-moi, murmuré-je à la pièce vide. Je n'y arrive pas. Je veux y arriver. Je l'aime, mais je ne peux pas le supporter. Ça fait presque un an, pourtant. Qu'est-ce qui cloche chez moi ? Pourquoi est-ce que je suis incapable de tourner la page ?

Ma gorge se noue. Les larmes coulent de mes yeux. Je ne fais aucun effort pour les arrêter, car je sais que ce serait peine perdue. Je sanglote. Je ne peux pas m'en empêcher. Je ne peux plus respirer. Je ne vois plus. Je ne vois plus ma famille parce qu'elle n'est plus là. Sans elle, ces meubles ne représentent plus rien. Les fleurs posées sur la table n'ont aucun sens.

La lanterne n'est qu'un vieux morceau de ferraille noirci. Les images de mon cauchemar me tourmentent toujours. Malgré tous mes efforts, elles refusent de s'en aller.

Le temps guérit toutes les blessures, mais pas celle-ci. Pas encore.

# JUNE

JE NE BOUGE PAS, MAIS, À TRAVERS MES YEUX MI-CLOS EMBRUMÉS DE sommeil, je distingue Day qui s'assied à côté de moi, sur le lit, et qui enfouit sa tête dans ses bras. Il respire péniblement. Sept minutes plus tard, il se lève sans un bruit, jette un coup d'œil dans ma direction et disparaît sur le balcon. Il est toujours aussi silencieux. Si je n'avais pas été réveillée par son cauchemar, il n'aurait eu aucun mal à quitter la pièce sans que je m'en aperçoive.

Mais je m'en suis aperçue. Je me lève dès son départ. J'enfile quelques vêtements, mes bottes, et je sors derrière lui. L'air frais me balaie le visage. La lune nimbe la nuit d'une lueur sombre et argentée.

Malgré la détérioration de son état physique, Day n'a rien perdu de sa rapidité. Je parviens à le rattraper près d'Union Station et je le suis dans les rues du centre-ville. Mon cœur bat avec force et régularité, comme si je venais de terminer une séance d'exercices physiques. À ce stade de son parcours, j'ai deviné sa destination. Il se rend à l'endroit où habitait sa famille. À l'intersection de Watson et de Figueroa, il tourne et entre dans une petite maison dont les ouvertures sont obstruées par des planches. Un X rouge délavé s'étale sur la porte.

Le simple fait de me retrouver ici réveille des souvenirs qui me donnent le vertige. Je n'ose imaginer ce que Day peut ressentir. Avec prudence, je me dirige vers les fenêtres condamnées et je tends l'oreille. Je l'entends entrer par la porte de derrière. Il se déplace à l'intérieur. Le bruit de ses pas est discret, étouffé. Il s'arrête dans le salon. Je repère un interstice entre deux planches. Tout d'abord, je ne le vois pas, puis il entre dans mon champ de vision.

Il s'assied à la table du salon, la tête entre les mains. Il fait trop sombre pour que je distingue son visage, mais je l'entends pleurer. Sa silhouette tremble au gré de ses sanglots. Son angoisse est gravée dans chacun des muscles meurtris et minés de son corps. Les échos de son chagrin sont si inhabituels qu'ils me déchirent le cœur. Ce n'est pas la première fois que je le vois pleurer, mais je ne me ferai jamais à ce spectacle. Je porte la main à mon visage et je réalise que des larmes coulent sur mes joues.

C'est ma faute…

Et, parce qu'il m'aime, il ne parviendra jamais à échapper à sa malédiction. Il se souviendra de la mort de ses proches chaque fois qu'il me verra, même s'il est amoureux de moi. Surtout s'il est amoureux de moi.

# DAY

ÉPUISÉ, LES YEUX VITREUX, JE RETOURNE À L'APPARTEMENT DE JUNE juste avant l'aube. Elle est toujours là. Selon toute apparence, elle n'a pas bougé. Je n'essaie même pas de me glisser près d'elle dans le lit. Je m'effondre sur le canapé et je sombre dans un sommeil sans rêves jusqu'au lever du soleil.

June me réveille.

— Hé, souffle-t-elle en me secouant.

À ma grande surprise, elle ne fait aucun commentaire sur mes yeux qui sont sûrement rouges et gonflés. Elle ne semble même pas étonnée de me découvrir sur le sofa plutôt que dans le lit. Je remarque qu'elle a l'air éreintée, elle aussi.

— J'ai… informé Anden de ta décision. Il a dit qu'une équipe médicale viendrait vous chercher, Eden et toi, dans deux heures à ton appartement.

Elle semble reconnaissante, fatiguée, hésitante.

— J'y serai, dis-je en marmonnant.

Mes yeux se perdent dans le vague pendant quelques instants. Je ne peux pas m'en empêcher. Rien ne me parait réel en ce moment. J'ai l'impression de nager dans un océan de brouillard d'où les émotions, les images et les pensées ne parviennent pas à émerger. Je m'oblige à me lever et je me dirige vers la salle de bain. Je déboutonne ma chemise et je m'asperge le visage, la poitrine et les bras. J'ai peur d'apercevoir mon reflet dans la glace. Je ne veux pas voir John en face de moi, avec mon bandeau de condamné à mort sur les yeux. Mes mains tremblent terriblement. La plaie de ma paume s'est rouverte, sans doute parce que je n'arrête pas de serrer les poings sans m'en rendre compte. Est-ce que June m'a vu partir en escapade nocturne? Un souvenir me traverse l'esprit et je frissonne en la revoyant près de la maison de ma mère à la tête d'un détachement de soldats. Puis je me rappelle les paroles du chancelier quant à la situation précaire de June... de Tess... d'Eden... de nous tous.

Je continue de m'asperger le visage et, quand je comprends que cela ne sert à rien, je saute dans la cabine de douche et fais pleuvoir un déluge brûlant. Mais mes sombres pensées refusent de battre en retraite.

Lorsque je sors enfin de la salle de bains, mes cheveux sont encore mouillés et ma chemise est à moitié boutonnée. Je suis pâle comme un mort et je tremble. June m'observe en silence, assise au bord du lit. Elle tient une tasse qui contient un thé violet clair. Je sais qu'il est inutile de vouloir lui cacher quoi que ce soit, mais je tente quand même le coup.

—Je suis prêt, dis-je avec un sourire aussi crédible que possible.

Elle ne mérite pas de voir la douleur que je ressens. Je ne veux pas qu'elle s'en croie responsable. *Car elle n'en est pas responsable,* me dis-je avec colère.

Mais June ne fait aucun commentaire. Elle m'observe de ses grands yeux sombres.

—Je viens de recevoir un appel d'Anden, dit-elle en passant la main dans ses cheveux d'un air gêné. On a découvert des preuves que le commandant Jameson a fourni des secrets militaires aux Colonies. On dirait qu'elle travaille pour l'autre camp maintenant.

Sous mon raz-de-marée émotionnel, une haine profonde se met à enfler. Sans le commandant Jameson, peut-être que tout ce serait bien passé entre June et moi. Peut-être que nos familles seraient toujours vivantes. Je ne sais pas. Je ne le saurai jamais. Et, maintenant, elle est à la solde des Colons alors qu'elle devrait être morte. Je jure dans ma barbe.

—Est-ce qu'il est possible de savoir où elle se trouve exactement ? Si elle est toujours dans la République ?

—Personne ne peut répondre à ces questions. (June secoue la tête.) Anden dit que des agents essaient de voir s'il est possible de retrouver la trace de quelque chose qu'elle avait sur elle, mais il y a longtemps qu'elle a dû se débarrasser de son uniforme de prisonnier et de la balise qui se trouvait dans ses bottes. Elle ne commettrait pas une erreur aussi grossière.

June voit la frustration se peindre sur mon visage et elle esquisse une petite moue compatissante. Nous avons été brisés par la même personne, tous les deux.

—Je comprends ce que tu ressens, dit-elle.

Elle pose sa tasse de thé et serre ma main valide.

Un torrent de souvenirs envahit mon esprit à l'instant où elle me touche. Je grimace avant de pouvoir me retenir. June se fige. Pendant une fraction de seconde, je vois une expression blessée passer sur son visage. Je rattrape mon erreur en l'embrassant aussitôt. J'essaie de me perdre en elle comme je l'ai fait la veille.

Mais je n'ai jamais été un bon comédien, pas quand elle est à proximité, en tous cas. Elle s'écarte d'un pas.

— Je suis désolée, souffle-t-elle.

— C'est rien, réponds-je sur-le-champ.

Je suis en colère contre moi. Pourquoi est-ce qu'il faut toujours que je ravive les vieilles blessures ?

— Ce n'est pas…

— Si, me coupe June. Justement. (Elle fait un effort pour me regarder en face.) Je sais où tu es allé, hier. Je t'ai vu, là-bas… (Sa voix faiblit et une expression coupable se peint sur son visage.) Je suis désolée de t'avoir suivi, mais il fallait que je sache. Il fallait que je sois sûre que je suis responsable de la douleur que je lis dans tes yeux.

Je voudrais la rassurer, lui dire que ce n'est pas sa faute, que je l'aime tant que cela me terrifie. Mais je ne le peux pas. June perçoit mon hésitation et comprend que ses craintes se confirment. Elle se mord les lèvres.

— C'est ma faute, dit-elle sur le ton de la simple logique. Et je ne suis pas sûre de pouvoir mériter ton pardon, un jour. Ce ne serait pas juste.

— Je ne sais pas quoi faire, dis-je.

Mes mains pendent le long de mon corps, impuissantes. De terribles images de notre passé me tourmentent. Malgré tous mes efforts, je suis incapable de les repousser.

Les yeux de June brillent de larmes, mais elle parvient à les retenir. Une seule erreur peut-elle briser une vie entière ?

— Je ne pense pas qu'il y ait de solution, dit-elle enfin.

Je fais un pas vers elle.

— Hé, lui soufflé-je à l'oreille. Tout ira bien.

Je ne suis pas certain que ce soit vrai, mais je ne sais pas quoi dire d'autre.

June sourit pour entrer dans mon jeu, mais ses yeux reflètent mes propres doutes.

Deuxième jour du cessez-le-feu décrété par les Colonies.

L'étage réservé au laboratoire de recherche du Los Angeles Central Hospital est sans doute le dernier endroit au monde où j'ai envie de retourner. Il m'est déjà pénible de voir Tess derrière une paroi de verre avec des perfusions introduisant des produits chimiques dans son sang. Aujourd'hui, je vais m'y rendre avec Eden pour qu'on lui fasse subir le même traitement. Tandis que nous nous préparons à descendre pour prendre dans la Jeep qui attend au pied de l'immeuble, je m'agenouille devant Eden et je redresse ses lunettes. Il me regarde d'un air grave.

— Tu n'es pas obligé de faire ça, lui dis-je.

— Je sais. (Il écarte ma main d'un geste impatient tandis que je retire une peluche sur l'épaule de sa veste.) Tout ira bien. Ils ont dit que ça ne prendrait même pas la journée.

Anden n'a pas pu me garantir que tout se passerait bien. Il s'est contenté de me jurer que toutes les précautions seraient prises. Dans la bouche de l'Elector de la République – même si c'est un Elector à qui je fais confiance faute de mieux –, ces bribes de réconfort ne pèsent pas bien lourd. Je soupire.

— Si tu changes d'avis, à n'importe quel moment, tu me le dis, d'accord ?

—Arrête de t'inquiéter, Daniel, dit Eden en haussant les épaules pour souligner la futilité de mes propos. Tout ira bien. Ça n'a pas l'air si terrible que ça. Et puis tu seras là, au moins.

—Ouais, je serai là, au moins, dis-je sur un ton absent.

Lucy peigne les boucles blondes de mon frère. Encore une scène qui me rappelle ma mère, ma maison. Je ferme les yeux et j'essaie de m'éclaircir les idées. Puis je tends le bras et je tapote Eden sur le bout du nez.

—Plus tôt ils commenceront, plus tôt ils auront fini, dis-je.

Quelques minutes plus tard, je monte dans la Jeep tandis qu'une ambulance conduit Eden au Los Angeles Central Hospital.

Il tiendra le coup, me répété-je en arrivant au troisième étage, celui du laboratoire. Des infirmiers me conduisent à une pièce avec d'épaisses parois de verre. *Et s'il tient le coup, il survivra à cette épreuve.* Malgré ces encouragements, mes mains sont moites. Je serre les poings pour la énième fois dans l'espoir de mettre un terme à leurs tremblements. Une douleur aiguë traverse ma paume blessée. Eden se trouve à l'intérieur de la salle voisine. Ses boucles blondes forment une masse hirsute malgré les efforts de Lucy. Il porte maintenant une fine blouse rouge de patient. Il est pieds nus. Des médecins l'aident à grimper sur un grand lit blanc. L'un d'eux remonte les manches pour prendre sa tension. Eden grimace quand le bandeau en caoutchouc froid entre en contact avec sa peau.

—Du calme, petit, dit l'homme en blanc d'une voix étouffée par le verre épais. Inspire un grand coup.

Eden murmure un « d'accord ». Il parait si frêle au milieu de tous ces adultes. Ses pieds ne touchent même pas le sol. Ils se balancent nonchalamment tandis qu'il regarde à travers la baie vitrée dans l'espoir de m'apercevoir. Je serre et desserre les poings avant de poser les mains contre la paroi.

Le sort de la République tout entière repose sur les épaules de mon jeune frère. Si maman, papa et John étaient là, ils éclateraient sans doute de rire tant cette idée est ridicule.

— Tout ira bien, me rassure le médecin qui se tient près de moi. (Il n'a pourtant pas l'air convaincu.) Aujourd'hui, les examens ne devraient pas être douloureux. Nous allons nous contenter de prélever un peu de sang et de lui donner quelques médicaments. Nous enverrons les échantillons à un laboratoire antarcticien pour qu'ils y soient analysés.

— Et c'est censé me réconforter ? demandé-je sur un ton sec. « Aujourd'hui », les examens ne devraient pas être douloureux ? Et ceux de demain ?

Le médecin lève les mains devant lui.

— Je suis désolé, bafouille-t-il. Je me suis mal exprimé. Votre frère ne souffrira pas, je vous le promets. Certains moments seront désagréables, sans doute, à cause des médicaments, mais nous prenons toutes les précautions possibles. Hum… j'espère que vous ne ferez pas un compte-rendu négatif à notre glorieux Elector.

C'est donc ça qui l'inquiète. Si je ne suis pas satisfait, je vais me précipiter dans les bras d'Anden pour geindre. Je regarde l'homme en plissant les yeux.

— Si je n'ai aucune raison valable de me plaindre, je n'aurai aucune raison d'en parler à l'Elector.

L'homme s'excuse une fois de plus, mais je ne l'écoute plus. Je regarde Eden. Il demande quelque chose à un médecin. Il parle si bas que je ne l'entends pas. Son interlocuteur secoue la tête. Mon frère déglutit avec peine et jette un coup d'œil inquiet dans ma direction avant de fermer les yeux si fort que les muscles des paupières se contractent. Un homme prend une seringue et plante l'aiguille dans une veine. Eden serre les dents, mais il reste silencieux. Une palpitation familière se réveille à la base de ma nuque. Je m'efforce de me calmer. Si mon angoisse déclenche une nouvelle migraine, ça n'aidera pas mon frère.

*Il a choisi de subir ces examens,* me rappelé-je.

Je suis soudain envahi par un sentiment de fierté. Eden a mûri sans que je m'en rende compte. L'enfant a laissé la place à un jeune adolescent, tout d'un coup.

Le médecin retire l'aiguille. La seringue est maintenant remplie de sang. Un autre docteur désinfecte le bras avant de poser un pansement à l'endroit de la piqure. Un troisième dépose une poignée de médicaments dans la main d'Eden.

— Il faut les prendre en même temps, dit-il. (Eden obéit.) C'est un peu amer. Mieux vaut en finir au plus vite.

Eden grimace et hoquète, mais réussit à avaler les pilules avec une gorgée d'eau. Puis il s'allonge sur le lit que les médecins poussent vers une machine pourvue d'une ouverture cylindrique. Je ne me rappelle pas comment elle s'appelle, bien qu'on me l'ait dit il y a moins d'une heure. On glisse mon frère à l'intérieur avec prudence et je n'aperçois bientôt plus que ses pieds nus. Lentement, je décolle mes mains de la vitre. Elles laissent des empreintes sur le verre.

Une minute plus tard, j'entends Eden crier et mon cœur s'arrête. Il doit avoir mal. Je serre les dents si fort que j'ai l'impression que ma mâchoire va se briser.

Au bout d'un moment qui semble durer une éternité, un médecin me fait signe de le rejoindre. J'écarte aussitôt les personnes qui se trouvent sur mon chemin et je me précipite dans la salle d'examen pour voir mon frère. Il est assis au bord du lit blanc. Il sourit en m'entendant approcher.

— Ce n'était pas si terrible, dit-il d'une voix faible.

Je prends ses mains pour les serrer dans les miennes.

— Tu t'en es tiré comme un chef. Je suis fier de toi.

C'est la vérité. Je suis fier de lui comme jamais je n'ai été fier de moi. Je suis fier qu'il m'ait tenu tête et qu'il ait pris sa propre décision.

Un homme me montre un écran. On dirait qu'il affiche un agrandissement des cellules sanguines de mon frère.

— C'est un bon début, dit-il. Nous allons travailler là-dessus et essayer de créer un médicament que nous injecterons à Tess ce soir. Avec un peu de chance, elle survivra cinq ou six jours de plus. Cela nous laissera un peu plus de temps pour approfondir nos recherches.

Il parle d'espoir, mais ses yeux ne sont guère enthousiastes. Cette étrange combinaison me fait froid dans le dos. Je serre les mains d'Eden un peu plus fort.

— Il ne nous reste pas beaucoup de temps, me murmure mon frère quand les médecins s'éloignent pour bavarder entre eux. S'ils ne trouvent pas de remède, qu'est-ce qu'on va faire ?

— Je ne sais pas, avoué-je.

Je n'ai pas très envie de réfléchir à cette question, car elle me rappelle cruellement mon impuissance. Sans remède, il n'y aura pas d'aide militaire antarcticienne. Et, sans aide, nous ne réussirons jamais à battre les Colonies. Et si les Colonies se rendent maîtres du pays... Je me rappelle mon séjour là-bas, je me rappelle la proposition du chancelier. *Les gens sont incapables de penser par eux-mêmes. Ils ne savent pas ce qui est bon pour eux... Ils ont besoin qu'on prenne des décisions à leur place. Mais vous et moi, nous le savons, n'est-ce pas ?*

Je dois trouver un moyen d'entraver la progression des troupes ennemies pendant que les chercheurs travaillent sur un remède. N'importe quoi du moment que ça ralentit les Colonies et laisse aux Antarcticiens l'occasion de changer d'avis et de nous aider.

— Il va falloir qu'on contrattaque, dis-je à Eden en lui ébouriffant les cheveux. Qu'on lutte de toutes nos forces. C'est toujours comme ça que ça se passe, hein ?

— Pourquoi la République ne gagnerait-elle pas la guerre ? demande Eden. Je croyais que notre armée était la plus forte du monde. C'est bien la première fois que j'espère que c'est vrai.

Sa naïveté m'arrache un sourire triste.

— Les Colonies ont des alliés, lui dis-je. Pas nous.

Comment lui expliquer la situation ? Comment lui faire comprendre à quel point je me sens impuissant ? Je reste là comme un pantin brisé pendant qu'Anden conduit son armée à une bataille qu'elle ne peut pas remporter.

— Les Colonies sont plus fortes que nous et nous n'avons pas assez de soldats pour faire face à la situation.

Eden soupire. Ses petites épaules s'affaissent légèrement et j'étouffe un sanglot. Je ferme les yeux et j'essaie de me calmer. J'aurais honte de pleurer devant mon frère.

— Dommage que tous les habitants de la République ne soient pas des soldats, marmonne Eden.

J'ouvre les yeux. *« Dommage que tous les habitants de la République ne soient pas des soldats. »*

Et, soudain, je sais ce qu'il faut faire. Je sais comment je dois réagir au chantage du chancelier. Je sais comment ralentir la progression des troupes ennemies. Je meurs. Il ne me reste pas beaucoup de temps. Mon esprit se désagrège peu à peu, tout comme mon corps. Mais je suis encore assez fort pour faire quelque chose. Il me reste assez de temps pour accomplir une dernière tâche.

— Et si tous les habitants de la République devenaient des soldats ? demandé-je à voix basse.

# JUNE

J'AI L'IMPRESSION QUE LA NUIT DERNIÈRE N'ÉTAIT QU'UN RÊVE. JUSQUE dans les moindres détails. La matinée, en revanche, n'est que trop réelle. Le mouvement de recul de Day lorsque j'ai effleuré son bras m'a cruellement rappelé à la réalité. Le souvenir de ce geste me brise encore le cœur quand je quitte mon appartement pour me diriger vers l'endroit où une Jeep m'attend. Une journée au Sénat. J'essaie en vain de chasser Day de mes pensées, mais c'est impossible. La réunion avec les sénateurs me semble sans importance. Les Colonies vont peu à peu envahir le pays avec l'appui de leur puissant allié. L'Antarctique refuse de nous apporter son aide. Le commandant Jameson s'est échappé. Et je vais rester assise et parler politique alors que je pourrais – que je devrais – être sur le terrain pour faire ce qu'on m'a appris à faire. Que vais-je pouvoir dire à ces hommes politiques ? Vont-ils seulement m'écouter ?

Qu'allons-nous faire ?

Non. Je dois me concentrer. Je dois soutenir Anden quand il essaiera, une fois encore, de négocier avec le chancelier des Colonies, les présidents des firmes et les généraux ennemis. Même si nous savons lui et moi que cela ne mènera nulle part. La seule chose qui fera évoluer la situation, c'est un remède à l'épidémie. Et ce n'est même pas sûr que cela suffise à retenir les Colonies. Nous n'avons pas le choix. Il faut essayer. Peut-être qu'Anden acceptera le plan des Patriotes, surtout s'il apprend à quel point Day y est impliqué.

Cette pensée me remet en mémoire les voluptueux événements de la nuit dernière. Mes joues s'empourprent et ce n'est pas à cause de la douce chaleur de Los Angeles. *Ce n'est pas le moment,* me morigéné-je en m'efforçant d'oublier les dernières heures. Je regarde autour de moi. À cette heure-là, les rues de Lake devraient être animées, mais elles sont étrangement désertes, comme si une tempête approchait. Je trouve cette comparaison assez appropriée.

Un frisson désagréable remonte le long de mon dos. Je me fige, puis je fronce les sourcils. Qu'est-ce que c'est que cela ? Les rues sont toujours désertes, mais ma peau se couvre de chair de poule sous le coup d'une étrange prémonition. Quelqu'un m'observe. Je me dis aussitôt que je suis ridicule. Je continue à marcher, mais je sens mes mâchoires se contracter et je pose la main sur la crosse de mon pistolet. Day m'a dit qu'il avait parlé avec le chancelier des Colonies et il m'a conseillé d'être prudente. Peut-être que mon imagination me joue des tours, que je deviens paranoïaque. Mais la prudence n'a jamais nui à personne. Je m'appuie contre le bâtiment le plus proche pour assurer mes arrières et j'appelle Anden. Plus tôt la Jeep arrivera, mieux ce sera.

C'est à ce moment que je la vois. Je coupe aussitôt la communication.

Son déguisement est remarquable. Elle porte un uniforme usé qu'on donne généralement aux nouvelles recrues, ce qui lui permet de passer inaperçue. Sa casquette est rabattue sur son visage et seules quelques mèches rousses s'en échappent. Mais, malgré la distance, je reconnais ses traits durs et froids.

Le commandant Jameson.

Je détourne les yeux et fais mine de chercher quelque chose dans ma poche. Mon cœur bat à tout rompre. Elle est là. Elle est à Los Angeles. Cela signifie qu'elle a réussi à fuir Denver et à passer entre les mailles du filet de la République. Sa présence est-elle le fruit du hasard ? Je n'y crois pas un instant. M'attend-elle ? Les Colonies ! Elle ne doit pas être la seule à me surveiller. Mes mains tremblent tandis qu'elle passe sur le trottoir d'en face. Elle ne semble pas m'avoir remarquée, mais je sais que ce n'est pas vrai. La rue est déserte, elle ne peut pas ne pas m'avoir vue. Surtout que je ne porte aucun déguisement.

Lorsqu'elle est enfin de dos, je croise les bras et j'incline la tête vers le sol avant d'appeler Anden de nouveau.

— Elle est là, je la vois ! Le commandant Jameson est à Los Angeles.

Ma voix est si basse et si étouffée qu'Anden a du mal à comprendre.

— Vous la voyez ? demande-t-il sur un ton incrédule. Elle est dans la même rue que vous ?

— Oui, murmuré-je. (Je continue à surveiller le commandant Jameson qui poursuit son chemin.) Notre rencontre n'est sans doute pas fortuite. Peut-être qu'elle cherche la Jeep qui m'attend, peut-être qu'elle essaie de vous repérer.

La silhouette de Jameson s'éloigne encore et je ressens l'irrésistible envie de la prendre en filature. Pour la première fois depuis des mois, mes talents d'agent se rappellent à mon bon souvenir. J'oublie tout ce que j'ai appris en politique. Je suis sur le terrain de nouveau, prête à passer à l'action. Jameson tourne à une intersection et je me lance aussitôt à ses trousses. Où va-t-elle donc ?

— Elle est au croisement de Lake et de Colorado, soufflé-je dans mon micro. Elle se dirige vers le nord. Rassemblez des hommes, mais faites en sorte qu'elle ne les remarque pas. Je veux savoir où elle se rend.

Je coupe la communication avant qu'Anden ait le temps de répondre.

Je longe les bâtiments en prenant soin de rester dans l'ombre autant que possible. Pour gagner quelques secondes, j'emprunte une ruelle qui mène vers la rue que Jameson a dû emprunter. Au lieu de regarder au coin d'un immeuble, au risque de me faire repérer, je reste cachée dans le passage étroit et j'évalue le temps qui s'est écoulé depuis que j'ai perdu le commandant de vue. Si elle a gardé le même rythme et si elle n'a pas changé de direction, elle aurait dû passer au bout de la ruelle il y a trente secondes. Prudemment, je me penche pour jeter un coup d'œil dans la rue. Il semblerait qu'elle ait été plus rapide que je le pensais, car j'aperçois sa silhouette qui s'éloigne d'un pas pressé. Je remarque également qu'elle parle dans son micro.

Je voudrais tant que Day soit avec moi. Il saurait tout de suite quel est le meilleur chemin à prendre dans le labyrinthe des rues. Pendant une seconde, j'envisage de l'appeler, mais je renonce à cette idée : venir ici l'épuiserait.

Je continue à suivre Jameson. Je la file sur quatre pâtés de maisons et je la vois s'engager dans une avenue de Ruby qui longe partiellement Batalla. Dans le prolongement de la rue, j'aperçois plusieurs aéroports militaires en forme de pyramides géantes. Jameson tourne de nouveau. J'accélère pour ne pas la perdre mais, lorsque j'arrive à l'intersection, elle a disparu. Peut-être a-t-elle senti qu'on la suivait. Après tout, elle a beaucoup plus d'expérience que moi en matière de filature. Je lève la tête vers les toits.

La voix d'Anden grésille dans mon oreillette.

— Nous l'avons perdue, confirme-t-il. J'ai ordonné que tous les soldats des environs se mettent discrètement en alerte. Ils vont la chercher et ils nous alerteront s'ils la voient. Elle n'a pas pu aller bien loin.

— Sans doute, dis-je.

Mais je sens mes épaules se voûter. Elle s'est volatilisée sans laisser de traces. À qui parlait-elle dans son micro ? Je scrute la rue en essayant de comprendre ce qu'elle est venue y faire. Effectuait-elle une reconnaissance ? Cette idée me met mal à l'aise.

— Je rentre, soufflé-je enfin dans mon micro.

Si mes craintes sont fondées, il est possible que nous ayons à…

Une détonation, un éclair aveuglant, un sifflement… Je tressaille et, obéissant à mon instinct, je me jette derrière une benne à ordure.

*Qu'est-ce que c'était que ça ?*

*Une balle!* Je lève la tête pour regarder le mur où elle s'est écrasée. Un petit bout de brique manque. Quelqu'un a essayé de m'abattre. Si je suis encore en vie, c'est parce que j'ai soudain fait demi-tour pour regagner l'avenue. J'appelle aussitôt Anden. Les battements de mon cœur résonnent dans mes oreilles comme des coups de canon, m'empêchant de réfléchir avec calme, favorisant le sentiment de panique. Un nouveau projectile ricoche sur la benne. Il n'y a plus aucun doute possible : quelqu'un en veut à ma vie.

Je coupe mon micro. D'où le commandant tire-t-elle ? Est-elle seule ? Est-elle accompagnée d'agents des Colonies, ou de traitres à la République ? Je l'ignore. Je n'entends rien et je ne vois rien.

La voix de Metias résonne dans mon esprit affolé.

*Du calme, Puceron. Seule la logique peut te sauver. Concentre-toi. Réfléchis. Agis.*

Je ferme les yeux et j'inspire un grand coup en frissonnant. Pendant une seconde, je gèle mon esprit pour n'écouter que la voix de mon frère. Ce n'est pas le moment de céder à la panique. Je n'ai jamais laissé les émotions me désarçonner, je ne vais pas commencer aujourd'hui. *Fais fonctionner ta cervelle, June. Ne reste pas là comme une idiote.* Après le traumatisme de la disparition de Metias, après des mois et des mois au cœur de la vie politique du pays, après des jours de guerre et de mort, j'en viens à soupçonner tout et tout le monde. Voilà comment les Colonies risquent de nous broyer… Pas grâce à leurs armes ou à leurs alliés, mais grâce à leur propagande. En insufflant la peur et le désespoir dans nos esprits.

Mon sentiment de panique reflue. Mon sens logique se réveille.

Je dégaine mon arme et je fais un grand mouvement, comme si je me préparais à m'élancer à découvert – ce que je me garde bien de faire. Mon stratagème pousse mon mystérieux adversaire à ouvrir le feu de nouveau. « Clac ! » La balle ricoche sur le mur de brique contre lequel je m'appuie. J'examine l'impact et j'en déduis la position probable du tireur. Il n'est pas sur les toits, car l'angle n'est pas assez important. Au troisième ou quatrième étage, sans doute. Pas dans l'immeuble qui se trouve en face, dans celui qui est à droite. Je scrute les fenêtres. Plusieurs sont ouvertes. Je songe à tirer au hasard, mais je me dis que je risque de toucher un innocent. Je continue donc à regarder le bâtiment. Il semblerait qu'il s'agisse d'un centre radio ou d'une caserne. Il est proche des pyramides et je ne serais pas étonnée qu'il serve de poste d'observation du trafic aérien.

Jameson préparerait donc quelque chose en rapport avec les aéroports ? Les Colonies auraient-elles l'intention de lancer une attaque-surprise ?

Je branche mon micro.

—Anden, murmuré-je après avoir composé son numéro. Tirez-moi d'ici. Servez-vous de la balise de mon arme pour me localiser.

Je n'ai pas le temps de finir mon message. Une nouvelle balle siffle au-dessus de ma tête. Je tressaille et je me glisse sous la benne en fermant les yeux. Je les ouvre de nouveau et je croise le regard du commandant Jameson

Elle tend aussitôt les mains pour me saisir les poignets.

Je roule dans la rue avant qu'elle y parvienne. Je me redresse et je me retourne en levant mon arme. Jameson a quitté sa cachette, elle aussi. Elle pointe son pistolet sur moi et je remarque qu'elle ne vise pas un point mortel. *Pourquoi ?* Cette question me traverse l'esprit comme un éclair. *Parce que les Colonies veulent me capturer vivante. Parce qu'elles ont besoin de moi comme monnaie d'échange.*

Jameson tire. Je roule à terre et le projectile passe à moins de trois centimètres de ma jambe. Je me relève et je lève mon arme de nouveau. Je presse la détente. Je rate ma cible d'un cheveu. Jameson s'abrite derrière la benne à ordure. J'essaie d'appeler Anden. La communication aboutit alors que je fais demi-tour pour m'enfuir.

— Anden ! hoqueté-je dans mon micro. Tirez-moi d'ici !

— Nous sommes en chemin, lance Anden.

Je cours aussi vite que possible et je m'abrite au coin de la première intersection. J'entends une nouvelle détonation, la dernière. Une Jeep surgit alors et s'arrête à quelques mètres de moi dans un crissement de pneus. Deux soldats jaillissent du véhicule et se placent devant moi pour me protéger. Deux autres s'engagent dans la rue et courent vers la benne à ordure. Je sais déjà qu'il est trop tard. Jameson s'est enfuie. Tout se termine aussi soudainement que cela a commencé. Les militaires m'aident à monter dans la Jeep et je m'effondre sur un siège tandis que le chauffeur démarre. Je suis agitée de tremblements incontrôlables.

— Vous allez bien ? demande un soldat.

Sa voix me parvient de très loin. Je ne pense qu'au but de ce guet-apens. Jameson savait quel chemin j'allais emprunter.

Elle m'a tendu un piège dans l'espoir de me capturer. Sa présence à proximité des bases aériennes n'est pas une coïncidence. Elle renseigne les Colonies sur les mouvements de troupes et la position des bâtiments stratégiques de Los Angeles. Il y a sûrement d'autres espions qui se cachent parmi nous. Jameson est recherchée et elle ne pourrait pas se déplacer sans le soutien d'un réseau. Compte tenu de son expérience et de sa connaissance des lieux, elle est sans doute capable d'échapper à une chasse à l'homme jusqu'à l'arrivée des troupes des Colonies. *Jusqu'à l'arrivée des troupes des Colonies.* L'ennemi a choisi sa prochaine cible. Ce sera Los Angeles.

La voix d'Anden résonne dans mon oreillette.

— Je suis en route, dit-il sur un ton précipité. Vous allez bien ? La Jeep va vous conduire directement à Batalla Hall et je vais vous affecter des gardes...

— Elle renseigne l'ennemi sur nos forces aériennes, le coupé-je dans un souffle. (Ma voix tremble.) Les Colonies s'apprêtent à attaquer Los Angeles.

# DAY

Je suis assis près d'Eden lorsque je reçois un message m'informant de ce qui est arrivé à June. Après une matinée d'examens, mon frère s'est enfin endormi. Dehors, les nuages couvrent la ville qui offre un spectacle morne. Tant mieux. Je ne saurais pas comment me sentir si la journée était chaude et ensoleillée. Pas après avoir entendu les derniers exploits du commandant Jameson, pas après avoir appris qu'elle avait tiré sur June en pleine rue. Non, la grisaille convient mieux à mon humeur.

Pendant que j'attends avec impatience que June arrive à l'hôpital, j'observe Tess à travers la paroi de verre de sa chambre. Elle est entourée par une équipe de médecins qui surveillent ses fonctions vitales. J'ai l'impression de voir une nuée de vautours dans un de ces bons vieux documentaires animaliers. Je secoue la tête. Je ne suis pas juste envers ces gens. Tout à l'heure, ils m'ont donné une combinaison et ils m'ont laissé entrer dans la chambre. Je me suis approché de Tess et je lui ai pris la main. Elle était inconsciente, bien entendu, mais ses doigts ont serré les miens. Elle sait que je suis près d'elle. Elle sait que j'attends sa guérison.

L'équipe médicale semble lui injecter le produit tiré de solutions extraites des cellules sanguines d'Eden. Je me demande bien ce qui va se passer ensuite. Les médecins ont le visage caché par des masques aux visières miroitantes. Ils ressemblent à des extra-terrestres. Tess a les yeux fermés. Sa peau a une vilaine teinte jaunâtre.

*Elle a attrapé le virus que les Colonies ont répandu,* dois-je me rappeler. *Non, le virus que la République a répandu.* Satanée mémoire.

Pascao, Baxter et les autres Patriotes ont reçu l'autorisation de rester à l'hôpital. Ou diable pourraient-ils aller, de toute manière ? Les minutes s'égrènent avec lenteur et Pascao vient s'asseoir à côté de moi. Il se frotte les mains.

— Elle tient le coup, marmonne-t-il alors que ses yeux s'attardent sur Tess. Mais on a signalé plusieurs cas de contamination en ville. Surtout des réfugiés. Tu as vu les dernières nouvelles sur les JumboTron ?

Je secoue la tête. Mes mâchoires se contractent sous le coup de la rage. Quand est-ce que June va arriver ? Il y a un quart d'heure, on m'a dit qu'elle était en route.

— Je n'ai pas bougé, dis-je. Je suis resté auprès de mon frère et de Tess.

Pascao soupire et se frotte le visage. Il prend soin de ne pas me parler de June. Je devrais m'excuser d'être d'une humeur massacrante, mais je suis tellement en colère que je m'en fiche.

— Trois zones de quarantaines ont été délimitées en centre-ville. Si tu as toujours l'intention d'accomplir ton petit numéro, il va falloir qu'on parte avant demain.

— Ce sera bien suffisant. Si les rumeurs que nous ont répétées June et l'Elector sont vraies, ce sera notre dernière chance.

À l'idée de voir Los Angeles mis en quarantaine, je suis envahi par un sentiment de nostalgie désagréable et angoissant. Tout va de travers et je suis épuisé. J'en ai assez de m'inquiéter à propos de tout. De ne pas savoir si les gens qui me sont chers passeront la nuit ou la journée... Pourtant, je ne parviens pas à dormir. Les mots qu'Eden m'a dits ce matin résonnent dans ma tête. *« Et si tous les habitants de la République devenaient des soldats ? »* Mes doigts caressent l'anneau de trombones tressés. Si June avait été blessée, je me demande si mes derniers fragments de raison n'auraient pas volé en éclats. J'ai l'impression d'être suspendu dans le vide, accroché à un fil trop fragile. Je suppose que la comparaison n'est pas mauvaise. Ma migraine me harcèle depuis ce matin et je m'habitue aux palpitations douloureuses qui irradient mon crâne en continu. *Encore quelques mois,* me dis-je. *Encore quelques mois, comme les docteurs l'ont dit, et peut-être que les médicaments auront été assez efficaces pour permettre une intervention chirurgicale. Tu dois tenir le coup.*

Comme je reste silencieux, Pascao tourne ses yeux pâles vers moi.

— Ça va être dangereux, ton histoire, dit-il. (Il parle en choisissant ses mots avec soin.) Des civils vont y laisser leur peau, c'est inévitable.

— Je ne pense pas qu'il y ait une autre solution, répliqué-je en le regardant. Ce pays est peut-être tordu, mais c'est leur patrie. Nous devons les convaincre de réagir.

Des cris retentissent dans le couloir voisin. Pascao et moi nous interrompons pour écouter. Pour un peu, je jurerai que c'est la voix de l'Elector. C'est bizarre. Je ne suis pas vraiment un grand admirateur d'Anden, mais je dois reconnaître que je ne l'ai jamais vu perdre son sang-froid.

Les portes du corridor s'ouvrent à toute volée et les cris redoublent d'intensité. Anden surgit en compagnie de sa garde habituelle. June marche juste derrière lui. June. Une vague de soulagement m'inonde. Je me lève d'un bond pour l'accueillir. Son visage s'illumine quand elle me voit me précipiter vers elle. Je n'ai pas le temps de prononcer un mot.

— Je vais bien, dit-elle en me faisant signe de m'écarter.

Elle a parlé d'une voix impatiente, comme si elle avait passé la journée à répéter la même chose.

— Il était inutile de me conduire ici. Rien ne justifie…

Je me fiche de savoir si rien ne justifie sa présence à l'hôpital. Je lui coupe la parole en la serrant dans mes bras. J'ai soudain l'impression qu'un poids énorme vient de se soulever de ma poitrine et la colère m'envahit.

— Je croyais que vous étiez l'Elector ! crié-je à Anden. Le fameux Elector de la République ! Et vous n'êtes même pas capable d'empêcher que votre satané princeps elect se fasse assassiner en pleine rue par une prisonnière que vous n'avez pas été foutu de garder en prison ? C'est qui, les gardes qui vous assurent votre protection ? Des cadets de première année ?

Anden me lance un regard glacé et menaçant, mais, à ma grande surprise, il reste silencieux. Je m'écarte de June et je prends son visage dans mes mains.

— Tu vas bien ? demandé-je sur un ton inquiet. Tu es sûre que tu vas bien ?

June hausse un sourcil, puis me donne un rapide baiser pour me rassurer.

—Oui, je suis sûre que je vais bien.

Elle jette un coup d'œil à Anden, mais celui-ci s'adresse à un soldat.

—Trouvez-moi les hommes qui devaient aller chercher le princeps elect, aboie-t-il.

Il a les traits hagards et furieux. Des cernes sombres s'étalent sous ses yeux.

—Si la chance n'avait pas été de notre côté, Jameson aurait tué mademoiselle Iparis. J'ai bien envie de les faire condamner pour trahison. Ce n'est pas la place qui manque, devant le peloton d'exécution !

Le garde salue d'un geste sec et s'éloigne en courant avec plusieurs de ses camarades. Je sens ma colère refluer et un frisson me traverse tandis que je regarde le jeune Elector furieux. J'ai l'impression de contempler son père.

Il se tourne vers moi.

—L'équipe médicale m'a dit que votre frère avait subi les examens avec courage, dit-il d'une voix plus calme. Je tenais à vous remercier de nouveau pour…

—N'en faites pas trop, le coupé-je en haussant un sourcil. L'affaire n'est pas terminée.

Dans quelques jours, quand Eden sera encore plus épuisé par les tests, je ne suis pas sûr d'être aussi aimable. Je baisse la voix et je m'efforce de poursuivre sur un ton plus poli. Je réussis presque.

—Pourrions-nous parler en privé, Elector ? J'ai quelques idées à vous soumettre. Maintenant que nous avons repéré le commandant Jameson, nous avons peut-être une chance de causer quelques problèmes aux Colonies. Vous, moi, June et les Patriotes.

À ces mots, les yeux de l'Elector s'assombrissent, ses lèvres se contractent et ses sourcils se froncent d'un air indécis pendant qu'il examine les personnes présentes devant lui. L'éternel et immense sourire de Pascao ne semble guère améliorer son humeur. Au bout de quelques secondes, il adresse cependant un hochement de tête à ses gardes.

—Trouvez-nous une salle de réunion, dit-il. Et coupez les caméras.

Les soldats s'éloignent en courant. Anden se met en marche et nous le suivons. J'échange un long regard avec June. *Elle va bien. Elle n'est pas blessée.* Pourtant, j'ai peur de la voir disparaître si je commets l'imprudence de tourner la tête une seule seconde. Je me force à ne pas la mitrailler de questions à propos de ce qui s'est passé. Je patienterai jusqu'à ce que nous soyons dans la salle de réunion. À son expression, je remarque qu'elle attend le bon moment, elle aussi. Mes mains meurent d'envie de prendre les siennes. Je me retiens une fois encore. On dirait que notre petite danse l'un autour de l'autre est destinée à se répéter jusqu'à la fin des temps.

—Alors, dit Anden une fois que nous sommes tous assis et que les caméras de surveillance sont désactivées. (Il se laisse aller contre le dossier de sa chaise et me lance un regard pénétrant.) Peut-être devrions-nous commencer par ce qui est arrivé à notre princeps elect ce matin.

June lève la tête, mais ses mains sont agitées de petits tremblements.

— J'ai vu le commandant Jameson dans le secteur de Ruby. Je pense qu'elle était là afin de faire des repérages, mais elle devait également savoir que j'allais emprunter ce chemin. (Je suis émerveillé par le calme de sa voix.) Je l'ai suivie pendant un moment, jusqu'à l'avenue qui dessert les bases aériennes à la frontière de Ruby et de Batalla. C'est alors qu'elle m'a attaquée.

Ce résumé suffit à me mettre hors de moi. Anden soupire et se passe la main dans les cheveux.

— Nous pensons que le commandant Jameson a fourni aux Colonies des informations sur la localisation et les plannings des bases aériennes de Los Angeles. Nous pensons également qu'elle a essayé d'enlever mademoiselle Iparis afin de pouvoir négocier sa libération.

— Est-ce que ça signifie que les Colonies vont attaquer Los Angeles ? demande Pascao. (Je devine la réflexion qui va suivre.) Mais… ça voudrait dire que c'est vrai, que Denver est tombée…

Il se tait en observant l'expression d'Anden.

— Nous avons entendu des rumeurs, dit l'Elector. Il paraîtrait que les Colonies disposent d'une bombe capable de raser une cité tout entière. La seule chose qui les empêche de l'utiliser, c'est une interdiction internationale. Le chancelier n'a aucune envie de pousser l'Antarctique à intervenir dans ce conflit, n'est-ce pas ? (Depuis quand Anden est-il aussi sarcastique ?) Quoi qu'il en soit, si les Colons lancent une offensive maintenant, nous aurons du mal à trouver un remède et à le présenter à l'Antarctique avant qu'elles nous écrasent. Nous sommes en mesure de nous défendre contre les Colonies. Nous sommes incapables de résister aux Colonies *et* à l'Afrique.

J'hésite, puis je me décide à formuler les pensées qui me tournent dans la tête depuis un certain temps.

— J'ai parlé à Eden ce matin, pendant les examens médicaux, dis-je. Il m'a donné une idée.

— Laquelle ? demande June.

Je la regarde. Elle est plus belle que jamais, mais elle commence à ressentir la pression de l'attaque des Colonies et ses épaules sont légèrement voûtées. Je tourne la tête vers Anden.

— Rendons-nous, dis-je.

Il ne s'attendait pas à ça.

— Vous voulez que je hisse le drapeau blanc devant les Colonies ?

— Oui, rendez-vous. (Je baisse la voix.) Hier après-midi, le chancelier m'a fait une proposition. Il m'a dit que si je parvenais à convaincre les habitants du pays de soutenir les Colonies et de s'opposer à nos soldats, il garantissait ma protection et celle d'Eden une fois la République vaincue. Imaginons que vous décidez de vous rendre et que, au même moment, je demande à rencontrer le chancelier pour répondre à son offre, pour lui annoncer que nos concitoyens vont soutenir les Colonies et le nouveau gouvernement. Vous aurez alors une chance de prendre les Colonies par surprise. D'ailleurs, le chancelier est sans doute convaincu que vous allez déposer les armes d'un jour à l'autre.

— Les lois internationales interdisent à un État de feindre la reddition, marmonne June en m'observant avec attention.

(Je devine qu'elle n'est pas tout à fait contre mon idée.) Je ne sais pas si les Antarcticiens apprécieront beaucoup ce genre de méthode, et le but de toute cette opération est bien de les amener à nous aider, non ?

Je secoue la tête.

— Ça ne les a pas trop dérangés que les Colonies rompent le cessez-le-feu pour nous attaquer sans avertissement, il me semble.

Je me tourne vers Anden. Celui-ci me regarde avec attention, le menton posé sur une main.

— Maintenant, nous allons leur rendre la monnaie de leur pièce, d'accord ?

— Qu'avez-vous l'intention de faire quand vous rencontrerez le chancelier ? demande Anden. Une fausse reddition ne fera pas illusion très longtemps. Il nous faudra passer à l'action à un moment ou à un autre.

Je me penche vers lui.

— Vous savez ce qu'Eden m'a dit, ce matin ? dis-je d'une voix pressante. Il m'a dit que c'était dommage que tous les habitants de la République ne soient pas des soldats. C'est vrai, mais ils peuvent le devenir. (Anden reste silencieux.) Autorisez-moi à peindre des symboles dans chaque secteur de la ville, des messages qui montreront aux gens qu'ils ne doivent pas baisser les bras et laisser les Colons prendre leurs maisons. Quelque chose qui leur dira d'attendre mon signal et qui leur rappellera ce pour quoi nous luttons. Et, quand le chancelier m'ordonnera de faire mon petit discours, je leur demanderai de se battre contre l'envahisseur.

— Et s'ils ne répondent pas à ton appel ? intervient June.

Je lui adresse un sourire en coin.

— Il faut avoir la foi, mon amour. Le peuple est fou de moi.

Elle ne peut s'empêcher de sourire à son tour.

Je me tourne vers Anden. Mon visage a repris une expression sérieuse.

— Les gens aiment la République plus que vous le croyez. Plus que moi-même je le croyais. Vous savez le nombre de réfugiés que j'ai vus chanter des hymnes patriotiques à Los Angeles ? Vous savez combien j'ai vu de graffiti appelant à vous soutenir, vous et le pays, au cours des derniers mois ? (La passion gagne ma voix.) Le peuple croit en vous. Il croit en nous. Et ils se battront pour nous si nous le leur demandons. Les gens déchireront les drapeaux des Colonies, protesteront devant leurs ambassades et piègeront leurs propres maisons pour qu'elles ne tombent pas aux mains de l'ennemi. (Je plisse les yeux.) Ils deviendront mes clones. Des millions de Day.

Anden et moi nous regardons. Puis l'Elector sourit.

— Bien, me dit June. Pendant que tu t'affaires à devenir le pire criminel des Colonies, les Patriotes et moi t'aiderons à semer le chaos. Nous allons faire monter la sauce au niveau national. Si l'Antarctique proteste, la République n'aura qu'à dire que les troubles sont l'œuvre d'éléments incontrôlés. Puisque les Colonies aiment les coups bas, elles vont être servies.

# JUNE

**17.00**
**Batalla Hall.**
**20 °C.**

JE HAIS LES RÉUNIONS AU SÉNAT. JE LES HAIS DU PLUS PROFOND DE mon cœur. Ce n'est qu'une interminable succession de querelles de politiciens et de personnes influentes, des gens qui parlent à longueur de temps et que je dois écouter alors que je pourrais me rendre utile dans les rues. Je me sentirais bien mieux dans ma tête et dans mon corps si je faisais un travail d'agent de terrain. Mais Anden, Day et moi avons établi un plan et nous n'avons pas d'autre choix que d'en informer le Sénat. Je suis assise dans une vaste salle circulaire de Batalla Hall, juste en face d'Anden qui se trouve au bout de la pièce. Il essaie d'ignorer les regards intimidants des sénateurs. J'ai rarement l'occasion de me sentir aussi impuissante qu'un enfant en dehors des réunions du Sénat.

Anden prend la parole devant un auditoire agité.

— Les attaques contre nos bases de Las Vegas se sont intensifiées depuis la chute de Denver, déclare-t-il. Nous avons reçu des rapports signalant des bataillons africains approchant la ville. Je m'y rendrai demain afin de m'entretenir avec les généraux qui défendent la cité…

Il marque un temps d'hésitation. Je retiens mon souffle. Je sais à quel point Anden déteste l'idée d'avouer une défaite, surtout contre les Colonies. Il tourne la tête vers moi – sa manière de me faire comprendre qu'il sollicite mon aide. Il est tellement fatigué. Nous le sommes tous.

—Mademoiselle Iparis, dit-il. S'il vous plaît. Je vous cède la parole afin que vous racontiez ce qui vous est arrivé et que vous donniez votre avis.

J'inspire un grand coup. S'adresser au Sénat. C'est la seule chose que je déteste plus qu'assister aux réunions du Sénat. D'autant plus qu'aujourd'hui, je vais être obligée de convaincre les sénateurs de mes mensonges.

—Je suppose que tout le monde a appris que le commandant Jameson travaille sans doute pour les Colonies. D'après les informations dont nous disposons, nous pensons que les Colons vont bientôt lancer une attaque-surprise contre Los Angeles. Si nous ne nous trompons pas, et si les attaques contre Las Vegas se poursuivent, nous ne pourrons pas résister longtemps. Après nous être entretenus avec Day et les Patriotes, nous pensons qu'il n'y a qu'un seul moyen de protéger les civils et de négocier un traité de paix honorable. Il faut que nous annoncions notre reddition aux Colonies.

Un silence abasourdi s'abat dans la salle. Puis mille conversations éclatent. Serge est le premier à élever la voix pour défier Anden.

— Avec tout le respect que je vous dois, Elector, lance-t-il en tremblant de colère, ce sujet n'a pas été abordé avec les autres princeps elects.

— Je n'ai pas eu l'occasion de vous en parler avant cette réunion, réplique Anden. Mademoiselle Iparis a obtenu ces informations parce qu'elle a eu la malchance d'être la victime d'une tentative d'enlèvement.

Même Mariana, qui a l'habitude de soutenir l'Elector, s'insurge contre une possible reddition.

— Ces négociations seraient dangereuses, dit-elle. (Elle parle au moins d'une voix posée.) Si votre objectif est d'épargner des vies, je vous suggère, à vous et à mademoiselle Iparis, de reconsidérer la question. Ce n'est pas en livrant le peuple aux Colonies que nous le protègerons.

Les autres sénateurs ne font pas montre de la même retenue.

— Nous rendre ? Alors que nous avons tenu les Colonies en échec pendant presque cent ans ?

— Il est impossible que nous soyons affaiblis à ce point ! Quel progrès les Colons ont-ils fait, en dehors de s'emparer de Denver ?

— Elector, vous auriez dû aborder ce sujet avec nous, même au milieu d'une crise !

On dirait que chacun essaie de parler plus fort que son voisin et la salle est bientôt remplie de cris de colère, d'insultes et de remarques incrédules. Certains crachent leur haine de Day, d'autres invectivent les Colonies ou supplient Anden de revenir sur sa décision, de solliciter une aide internationale, de demander aux

Nations Unies la réouverture de nos frontières. Rien d'autre que du bruit.

— C'est inacceptable ! aboie un sénateur.

Il est plutôt mince, à peine plus de soixante kilos, et son crâne chauve brille. Il me regarde comme si j'étais responsable de tous les malheurs du pays.

— Nous n'allons quand même pas obéir aux décisions de cette gamine ? Et de Day ? Vous plaisantez ! Nous allons capituler sur les conseils d'un jeune voyou qui devrait encore être inscrit sur la liste des criminels de ce pays ?

Anden plisse les yeux.

— Je vous prie de faire attention à la manière dont vous parlez de Day, sénateur, avant que les habitants de ce pays ne vous fassent comprendre qu'ils ne partagent pas votre avis.

Le sénateur ricane et se dresse dans l'espoir de paraître plus grand.

— Elector ! lance-t-il sur un ton ampoulé et méprisant. *Vous* êtes le chef de la République Américaine. Vous dirigez tout le pays et vous voilà otage des suggestions d'une personne qui a essayé de vous tuer !

Je sens la colère monter en moi. Je baisse la tête pour ne pas avoir à regarder le sénateur.

— Si vous voulez mon opinion, *monsieur*, poursuit-il, vous devez faire quelque chose avant que votre gouvernement, avant que votre *peuple*, vous considère comme un pleutre, un faible, un lâche qui négocie en catimini et qui se plie aux demandes d'une gamine, d'un criminel et d'un ramassis de terroristes. Votre père n'aurait...

Anden se lève d'un bond et sa main frappe la table avec violence. Le silence tombe aussitôt.

— Sénateur, dit Anden à voix basse. (L'insolent essaie de le toiser, mais il est beaucoup moins convaincant que quelques secondes plus tôt.) Vous avez raison sur un point. En tant que fils de mon père, je suis l'Elector de la République. Je suis la loi. Selon les décisions que je prends, des gens vivront et d'autres mourront.

J'examine le visage d'Anden avec une inquiétude croissante. Sa personnalité douce et affable disparaît peu à peu derrière le voile de ténèbres et de violence hérité de son père.

— Vous feriez bien de vous souvenir de ce qui est arrivé aux sénateurs qui ont voulu m'assassiner.

Le silence est tel que j'ai l'impression d'entendre les gouttes de sueur rouler sur les visages des sénateurs. Même Mariana et Serge sont livides. Au milieu de ce troupeau apeuré, Anden se dresse, les traits déformés par la colère, les mâchoires serrées. Ses yeux ressemblent au ciel avant la tempête. Il se tourne vers moi. Un terrible frisson électrique me traverse de part en part, mais je soutiens son regard. Dans la salle, personne d'autre que moi n'est prêt à accomplir un tel exploit.

Notre reddition est une ruse que les sénateurs doivent ignorer, mais je me demande ce qu'Anden leur dira lorsque cette histoire sera terminée.

Peut-être que la question ne se posera jamais. Peut-être que nous ne serons plus que la province d'un autre pays. Peut-être qu'Anden et moi serons morts.

À cet instant, devant un Sénat divisé et un Elector qui s'efforce de maintenir son unité, le chemin que je dois suivre m'apparait soudain. Je n'ai rien à faire ici. Je ne fais pas partie de ces gens. Cette prise de conscience me frappe avec tant de violence que j'ai du mal à respirer.

Anden et les sénateurs échangent quelques paroles tendues et l'affaire est réglée. Nous quittons la salle en file indienne. L'atmosphère est lourde. J'aperçois Anden – son uniforme rouge sombre se repère facilement au milieu des tenues noires des sénateurs – dans le hall et je l'entraîne à l'écart.

— Ils finiront par comprendre, dis-je pour lui offrir un peu de réconfort dans cet océan d'hostilité. Ils n'ont pas le choix.

Anden paraît se détendre, même si ce n'est qu'une seconde. Mon bref encouragement suffit à dissiper sa colère.

— Je sais, dit-il. Mais je ne veux pas que ce choix leur soit imposé. J'aimerais qu'ils me soutiennent de leur plein gré. (Il soupire.) Pourrions-nous nous entretenir en privé ? Je souhaiterais vous parler de quelque chose.

J'observe son visage en essayant de deviner ce qu'il veut me dire. Je suis inquiète. Je hoche la tête.

— Mon appartement n'est pas très loin.

Nous nous dirigeons vers sa Jeep. Nous ne disons pas un mot pendant le trajet. Nous arrivons devant mon immeuble, dans le secteur de Ruby. Nous montons par l'escalier et nous entrons dans mon appartement, en silence. Ollie nous accueille avec son enthousiasme habituel. Je ferme la porte.

La colère d'Anden s'est évanouie depuis longtemps. Il regarde autour de lui avec une expression inquiète, puis il se tourne vers moi.

—Puis-je m'asseoir?

—Je vous en prie, dis-je en m'installant à la grande table.

L'Elector Primo demande l'autorisation de s'asseoir?

Anden s'installe à côté de moi avec la grâce dont il ne se départit jamais, puis il se masse les tempes d'un air las.

—J'ai de bonnes nouvelles, dit-il. (Il essaie de sourire, mais le cœur n'y est pas.) J'ai passé un marché avec l'Antarctique.

Je déglutis avec peine.

—Et?

—Il a accepté d'intervenir militairement. Un soutien aérien, pour commencer. Des troupes arriveront lorsque nous aurons fourni la preuve que nous possédons un remède contre le virus. Il a également accepté de soigner Day. (Il évite mon regard.) Tout cela en échange du Dakota. Je n'avais pas le choix. Je leur donne notre plus grande province.

Une joie et un soulagement sans borne m'envahissent et, simultanément, mon cœur se serre en songeant à la terrible décision qu'Anden a dû prendre. Il a été obligé de céder une partie de notre pays. D'abandonner ce que nous avons de plus précieux. D'abandonner ce que chaque individu a de plus précieux. Un fragment de notre nation. C'était inévitable. Il faut savoir faire des sacrifices pour gagner.

—Merci, dis-je.

—Ne me remerciez pas encore. (Il esquisse un sourire ironique qui se transforme en grimace.) Notre destin ne tient qu'à un fil. Je ne sais pas s'ils interviendront à temps. Aux dernières nouvelles du front, nos troupes cédaient du terrain à Las Vegas. Si notre fausse reddition n'a pas l'effet escompté, si nous ne découvrons pas un remède dans les plus brefs délais, la guerre sera terminée avant que nous apercevions les premiers avions antarcticiens.

— Vous pensez que les Colonies cesseront les hostilités si nous trouvons un remède ? demandé-je.

Anden secoue la tête.

— Notre champ de manœuvre est limité, dit-il, mais nous devons tenir le coup jusqu'à l'arrivée de l'aide promise. (Il reste silencieux pendant un moment.) Je me rendrai sur le front, à Las Vegas, demain. Nos troupes en ont besoin.

Au cœur de la bataille. J'essaie de conserver mon calme.

— Est-ce que vos princeps elects vous accompagneront ? Et vos sénateurs ?

— Je serai en seule compagnie de mes généraux. Vous ne viendrez pas. Pas plus que Serge et Mariana. Il faut que quelqu'un tienne les rênes à Los Angeles.

Voilà ce dont il voulait me parler. Un vertige me saisit à la pensée de ce qui va suivre.

Anden se penche sur la table et ses doigts gantés s'entrecroisent.

— Il faut que quelqu'un tienne les rênes à Los Angeles, répète-t-il. Ce qui signifie qu'un princeps elect va me remplacer. Il lui faudra régenter les sénateurs, les tenir en laisse en attendant mon retour. C'est moi qui vais choisir cette personne, bien entendu, et le Sénat confirmera ma décision. (Un petit sourire triste se dessine sur ses lèvres, comme s'il connaissait déjà ma réponse.) Je me suis entretenu avec Mariana et Serge à ce sujet. Ils meurent tous les deux d'envie de prendre ma place. La question est de savoir s'il en va de même pour vous.

Je tourne la tête et je regarde par une fenêtre. La perspective de jouer le rôle d'Elector de la République devrait m'exciter au plus haut point, même si mes chances sont minces comparées à celles de Mariana et de Serge. Pourtant, je ne ressens rien.

Anden m'observe.

—Dites-moi ce que vous en pensez, dit-il au bout d'un moment. Je me rends compte que cette décision est importante et je sens bien que vous n'êtes pas à l'aise depuis quelque temps. (Il me regarde droit dans les yeux.) Dites-moi la vérité, June. Avez-vous vraiment envie d'être princeps elect ?

Un étrange sentiment de vide m'envahit. Je réfléchis à cette question depuis longtemps. À mon manque d'intérêt pour la politique de la République, aux chamailleries incessantes du Sénat, aux affrontements entre sénateurs et princeps elects. Je pensais qu'il me serait difficile de tout avouer à Anden mais, maintenant qu'il est là, qu'il attend ma réponse, les mots sortent facilement de ma bouche.

—Anden, vous savez à quel point j'ai été honorée d'être nommée princeps elect mais, au fil des mois, je me suis rendu compte qu'il me manquait quelque chose. Je sais désormais ce que c'est. Vous allez prendre la tête de vos armées pour combattre nos ennemis pendant que Day et les Patriotes livreront une guérilla. L'action me manque. Mon travail d'agent me manque, ainsi que le fait de ne pouvoir compter que sur moi. Je regrette le temps où je faisais des choix simples, sans me soucier de leurs possibles incidences politiques, où je savais d'instinct quels étaient le chemin et les décisions à prendre. Je… regrette de ne plus faire le métier pour lequel mon frère m'a entraînée. (Je soutiens son regard.) Je suis désolée, Anden, mais je ne suis pas sûre d'être faite pour la politique. Je suis un soldat. Je ne pense pas que ce soit une bonne idée d'envisager ma candidature pour vous remplacer pendant votre absence. Et je ne suis pas sûre que ce soit une bonne idée de rester votre princeps elect.

Eden étudie mon regard.

—Je vois, dit-il.

Il semble partager mon avis malgré la pointe de tristesse que je sens dans sa voix. S'il y a une chose qu'Anden se souvient mieux que tout le monde, Day y compris, c'est de mon histoire.

Et puis je distingue une lueur dans ses yeux. Une lueur de jalousie. Il envie ma liberté de renoncer à la politique pour me consacrer à une autre carrière. Lui est prisonnier de son rôle d'Elector. Il est celui sur lequel la République a besoin de s'appuyer. Il ne pourrait jamais renoncer à ses responsabilités sans se sentir coupable.

Il s'éclaircit la voix.

—Que voulez-vous faire ?

—Je veux être affectée à une unité qui travaille dans les rues. (Je suis tellement sûre de mon choix que je ne tiens plus en place à l'idée de redevenir un agent.) Envoyez-moi sur le terrain. Laissez-moi me battre. (Je baisse la voix.)

Si nous perdons la guerre, ces histoires de princeps elects n'auront plus la moindre importance, de toute façon.

— Bien sûr.

Anden hoche la tête et regarde la pièce d'un air indécis. Derrière son apparente indifférence, je distingue l'enfant-roi qui s'efforce de ne pas se laisser aller à ses émotions. Ses yeux s'arrêtent alors sur un manteau froissé au pied du lit.

Le manteau de Day que je n'ai pas pris la peine de ranger.

Anden le contemple un long moment avant de tourner la tête. Je n'ai pas besoin de lui dire que Day a passé la nuit ici. Son expression m'apprend qu'il l'a compris. Je rougis. Je suis assez douée quand il s'agit de dissimuler mes émotions, mais, à cet instant, je suis gênée. La chaleur du corps de Day, les caresses de ses mains écartant les cheveux de mon visage, le contact de ses lèvres sur mon cou… J'ai peur que tout cela se lise dans mes yeux.

— Bien, dit Anden après un long silence. (Il m'adresse un petit sourire triste et se lève.) Vous êtes bel et bien un soldat, mademoiselle Iparis, mais ce fut un honneur que de vous avoir comme princeps elect. (Il s'incline vers moi.) Quoi qu'il puisse arriver, je vous demande de ne pas l'oublier.

— Anden, murmuré-je. (Je revois son expression sombre et furieuse devant les sénateurs.) Quand vous serez à Las Vegas, promettez-moi de rester vous-même, d'accord ? De ne pas devenir une personne que vous n'êtes pas.

Ma démission et le manteau de Day ne l'ont peut-être pas surpris, mais ma demande le prend au dépourvu. Il cligne des yeux, confus. Puis il comprend et secoue la tête.

— Je dois partir. Je dois mener mes soldats au combat, comme mon père.

— Ce n'est pas ce que je voulais dire, dis-je avec prudence.

Il cherche ses mots avant de reprendre la parole.

— Tout le monde sait que mon père était un homme cruel, qu'il a commis de nombreuses atrocités. L'Examen, les épidémies…

Anden s'interrompt. Ses yeux verts deviennent lointains tandis qu'il se remémore des souvenirs d'un homme que peu de gens ont connu.

— Mais il s'est battu avec ses troupes. Vous êtes sans doute une des rares personnes à comprendre ce que cela signifie. Il n'est pas resté tapi au Sénat en envoyant les soldats de la République à la mort. Quand il était jeune et qu'il a instauré la loi martiale pour tirer ce pays du chaos, il était dans les rues, à la tête de ses unités. Il est monté au front, il a abattu des chasseurs des Colonies. (Anden fait une pause pour me jeter un rapide coup d'œil.) Je n'essaie pas de défendre tout ce qu'il a fait, mais au moins, ce n'était pas un lâche. Il s'est attiré la loyauté de l'armée à travers ses actions, même s'il se montrait impitoyable… Moi aussi, je veux remonter le moral de nos soldats et je ne peux pas le faire en restant terrer à Los Angeles. Je suis…

— Vous n'êtes pas votre père, dis-je en soutenant son regard. Vous êtes Anden. Vous n'êtes pas obligé de suivre ses traces. Vous devez trouver votre propre chemin. Vous êtes l'Elector maintenant. Vous n'avez pas à lui ressembler.

Je songe à ma loyauté envers l'ancien Elector, aux images le montrant lancer des ordres depuis le cockpit de son chasseur ou conduire une unité de chars dans les rues. Il était toujours en première ligne. Ce n'était pas un lâche. Je regarde Anden et je découvre la même résolution dans ses yeux. Il a besoin de s'affirmer comme le chef respecté de ce pays. Quand son père était jeune, il était peut-être comme son fils : idéaliste, plein d'espoirs, de rêves et de nobles intentions, brave et déterminé. Pourquoi a-t-il changé ? Comment a-t-il transformé cette nation en sombre cauchemar ? Quel chemin a-t-il choisi de suivre ? Pendant une fraction de seconde, j'ai l'impression de comprendre le raisonnement qui a mené à la création de l'ancienne République. Et je sais que le nouvel Elector ne commettra pas les mêmes erreurs que son père.

Anden me regarde comme s'il entendait les mots que je ne prononce pas… Et, pour la première fois depuis des mois, ses yeux s'éclaircissent enfin. Ils se vident des sombres nuages qui provoquent ses terribles colères.

Libéré de l'ombre de son père, il est très beau.

— Je ferai de mon mieux, souffle-t-il.

# DAY

**Deuxième nuit du cessez-le-feu des Colonies.**

BON, INUTILE DE RENTRER CHEZ SOI, CE SOIR. PASCAO ET MOI ALLONS courir à travers toute la ville pour tracer des symboles sur les portes et sur les murs, pour sensibiliser les gens à notre cause. Autant le faire à partir d'un point central, comme l'hôpital. En outre, j'ai besoin de rester avec Eden pendant un moment. On lui a prélevé du sang tout au long de la soirée et il n'a pas très bien réagi. Il a vomi deux fois depuis mon arrivée. Pendant qu'une infirmière sort de sa chambre un seau à la main, je remplis un verre d'eau pour Eden. Il boit avec empressement.

—Alors ? demande-t-il d'une voix faible. Tu sais s'ils ont trouvé quelque chose ?

—Rien encore, dis-je en reprenant le verre vide et en le posant sur le plateau. J'y retournerai dans un moment. Pour voir ce qu'ils font. Ils ont intérêt à ce que ça vaille le coup.

Eden soupire et ferme les yeux avant de se laisser aller contre la montagne d'oreillers qui se trouve derrière lui.

—Je vais bien, souffle-t-il. Et ta copine, Tess ? Comment elle va ?

Tess. Elle n'a pas encore repris connaissance et je regrette presque le temps où elle était capable de repousser les infirmiers. Je déglutis péniblement et je m'efforce de remplacer l'image de Tess faible et malade par l'image de Tess douce et souriante, la Tess que je connais depuis des années.

— Elle dort. Les toubibs ont dit qu'elle avait toujours la fièvre.

Eden grince des dents et tourne la tête vers le moniteur qui affiche son rythme cardiaque et d'autres informations.

— Ça a l'air d'être une chouette fille, dit-il au bout d'un moment. D'après ce que j'ai entendu.

Je souris.

— C'en est une. Quand toute cette histoire sera terminée, peut-être que vous pourrez trainer un peu ensemble, tous les deux. Je suis sûr que vous vous entendrez bien.

*À condition qu'on s'en sorte,* ajouté-je mentalement.

Je me dépêche de chasser cette pensée. Je commence à en avoir ras le bol. Chaque jour, c'est un peu plus dur de faire front.

Notre conversation s'achève là, mais Eden continue à me serrer la main. Ses yeux se ferment. Au bout d'un moment, sa respiration devient plus régulière et plus lente. Ses doigts s'entrouvrent et sa main retombe sur le lit. Je remonte la couverture jusqu'à son menton et je l'observe quelques instants avant de me lever. Au moins, il dort paisiblement. Ce n'est pas mon cas. Au cours des deux derniers jours, des cauchemars horribles m'ont réveillé toutes les heures et, chaque fois, il me faut faire un tour pour me calmer et espérer me rendormir. Ma migraine ne me quitte pas. Elle est devenue une compagne omniprésente, fantomatique, qui me rappelle sans cesse que l'issue fatale se rapproche inexorablement.

J'ouvre la porte de la chambre et je sors en faisant le moins de bruit possible. Le couloir est désert, à l'exception de quelques infirmiers ici et là. Et de Pascao. Il m'attend, assis sur un banc. Quand il m'aperçoit, il se lève et m'adresse un petit sourire.

— Les autres sont en position, dit-il. Nous avons une vingtaine de courriers qui sont déjà en train de tracer des symboles dans les différents secteurs. Je crois qu'il est temps qu'on les rejoigne.

Nous nous mettons en marche.

— Tu te sens prêt à réveiller l'élan patriotique des foules ? lui demandé-je en plaisantant à moitié.

— Je suis tellement excité que ça me démange.

Pascao pousse une double porte à l'extrémité du couloir. Nous traversons une grande salle d'attente avant de pénétrer dans une aile de l'hôpital désaffectée. Il fait noir et Pascao allume la lumière. Mes yeux se posent immédiatement sur des formes allongées sur un lit. Il s'agit de deux combinaisons sombres bordées de gris. Elles sont rangées avec soin sur une pile de couvertures stériles. Des objets ressemblant à de petits pistolets sont posés à côté. Je tourne la tête vers Pascao qui glisse les mains dans ses poches.

— Jette un coup d'œil au matériel, dit-il à voix basse. Cet après-midi, pendant que j'échangeais des idées avec Baxter et quelques soldats de la République, on a apporté ces tenues pour les courriers. Elles devraient nous être utiles, surtout à toi. June a dit qu'elle s'en servait pour se déplacer rapidement et discrètement à travers la ville, avec un lanceur pneumatique. (Il prend une combinaison et me la jette.) Essaie celle-là.

Je contemple les habits en fronçant les sourcils. Ils semblent normaux, mais je décide d'accorder le bénéfice du doute à Pascao. Celui-ci glisse sa tenue sur son épaule et me donne un petit coup de poing dans le bras en passant près de moi.

— Je vais me changer à côté. Avec ça, dit-il, on n'aura aucun mal à couvrir Los Angeles avant le lever du soleil.

Je commence à lui faire remarquer qu'entre mes migraines et mon traitement, je ne serai sans doute pas en état de le suivre jusqu'à la fin de l'opération, mais il sort avant que j'aie le temps de finir. Je me retrouve seul et j'examine la combinaison une fois de plus.

Je l'enfile. Elle est d'une légèreté étonnante et elle moule mon corps à la perfection des pieds jusqu'au cou. Je l'ajuste à hauteur des genoux et des coudes. À ma grande surprise, j'ai l'impression que mes jambes et mes bras sont plus forts que d'habitude. Beaucoup plus forts. Je fais un petit bond. Le vêtement absorbe une bonne partie de la secousse à l'atterrissage. Je saute par-dessus le lit sans effort. Je plie un bras, puis l'autre. J'ai l'impression de pouvoir soulever des poids que j'étais incapable de bouger depuis des mois. Un frisson d'exaltation me traverse.

Avec cette tenue, je peux courir.

Pascao frappe à la porte et entre. Il a enfilé sa combinaison.

— Comment tu te sens là-dedans, mon joli ? demande-t-il en me regardant. Ça te va comme un gant.

— Qu'est-ce que c'est que ces trucs ? dis-je en testant mes nouvelles capacités physiques.

— À ton avis ? La République a conçu ces tenues pour aider ses soldats à accomplir des missions très pénibles. Elles sont munies de micromoteurs spéciaux aux articulations : coudes, genoux et tout le reste. En bref, elles te transforment en roi de l'acrobatie.

J'ai du mal à y croire. Mais, en écoutant les explications de Pascao, je sens de légères tensions et contractions à hauteur des coudes ainsi que l'élan impulsé à mes genoux chaque fois que je les plie.

— C'est super agréable, dis-je. (Pascao m'observe avec une lueur approbatrice dans les yeux.) J'ai l'impression de pouvoir escalader des immeubles de nouveau.

— Voilà ce que j'avais pensé faire, dit Pascao à voix basse. (Son expression enjouée disparaît.) Si les Colonies font atterrir leurs appareils à Los Angeles quand l'Elector annoncera la reddition de la République, nous pourrons planquer des troupes à proximité afin de lancer une attaque-surprise. Nous aurons alors une chance d'infliger de gros dégâts à leur flotte avant que leurs généraux comprennent ce qui se passe. Je vais prendre le commandement des Patriotes et d'unités de la République. Nous allons également piéger des points d'ancrage pour faire sauter les dirigeables qui y seront amarrés.

— Ça me semble un bon plan.

Je plie un bras avec prudence. Je suis émerveillé par la puissance que me procure la combinaison. Mon cœur bat avec force dans ma poitrine. Si cette opération n'est pas menée comme il faut, si le chancelier comprend ce qui se trame, la République perdra l'avantage que lui confère sa fausse reddition. Nous n'aurons pas droit à une seconde chance.

Nous ouvrons la baie vitrée de la pièce pour sortir sur le balcon. L'air frais de la nuit me donne un coup de fouet et fait disparaître une partie du stress et du chagrin accumulés au cours des derniers jours. Avec cette combinaison, je me sens redevenir moi-même. Je lève la tête vers les immeubles.

— Est-ce qu'on ne devrait pas essayer ces machins? demandé-je à Pascao en brandissant mon lanceur pneumatique.

Pascao esquisse un petit sourire et me tendant une bombe de peinture rouge vif.

— Tu m'ôtes les mots de la bouche, dit-il en enjambant la rambarde.

Je descends le premier étage si vite que je manque de perdre l'équilibre, mais, en arrivant au niveau du sol, je ne suis pas fatigué. Pascao et moi nous séparons pour couvrir différents secteurs de la ville. Tandis que je parcours les miens, je ne peux retenir un sourire. Je suis libre de nouveau. Je peux savourer le goût du vent et toucher le ciel. À cet instant, j'oublie mes problèmes. Je me fonds dans la rouille et les débris de la cité. Je suis dans mon élément.

Je remonte les sombres ruelles de Tanagashi et j'arrive à proximité de bâtiments importants, des immeubles devant lesquels des milliers de personnes passent chaque jour. Je sors ma bombe de peinture et j'écris le message suivant :

**ÉCOUTEZ-MOI.**

En dessous, je dessine un symbole que tout le monde reconnaitra : un trait rouge sur le contour d'un visage.

Je laisse des messages sur tous les endroits qui me semblent importants. Une fois que j'en ai terminé, je gagne le quartier suivant en utilisant le lanceur pneumatique et je recommence la même opération. Plusieurs heures après, mes cheveux sont trempés de sueur et mes muscles sont douloureux. Je rejoins le Central Hospital. Pascao m'attend au pied du bâtiment. Un voile de transpiration couvre son visage. Il m'adresse un salut moqueur.

— Une petite course jusqu'en haut ? demande-t-il avec un sourire.

Je ne réponds pas. Je commence à escalader la façade et Pascao me suit. Je distingue à peine sa silhouette dans l'obscurité : une forme indéfinie qui bondit d'un étage à l'autre avec l'aisance d'un courrier né. J'essaie de ne pas me laisser distancer. Je grimpe un niveau, puis un deuxième.

Nous atteignons le balcon de la pièce où les tenues étaient entreposées, au troisième étage. Je suis essoufflé et mon cœur bat à tout rompre, mais j'ai été presque aussi rapide que Pascao.

Nous nous appuyons sur la rambarde, épuisés.

— La vache ! marmonné-je. Pourquoi est-ce que je n'avais pas ce gadget sous la main quand j'étais au sommet de ma forme ? J'aurais pu terrasser la République à moi tout seul. Sans même transpirer.

Les dents de Pascao brillent dans la nuit tandis qu'il observe la ville.

— C'est peut-être une bonne chose que tu aies fait sans, dit-il. Sinon, nous n'aurions plus de pays à sauver.

Je savoure la caresse des vents nocturnes.

— En vaut-il seulement la peine ? demandé-je au bout d'un moment. Est-ce que tu es vraiment prêt à sacrifier ta vie pour un État qui a fait si peu pour toi ?

Pascao reste silencieux, puis il lève un bras et pointe le doigt vers l'horizon. Je plisse les yeux pour essayer de voir ce qu'il veut me montrer.

— J'ai grandi dans le secteur de Winter, dit-il. Deux de mes sœurs ont échoué à l'Examen. Quand ç'a été mon tour, j'ai failli le rater moi aussi. J'ai trébuché et je me suis étalé pendant un exercice de saut. Tu ne trouves pas ça ironique ? Enfin bref, un soldat m'a vu tomber. Je n'oublierai jamais son regard. Lorsque je me suis rendu compte qu'il était le seul témoin de ma chute, je l'ai supplié de ne rien dire. Il était sacrément ennuyé, mais il ne m'a pas signalé. Quand je lui ai soufflé merci, il m'a dit qu'il se souvenait de mes deux sœurs. Et il a ajouté : « Je trouve que deux morts, ça suffit pour ta famille. » (Pascao se tait pendant un moment.) J'ai toujours détesté la République pour ce qu'elle faisait aux gens qui m'étaient chers, à nous tous, mais, parfois, je me demande ce qui est arrivé à ce soldat. J'imagine sa vie, les personnes qu'il aimait… Je me demande s'il est encore vivant. Qui sait ? Peut-être qu'il a déjà rejoint l'autre monde. (Il hausse les épaules à cette pensée.) Si je change d'avis, si je décide de laisser la République se débrouiller et que tout se casse la gueule, je suppose que je pourrai toujours émigrer. J'irai vivre ailleurs, à l'abri du gouvernement. (Il tourne la tête vers moi.) Je ne sais pas trop pourquoi je suis de son côté aujourd'hui. Peut-être qu'il me reste un soupçon de foi.

Pascao essaie d'approfondir ses explications, comme s'il était frustré parce qu'il se sent incapable d'exprimer ses pensées avec clarté. Mais j'ai très bien compris. Je secoue la tête et j'observe le secteur de Lake. Je me souviens du frère de June.

— C'est la même chose pour moi, dis-je.

Au bout d'un moment, nous rentrons. Je me débarrasse de la combinaison et j'enfile mes vêtements. Le plan est censé se mettre en branle quand Anden annoncera la reddition de la République. Ensuite, il faudra improviser. Nul ne sait comment la situation évoluera.

Pascao s'en va dormir un peu. Je remonte le couloir vers la chambre d'Eden. Je me demande si le laboratoire d'analyses a communiqué de nouveaux résultats. Je vois alors un groupe de médecins rassemblés devant la porte de la chambre de mon frère. Aurais-je eu une prémonition ? Les hommes en blanc parlent à voix basse. Le sentiment de sérénité que j'ai éprouvé au cours de cette nuit trop courte s'estompe.

— Qu'est-ce qui se passe ? demandé-je.

Je vois à leurs yeux qu'ils sont tendus. Un étau comprime ma poitrine.

— Qu'est-ce qui est arrivé ?

Un médecin m'observe derrière la visière en plastique d'un masque.

— Nous venons de recevoir des données envoyées par le laboratoire antarcticien. Nous pensons qu'il a réussi à synthétiser quelque chose à partir du sang de votre frère.

Quelque chose qui ressemble à un remède. Ça fonctionne, dans une certaine mesure.

Un remède. Une vague d'énergie déferle en moi et le soulagement me fait tourner la tête. Je ne peux retenir un sourire.

— Est-ce que vous en avez informé l'Elector ? Est-ce que c'est efficace ? Peut-on commencer à soigner Tess ?

L'homme m'interrompt.

— J'ai dit que ça ressemblait à un remède, Day.

— Qu'est-ce que vous voulez dire ?

— Eden a développé une immunité par rapport au virus original, mais l'équipe antarcticienne a confirmé que nous avons affaire à une version mutante, à moins qu'il ait combiné son génome avec celui d'un autre virus à un moment donné. Les lymphocytes T de votre frère ont la propriété de s'adapter à ce mutant plus agressif. Un des remèdes expérimentaux que nous avons développés semble avoir un effet partiel sur...

— Vous pourriez être plus clair ? dis-je sur un ton impatient.

L'homme me foudroie du regard, comme si je risquais de le contaminer avec ma mauvaise humeur.

— Il nous manque quelque chose d'important, reprend-il avec un soupir indigné. Il nous manque un élément.

— Comment ça, il vous manque quelque chose ? Qu'est-ce qui vous manque ?

— À un certain moment, le virus original, créé par la République, a muté pour donner naissance au virus responsable de l'épidémie actuelle. Il s'est combiné à un autre virus. Il nous manque donc des éléments. Nous pensons que la mutation a pu avoir lieu dans les Colonies il y a un certain temps. Plusieurs mois, peut-être.

Mon cœur se serre tandis que je comprends ce que cet homme essaie de me dire.

— Et le remède actuel est donc inefficace ?

— Le problème n'est pas qu'il soit inefficace. Le problème, c'est que nous ne savons pas si nous pourrons l'améliorer. Eden n'est pas le patient zéro de ce nouveau virus. (L'homme soupire de nouveau.) À moins de trouver la personne qui a servi d'hôte pendant la mutation, je ne suis pas certain que nous puissions développer un remède.

# JUNE

Je suis réveillée par la sirène qui retentit dans l'immeuble. Elle annonce une attaque aérienne. Pendant une fraction de seconde, j'imagine que je suis à Denver, assise en compagnie de Day dans un petit café éclairé par des lanternes. Un mélange de neige et de pluie tombe à l'extérieur pendant qu'il me raconte qu'il va mourir. Puis nous nous retrouvons dans une rue plongée dans le chaos. Des alarmes hurlent autour de nous. Nous nous tenons par la main. Terrifiés, nous courons à la recherche d'un abri.

Petit à petit, la réalité de ma chambre s'impose à moi. La sirène retentit toujours. Mon cœur cogne fort ma poitrine. Je saute hors de mon lit, je prends le temps de rassurer Ollie qui gémit et je me tourne pour allumer le moniteur de la pièce. Le vacarme des haut-parleurs se mêle au concert des sirènes. Des avertissements d'un rouge agressif défilent au bas de l'écran.

Abritez-vous.

Je parcours les messages qui s'affichent.

Des appareils ennemis approchent de la périphérie de Los Angeles.

Tous les soldats doivent se présenter au quartier général de leur secteur.

L'Elector Primo fera bientôt un communiqué de crise.

Les militaires avaient estimé que les Colonies ne frapperaient pas Los Angeles avant trois jours. On dirait que l'ennemi a pris un peu d'avance et qu'il a décidé de rompre le cessez-le-feu. Cela signifie qu'il va falloir déclencher notre plan plus tôt que prévu. Je porte les mains à mes oreilles pour me protéger du bruit et je sors sur le balcon pour observer l'horizon. Les premières lueurs pointent à peine et le ciel nuageux ne me laisse pas voir grand-chose, mais je distingue des points qui s'alignent au-dessus des montagnes de la Californie. Aucun doute n'est possible. Je hoquète de surprise.

Des dirigeables. Des dirigeables africains ou des Colonies, je suis trop loin pour les identifier, mais je suis certaine qu'il ne s'agit pas d'appareils de la République. À en juger par leur position et leur vitesse, ils survoleront le centre de Los Angeles dans moins d'une heure. Je branche mon micro et je me précipite vers une armoire pour prendre quelques vêtements. Si Anden se prépare à faire une déclaration – sans doute l'annonce de notre reddition –, je dois rejoindre Day et les Patriotes aussi rapidement que possible. Il faudra agir vite si nous ne voulons pas que cette fausse capitulation se transforme en vraie.

— Où êtes-vous, les gars ? crié-je dès que j'ai Day en ligne.

— À l'hôpital. Je suis dans la chambre d'Eden. Tu as vu les appareils ennemis ?

Il parle d'une voix aussi tendue que la mienne. J'entends l'écho des sirènes dans mon oreillette. Je jette un coup d'œil en direction de l'horizon pendant que je lace mes bottes.

— Oui. Je suis chez moi. Je te rejoins aussi vite que possible

— Surveille le ciel. Fais attention à toi. (Il hésite pendant un bref moment.) Et dépêche-toi. Nous avons un problème.

Il interrompt la communication et je quitte l'appartement avec Ollie. Nous filons comme le vent.

Nous atteignons la Bank Tower et nous gagnons l'étage du laboratoire de recherche du Central Hospital. Quand j'arrive dans le couloir, les sirènes se sont arrêtées. L'électricité a dû être coupée. Seuls les bâtiments importants, comme la Bank Tower, sont encore alimentés et un sinistre voile sombre s'est abattu sur la ville. Los Angeles est submergée par les ombres de l'aube humide. Au bout du couloir, des moniteurs affichent l'estrade déserte sur laquelle Anden va bientôt monter pour s'adresser à la nation en direct. Ollie refuse de s'éloigner de moi. Il halète, inquiet. Je tends le bras et je lui tapote la tête. Il me remercie en me léchant la main.

Je retrouve Day et les autres dans la chambre d'Eden au moment où l'Elector apparaît sur les écrans. Eden a l'air fatigué et à demi conscient. Il a encore une perfusion au bras, mais je n'aperçois pas d'autre tube ou fil autour de lui. Près du lit, un médecin prend des notes sur sa tablette.

Day et Pascao portent des combinaisons que l'ancienne République fournissait à ses soldats pour accomplir des missions épuisantes. J'en portais une identique lorsque j'ai décidé de faire sortir Day de Batalla Hall, quand j'ai passé une nuit entière à fouiller les toits des immeubles à la recherche de Kaede. Day et Pascao parlent à un membre de l'équipe médicale. Si j'en juge à leurs mines, on ne leur donne pas d'informations encourageantes. Je voudrais leur demander ce qui se passe, mais Anden monte sur l'estrade et mes mots s'enfuient tandis que nous nous tournons tous vers l'écran de la chambre. Je n'entends plus que notre respiration et le bourdonnement oppressant des appareils ennemis qui approchent.

Anden semble calme. Un an seulement s'est écoulé depuis notre première rencontre. Son visage grave et responsable lui donne l'air plus âgé. Seule sa mâchoire contractée laisse entrevoir sa nervosité. Il est tout de blanc vêtu. Il porte des épaulettes argentées et un badge de la République doré est accroché au col de son manteau militaire. Deux drapeaux sont visibles derrière lui. Le premier est celui de la République, l'autre est blanc, immaculé. Je déglutis avec peine. Je sais très bien ce que le second signifie. Je l'ai appris au cours de mes études, mais je n'avais jamais vu personne l'utiliser. Nous savions tous à quoi nous attendre. Nous avons préparé le plan et nous savons qu'il s'agit d'une ruse, mais je ne peux m'empêcher d'éprouver un sombre sentiment de tristesse et d'échec. J'ai vraiment l'impression qu'Anden va livrer notre pays à l'ennemi.

—Soldats de la République, lance Anden en regardant les militaires rassemblés devant l'estrade. (Comme toujours, il parle d'une voix douce, mais autoritaire, basse, mais parfaitement audible.) C'est le cœur lourd que je me présente devant vous pour vous adresser ce message. Je viens de m'entretenir avec le chancelier des Colonies.

Il s'interrompt, comme s'il rassemblait ses forces pour poursuivre. J'imagine que cette reddition, même factice, est bien plus douloureuse pour lui que pour moi.

— J'ai le triste devoir de vous annoncer que la République a officiellement déposé les armes.

Un lourd silence s'installe. La salle, bruyante et agitée, se fige. Chaque soldat semble pétrifié, incrédule.

— Nous devons maintenant cesser le combat, poursuit Anden. Au cours des prochains jours, je rencontrerai les représentants des Colonies afin de nous accorder sur les termes d'une capitulation officielle. (Il attend un instant pour être sûr que chacun mesure le poids de ses paroles.) Soldats, je continuerai à vous informer de l'évolution de la situation.

La transmission est coupée. Elle ne s'achève pas sur l'air de *Longue Vie à la République*. Je frissonne lorsqu'un drapeau s'affiche sur l'écran. C'est celui des Colonies.

Tout le monde se donne beaucoup de mal pour que cette capitulation semble réelle. J'espère que les Antarcticiens respecteront leur parole. J'espère que l'aide promise est en route.

— Day, marmonne Pascao. Il faut que nous fassions vite si nous voulons placer les charges sur les points d'ancrage.

Trois soldats de la République nous accompagnent. Ils portent eux aussi une combinaison sombre. Leur rôle consiste à nous guider jusqu'aux aéroports militaires pour que nous placions nos explosifs.

— Je compte sur toi pour nous faire gagner un peu de temps. Il paraît que les Colonies feront atterrir leurs appareils sur nos bases d'ici quelques heures seulement.

Day acquiesce. Tandis que Pascao se tourne vers les soldats pour parler de notre destination, les yeux de Day se posent soudain sur moi. J'y découvre une peur qui me vrille l'estomac.

— Il y a un problème avec le remède, hein ? demandé-je. Comment va Eden ?

Day soupire, passe une main dans ses cheveux et tourne la tête vers son frère.

— Il tient le coup.

— Mais ?

— Mais il n'est pas le patient zéro. Il semblerait qu'il manque quelque chose pour qu'on puisse fabriquer un remède à partir de son sang.

Je regarde l'enfant fragile allongé sur le lit d'hôpital. Eden n'est pas le patient zéro ?

— Et alors ? Que manque-t-il ?

— Ce sera plus facile de te montrer que de t'expliquer. Suis-moi.

Il faut informer Anden de ce qui se passe. À quoi bon simuler une reddition si nous ne sommes pas en mesure d'obtenir l'aide de l'Antarctique ? Je suis Day le long d'un couloir. Nous marchons dans un lourd silence avant de nous arrêter devant une porte identique à toutes les autres. Day l'ouvre.

Nous entrons dans une pièce remplie d'ordinateurs. Un médecin chargé de surveiller les écrans se lève en nous voyant. Il nous fait signe d'approcher.

— Vous voulez que je fasse un résumé à mademoiselle Iparis ? demande-t-il à Day.

— Dites-moi ce qui se passe, dis-je avec fermeté.

Il s'assied devant une console et pianote sur le clavier pendant plusieurs minutes. Quand ses doigts s'immobilisent, deux images sont affichées l'une à côté de l'autre sur l'écran. On dirait des cellules. Je les examine de plus près.

Le médecin montre l'image de gauche. Elle représente un ensemble de petits polygones hérissés de tubes minuscules et regroupés autour d'une cellule plus grande.

Le doigt du médecin fait le tour de la cellule.

— Ceci est une simulation d'une cellule contaminée sur laquelle nous essayons d'intervenir. Elle est entourée par un halo rougeâtre, ce qui signifie que le virus s'y est installé. Sans traitement, elle va se désintégrer – exploser, en fait – et mourir. Maintenant, regardez ces petites particules tout autour. C'est une modélisation du remède dont nous avons besoin. Elles se greffent sur la cellule malade.

L'homme tapote l'écran deux fois et une courte animation montre les polygones se fixer sur la cellule contaminée. Celle-ci rapetisse et change de couleur.

— Elles empêchent la mort de la cellule.

Mes yeux se posent sur l'image voisine. Elle représente également une cellule infectée entourée de particules, mais celles-ci ne sont pas hérissées de petits tubes.

— Et voilà où nous en sommes, poursuit le médecin. Il nous manque un élément pour que le remède se fixe sur leurs récepteurs de la cellule. Si nous ne trouvons pas le moyen de corriger ce problème, il ne se passe rien. Nous ne pouvons pas introduire le remède dans la cellule et elle meurt.

Je croise les bras et je tourne la tête vers Day en fronçant les sourcils. Nous échangeons un regard inquiet, et Day hausse les épaules d'un air impuissant.

— Comment peut-on découvrir ce qui manque ?

— C'est bien là le problème. Nous pensons que l'élément manquant ne fait pas partie du virus original. En d'autres termes, quelqu'un a modifié ce virus à dessein. Nous voyons des traces de ce marqueur quand nous ciblons la cellule. (Son doigt se pose sur de minuscules points brillants éparpillés à la surface de la cellule.) Nous avons fouillé les archives de la République et nous n'avons trouvé aucune trace de recherche visant à modifier le virus original dans ce sens. Ce qui signifie, mademoiselle Iparis, que ce sont les Colonies qui ont modifié le virus.

— Attendez une minute, dit Day. On ne m'avait pas parlé de ça ! Vous êtes en train de nous dire que les Colonies sont à l'origine de l'épidémie ?

Le médecin nous regarde d'un air sombre avant de tourner la tête vers l'écran.

— C'est possible. Mais il y a quand même quelque chose de curieux. Nous pensons que cet élément supplémentaire – ces bâtonnets qui permettent au remède de s'accrocher à la cellule – est issu des laboratoires de la République. Un virus similaire est apparu dans une petite ville du Colorado. Pourtant, les marqueurs nous indiquent que le virus modifié vient de Tribune City, une cité qui se trouve sur la ligne de front, du côté des Colonies. Il est donc logique de penser que le virus original a muté à Tribune City.

Soudain, les pièces du puzzle s'assemblent dans mon esprit. Tout devient clair. Le sang reflue de mon visage. Tribune City : la ville dans laquelle Day et moi sommes arrivés quand nous nous sommes enfuis dans les Colonies. J'ai été malade lorsque j'ai été arrêtée par les soldats de la République. J'étais nauséeuse et fiévreuse quand Day et moi avons emprunté le tunnel entre Lamar et Tribune. J'ai été hospitalisée peu après notre arrivée dans les Colonies. On m'a fait plusieurs injections, mais je n'ai jamais songé qu'il s'agissait d'autre chose que de médicaments. Aurais-je été victime d'expériences sans m'en rendre compte ? Est-ce dans mon sang que se cache l'élément manquant ?

— C'est moi, murmuré-je

Day et le médecin me regardent d'un air étonné.

— Qu'est-ce que vous voulez dire ? demande le docteur.

Mais Day reste silencieux. À son expression, je devine qu'il est arrivé à la même conclusion que moi.

— C'est moi, répété-je. (C'est tellement évident que j'ai du mal à respirer.) Je suis passée à Tribune City il y a huit mois. Je suis tombée malade lorsque j'étais aux arrêts, dans le Colorado. Si le premier virus est parti de la République avant de revenir des Colonies, il est fort probable que je sois la réponse à vos questions.

# DAY

LA THÉORIE DE JUNE CHANGE TOUS LES PARAMÈTRES DU PROBLÈME.

Elle est immédiatement conduite dans une chambre d'hôpital par une équipe médicale. On la couvre de tubes et de fils avant de procéder à un prélèvement de moelle osseuse. Les médecins conduisent une série de tests – les mêmes qu'Eden – qui la laissent nauséeuse. Mon frère ne subira plus d'examens, mais June le remplace désormais dans le rôle du cobaye. Je voudrais rester auprès d'elle. Je voudrais rester plus que tout au monde pour m'assurer qu'elle ne risque rien.

*Pour l'amour de Dieu,* me dis-je avec colère. *À quoi ça servirait que tu restes là ?*

Mais, quand Pascao m'entraîne hors de l'hôpital pour rejoindre les autres, je ne peux pas m'empêcher de regarder par-dessus mon épaule.

Si l'élément manquant est dans le sang de June, nous avons une chance de nous en tirer. Nous pourrons contenir l'épidémie. Nous pourrons sauver tout le monde. *Nous pourrons sauver Tess.*

Nous prenons un train qui nous conduit vers les bases aériennes de Batalla. Plusieurs soldats de la République nous accompagnent. Inquiétude et espoir tourbillonnent dans ma tête. J'ai du mal à respirer. Pascao remarque mon agitation et sourit.

— Tu as déjà visité une de ces bases ? demande-t-il. Je crois me rappeler qu'elles ont été le théâtre de quelques-uns de tes exploits, non ?

Ces mots réveillent des souvenirs. À quatorze ans, je me suis introduit dans deux dirigeables qui se préparaient à rejoindre la ligne de front. J'y suis parvenu d'une manière qui n'est pas très différente de celle que j'ai employée avec les Patriotes à Las Vegas : je suis passé par le système de ventilation et je me suis promené dans le navire en empruntant les conduits d'aération. J'étais en pleine croissance à ce moment-là. J'étais plus petit et plus mince. Je n'ai eu aucun mal à me faufiler dans le labyrinthe de gaines. Une fois à bord, j'ai gagné la cambuse et j'ai volé autant de boîtes de conserve que je pouvais en transporter. Ensuite, j'ai mis le feu à la salle des machines. Les dégâts ont été terribles. Il a sans doute fallu des mois de réparation avant que les deux appareils puissent voler de nouveau – à supposer qu'ils n'aient pas été totalement détruits. Cet exploit a confirmé mon titre de criminel le plus recherché du pays. Au risque de paraître prétentieux, je trouve que c'était du bon boulot.

J'essaie de me rappeler le plan des lieux. À la différence de certaines bases aériennes de Batalla, les quatre aéroports principaux de L.A. se trouvent le long de la côte occidentale, entre le gigantesque lac et l'océan Pacifique. Nos dirigeables y sont stationnés la plupart du temps et ils n'en bougent que rarement. Si les Patriotes et moi avons décidé de nous y rendre, c'est parce que la plupart des points d'ancrage se trouvent là-bas et que les appareils ennemis n'auront donc pas d'autre choix que de s'y poser quand les Colons envahiront la ville – à supposer qu'ils ne changent pas d'avis entre-temps.

C'est le troisième et dernier jour du cessez-le-feu promis par les Colonies. Tandis que le train accélère, j'aperçois des groupes de civils rassemblés devant des JumboTron. Ils regardent Anden proclamer la défaite de la République. La plupart d'entre eux sont bouleversés. Ils s'accrochent les uns aux autres. Certains jettent des chaussures, des barres de fer et des cailloux vers les écrans, enragés par la trahison de leur Elector. Parfait. Restez furieux. Tournez votre colère contre les Colonies. Il va bientôt falloir que j'entre en scène.

— Bon, écoutez-moi, les jeunes, dit Pascao alors que le train approche des ponts menant aux bases navales. (Il tend le bras pour nous montrer des petits objets en métal au creux de sa paume.) Rappelez-vous, six par quai. (Il pose le doigt sur une minuscule détente rouge au centre de chaque bombe.) Nous voulons des explosions propres et circonscrites. Les soldats qui nous accompagnent vont nous montrer les meilleurs endroits où les placer. Si nous faisons notre boulot comme il faut, nous pourrons endommager les dirigeables des Colonies qui voudront utiliser nos points d'ancrage. Et un dirigeable sur un point d'ancrage en miette, ça ne sert pas à grand-chose, d'accord ? (Il sourit.) En même temps, il ne faut pas trop abimer les zones d'atterrissage : pas plus de six bombes par quai.

Je tourne la tête pour regarder par la fenêtre et j'aperçois la première base qui se rapproche sur l'horizon. Les énormes pyramides sont bien alignées. Elles se dressent vers le ciel, sombres et imposantes. Je songe à la première fois où j'en ai aperçu une, à Vegas. Mon estomac se noue de manière assez désagréable. Si notre plan échoue, si nous ne parvenons pas à ralentir les Colonies et si les Antarcticiens ne viennent pas à notre secours, si June ne possède pas l'élément qui nous manque pour concevoir un remède, que nous arrivera-t-il ? Que se passera-t-il quand les Colons mettront la main sur Anden, sur June et sur moi ? Je secoue la tête et je chasse ces sombres pensées. Ce n'est pas le moment de s'inquiéter à propos de l'avenir. Soit ça arrivera, soit ça n'arrivera pas. Nous avons déjà choisi notre chemin.

Alors que nous approchons de la Base navale numéro un, je distingue les minuscules points sombres qui survolent presque les faubourgs de Los Angeles. Des dirigeables, des chasseurs ou je ne sais quoi. Les Colonies s'apprêtent à frapper. Un ronronnement sourd et monotone fait vibrer l'air. La flottille avance à un rythme régulier. Je tourne la tête vers les JumboTron qui tapissent les immeubles de la rue. La déclaration d'Anden passe en boucle, accompagnée par le message « Abritez-vous » qui défile en lettres rouges au bas des écrans.

En compagnie de quatre soldats de la République, nous descendons des Jeeps et nous pénétrons dans la première pyramide. Je reste près d'eux tandis qu'ils nous guident vers les ascenseurs qui desservent le toit intérieur, l'immense terrasse sur laquelle les dirigeables se posent. Autour de nous, des bruits de bottes assourdissants résonnent de tous côtés. Les militaires se précipitent vers leurs navires pour affronter l'ennemi. Je me demande combien d'hommes Anden a été obligé d'envoyer en renfort à Denver et à Vegas. J'espère qu'il en reste assez à L.A. pour nous protéger.

*Nous ne sommes pas à Vegas,* me dis-je en essayant d'oublier l'angoisse que j'ai éprouvée la première fois que j'ai pénétré dans une de ces pyramides, pour me glisser clandestinement à bord d'un dirigeable. Mais je ne réussis pas à me calmer. Lorsque nous arrivons au sommet de la base, mon cœur bat à tout rompre dans ma poitrine, et ce n'est pas à cause des efforts que j'ai fournis. Eh bien, voilà qui me rappelle mes premiers pas avec les Patriotes. Je ne peux m'empêcher de contempler les poutrelles qui zèbrent le toit intérieur de la base, tous ces mécanismes qui viennent immobiliser les dirigeables quand ils ont atterri. Ma combinaison sombre est aussi légère que l'air. Il est temps de commencer à poser les bombes.

— Est-ce que vous voyez ces poutrelles ? demande un capitaine en s'adressant à Pascao et à moi.

Il pointe le doigt vers une zone d'ombre du plafond. Je distingue une, deux, trois pièces de soutènement qui n'ont pas l'air faciles à atteindre.

— Avec ça, vous infligez un maximum de dégât à l'appareil et un minimum au bâtiment. Vous allez miner ces endroits dans chacune des bases. Nous pourrions y placer les charges nous-mêmes, mais il nous faudrait employer des grues et nous n'en avons pas le temps.

Il se force à sourire. La plupart de ces maudits soldats ne se sentent toujours pas à l'aise en notre compagnie. L'homme reprend la parole après un moment de silence gêné.

— Bon, ça vous paraît faisable ? Est-ce que vous êtes assez rapides ?

Je m'apprête à lui demander sèchement s'il a oublié ma réputation, mais Pascao ne m'en laisse pas le temps. Il éclate de son rire sonore et pétillant.

— Vous ne croyez pas en nous, hein ? dit-il en donnant un petit coup de coude dans les côtes du militaire.

L'officier rougit d'indignation et Pascao esquisse un mince sourire suffisant.

— Bien, dit le capitaine avec raideur. (Il s'éloigne en compagnie du reste des Patriotes et des hommes de sa patrouille.) Dépêchez-vous. Nous n'avons pas beaucoup de temps devant nous.

Il nous laisse pour indiquer aux autres courriers où ils doivent poser leurs bombes.

Une fois qu'il est assez loin pour ne plus nous entendre, le sourire de Pascao disparaît et le Patriote observe les poutres que nous devons atteindre.

— Ça ne va pas être facile, murmure-t-il. Tu es sûr que tu en es capable ? N'oublie pas que tu es à l'agonie, quand même.

Je le foudroie du regard avant d'observer les poutres à mon tour. Je plie les genoux et les coudes pour vérifier que tout va bien, puis je m'efforce d'évaluer la force qu'il me reste. Pascao est un peu plus grand que moi et il lui sera assez facile d'accéder aux deux premiers objectifs, mais la troisième barre métallique est placée de telle manière que je suis le seul à pouvoir l'atteindre. Je comprends également pourquoi le capitaine a décidé de la miner. Une bombe installée là suffirait sans doute à endommager tous les dirigeables présents sur l'aire de stationnement. Je pointe le doigt vers elle.

—Je prends celle-là.

—Tu es sûr ? demande Pascao. (Il observe la poutrelle en plissant les yeux.) Tu ne veux pas attendre un peu avant de te casser la figure et de t'écraser par terre ?

Sa remarque m'arrache un sourire sarcastique.

—Tu ne crois pas en moi, hein ?

Pascao sourit à son tour.

—Un petit peu, quand même.

Nous nous préparons. Je grimpe sur la rambarde d'un escalier et je bondis vers la poutre la plus proche avant de me frayer un chemin sans effort à travers la toile d'araignée métallique. Quel bonheur de revivre de tels moments ! Je suis un peu surpris par l'action des micromoteurs de la combinaison, mais je m'y habitue au bout de quelques sauts. Je me déplace vite. Grâce à eux, je me déplace vraiment très vite. Il me suffit d'une poignée de minutes pour traverser un quart du toit et arriver à portée de mon objectif. La sueur ruisselle dans mon cou et une douleur familière palpite dans mon crâne. Sur l'aire d'atterrissage, des soldats se sont arrêtés pour me regarder alors que les téléscripteurs de la base continuent d'afficher l'annonce de notre capitulation. Ils n'ont aucune idée de ce que je fabrique là-haut.

Je fais une pause avant le dernier saut, puis je m'élance. Je m'accroche à la poutrelle et je me glisse dessus. Je sors la petite bombe et je la mets en place. La migraine me fait tourner la tête, mais je parviens à la chasser.

Terminé.

Je regagne l'entrelacs de poutrelles avec précaution. Lorsque j'atterris sur l'escalier, mon cœur bat à toute allure sous le coup de l'adrénaline. Je repère Pascao qui n'est pas encore redescendu. Je lève le pouce dans sa direction.

C'était la partie facile, me rappelé-je alors que mon enthousiasme cède la place à l'angoisse. Le plus dur sera de berner le chancelier.

Une fois la première base minée, nous gagnons la suivante. Lorsque nous en avons terminé avec les quatre, je sens la fatigue monter en moi. Si j'étais en forme, cette combinaison me rendrait invincible, ou presque. Mais, aujourd'hui, son aide ne suffit pas à chasser la douleur de mes muscles et à calmer ma respiration laborieuse. Des soldats me conduisent dans une pièce de la dernière base et se préparent à diffuser mon allocution. Au fond de moi, je suis heureux d'en avoir fini avec le numéro de voltige.

— Qu'est-ce qu'on va faire si le chancelier ne mord pas à l'hameçon ? demande Pascao pendant que les militaires quittent la pièce en file indienne. Je ne voudrais pas te vexer, mon grand, mais tu n'as pas vraiment bonne réputation quand il s'agit de respecter tes promesses.

— Je n'ai rien promis, lui fais-je remarquer. Et puis il va bien se rendre compte que ma déclaration s'adresse à la République tout entière. Il va croire que je vais retourner ma veste devant tout le monde. Ça ne durera pas, mais ça nous fera gagner un peu de temps.

Je fais une prière silencieuse en espérant que nos médecins trouveront un remède à l'épidémie avant que les Colonies comprennent ce qui se passe.

Pascao tourne la tête vers la fenêtre. À travers la vitre, on aperçoit des soldats de la République poser les dernières bombes sur le plafond de la base. Si notre plan échoue, ou si les Colonies se rendent compte que notre reddition est un leurre avant que nous puissions agir, nous sommes fichus.

— Il est temps de lancer ton appel, marmonne Pascao.

Il verrouille la porte, attrape une chaise et s'installe dans un coin de la pièce.

Mes mains tremblent lorsque je branche le micro pour appeler le chancelier. Pendant un moment, je n'entends que des grésillements et je me surprends à espérer que personne ne répondra. Mais les parasites s'évanouissent et la communication s'établit. Je salue le chancelier.

— C'est Day, dis-je. Aujourd'hui, c'est bien le dernier jour de votre cessez-le-feu, hein ? Je suis prêt à répondre à votre offre.

Le silence s'installe pendant quelques secondes, puis une voix se fait entendre. La voix d'un homme d'affaires.

— Monsieur Wing, dit le chancelier avec sa politesse et son amabilité coutumières. Juste à temps. Je suis vraiment ravi de vous entendre.

— Je suppose que vous avez écouté l'allocution de l'Elector ? demandé-je en passant sur les mondanités.

— Je l'ai vue, en effet. (J'entends un vague bruissement de papiers.) Et voilà que vous m'appelez. Cette journée est pleine d'heureuses surprises. Je me demandais quand vous prendriez contact avec moi. Alors, Daniel, vous avez réfléchi à ma proposition ?

À l'autre bout de la pièce, Pascao me contemple avec ses yeux pâles. Il n'entend pas la conversation, mais il lit la tension sur mon visage.

— Oui, réponds-je au bout d'un moment.

Il faut que je sois crédible, que le chancelier sente mes réticences, non ? Je me demande si June partagerait cet avis.

— Et qu'avez-vous décidé ? Rappelez-vous que vous êtes libre. Je ne tiens pas à vous imposer un choix qui vous déplaît.

Ben voyons. On ne m'impose rien du tout. Je pourrais très bien rester planté là et regarder les troupes des Colonies massacrer mes concitoyens.

— J'accepte votre proposition. (Nouveau silence.) La République a capitulé. Les gens ne seront pas très contents de voir vos soldats arriver, mais je ne veux pas qu'on leur fasse de mal. Je ne veux pas qu'on fasse de mal à quiconque. (Je sais que je n'ai pas besoin de mentionner June pour que le chancelier me comprenne.) Je vais faire une déclaration à toute la ville. Nous allons nous connecter aux JumboTron grâce aux Patriotes. Il ne faudra pas longtemps pour que mon message soit diffusé dans tout le pays. (Je prends une expression glacée pour convaincre le chancelier.) Est-ce que ça suffit pour que vous ne posiez pas vos sales pattes sur June ?

Le chancelier applaudit, une fois.

— C'est parfait. Si vous êtes prêt à devenir notre... porte-parole, dirons-nous, je vous promets que mademoiselle Iparis évitera le procès et l'exécution qui accompagnent généralement une capitulation.

Ses mots me font frémir. Ils me rappellent qu'en cas d'échec, ce que je m'apprête à faire ne sauvera pas Anden. D'ailleurs, en cas d'échec, le chancelier comprendra sans doute que je trempe dans cette conspiration et... June et Eden n'auront plus la moindre chance de s'en tirer. Je me racle la gorge. Sur sa chaise, Pascao est tellement tendu que son visage semble taillé dans la pierre.

—Et mon frère ? demandé-je.

—N'ayez aucune inquiétude à propos de votre frère. Je vous répète que je ne suis pas un monstre. Je ne vais pas l'attacher à une machine pour le gaver de produits chimiques et de poisons. Il ne fera l'objet d'aucune expérience. Il aura une vie confortable, tout comme vous. Il sera libre, en sécurité, et il n'aura pas plus à s'inquiéter de quoi que ce soit. Je peux vous le promettre. (Le chancelier adopte un ton qu'il doit estimer rassurant et affable.) À votre voix, je devine que vous n'êtes pas heureux. Mais je ne fais que le nécessaire. Si votre Elector me capturait, il n'hésiterait pas un seul instant à me faire exécuter. C'est ainsi que fonctionne le monde. Je ne suis pas un homme cruel, Daniel. N'oubliez pas que les Colonies ne sont pas responsables de tous les malheurs qui vous ont frappé.

—Ne m'appelez pas Daniel, lâché-je d'une voix basse et grave.

*Seuls les membres de ma famille ont le droit de m'appeler ainsi. Pour les autres, je suis Day. Juste Day.*

—Excusez-moi, dit le chancelier. (Il semble vraiment désolé.) J'espère que vous comprenez ce que je vous dis, Day.

Je reste silencieux. En ce moment, je sens encore mon animosité envers la République. Des petites voix sinistres me soufflent de soutenir les Colonies, de laisser ce pays se faire réduire en miettes. Le chancelier a cerné ma personnalité avec une perspicacité surprenante. Il n'est pas facile d'oublier une vie de souffrance.

À cet instant, la voix de June résonne dans ma tête pour me rappeler à la réalité, comme si elle avait senti la dangereuse séduction que le chancelier exerce sur moi. Je ferme les yeux et je pense à elle pour retrouver mes forces.

— Quand voulez-vous que je fasse ma déclaration ? demandé-je enfin. Tout est prêt. Terminons-en une fois pour toutes.

— Magnifique ! s'exclame le chancelier. (Il s'éclaircit la voix et poursuit sur son ton d'homme d'affaires.) Le plus tôt sera le mieux. Mes troupes débarqueront dans les bases aériennes du littoral de Los Angeles en début d'après-midi. Vous n'aurez qu'à faire votre déclaration à ce moment. Cela vous convient-il ?

— Ouais.

— Une dernière chose, dit le chancelier. (Je me raidis et ma langue se fige à l'instant où elle allait presser l'interrupteur buccal.) Avant que j'oublie.

— Quoi ?

— Je veux que vous fassiez votre déclaration depuis le pont de mon navire.

Je sursaute et je lève les yeux vers Pascao. Celui-ci n'a pas entendu l'ordre du chancelier, mais il fronce les sourcils en voyant mon visage devenir blême. Faire la déclaration depuis le navire du chancelier ? Bien sûr. Comment avons-nous pu imaginer qu'il se laisserait manipuler aussi facilement ?

Il prend des précautions. Si quelque chose se passe mal pendant mon discours, il m'aura sous la main et il sera bien protégé par ses hommes. Si je ne demande pas à la population de plier l'échine devant l'envahisseur, il pourra me tuer sur-le-champ.

Le chancelier repend la parole d'une voix satisfaite. Il sait très bien ce qu'il fait.

— Votre déclaration aura plus d'impact si vous la prononcez depuis un navire des Colonies, vous ne croyez pas ? (Il bat des mains une nouvelle fois.) Nous vous attendrons à la Base navale numéro un dans quelques heures. Je suis impatient de vous rencontrer en personne, Day.

# JUNE

La découverte de mon lien avec l'épidémie bouleverse mes plans.

Au lieu de me joindre aux Patriotes et d'aider Day à piéger les bases aériennes, je reste à l'hôpital et je laisse les médecins me brancher à toutes sortes de machines afin de pratiquer des tests. Mon poignard et mon pistolet sont posés sur une commode toute proche pour ne pas s'accrocher aux fils et aux tuyaux. Je garde seulement un couteau dans ma botte. Eden est allongé sur le lit voisin. Il est très pâle. Au bout de quelques heures, la nausée s'empare de moi.

— C'est le premier jour qui est le plus dur, me dit Eden avec un sourire d'encouragement. (Il parle avec lenteur, sans doute à cause des médicaments qu'on lui a donnés pour dormir.) Après, ça va mieux.

Il se penche sur le côté et me tapote la main. Je suis émue par cette compassion innocente. Day devait ressembler à son frère quand il était plus jeune.

— Merci, dis-je.

Je garde le reste de mes pensées pour moi, mais j'ai du mal à croire qu'un enfant comme lui a supporté des examens si pénibles pendant des jours. Si j'avais su, j'aurais soutenu Day quand il refusait qu'on se serve de son frère comme cobaye.

— Qu'est-ce qui va se passer si on découvre que tu as le morceau de virus qui leur manque ? demande Eden.

Ses paupières sont de plus en plus lourdes et sa voix est pâteuse.

Qu'est-ce qui va se passer, en effet ? Nous aurons un remède. Nous pourrons le présenter à l'Antarctique et prouver que les Colonies ont provoqué sciemment une nouvelle épidémie. Nous pourrons saisir les Nations Unies et obliger les Colons à retirer leurs troupes.

— Les Antarcticiens ont dit qu'ils avaient envoyé de l'aide, me décidé-je à dire. On gagnera peut-être la guerre. Peut-être.

— Mais les Colonies sont déjà là.

Eden jette un coup d'œil vers la fenêtre. À travers la vitre, on aperçoit les vaisseaux ennemis qui constellent le ciel. Certains se sont déjà posés sur nos bases, les autres planent au-dessus de la ville comme une épée de Damoclès. Une ombre passe sur la Bank Tower, indiquant qu'un dirigeable nous survole en ce moment même.

— Et si Daniel échoue ? demande Eden en luttant contre le sommeil.

— Il nous faudra agir avec prudence, réponds-je.

Mais la question d'Eden me pousse à observer la ville. Et si Day échoue ? Quand il est parti, il m'a dit qu'il me contacterait avant de lancer son appel à la population. Mais les dirigeables des Colonies sont au-dessus de nous et un terrible sentiment de frustration monte en moi. Je voudrais tant être avec lui et les Patriotes. Et s'ils ne reviennent pas ? Et si les Colonies s'aperçoivent que les bases ont été piégées ?

Une heure s'écoule. Eden sombre dans un profond sommeil. Je m'efforce de repousser les assauts de la nausée. Je ferme les yeux. Je me sens un peu mieux.

Je dois m'endormir, car je suis soudain réveillée par le bruit de la porte qui s'ouvre. Les médecins sont enfin de retour.

— Mademoiselle Iparis, dit l'un d'eux en redressant son badge marqué « Mikhael ». La compatibilité n'est pas parfaite, mais il s'en faut de peu. Quoi qu'il en soit, c'était suffisant pour permettre la mise au point d'un remède. Nous sommes en train de l'administrer à Tess. (Il ne peut retenir un sourire.) Vous aviez l'élément manquant dans votre sang. Il était sous notre nez.

Je le regarde en silence. Plusieurs pensées me traversent l'esprit. *Nous pouvons envoyer un échantillon en Antarctique. Nous pouvons demander de l'aide. Nous pouvons mettre un terme à l'épidémie. Nous avons une chance de chasser les envahisseurs.*

Un collègue de Mikhael retire les fils et les tuyaux qui m'entourent, puis il m'aide à me lever. Je me sens assez forte pour tenir debout, mais la pièce tangue. Je me demande si le vertige est dû aux examens ou à l'idée que nous allons peut-être réussir à nous tirer de ce guêpier.

— Je veux voir Tess, dis-je en me dirigeant vers la porte. Dans combien de temps le remède doit-il agir ?

— Nous ne le savons pas trop, répond Mikhael tandis que nous remontons le long couloir. Mais nos simulations ont donné de bons résultats et nous avons pratiqué des tests sur des cellules contaminées. Je pense que l'état de santé de Tess ne devrait pas tarder à s'améliorer.

Nous nous arrêtons devant la grande fenêtre qui donne sur la chambre de Tess. La jeune fille est allongée sur son lit. Elle s'agite dans un demi-sommeil, en proie au délire. Autour d'elle, plusieurs médecins en combinaison s'affairent. Des moniteurs affichent son rythme cardiaque et d'autres données. Des graphiques et des tableaux sont projetés sur les murs. L'aiguille d'une perfusion est plantée dans son bras. Je scrute son visage à la recherche d'un signe de conscience, en vain.

J'entends des grésillements. Un appel. Je fronce les sourcils et porte la main à mon oreille avant de brancher le micro. C'est Day.

— Tu vas bien ?

C'est la première chose qu'il demande, bien entendu. La communication est si mauvaise que j'ai du mal à comprendre ce qu'il dit.

— Je vais bien, dis-je en espérant qu'il m'entend. Day, écoute-moi. Nous avons trouvé un remède.

Pas de réponse. Juste des vagues incessantes de parasites.

— Day ?

J'entends une sorte de crachotement, mais la communication ne s'établit pas. C'est bizarre. En règle générale, les transmissions sont excellentes sur les fréquences militaires. On dirait qu'elles sont brouillées.

— Day ? répété-je.

J'entends sa voix de nouveau. Elle est si tendue qu'elle me rappelle le soir où il a décidé de me quitter, il y a huit mois. L'angoisse me noue la gorge.

— Je vais… la déclaration à bord d'un navire des Colonies… celier l'a exigé et…

À bord d'un navire des Colonies ? Le chancelier veut mettre toutes les chances de son côté, au cas où. Si Day s'avisait de ne pas respecter ses engagements, ou de se montrer agressif, il serait aussitôt arrêté ou exécuté.

— N'y va pas ! dis-je sans réfléchir. Tu n'es plus obligé de faire cela. Nous avons trouvé un remède. L'élément manquant était dans mon sang.

— … June ?

Plus rien, sinon des grésillements. J'essaie d'appeler Day deux fois, puis je coupe mon micro avec frustration. À côté de moi, je remarque qu'un médecin ne parvient pas à établir une communication.

Je me souviens alors de l'ombre massive qui a recouvert l'hôpital un peu plus tôt. Je commence à comprendre ce qui se passe et la frustration cède la place à la terreur. *Oh, non!* Les Colonies. Elles brouillent nos transmissions. Elles se sont rendues maîtres des ondes. Je n'aurais jamais imaginé qu'elles agiraient aussi vite. Je me précipite vers une fenêtre et j'observe Los Angeles. Puis je lève les yeux vers le ciel et j'aperçois l'énorme dirigeable ennemi qui plane au-dessus de nous. Je le regarde avec attention et je remarque de petits avions qui quittent le pont d'envol avant de décrire des cercles autour de l'appareil.

Mikhael me rejoint.

— Nous ne parvenons pas à contacter l'Elector, me lance-t-il. On dirait que les fréquences sont brouillées.

Est-ce pour préparer l'allocution de Day ?

*Il est dans les ennuis jusqu'au cou. Je le sens.*

Au moment où cette pensée me traverse l'esprit, les portes s'ouvrent au bout du couloir. Cinq soldats apparaissent et se dirigent vers nous, les armes à la main. Je remarque aussitôt qu'ils ne portent pas l'uniforme de la République. Leurs vestes sont bleu marine avec des étoiles dorées. Des Colons. La panique me submerge. Instinctivement, je me dirige vers la chambre d'Eden, mais les soldats me voient. Leur chef pointe son arme sur moi. Ma main droite file à ma hanche pour dégainer mon pistolet. Je me rappelle alors que je l'ai laissé sur ma table de chevet avec mon poignard. Il ne me reste qu'un couteau glissé dans ma botte.

— Suite à la capitulation de la République, lance l'officier d'une voix grandiloquente, Les Colonies ont tout pouvoir. Je suis désormais votre commandant et je vous ordonne de vous écarter de manière à ce que nous puissions fouiller les lieux.

Mikhael lève les mains et obéit. Les soldats se rapprochent. Des souvenirs tourbillonnent dans ma tête. Je me rappelle mes cours à l'université de Drake. Je revois les enchaînements de techniques de combat en un instant. Je jauge mes adversaires. Une équipe réduite. Il y en a sans doute une par étage, mais ces cinq hommes ont une mission précise. Je me prépare à l'affrontement. C'est moi qu'ils sont venus chercher.

Comme s'il avait deviné mes pensées, Mikhael hoche la tête en direction des soldats. Ses bras restent levés.

— Que voulez-vous ? demande-t-il.

— Un garçon du nom d'Eden Bataar Wing.

J'ai le plus grand mal à retenir un hoquet de stupéfaction qui les amènerait à deviner qu'Eden est à cet étage. La peur me submerge. Je me trompais. Ils ne s'intéressent pas à moi.

Ils veulent le frère de Day. Celui-ci est obligé de faire sa déclaration depuis le navire amiral des Colonies, seul. Il ne pourra rien faire si le chancelier décide de le garder en otage. Et si Eden est en son pouvoir, Day sera obligé d'obéir au moindre de ses ordres. Je continue à réfléchir. Si les Colonies s'emparent de la République aujourd'hui, le chancelier pourra se servir de Day comme d'une arme, ou comme d'un tribun capable de manipuler la population. Day lui sera utile tant que les gens continueront à le considérer comme un héros.

Je prends la parole avant que Mikhael ait le temps de poursuivre.

— Cet étage est réservé aux victimes de l'épidémie. Si vous cherchez le frère de Day, il faut monter plus haut.

Le fusil de l'officier se tourne vers moi. Il plisse les yeux en me reconnaissant.

— Vous êtes le princeps elect June Iparis. C'est bien ça ?

Je lève le menton.

— Un des princeps elects, en effet.

Pendant un instant, j'ai l'impression qu'il ne croit pas ce que je lui ai raconté à propos d'Eden. Alors que ses hommes reculent vers la cage d'escalier, il me regarde un long moment. Il observe mes yeux, puis jette un coup d'œil au couloir, derrière moi. Vers la chambre d'Eden. Je fais tout mon possible pour rester de marbre.

L'officier fronce les sourcils.

— Je vous connais de réputation, dit-il.

Avant que j'aie le temps de trouver une réplique pour le distraire, il adresse un signe de tête à ses hommes et il pointe son arme vers le bout du couloir.

— Fouillez par là et ne laissez rien au hasard. Le garçon doit être à cet étage.

Il est trop tard pour mentir maintenant. Si Day m'a appris quelque chose, c'est bien à reconnaître ce moment. Je réfléchis et calcule à toute vitesse. Le couloir fait un peu plus d'un mètre vingt de large. Je me place au milieu. Ainsi, les soldats ne peuvent pas m'attaquer en même temps.

— Votre chancelier me veut vivante, mens-je.

Mon cœur bat à tout rompre. À côté de moi, Mikhael me jette un regard affolé. Il ne sait pas quoi faire.

— Il me veut vivante, répétè-je. Il veut que je sois jugée et vous le savez parfaitement.

— Voilà de bien gros mensonges pour une si petite bouche, dit le soldat en levant son arme. (Je retiens mon souffle.) Dégagez le chemin ou je vous abats.

Si je n'avais pas remarqué une lueur d'incertitude dans son regard, j'aurais sans doute obéi. Comment pourrais-je aider Day ou Eden si je me fais tuer ? Mais l'officier hésite et cela me suffit. Je lève les bras avec lenteur. Je ne quitte pas l'homme des yeux.

— Vous n'avez pas intérêt à me tuer.

Je suis étonnée par l'assurance de ma voix. Elle ne trahit pas la moindre peur. Un flot d'adrénaline se déverse dans mes veines. Mes jambes tremblent un peu. Je ne suis pas encore tout à fait remise des examens médicaux.

— Je n'ai pas l'impression que votre chancelier pardonne les erreurs de ses subordonnés très facilement.

Le soldat hésite de nouveau. Il ignore le sort que me réserve le chancelier. Il n'a pas d'autre choix que de m'accorder le bénéfice du doute.

Nous nous faisons face pendant de longues secondes.

Puis l'officier lâche un juron et baisse son arme.

—Arrêtez-la, lance-t-il à ses hommes. Ne lui tirez pas dessus.

Le monde se précipite à ma rencontre. Tout disparaît à l'exception de mes ennemis. Mon instinct se réveille.

*Jouons un peu. Vous ne savez pas à qui vous avez affaire.*

Je me baisse et j'adopte une position de combat tandis que les Colons s'élancent vers moi. L'étroitesse du couloir joue en ma faveur, car ils ne peuvent avancer qu'à un de front. J'évite le poing de mon premier adversaire et je tire le couteau de ma botte. Je frappe à hauteur du mollet. La lame tranche le tissu et les tendons sans effort. L'homme pousse un hurlement et s'effondre. Le soldat suivant trébuche contre lui en voulant se précipiter sur moi. Je lui porte un coup de pied au visage. La force du coup l'assomme net. Je monte sur lui pour me jeter sur le soldat suivant. Celui-ci essaie de m'asséner un coup de poing, mais je bloque l'attaque d'un bras et je riposte avec un uppercut qui lui brise le nez dans un craquement sinistre. L'homme recule en titubant, puis s'effondre en portant les mains à son visage.

Trois en moins.

L'effet de surprise a disparu. Mes deux derniers adversaires se montrent plus prudents que leurs camarades. L'un d'eux réclame de l'aide dans son micro. Mikhael profite de la confusion pour s'éloigner dans leur dos. Je n'ose pas prendre le temps de le regarder, mais je sais qu'il va verrouiller la porte de la cage d'escalier pour empêcher l'arrivée de renforts. Un des deux soldats lève son arme vers moi. Je frappe du pied.

Ma botte heurte le canon au moment où le coup part. La balle siffle au-dessus de mon épaule avant d'aller se perdre je ne sais où. Une alarme retentit dans les haut-parleurs de l'hôpital. L'alerte a été donnée et les escaliers ont été bouclés. Je frappe de nouveau et le pistolet s'écrase sur le visage de son propriétaire. Celui-ci reste sonné. J'en profite pour pivoter et lui asséner un violent coup de coude à la mâchoire…

… quand quelque chose s'abat sur ma nuque. Des étoiles envahissent mon champ de vision. Je titube et je pose un genou à terre. J'essaie de me repérer malgré mon vertige. Le dernier soldat a dû me frapper par-derrière. Je me lève et je lance un coup en m'efforçant de deviner sa position. Je le manque et je tombe de nouveau, emportée par mon élan. À travers un brouillard épais, je vois mon adversaire lever son arme pour me donner un coup de crosse au visage.

*S'il me touche, je ne me relèverai pas.*

J'essaie de rouler sur le côté, sans succès.

Mais le coup ne vient pas. Je cligne des yeux et je me lève tant bien que mal. Que s'est-il passé ? Quand ma vue redevient à peu près normale, j'aperçois le dernier soldat allongé par terre. Les médecins s'affairent autour de lui pour attacher ses chevilles et ses poignets. Brusquement, il y a des gens partout. Tess est penchée sur moi. Elle est pâle, ses traits sont tirés et elle respire avec peine. Elle tient le fusil d'un soldat des Colonies. Je ne l'ai pas vue quitter sa chambre.

Elle parvient à esquisser un faible sourire.

— Toujours heureuse de pouvoir donner un coup de main, dit-elle en tendant la main pour m'aider à me relever.

Je lui rends son sourire. Je vacille sur mes jambes tremblantes et elle fait glisser mon bras sur son épaule pour me soutenir. Aucune d'entre nous n'est au mieux de sa forme, mais nous réussissons à rester debout.

— Mademoiselle Iparis, hoquète Mikhael en se précipitant vers nous. Nous sommes parvenus à contacter l'Elector. Nous lui avons dit que nous avions trouvé un remède. Nous avons également reçu l'ordre d'évacuer la Bank Tower. On nous a informés que les combats risquent de reprendre bientôt et que les Colonies vont probablement attaquer les...

L'hôpital tremble et nous nous figeons tous. Je jette un coup d'œil par la fenêtre. Au départ, la vibration fait songer à un séisme, ou au grondement d'un dirigeable qui passe dans le ciel, mais elle se manifeste à intervalles réguliers. L'instant suivant, je réalise qu'il s'agit sans doute des bombes que Day et les Patriotes ont placées dans les bases aériennes. Je me précipite vers la fenêtre la plus proche, imitée par Tess. Des panaches gris et orangés montent des pyramides qui se dressent sur l'horizon. La panique m'envahit. Day a sûrement fait son allocution. Est-il encore en vie ?

Le numéro de la fausse reddition est terminé. Le cessez-le-feu est rompu. Le combat final a commencé.

# DAY

J'AVAIS QUINZE ANS LORSQUE JE ME SUIS INTRODUIT DANS UNE BANQUE de Los Angeles pour prouver aux gardes qui surveillaient la porte de derrière que j'étais capable de le faire en moins de dix secondes. La nuit précédente, j'avais revu le plan du bâtiment dans ma tête. J'avais mémorisé les points d'appui de la façade, des fenêtres, des rebords. J'avais également essayé de me représenter l'intérieur. J'avais attendu la relève des gardes, à minuit, et je m'étais faufilé au sous-sol. Là, j'avais placé une minuscule charge explosive contre la porte de la salle des coffres. Je n'avais pas essayé d'entrer par effraction, car je savais que les alarmes se seraient déclenchées aussitôt. Le matin suivant, les gardes descendirent au sous-sol pour vérifier que tout allait bien, la plupart des dispositifs de sécurité à faisceau laser du bâtiment étaient neutralisés. J'avais soigneusement minuté mon entrée en scène. J'étais apparu pour me moquer des gardes qui surveillaient l'arrière de la banque pendant qu'à l'intérieur, leurs collègues ouvraient la porte de la salle des coffres. Et la charge explosa. Au même moment, je brisais une fenêtre du premier étage et je dévalai l'escalier vers le sous-sol envahi par des nuages de fumée et de poussière. Après avoir récupéré autant d'argent que possible, je me suis emparé des cordons servant à délimiter les files d'attente et je suis monté au dernier étage. J'ai noué les cordons, je les ai accrochés autour de ma taille et je suis descendu en rappel. Vous auriez dû voir ça.

Je remonte la rampe en direction d'un dirigeable. C'est la première fois que je vais monter à bord d'un navire des Colonies. Je suis encadré par des soldats. Je me remémore l'attaque de la banque et j'éprouve le besoin impérieux de m'enfuir. J'ai envie de semer les gardes qui ne me lâchent pas d'une semelle, de grimper sur le flanc du dirigeable et de me glisser à l'intérieur en empruntant une conduite d'aération. Mes yeux étudient le navire en essayant de déterminer le meilleur chemin à prendre, les abris les plus proches, les points d'appui les plus pratiques. Je ne suis pas à l'aise à l'idée d'embarquer par la passerelle, comme tout le monde. Je me sens vulnérable, mais je me garde bien de le montrer. J'arrive devant une porte d'accès et deux lieutenants me laissent passer. Ils me fouillent avec soin pour s'assurer que je ne porte pas d'arme. Je leur souris poliment. Si le chancelier espère me voir intimidé, il va être déçu.

Les deux officiers ne prêtent pas attention aux petits disques de la taille d'une pièce de monnaie cousus sur mes bottes. L'un d'eux est un enregistreur. S'il y a bien une conversation que je veux utiliser contre les Colonies, c'est sans nul doute celle que je vais avoir avec le chancelier. Je veux la faire entendre à tous les habitants de la République. Les autres disques contiennent des explosifs. Dehors, Pascao et les Patriotes sont tapis dans l'ombre des bâtiments du quartier, tout près de la base.

J'espère que le peuple de la République est prêt à entendre mon message. J'espère que les gens écouteront le couplet final, qu'ils regarderont et qu'ils attendront.

C'est la première fois que je monte à bord d'un navire qui ne contient aucun portrait de l'Elector. En revanche, entre les étendards bleu et doré accrochés aux murs, des écrans diffusent de la publicité pour divers produits, de la nourriture, des appareils électroniques et même des maisons. J'éprouve un désagréable sentiment de déjà-vu. Je me souviens de mon arrivée dans les Colonies en compagnie de June. Les deux lieutenants me jettent un coup d'œil et je hausse les épaules avant de baisser les yeux. Nous remontons des couloirs et empruntons deux escaliers. Nous arrivons dans une grande salle. Je reste immobile pendant un moment, ne sachant pas trop quoi faire. L'endroit ressemble à un salon panoramique, avec une longue baie vitrée qui permet d'observer Los Angeles.

Un homme se tient près de la paroi transparente. Les ombres projetées par les lumières de la ville le drapent de noir. Il me fait signe d'approcher.

— Ah, vous êtes enfin arrivé ! s'exclame-t-il.

Je reconnais aussitôt la voix douce et mielleuse du chancelier. Il ne ressemble pas à l'image que je me faisais de lui. Il est petit, mince, chétif. Sa voix est trop grave pour un corps si frêle. Ses cheveux gris se font rares. Ses épaules sont légèrement voûtées. Sa peau est fine, presque translucide à certains endroits. On dirait du papier de soie prêt à se froisser au moindre contact. Je suis incapable de cacher ma surprise. Ainsi donc, voilà l'homme qui dirige des entreprises telles que DesCon, l'homme qui menace et intimide une nation entière, l'homme qui négocie avec un sens aigu de la manipulation. Pour être honnête, je suis un peu déçu. J'ai l'impression d'être en face d'un monsieur tout le monde… jusqu'à ce que je croise son regard.

Je reconnais alors le chancelier à qui j'ai parlé. Ses yeux sont froids et calculateurs. Ils me dissèquent, ils m'analysent, ils m'évaluent avec une telle précision qu'un frisson glacé me secoue. Ils ont quelque chose d'inhumain.

Je comprends soudain pourquoi. Ce sont des prothèses.

— Eh bien, ne restez pas planté là, mon garçon. Venez donc ici pour admirer la vue. C'est depuis cette salle que vous ferez votre allocution. Joli panorama en toile de fond, vous ne trouvez pas ?

J'ai envie de rétorquer : *Il serait sans doute plus joli sans les navires des Colonies.* Je me retiens au prix d'un gros effort et je le rejoins. Il sourit au moment où je m'arrête près de lui. Je fais de mon mieux pour ne pas croiser ses yeux électroniques.

— Ah, regardez-vous, si jeune et si frais. (Il m'assène une claque dans le dos.) Vous avez fait le bon choix en venant ici, vous savez. (Il se tourne vers la ville.) Regardez donc. À quoi servirait-il de rester loyal à ça ? Vous êtes désormais un Colon et vous n'aurez plus à subir les lois perverties de la République. Vous et votre frère serez si bien traités que vous vous demanderez comment vous avez pu hésiter un seul instant avant d'accepter notre proposition.

Du coin de l'œil, je m'efforce de repérer des itinéraires pour m'échapper.

— Que va-t-il arriver aux habitants de la République ? demandé-je.

Le chancelier se tapote la lèvre comme s'il réfléchissait à la question.

— Je crains que les sénateurs ne s'en tirent pas très bien, répond-il. Quant à l'Elector… Eh bien, il ne peut y avoir qu'un seul dirigeant dans un pays, et j'occupe déjà ce poste. (Il esquisse un sourire qui exprime une tendresse bien éloignée de ses propos.) Lui et moi nous ressemblons plus que vous ne pouvez l'imaginer. Nous ne sommes pas des hommes cruels, juste pragmatiques. Et vous savez à quel point il est difficile de s'occuper des traîtres, n'est-ce pas ?

Un frisson me transperce de part en part.

— Et les princeps elects ? demandé-je. Et les Patriotes ? Ils faisaient partie du marché, vous vous rappelez ?

Le chancelier acquiesce.

— Bien sûr que je m'en souviens. Day, il y a certaines choses qu'il vous faudra apprendre à propos des gens et de la société quand vous serez plus âgé. Il est parfois nécessaire de se montrer impitoyable. Bien, avant que vous ne commenciez à paniquer, laissez-moi vous dire qu'il ne sera fait aucun mal à mademoiselle Iparis. Nous avons déjà imaginé un moyen de la pardonner, en récompense de ce que vous faites pour nous. Cela faisait partie du marché, comme vous l'avez dit, et je n'ai pas l'intention de revenir sur ma parole. Les autres princeps elects, en revanche, seront exécutés avec l'Elector.

Exécutés. Comme ça, tout simplement. La nausée me gagne tandis que je songe à la tentative d'assassinat d'Anden. Cette fois-ci, il risque de ne pas s'en tirer.

— D'accord, tant que vous épargnez June, réussis-je à articuler. Tant que vous ne faites pas de mal aux Patriotes ni à mon frère. Mais vous n'avez toujours pas répondu à ma première question. Que va-t-il arriver aux habitants de la République ?

Le chancelier me regarde, puis se penche vers moi.

— Dites-moi, Day, pensez-vous vraiment que les masses aient le droit de prendre des décisions impliquant la nation tout entière ?

Je contemple la pyramide. Ça fait une sacrée glissade du sommet à la base. Il faut que je trouve un moyen de freiner ma vitesse.

— Les lois qui gouvernent une nation affectent aussi la vie des individus, non ? dis-je pour le provoquer. (J'espère que l'enregistreur fonctionne comme il faut.) Alors oui, bien sûr. Je pense que les gens ont le droit de peser sur ces décisions.

Le chancelier hoche la tête.

— Une réponse juste, mais ce n'est pas la justice qui fait avancer les nations, n'est-ce pas, Day ? J'ai lu des histoires à propos de pays où tout le monde reçoit les mêmes droits à la naissance, où tout le monde contribue au bien commun, où personne n'est plus riche ou plus pauvre que son voisin. Pensez-vous qu'un tel système puisse fonctionner ? (Il secoue la tête.) Pas avec les gens, Day. C'est quelque chose que vous apprendrez au fil des ans. Par nature, les gens sont injustes, déloyaux et fourbes. Il faut se montrer prudent avec eux. Il faut trouver le moyen de leur faire croire que vous satisfaites leurs moindres désirs. Les masses sont incapables de fonctionner seules. Elles ont besoin de guides. Elles ne savent pas ce qui est bon pour elles. Vous me demandez ce qui va arriver aux habitants de la République ? Eh bien, je vais vous répondre, Day. Le peuple dans son ensemble sera impatient d'être intégré dans notre système. Il apprendra tout ce qu'il aura besoin de savoir et nous veillerons à ce qu'il emploie ces connaissances à bon escient. Il deviendra partie intégrante d'une machine bien huilée.

— Tout ce qu'il aura *besoin* de savoir ?

— C'est cela. (Le chancelier croise les mains dans son dos et lève le menton.) Croyez-vous vraiment que les gens sont capables de prendre leurs destins en main ? Quelle idée effrayante. La plupart ne savent même pas ce qu'ils veulent. Vous devriez le savoir mieux que personne, Day. N'avez-vous pas lancé un appel en faveur de l'Elector il y a quelques mois ? N'êtes-vous pas sur le point d'en lancer un autre en notre faveur aujourd'hui ? (Il a incliné la tête sur le côté.) Vous faites ce que vous avez besoin de faire.

*Vous faites ce que vous avez besoin de faire.* Ces mots sont l'écho de la philosophie en vigueur à l'époque du précédent Elector. Une philosophie qui semble immuable, quel que soit le pays. Je hoche la tête pour lui faire croire que ses arguments ont fait mouche, mais, au fond de moi, je me surprends à hésiter. Cet homme n'a-t-il pas raison ? Ne ferais-je pas mieux de renoncer au plan ? *Il essaie de t'embobiner !* me dis-je, en proie au doute. *Tu n'es pas comme lui. Tu te bats pour le peuple.*

*Tu te bats pour quelque chose qui n'existe pas, n'est-ce pas ?*

Il faut que je sorte d'ici avant que les paroles du chancelier sapent mes dernières résistances. Mes muscles se contractent. Je suis prêt à faire mon discours. Du coin de l'œil, j'examine la salle une fois de plus.

— Bon, dis-je d'une voix sèche. Finissons-en.

— Faites preuve d'un peu plus d'enthousiasme, mon garçon, dit le chancelier avec un claquement de langue faussement désapprobateur. (Son visage redevient sérieux.) Nous voulons que vous soyez convaincant en vendant votre opinion au peuple.

Je hoche la tête. Je fais un pas vers la baie vitrée et deux soldats viennent brancher mon micro pour diffuser mon intervention depuis le navire. J'aperçois mon reflet transparent dans la paroi de verre et la peur m'étreint. Il y a des soldats des Colonies dans toute la ville et, si je ne remplis pas ma part du marché, ils veilleront à ce que mon frère et mes amis en paient le prix. Et je ne ferai pas de vieux os non plus. Nous y sommes. Il est trop tard pour reculer.

— Peuple de la République, dis-je. Aujourd'hui, je me présente devant vous en compagnie du chancelier des Colonies à bord de son navire. Je viens vous délivrer un message, à vous tous.

Ma voix est rauque et je dois me racler la gorge avant de poursuivre. Quand je bouge mes orteils, je sens les bosses que font les deux petites bombes cachées sous mes semelles. Il est temps de passer à l'étape suivante. J'espère sincèrement que les symboles que les Patriotes et moi avons tracés dans toute la ville ont rempli leur rôle, que les gens sont prêts.

— Nous avons affronté bien des épreuves ensemble, continué-je. Mais la plupart de ces épreuves n'étaient rien en comparaison de celles de ces derniers mois. Croyez-moi, je sais de quoi je parle. Il nous a fallu nous habituer à un nouvel Elector, faire face à de nombreux changements… Et, comme vous le savez sans doute tous maintenant, je ne suis pas au mieux de ma forme.

Comme pour souligner mes propos, ma migraine se réveille. À l'extérieur du navire, ma voix résonne à travers Los Angeles et mon discours est diffusé sur les flancs de dizaines de dirigeables des Colonies ainsi que sur tous les JumboTron de la ville. J'inspire un grand coup, comme si je m'adressais à mes concitoyens pour la dernière fois.

— Vous et moi n'aurons sans doute jamais la chance de nous rencontrer, mais je vous connais. Vous m'avez appris toutes les bonnes choses de la vie. Vous m'avez montré pourquoi je me suis battu si longtemps pour mes proches. Je vous souhaite tout le bonheur du monde, à vous et à vos familles. J'espère que vous n'aurez pas à souffrir comme j'ai souffert au cours de ma vie.

Je fais une pause. Mes yeux se tournent vers le chancelier qui hoche la tête pour m'encourager à continuer. Mon cœur bat si fort que j'entends à peine ma voix.

— Les Colonies ont beaucoup à vous offrir, déclaré-je avec plus d'assurance. Leurs vaisseaux sont désormais dans notre ciel et bientôt, vous verrez leurs bannières flotter au-dessus de vos maisons et des écoles de vos enfants. Peuple de la République, j'ai un dernier message à vous adresser avant de vous faire mes adieux.

C'est le moment. Les muscles de mes jambes se contractent et mes pieds se déplacent légèrement. Le chancelier m'observe.

— La République est faible et brisée. (Je plisse les yeux.) Mais c'est toujours votre pays ! Battez-vous pour le défendre ! Il est à vous, et pas à *eux* !

Je vois le chancelier grimacer de colère et, sans perdre un instant, je bondis pour donner un violent coup de pied dans la baie panoramique. Les soldats se précipitent vers moi. Ma botte heurte la vitre et les deux bombes cachées sous mes semelles explosent avec de petits bruits sourds. Une vibration remonte le long de ma jambe tandis que la baie vole en éclats.

Je saute. Mes pieds ne touchent plus terre. Mes bras se lèvent et agrippent le bord supérieur de l'encadrement. Une balle me frôle en sifflant. Les cris furieux du chancelier résonnent dans la salle. Je suppose que les soldats ne vont pas faire beaucoup d'efforts pour me capturer vivant après mon petit numéro. Un flot d'adrénaline me submerge comme une vague brûlante.

L'air frais de l'extérieur m'enveloppe. Il n'y a pas de temps à perdre. Je sens que ma casquette menace d'être emportée par une rafale. Je reste accroché au montant de la baie pendant une seconde pour l'enfoncer sur mon crâne. Je ne tiens pas à ce que ma crinière blonde permette aux soldats de me repérer depuis le sol. Lorsque le vent faiblit, je glisse le long de la paroi extérieure et je lève les yeux pour évaluer la distance qui me sépare de la fenêtre de l'étage supérieur. Je saute vers elle et je m'agrippe au rebord. Je me hisse à sa hauteur avec difficulté. Je pousse un grognement sous le coup de l'effort. Il y a un an, je n'aurais eu aucun mal à réaliser cette manœuvre.

J'arrive au quatrième niveau quand j'entends un petit bruit sourd, puis la première explosion.

Une terrible secousse parcourt le dirigeable et je manque de lâcher prise. Je jette un coup d'œil vers le bas et je vois une boule gris orangé envelopper le point d'ancrage du navire. Les Patriotes sont passés à l'action. Une nouvelle explosion retentit et le dirigeable laisse échapper un grincement avant de s'incliner vers l'est. Je serre les dents et j'accélère. Mon pied dérape sur l'encadrement d'une fenêtre à l'instant où une rafale de vent me frappe. Je suis à deux doigts de perdre l'équilibre. Pendant quelques secondes, mes jambes s'agitent dans le vide.

— Mais qu'est-ce que tu fous ? me morigéné-je. T'appelles ça une fuite ?

Je tends le bras aussi loin que possible et je parviens à agripper un nouveau montant de fenêtre au dernier moment. L'effort demandé provoque un élan de douleur sourde au dos de mon crâne. Je grimace. Non. Pas maintenant. N'importe quand sauf maintenant. Mais mes prières sont inutiles. Je sens la migraine approcher à grands pas. Si elle éclate, je suis certain de tomber et de m'écraser sur le quai. Au bord du désespoir, je m'efforce de grimper plus vite. Mon pied glisse sur la fenêtre du dernier niveau. Je réussis à trouver une prise *in extremis.* J'attrape le rebord du pont supérieur au moment où la migraine explose.

La douleur est aveuglante. Je me balance dans le vide. Je m'accroche de toutes mes forces pour ne pas tomber. Deux nouvelles explosions retentissent, presque simultanément. Le dirigeable gémit et grince. Il essaie de prendre son envol, de s'éloigner du point d'ancrage, mais il ne fait que trembler. Si le chancelier m'attrape, il me tuera de ses mains. Une sirène monte dans le lointain. Les soldats du pont supérieur ont dû être avertis que je me dirigeais vers eux et ils doivent m'attendre.

J'ai le souffle court. *Ouvre les yeux! Tu dois ouvrir les yeux!* À travers un brouillard de larmes, je distingue les contours du pont supérieur et des soldats qui courent en criant. Pendant un instant, j'oublie où je suis, ce que je fais et ce que je dois faire. Un sentiment d'étrangeté me soulève le cœur et j'ai le plus grand mal à ne pas vomir. *Réfléchis un peu, Day! Ce n'est pas la première fois que tu es dans le pétrin!* Ma mémoire est plongée dans le brouillard. *Pourquoi est-ce que j'ai grimpé jusqu'ici, déjà?* La brume se lève. Il faut que je trouve le moyen de descendre. Je me souviens alors des chaînes qui servent de rambarde sur le pont supérieur. Je me souviens de mon plan. Au prix d'un effort surhumain, je tends la main vers la chaîne la plus proche pour l'attraper, en vain. Les soldats m'ont vu et plusieurs d'entre eux se précipitent vers moi. Je grince des dents et j'essaie de nouveau.

Je réussis à saisir la chaîne. Je la serre à deux mains et je la tire sèchement vers le bas. Les maillons sautent des crochets qui les maintiennent en place et je me jette dans le vide. J'espère du fond du cœur que la chaîne sera assez solide pour supporter mon poids. J'entends une série de claquements tandis que les crochets sautent les uns après les autres. Je tombe à une allure vertigineuse. J'ai si mal au crâne que je sens mes doigts faiblir. Je rassemble mes dernières forces pour ne pas lâcher prise. Mes cheveux tourbillonnent contre mon visage et je songe que ma casquette a dû glisser. Je tombe, encore et encore. Le monde défile à une vitesse étourdissante. La migraine reflue tandis que le vent rugit autour de moi.

Une extrémité de la chaîne se brise quand j'atteins le ventre du dirigeable. Mes poumons se vident alors que je suis projeté vers le côté qui a résisté. Je m'accroche avec l'énergie du désespoir tandis que j'amorce un mouvement de pendule le long du navire. Je suis presque assez bas pour sauter sur le quai, mais je me balance trop vite. Je me rapproche du dirigeable et je presse les talons contre son flanc métallique. Un long grincement aigu se fait entendre. Emporté par la vitesse, je rebondis et je me mets à tourbillonner dans tous les sens. J'essaie de me stabiliser, mais je n'en ai pas le temps. L'autre extrémité de la chaîne se brise et je suis projeté au-delà de l'aire d'ancrage. Je tombe sur une paroi inclinée de la pyramide. Le choc me coupe le souffle. Je glisse sur la surface lisse pendant quelques secondes, puis je m'immobilise. Je reste là, couvert de bleus, épuisé, persuadé que des soldats des Colonies vont surgir d'un instant à l'autre pour me cribler de balles. Il n'y a nul endroit où se cacher. Pascao et les Patriotes ont dû apprendre que j'ai accompli ma mission et ils s'apprêtent sans doute à faire exploser les autres bombes. J'ai intérêt à ne pas moisir ici si je ne veux pas finir en petit tas de cendres. Cette pensée me secoue et me donne la force de me lever. Je glisse sur la paroi aussi vite que possible. Au pied de la pyramide, j'aperçois des soldats des Colonies qui se précipitent vers moi. Le désespoir m'envahit.

Je n'arriverai jamais à leur échapper avant l'explosion. Je continue pourtant à descendre. Il faut que je m'éloigne au plus vite.

Je suis encore à plusieurs dizaines de mètres du sol. Les soldats grimpent vers moi pour me capturer. Mes muscles se contractent tandis que je me baisse pour me déplacer latéralement sur la paroi. Je suis fichu.

Au moment où cette pensée me traverse l'esprit, les deux dernières bombes explosent sous le dirigeable.

Un terrible grondement secoue le bâtiment. Je jette un coup d'œil par-dessus mon épaule. Au sommet, une gigantesque boule de feu monte de l'endroit où le dirigeable du chancelier est amarré. Puis des flammes orangées jaillissent des zones d'ancrage de toutes les pyramides, en même temps. Le spectacle me laisse bouche bée. Je tourne la tête vers les soldats en contrebas. Ils se sont paralysés, sidérés par ce qu'ils viennent de voir. Une nouvelle détonation assourdissante accompagnée d'une gerbe de flammes retentit au-dessus de moi. La secousse renverse tout le monde. Je fais de mon mieux pour retrouver mon équilibre. *Vite ! Vite ! Vite !* Je parcours les derniers mètres qui me séparent du sol en titubant et je tombe à genoux. Le monde tourne dans tous les sens. Je n'entends plus que les cris des soldats et les grondements des incendies qui ravagent les bases aériennes.

Des mains me saisissent. Je me débats, mais je n'ai plus de force. Puis on me lâche et j'entends une voix familière près de moi. Surpris, je tourne la tête. *Je connais cet homme. Qui est-ce ? Pascao. Il s'appelle Pascao.*

Ses yeux gris clair se plissent en me regardant. Il me prend par la main et m'entraîne.

— Content de voir que tu n'es pas mort, dit-il. Essayons de te garder en vie un peu plus longtemps.

# JUNE

Depuis la Bank Tower, dans le centre-ville, j'aperçois d'immenses flammes orangées monter des bases aériennes situées le long de la côte. Les déflagrations sont gigantesques. Leurs lueurs colorent le ciel de reflets aveuglants tandis que l'air vibre. Les ondes de choc font trembler les vitres du bâtiment. Le personnel de l'étage s'affaire avec frénésie. Les membres de l'équipe médicale préparent Tess et Eden pour leur évacuation.

Je reçois un appel de Pascao.

—J'ai récupéré Day, me crie-t-il. Retrouve-nous dehors.

Le soulagement me coupe les jambes pendant un instant. *Il est vivant. Il a réussi.* Je jette un coup d'œil dans la chambre où Tess attend dans un fauteuil roulant. Je la regarde en levant le pouce. Son visage s'éclaire malgré son état de faiblesse. Dehors, l'ombre qui planait sur l'immeuble s'éloigne. Le dirigeable se dirige vers la côte. Des dizaines de chasseurs décollent de son pont et de ceux de lointains navires endommagés par les explosions. Ils se rassemblent en escadrons avant d'affronter les appareils de la République. J'ai l'impression de regarder un essaim de guêpes furieuses.

*Dépêche-toi, Antarctique ! Par pitié !*

Je me précipite vers l'escalier et je descends dans le hall de la Bank Tower. Le chaos est total. Des soldats de la République passent tout près de moi en courant. D'autres se rassemblent devant les portes d'entrée pour empêcher toute intrusion.

—Cet hôpital est zone interdite! aboie un officier. Conduisez les blessés de l'autre côté de la place. Nous évacuons!

Les écrans qui tapissent la pièce montrent des soldats de la République affrontant les troupes des Colonies dans les rues. À ma grande surprise, je vois également des civils avec des armes de fortune prêter main-forte à nos troupes pour repousser l'ennemi. Il y a des incendies un peu partout. Au bas des écrans, un message en caractères gras et menaçants passe en boucle:

TOUS LES SOLDATS DE LA RÉPUBLIQUE ONT ORDRE DE ROMPRE LE CESSEZ-LE-FEU ET D'ATTAQUER L'ENNEMI. TOUS LES SOLDATS DE LA RÉPUBLIQUE ONT ORDRE DE ROMPRE LE CESSEZ-LE-FEU ET D'ATTAQUER L'ENNEMI...

J'esquisse un mouvement de recul en regardant ces images. C'est pourtant bien ce que nous espérions.

Dehors, le vacarme est assourdissant. Des chasseurs passent en rugissant au-dessus de nos têtes, d'autres survolent la Bank Tower en se préparant à défendre l'immeuble le plus haut de Los Angeles au cas où les Colonies décideraient de l'attaquer – ce qui n'est peut-être qu'une question de minutes. Je remarque que plusieurs escadrons font de même à proximité des bâtiments les plus importants de la ville.

—Allez, Day, où es-tu? marmonné-je en scrutant les rues à la recherche d'une masse de cheveux blonds ou des yeux si clairs de Pascao.

Une sourde secousse fait trembler le sol. Une nouvelle gerbe orangée monte dans le ciel à quelques pâtés de maisons de distance. Deux avions de combat des Colonies surgissent, suivis de près par un chasseur de la République. Le bruit est tellement épouvantable que je porte les mains à mes oreilles en attendant qu'ils s'éloignent.

— June ?

La voix de Pascao résonne dans mon oreillette, mais je l'entends à peine. Nous sommes presque arrivés. Où es-tu ?

— Devant la Bank Tower, réponds-je en criant.

— Nous allons évacuer, dit-il aussitôt. Nous venons de recevoir des infos de nos hackers. Les Colonies ont l'intention de lancer une offensive contre ce bâtiment dans moins d'une heure.

Comme pour confirmer ses propos, des chasseurs ennemis passent en nous déchirant les tympans et, l'instant suivant, une énorme explosion secoue le sommet de la tour. Autour de moi, les soldats lancent des avertissements tandis que des débris se mettent à pleuvoir dans la rue. Je file m'abriter sous un porche. Des bouts de verre et des blocs de béton s'abattent dans un terrible fracas, écrasant des Jeeps avant d'éclater en mille morceaux.

— June ? demande Pascao d'une voix inquiète. Est-ce que tu vas bien ? June ?

— Je vais bien. Je vous aiderai à faire évacuer les blessés dès que vous serez là. À tout de suite.

Je coupe la communication.

Trois minutes plus tard, je repère Day et Pascao qui se dirigent vers la Bank Tower d'un pas mal assuré. Ils avancent à contre-courant du flot de civils qui fuient le quartier et de soldats qui partent affronter l'ennemi dans les rues. Ils se fraient un chemin entre les gravats. Je quitte mon abri pour me précipiter vers Day qui s'appuie lourdement sur l'épaule du Patriote.

— Est-ce que l'un de vous est blessé ? demandé-je.

— Je vais bien, dit Pascao. (Il montre Day d'un mouvement de menton.) En ce qui concerne celui-là, je ne réponds de rien. Je pense surtout qu'il est épuisé.

Je glisse le bras ballant de Day sur mon épaule. Avec l'aide de Pascao, je le conduis à l'abri. Nous trouvons refuge dans le hall d'un immeuble qui nous permet d'observer la *Bank Tower* à une distance respectueuse, de l'autre côté de la place jonchée de débris. Dans la salle, des soldats blessés sont couchés en rangs. Des médecins courent entre eux à un rythme frénétique.

— Nous allons évacuer la tour, expliqué-je en aidant Day à s'allonger.

Je fais aussi doucement que possible, mais il grimace de douleur. Je ne distingue pourtant aucune blessure apparente. Il lève les yeux vers moi d'un air inquiet.

— Tout va bien, dis-je pour le rassurer. Tess et Eden sont évacués en ce moment même.

— Et tu devrais les suivre, dit-il. La bataille ne fait que commencer.

— Si je te demande d'arrêter de t'inquiéter, est-ce que cela servira à quelque chose ?

Ma réplique lui arrache un faible sourire.

— Est-ce que les Antarcticiens viennent nous aider ? demande-t-il. Est-ce que tu as dit à Anden que nous avions trouvé un remède…

— Du calme, le coupé-je. (Je me lève et pose une main sur l'épaule de Pascao.) Surveille-le. Je retourne à la tour pour aider à l'évacuation. Je vais demander qu'on amène son frère ici.

Pascao hoche la tête et je jette un dernier coup d'œil à Day avant de quitter le bâtiment en courant.

Un flot de gens sort de la Bank Tower. Des soldats de la République le canalisent en se postant de chaque côté. Certaines personnes sont en fauteuils roulants ou bien avancent avec des béquilles, d'autres sont allongés sur des chariots poussés par des médecins ou des infirmiers. Les militaires aboient des ordres. Ils brandissent leurs armes et sont visiblement tendus. Je me dirige vers l'entrée d'un pas pressé et je réussis à me frayer un chemin jusqu'à un escalier. Je monte les marches quatre à quatre et j'arrive à l'étage du laboratoire de recherche. La porte est ouverte et une infirmière dirige les gens vers l'ascenseur.

Je m'approche d'elle et je la prends par le bras. Elle tressaille et se tourne vers moi.

— Princeps elect, bafouille-t-elle. (Elle se dépêche d'incliner la tête.) Mais que faites-vous…

— Eden Bataar Wing, dis-je, le souffle court. Est-ce qu'il est prêt à être évacué ?

— Le frère de Day ? Oui… oui. Il est dans sa chambre. Nous nous préparons à le déplacer le plus confortablement possible. Il a toujours besoin d'un fauteuil roulant, mais…

— Et Tess ? La fille qui était en quarantaine ?

— Elle est en train de descendre...

Je n'attends pas qu'elle termine. Je me précipite dans la salle principale, puis dans le couloir. Au bout de celui-ci, j'aperçois des médecins qui poussent le fauteuil d'Eden. Le garçon est inconscient. Sa tête repose contre un petit oreiller, son front est couvert de sueur.

J'ordonne aux médecins de le conduire au bâtiment voisin.

— Vous y trouverez Day. Veillez à ce qu'il reste avec son frère.

De nouvelles explosions secouent la tour, faisant tomber une bonne moitié des personnes présentes. Certains docteurs laissent échapper des cris. Une pluie de poussière s'abat du plafond. Mes yeux se mettent à larmoyer. Je déboutonne mon manteau et je le glisse sur Eden pour le protéger.

— Ne prenez pas l'ascenseur, hoqueté-je en me dirigeant vers l'escalier. Est-ce qu'on peut le porter ?

Une infirmière soulève Eden avec précaution et le prend dans ses bras. Nous descendons les marches aussi vite que possible. La poussière continue à tomber. Nous entendons des bruits étouffés venant de l'extérieur : des coups de feu, des cris et des déflagrations.

Nous sortons de l'immeuble. La nuit tombe, mais les lueurs des explosions éclairent la ville comme en plein jour. Je n'ai toujours pas reçu d'appel d'Anden. Nous faisons une pause à l'abri du porche de la tour et j'en profite pour scruter les toits. Des civils escortés par des militaires passent près de nous en files continues. Un soldat me reconnaît et m'adresse un bref salut.

— Princeps elect ! crie-t-il. Gagnez l'abri voisin, vite ! Nous allons trouver une Jeep pour vous conduire auprès de l'Elector.

Je secoue aussitôt la tête.

— Non ! Je reste ici.

Du coin de l'œil, j'aperçois un éclair sur un toit. Un coup de feu claque et tout le monde rentre la tête dans les épaules quand le projectile s'écrase au-dessus de l'entrée principale. Des tireurs des Colonies sont postés au sommet des immeubles. Les soldats de la République lèvent aussitôt leurs armes et ouvrent le feu. L'homme avec qui je parlais me tapote l'épaule.

— Il faut bouger, lance-t-il en faisant de grands gestes.

L'infirmière qui porte Eden fait quelques pas. Elle est terrifiée et ses yeux sont rivés sur les toits. Je l'arrête.

— Pas encore, lui dis-je. Restons à l'abri un moment.

À peine deux secondes plus tard, une balle frappe un civil dans une gerbe de sang. Les gens qui sont autour de lui s'enfuient en poussant des cris qui résonnent dans l'air du soir. Le cœur battant, j'observe les toits. Un soldat de la République abat enfin un tireur. Je vois une silhouette portant l'uniforme des Colonies tomber de l'immeuble le plus proche. Je tourne la tête avant que le corps s'écrase, mais une violente nausée monte en moi. *Comment conduire Eden dans un endroit sûr ?*

— Restez ici, ordonné-je à l'infirmière qui porte Eden. (Je rassemble quatre soldats.) Couvrez-moi. Je vais gagner ce bâtiment.

D'un geste, je fais signe à l'un d'eux de me donner le pistolet accroché à sa ceinture. Il s'exécute sans hésitation.

Je me fraye un chemin parmi les gens affolés et je me dirige vers mon objectif. J'essaie d'imiter les mouvements fluides et naturels de Day et de Pascao dans cette jungle de béton. L'évacuation chaotique se poursuivit malgré la bataille. Je me glisse dans une ruelle sombre et je commence à escalader le bâtiment que j'ai choisi. Je suis petite, je porte des vêtements sombres, je suis seule et personne ne s'attend à une opération de ce genre. Je m'efforce de me rappeler tout ce que j'ai appris à propos des snipers. Si je peux les gêner, les civils auront un peu plus de chance d'atteindre un abri vivants. Tandis que je réfléchis à tout cela, des chasseurs des Colonies passent au-dessus de moi et une gigantesque gerbe de flammes jaillit de la Bank Tower. Un avion de chasse de la République les poursuit en les mitraillant. Il parvient à toucher un appareil ennemi. Le réacteur de celui-ci prend feu et le jet bascule soudain sur le côté en laissant un panache de fumée noire dans son sillage. Il perd de l'altitude et disparait derrière une rangée d'immeubles. Une fraction de seconde plus tard, un terrible grondement m'apprend qu'il s'est écrasé. Je lève les yeux vers la tour en flammes. Il ne reste pas beaucoup de temps avant que l'immeuble s'effondre. Je serre les dents et je grimpe à toute allure. Quel dommage que je ne sois pas aussi bon courrier que Day ou Pascao.

Je suis presque au sommet. De ma position, j'ai un excellent point de vue sur les combats qui se déroulent en contrebas. La Bank Tower est prise pour cible par les forces aériennes et terrestres. Dans les rues, des centaines de soldats de la République repoussent un flot intarissable d'ennemis. Des patients et du personnel médical sortent encore de la tour pour traverser la place et gagner l'abri. J'aperçois également des fonctionnaires qui viennent des étages supérieurs. La plupart d'entre eux sont couverts de poussière blanche et de sang. J'arrive au sommet de l'immeuble. Je lève la tête avec prudence pour observer le toit.

Il n'y a pas de tireur en vue. Je me hisse au sommet du bâtiment en prenant soin de rester dans les zones les plus sombres. Je serre le pistolet si fort que mes doigts sont tout engourdis. Je scrute les toits des immeubles qui bordent la place entre la Bank Tower et l'abri. Ils sont assez rapprochés pour que je puisse sauter de l'un à l'autre. J'aperçois plusieurs tireurs des Colonies en embuscade. Ils prennent pour cibles les soldats de la République qui assurent l'évacuation des civils. J'avance au bord du toit.

Je vise le dos du plus proche et je presse la détente. J'ai l'impression de sentir Metias guider le canon de mon arme pour que la blessure ne soit pas mortelle. L'homme s'effondre en poussant un cri étouffé qui se perd dans le rugissement de la bataille. Je saute sur le toit où il se trouve et je me précipite vers lui pour prendre son arme et la jeter dans le vide. Puis je lui assène un coup de crosse assez violent pour l'assommer. Je repère ma cible suivante. Je porte une main à mon oreille et je branche mon micro. J'appelle le soldat avec qui j'ai parlé un peu plus tôt.

— Dites à l'infirmière de rester à proximité de la Bank Tower, soufflé-je sur un ton urgent. Je vous ferai signe quand...

Je n'ai pas le temps de terminer ma phrase. Une explosion me projette à terre. J'ouvre les yeux et je regarde par-dessus le rebord de la terrasse. La rue est envahie par un nuage de fumée blanche et de cendres. Des bombes à poussière ? Paniqués, les civils se mettent à courir dans le brouillard épais. Ils se précipitent vers l'abri. Ils franchissent les cordons de soldats sans tenir compte de leurs cris et de leurs avertissements. Les tireurs des Colonies ont baissé les visières de leurs casques. Ils doivent être équipés de systèmes permettant de voir à travers la fumée. Ils ouvrent le feu sur la foule et les gens s'éparpillent dans toutes les directions. Je me tourne vers la Bank Tower. Je suis morte d'inquiétude. Où est Eden ? Puis je me tourne pour m'occuper de ma cible suivante. Je procède comme je l'ai fait pour la première. Et de deux. Je repère un troisième soldat ennemi avant de pousser un juron en constatant que mon chargeur est vide.

Je décide de redescendre dans la rue quand un éclair attire mon attention. Je tourne la tête et je me fige.

Le commandant Jameson est tapie sur un toit voisin, un peu plus haut que le mien. Une sourde terreur m'envahit quand je vois qu'elle tient un fusil.

Non. Non !

Elle abat des soldats de la République avec minutie, l'un après l'autre. Mon cœur s'arrête quand je me rends compte que quelque chose a attiré son attention. Elle vise une nouvelle cible dans la rue. Je tourne la tête et j'aperçois un garçon avec des cheveux blonds et brillants qui remonte le flot de civils affolés en direction de la Bank Tower.

Elle va tuer Day.

# DAY

TESS EST ÉVACUÉE EN PREMIER. UN INFIRMIER SORT DE LA BANK TOWER en la portant dans ses bras. Elle semble incapable de faire le moindre geste. Ils descendent l'escalier du parvis et, dès qu'ils arrivent dans la rue, je remplace l'infirmier et j'emporte mon amie au milieu du flot de civils affolés. Elle est à peine consciente. Elle ne se rend pas compte de ma présence. Sa tête roule d'un côté à l'autre. Je parcours la moitié du chemin qui me sépare de l'abri avant de ralentir. Je suis épuisé et j'ai très mal.

Pascao m'arrache Tess des bras et la cale contre sa poitrine. Des éclairs apparaissent sur les toits. Des tireurs embusqués.

— Retourne à l'entrée de la Bank Tower, me lance Pascao avant de s'éloigner. Je la conduis à l'abri.

Il s'enfonce dans la foule sans me laisser le temps de protester.

Je le regarde partir avec son précieux fardeau. Je n'ai pas envie de les perdre de vue avant d'être sûr que Tess est en sécurité de l'autre côté de la place. Je les vois atteindre l'entrée de l'abri et je me tourne enfin vers la tour. Eden devrait être en bas maintenant. Je tends le cou et je scrute la foule en quête d'une masse de boucles blondes. Est-ce que

June a quitté le bâtiment ? Je ne la vois pas non plus et ça m'inquiète un peu plus.

Et puis vient l'explosion. Je suis projeté à terre.

De la poussière. *Une bombe à poussière,* réussis-je à penser malgré ma migraine. D'abord, je ne vois plus rien. Le chaos est général. Des éclairs apparaissent et j'entends des détonations étouffées de fusils. À travers le nuage de fumée, je distingue des gens qui courent vers les barricades dressées par l'armée pour se mettre à l'abri. Je vois leurs jambes bouger au ralenti, leurs bouches pousser des cris silencieux. Je secoue la tête avec lassitude. Mes membres sont si lourds que j'ai l'impression d'être plongé dans un bain de boue. L'arrière de mon crâne est parcouru par des pulsations qui menacent de se transformer en douleur insoutenable. Je cligne des yeux pour essayer de chasser la migraine, pour m'éclaircir les idées. J'appelle Eden, mais je n'entends même pas ma voix. Et si je ne l'entends pas, qui l'entendra ?

La foule se clairsème pendant quelques instants.

C'est alors que je le vois. Eden. Il est inconscient dans les bras d'une infirmière terrifiée qui avance en titubant au milieu des tourbillons de poussière. Elle ne se rend pas compte qu'elle va dans la mauvaise direction, droit vers les troupes ennemies qui ont pris position de l'autre côté de la place, en face de l'abri. Je ne prends pas la peine de réfléchir ou de crier. Je ne prends pas la peine d'attendre que les coups de feu se calment. Je n'hésite pas un seul instant. Je m'élance vers mon frère.

# JUNE

Le commandant Jameson va le tuer. À en juger par l'endroit qu'elle vise, il n'y a pas le moindre doute.

Day court à toute allure sur le tapis de poussière qui couvre la place. *Mais qu'est-ce que tu fabriques ?* Il manque de perdre l'équilibre. Malgré la distance, je me rends compte qu'il est éreinté et qu'il a le plus grand mal à se déplacer. Il va lui arriver malheur s'il continue à abuser de ses forces. Je regarde devant lui pour chercher une explication à son comportement aberrant.

Eden. Bien entendu. L'infirmière qui le tient trébuche et tombe entre les tourbillons de fumée. Elle se relève, affolée, et s'enfuit en courant. La colère m'envahit en la voyant abandonner Eden. Le garçon s'agite avec lenteur. Il est en plein milieu de la place, à découvert, aveugle et seul. Il y a tant de fumée que le malheureux est secoué par une violente quinte de toux.

Je me redresse d'un bond. Day court à contresens et, quand il aura croisé les derniers civils, il fera une cible parfaite.

Ma main glisse à ma ceinture, puis je me rappelle que je n'ai plus de balles. Je me tourne et je m'élance le dernier soldat que j'ai neutralisé. Je ne me suis pas débarrassée de son arme. Je jette un coup d'œil au commandant Jameson.

Elle se raidit et le canon de son fusil s'immobilise. *Non. Non !* Elle presse la détente.

La balle rate sa cible de soixante centimètres. Day trébuche et, instinctivement, il lève un bras devant lui pour se protéger la tête. Il retrouve son équilibre et poursuit sa course avec acharnement. Mon cœur bat à tout rompre dans ma poitrine. *Plus vite !* Je bondis vers le toit voisin. Je vois Day atteindre Eden. Il s'arrête dans une longue glissade et prend son petit frère dans les bras pour le protéger. La fumée les rend difficiles à observer. Ils ressemblent à deux fantômes délavés. Avec un peu de chance, cela empêchera le commandant Jameson de viser correctement. Mon souffle se fait court tandis que j'approche de ma dernière victime.

Je me penche pour récupérer son fusil. Il ne reste qu'une balle dans le chargeur. Je m'élance pour sauter sur le toit voisin.

Sur la place, Day soulève Eden dans ses bras et pose une main sur la tête de son frère avant de se diriger vers l'abri d'un pas chancelant. Il avance aussi vite que son corps brisé le lui permet. Le commandant Jameson vise de nouveau. Je pousse un hurlement dans ma tête. Il n'y a pas une seconde à perdre. Ma concentration devient une flèche pointée vers elle. Plus rien n'existe en dehors de cette femme. Elle tire et rate sa cible mais, cette fois-ci, la balle ne ricoche qu'à une trentaine de centimètres de Day. Celui-ci ne prend même pas la peine de lever la tête. Il serre Eden un peu plus fort et poursuit son chemin.

D'un bond, je franchis la dernière rue qui me sépare de Jameson. J'atterris sur une dalle de béton. De ma position, je peux observer le toit de l'immeuble et la place en contrebas. À une quarantaine de mètres devant moi, le commandant Jameson, le dos tourné. Elle est partiellement cachée par des cheminées et des bouches d'aération. Elle ne m'a pas vue. Seul Day l'intéresse.

Elle tire de nouveau. Un instant plus tard, j'entends un cri de douleur rauque. J'identifie aussitôt la personne qui l'a poussé. Mes poumons se vident comme si j'avais reçu un coup de poing dans le ventre. Je tourne la tête vers la place et je vois Day tomber à genoux. Il a lâché Eden. Je reste paralysée.

Il est touché.

Il est secoué d'un spasme et reprend Eden dans ses bras, puis il se lève et reprend sa progression titubante. Le commandant Jameson tire une nouvelle fois. Elle fait mouche. Je pointe mon arme vers elle. Je suis assez près pour distinguer les mailles du dos de sa veste pare-balle. Mes mains tremblent. Ma position est idéale, la ligne de tir dégagée. Je peux lui tirer une balle en pleine tête. Jameson se raidit. Elle s'apprête à ouvrir le feu une fois de plus.

Je vise.

Et puis j'ai l'impression de plonger dans un film au ralenti. Le commandant Jameson se tourne vers moi. Elle a senti ma présence. Elle plisse les yeux et braque son arme vers moi. Des pensées me traversent l'esprit à la vitesse de la lumière. Je presse la détente et tire mon unique balle en visant la tête.

Et je rate ma cible.

Je ne rate jamais ma cible.

Mais ce n'est pas le moment de se poser des questions. Tandis que ma balle frôle son visage, le commandant Jameson sourit et tire à son tour. Je me jette à terre avant d'enchaîner une série de roulés-boulés. Une étincelle jaillit à deux centimètres de mon bras. Je me relève et me précipite derrière une cheminée contre laquelle je m'adosse. J'entends des bruits de l'autre côté de mon abri, le claquement de lourdes bottes qui approchent. *Respire. Respire.* Je me rappelle ma dernière confrontation avec cette femme. Pourquoi suis-je capable d'affronter n'importe quel adversaire, mais que je perds tous mes moyens devant elle ?

— Allez, sortez donc de votre cachette, mademoiselle Iparis. (Je reste silencieuse et elle éclate de rire.) Allez, vous ne voudriez quand même pas rater le spectacle de votre petit ami en train de se vider de son sang dans la rue ?

Elle sait comment me faire mal, mais je serre les dents et je chasse l'insupportable image de Day à l'agonie. J'ai des choses autrement plus urgentes à régler. Il faut que je trouve le moyen de la désarmer. Je contemple mon fusil inutile. Il est temps de faire un peu de théâtre.

Jameson ne dit plus rien. Je n'entends que le bruit régulier de ses bottes qui approchent. Les bottes de l'assassin de mon frère. Je serre mon arme.

Elle doit être assez près maintenant. Je ferme les yeux pendant un instant et je marmonne une rapide prière. Puis je jaillis de mon abri et je pointe mon arme sur Jameson comme si je m'apprêtais à tirer. Elle réagit comme je l'espérais. Elle fait un bond de côté, mais je suis prête. Je me précipite vers elle et je prends mon élan avant de lui porter un coup de pied sauté au visage. Je frappe de toutes mes forces et ma botte produit un bruit fort réjouissant. Jameson est projetée en arrière. Elle relâche sa prise sur son fusil et j'en profite pour le lui arracher d'un nouveau coup de pied. Elle s'effondre avec un bruit sourd. Son arme glisse jusqu'au bord du toit avant de basculer dans le vide.

Je n'ose pas m'arrêter. Je me jette sur elle et je lui assène un coup de coude au visage dans l'espoir de l'assommer. La première attaque porte, mais pas la seconde. Jameson saisit mon bras d'une main et mon poignet de l'autre. Elle opère un mouvement de rotation et je bascule sur le dos. Une vague de douleur remonte jusqu'à mon épaule tandis qu'elle applique sa clé. Je me tortille et je lui écrase le bras avec l'arête de mon talon. Elle grimace, mais ne lâche pas prise. Je frappe de nouveau.

Elle relâche sa clé pendant un instant et j'en profite pour me libérer.

Nous nous relevons d'un bond et je recule un peu. Nous commençons à nous tourner autour dans l'espoir de surprendre l'autre. Nous haletons toutes les deux. Mon bras est encore douloureux et un filet de sang coule de la tempe de Jameson. Je sais que je ne peux pas gagner contre un tel adversaire. Elle est plus grande et plus forte que moi. Mon talent n'est rien comparé à ses années d'expérience. Mon seul espoir est de la prendre par surprise, de trouver le moyen de retourner sa force contre elle. Je continue à tourner, à l'affût d'une ouverture. Autour de nous, le monde se fond dans le brouillard. J'attise ma colère. Je la laisse m'envahir et remplacer la peur. J'y puise une force nouvelle.

*C'est juste toi et moi maintenant. Il ne pouvait pas en être autrement. C'est le moment que j'attends depuis si longtemps. Un affrontement final, à mains nues.*

Le commandant Jameson frappe la première. Sa vitesse est terrifiante. Elle est devant moi et, soudain, son poing se précipite vers mon visage. Je n'ai pas le temps de l'éviter. Je parviens tout juste à avancer l'épaule au dernier moment. Le coup est légèrement dévié, mais mille étoiles explosent devant mes yeux. Je tombe en arrière. Je réussis à parer l'attaque suivante et je roule à bonne distance de mon adversaire. Je me secoue pour reprendre mes esprits, puis je me relève. Jameson frappe aussitôt. Je m'écarte et je lui porte un nouveau coup de pied sauté au visage. Je la touche, mais elle est si rapide qu'elle est parvenue à amortir la violence du choc. Je recule encore, lentement, jusqu'à ce que je sente le vide derrière moi. J'ai trop peur pour la quitter des yeux un seul instant. C'est bien, me dis-je. Prends l'air aussi terrifié que possible. Lorsque mes talons heurtent le rebord du toit, je trouve la force de jeter un coup d'œil en bas, puis je regarde Jameson. Son visage trahit une certaine hésitation, mais elle n'a rien perdu de son courage. De mon côté, je n'ai aucun mal à simuler la peur en écarquillant les yeux.

Elle approche tel un prédateur. Elle ne dit pas un mot. C'est inutile. Tout ce qu'elle avait à me dire a déjà été dit. Ses paroles me rongent comme un poison. J'ai l'impression de lire ses pensées. *Chère petite Iparis, c'est étonnant à quel point vous me ressemblez quand j'avais votre âge. Vous êtes adorable. Un jour, vous auriez pu découvrir que la vie n'est pas toujours telle qu'on le souhaite. Qu'on n'obtient pas toujours ce qu'on veut. Qu'il existe des forces qui vous échappent et qui vous modèlent et vous transforment. Mais le temps qui vous est imparti touche déjà à sa fin. Quel dommage! Il aurait été amusant de voir ce que vous alliez devenir.*

Ses yeux m'hypnotisent. À cet instant, je serais incapable d'imaginer un spectacle plus effrayant.

Elle se jette sur moi.

Je n'aurai qu'une seule chance. Je me baisse, je saisis son poignet et je me tourne en la faisant basculer au-dessus de moi. Emportée par son élan, elle tombe dans le vide.

Mais elle réussit à m'attraper le bras. Je m'effondre. Je glisse vers le bord du toit, et je parviens à m'arrêter au dernier moment. Mon épaule gauche se déboîte et je pousse un hurlement. Le commandant Jameson se plaque contre la façade de l'immeuble et je la vois chercher des prises. Ses ongles sont fichés dans ma chair et je les sens déchirer ma peau. Des larmes m'inondent les yeux. En bas, des soldats de la République continuent à guider les civils vers l'abri, à tirer sur l'ennemi et à hurler des ordres dans leurs micros.

Je crie de toutes mes forces.

—Abattez-la! *Abattez-la!*

Deux soldats lèvent la tête et me reconnaissent. Tandis qu'ils pointent leurs armes, Jameson me regarde dans les yeux et sourit.

—Je savais que vous n'en étiez pas capable.

Des détonations claquent et elle tressaute. Sa prise se relâche et elle tombe comme un oiseau blessé. Je me tourne pour ne pas la voir s'écraser, mais j'entends le bruit écœurant de son corps qui se fracasse sur un trottoir. Elle est morte.

C'est fini, comme ça. Il ne reste que ses paroles et les miennes qui résonnent à mes oreilles.

*Abattez-la ! Abattez-la !*

Je me rappelle soudain les mots de Metias : *« Il est rare qu'on tue pour de bonnes raisons, June. »*

Je me dépêche d'essuyer les larmes qui inondent mon visage. Qu'est-ce que j'ai fait ? Mes mains sont maculées du sang du commandant Jameson. Je frotte la droite sur ma veste, mais les traces ne partent pas. Je me demande si je parviendrai un jour à les faire disparaître.

— Je l'ai fait pour une bonne raison. Je l'ai fait pour une bonne raison, répété-je à voix basse.

Peut-être qu'elle cherchait à se détruire et que je n'ai été qu'un instrument. Mais cet argument me semble bien faible.

La douleur irradie mon épaule gauche et me fait tourner la tête. J'attrape mon bras blessé et je serre les dents avant de tirer un coup sec. Je pousse un hurlement. L'articulation résiste pendant un instant, puis décide de revenir à sa place. De nouvelles larmes coulent sur mes joues. Je suis incapable de contrôler le tremblement de mes mains. Mes oreilles bourdonnent si fort que je n'entends rien d'autre que les battements de mon cœur.

Combien de temps s'écoule-t-il ? Une heure ? Quelques secondes ?

La lueur palpitante de la raison se glisse dans mon esprit malgré la douleur. Comme toujours, c'est elle qui vient me sauver. Day a besoin de ton aide, murmure-t-elle. Il a besoin de toi.

Je me tourne et cherche Day des yeux. Il a traversé la place. Il est maintenant du côté sûr, près des barricades érigées par les soldats de la République. Je me lève et je me dirige vers le bord du toit. Je remarque alors que l'on conduit Eden en sécurité. Le garçon est inconscient. Plusieurs personnes sont penchées sur Day qui est allongé sur le sol. Je ne le vois plus. Je trouve un escalier de secours et je dévale les marches aussi vite que possible. La peur et l'adrénaline étouffent ma douleur.

*Pitié,* imploré-je dans une prière silencieuse. *Faites qu'il soit en vie.*

Lorsque j'approche enfin des barricades, un petit attroupement s'est formé autour de Day. J'entends un homme crier.

— Ne restez pas là ! Reculez ! Laissez-nous un peu de place ! Dites aux médecins de se magner !

Une boule se forme dans ma gorge et m'empêche de respirer normalement. J'ai le souffle court. Mes bottes frappent le sol au rythme des battements de mon cœur. J'écarte les gens et je tombe à genoux près de Day. Je découvre alors que c'est Pascao qui crie. Il me regarde d'un air perdu.

— Reste avec lui, me dit-il. Je vais chercher les médecins.

J'acquiesce et il part en courant.

Je remarque à peine la petite foule qui nous entoure. Je ne vois que Day. Il tremble de la tête aux pieds, ses yeux sont écarquillés sous le coup du traumatisme, ses cheveux sont plaqués sur son visage. J'examine son corps et je découvre deux blessures d'où s'échappent des flots de sang sombre.

La première est à la poitrine la seconde à la hanche. Quelqu'un pousse un gémissement étranglé. Peut-être que c'est moi. Comme dans un rêve, je me penche vers lui et je lui caresse le visage.

— Day, c'est moi. C'est June. Je suis là.

Il me regarde.

— June ? réussit-il à articuler.

Il essaie de lever le bras vers moi, mais ses tremblements l'en empêchent. Je prends son visage à deux mains et je le berce doucement. Ses yeux sont remplis de larmes.

— Je… je crois que… j'ai été blessé…

Deux personnes s'avancent et appuient sur les plaies pour contenir les hémorragies. Day laisse échapper un sanglot douloureux. Il essaie de me regarder de nouveau, mais il n'a plus la force de lever la tête.

— Les médecins ne vont pas tarder, lui dis-je avec assurance. (Je me penche plus près et je presse mes lèvres contre sa joue.) Tiens le coup, d'accord ? Reste avec moi. Regarde-moi. Tout va bien se passer.

— Je ne… crois pas, bafouille-t-il.

Il cligne rapidement des yeux et des larmes glissent sur son visage. Elles glissent autour de mes doigts.

— Eden… Il va bien ?

— Il est en sécurité, dis-je. Ton frère va bien et il est à l'abri. Tu le verras bientôt.

Day veut dire quelque chose, mais il en est incapable. Sa peau est si grise. *Pitié, pas ça !* Je refuse d'imaginer le pire, mais celui-ci plane sur moi comme une ombre sinistre. Je sens le poids de la mort qui regarde par-dessus mon épaule.

Ses yeux aveugles observent Day jusqu'au fond de son âme. Elle attend patiemment que sa vie s'éteigne.

— Je ne veux pas… je ne veux pas partir…, articule Day. Je ne veux pas… te laisser… et Eden…

Je le fais taire en posant mes lèvres sur ses lèvres tremblantes.

— Il n'arrivera rien à Eden, dis-je avec douceur. (Il faut absolument qu'il reste conscient, qu'il reste avec moi.) Concentre-toi, Day. Tu vas être conduit dans un hôpital. On va venir te chercher. Ce ne sera plus très long.

Ce ne sera plus très long.

Day se contente de sourire. Son visage est si triste que mon état de stupeur vole en éclats. Je me mets à pleurer. Ces yeux si bleus et si clairs… Le garçon allongé devant moi a bandé mes blessures dans les rues de Lake ; il a protégé sa famille de toutes ses forces ; il est resté à mes côtés malgré tout ce qui a pu se passer… C'est un garçon plein de lumière, de rires et de vie ; plein de chagrin, de colère et de passion. C'est un garçon dont le destin est lié au mien, à jamais.

— Je t'aime, souffle-t-il. Tu… peux rester un moment ?

Il ajoute quelque chose, mais d'une voix si faible que je ne l'entends pas. *Non. Non. Tu ne peux pas me faire cela.* Sa respiration est de plus en plus laborieuse et superficielle. Je devine qu'il se bat chaque seconde pour ne pas perdre conscience, mais ses yeux ont du mal à rester posés sur moi. Pendant un instant, j'ai l'impression qu'il regarde quelque chose par-dessus mon épaule. Je tourne la tête, mais il n'y a rien d'autre que le ciel. Je l'embrasse de nouveau et je glisse mon front contre le sien.

— Je t'aime, murmuré-je encore et encore. Ne me laisse pas.

Je ferme les yeux et mes larmes tombent sur ses joues.

Je reste là, près de lui. Je sens la vie le quitter peu à peu. La rage et le chagrin me rongent. Je n'ai jamais été portée sur la religion mais, au moment où je vois les médecins approcher en courant, j'éprouve le besoin irrésistible d'adresser une prière à un être supérieur. Je ne sais pas qui il peut être ou ce qu'il peut être. J'espère seulement qu'il m'entend. J'espère qu'il daignera nous tendre les bras et avoir pitié de nous. Je prie vers le ciel avec toute la force qu'il me reste.

*Laissez-le vivre.*

*Par pitié, ne l'arrachez pas à ce monde. Par pitié, ne le laissez pas mourir ici, dans mes bras. Pas après tout ce que nous avons enduré ensemble. Pas après tout ceux que Vous avez déjà pris. Par pitié, je Vous en supplie, laissez le vivre. Je suis prête à tout pour lui sauver la vie. Je ferai tout ce que Vous me demandez. Une promesse aussi naïve Vous fait peut-être rire, mais je peux Vous jurer que je suis sincère. Et je me fiche de savoir si cela n'a aucun sens, si cela est impossible. Laissez-le vivre. Je ne supporterai pas de le perdre une fois de plus.*

Je lance un coup d'œil désespéré autour de moi. Ma vue est brouillée par les larmes. Je ne vois que des taches de sang, de la fumée, de la lumière, des cendres. Je n'entends que des cris et des coups de feu, de la haine. Je suis si fatiguée de me battre, si frustrée, si furieuse, si impuissante.

Dites-moi que la bonté n'a pas disparu de ce monde. Dites-moi qu'il y a encore de l'espoir pour nous tous.

À travers le voile de mes larmes, je vois des bras qui veulent entraîner Day loin de moi. Je lutte pour les écarter. Une flèche de douleur me traverse l'épaule. Des médecins se penchent sur Day. Il a fermé les yeux et je ne vois plus sa poitrine se soulever. Je revois le corps de Metias. Lorsque les médecins essaient de m'arracher Day de nouveau, je les repousse sans ménagement. Je hurle pour tout ce qui ne s'est pas passé comme prévu. Je hurle pour tout ce qui s'est brisé dans nos vies.

# DAY

Je crois que June est penchée sur moi, mais j'ai du mal à distinguer les traits de son visage. Lorsque je fais trop d'effort, la périphérie de mon champ de vision devient d'un blanc aveuglant. La douleur, d'abord insupportable, s'évanouit. Des souvenirs me traversent l'esprit. Des souvenirs de mes premiers jours dans la rue, quand j'étais seul et terrifié. Je me rappelle mon genou en sang et mon estomac vide. Je revois Tess enfant, puis John lorsqu'il a découvert que j'étais encore vivant. Je me souviens de la maison familiale, du sourire de mon père, d'Eden quand il était bébé. Je me souviens de ma première rencontre avec June, de sa posture rebelle et de ses yeux implacables. Et puis soudain, j'ai le plus grand mal à me rappeler quoi que ce soit.

J'ai toujours su, quelque part, que je ne ferai pas de vieux os. Ce n'était pas mon destin, voilà tout.

Une lueur brillante attire mon attention au-dessus de l'épaule de June. Je tourne la tête dans la mesure de mes faibles moyens. D'abord, je crois distinguer un disque de lumière. Je continue à regarder et je comprends enfin qu'il s'agit de ma mère.

*Maman,* murmuré-je.

Je me lève et je fais un pas vers elle. Je me sens si léger. Ma mère semble plus jeune et en bonne santé. Ses mains ne sont plus bandées, ses cheveux sont de la couleur du blé et de la neige. J'arrive près d'elle et, avec une tendresse infinie, elle prend mon visage entre ses paumes si douces, ses paumes qui ne sont plus blessées. Mon cœur cesse de battre. Je suis envahi par un mélange de chaleur et de lumière. Je veux rester ainsi jusqu'à la fin des temps. Mes jambes défaillent et ma mère m'attrape avant que je tombe. Nous nous agenouillons ensemble.

— Mon petit garçon perdu, souffle-t-elle.

Ma voix est un murmure brisé.

— Je suis désolé. Je suis tellement désolé.

— Chut, mon bébé.

Je baisse la tête et elle s'incline pour m'embrasser le front. Je suis un enfant de nouveau. Je suis vulnérable, plein d'espoir, rempli d'amour. Au-delà de la silhouette floue et dorée de son bras, j'aperçois mon corps brisé allongé par terre. Une jeune fille est penchée dessus, les mains posées sur mon visage. Ses longs cheveux noirs cachent ses épaules. Elle pleure.

— Est-ce que John et papa... ? commencé-je.

Maman se contente de sourire. Ses yeux sont d'un bleu incroyable. J'ai l'impression de voir l'univers tout entier à l'intérieur, le ciel, les nuages et tout ce qui se trouve au-delà.

— Ne t'inquiète pas, me dit-elle. Ils vont bien. Ils t'aiment.

J'éprouve le désir irrésistible de la suivre où qu'elle aille, quels que soient le chemin et la destination.

— Vous m'avez manqué, dis-je enfin. Ça fait mal chaque jour, l'absence d'une personne aimée.

Maman me peigne les cheveux d'un geste très doux, comme elle le faisait quand j'étais petit.

— Mon chéri, nous ne te manquerons plus. Nous ne nous quitterons plus.

Elle lève la tête et fait un signe de menton en direction de la rue, au-delà des gens qui entourent mon corps. Une équipe médicale me charge sur un brancard.

— Rejoins Eden, souffle ma mère. Il a besoin de toi.

— Je sais, réponds-je dans un murmure.

Je tends le cou pour essayer d'apercevoir mon frère parmi la foule. Je ne le vois pas.

Ma mère se lève. Ses mains glissent de mon visage et j'ai soudain le plus grand mal à respirer. *Non. Pitié. Ne me quitte pas.* Je tends le bras vers elle, mais une barrière invisible l'arrête. La lumière devient aveuglante.

— Où vas-tu ? Pourquoi est-ce que je ne peux pas venir avec toi ?

Maman sourit et secoue la tête.

— Ta place est de ce côté du miroir. Sois patient. Un jour, tu seras prêt à le traverser pour nous rejoindre. Je reviendrai te voir. Sois heureux, Daniel. Profite de ce répit.

# JUNE

AU COURS DES TROIS PREMIÈRES SEMAINES DE L'HOSPITALISATION DE Day, je ne quitte pas son chevet. Je vois toujours les mêmes personnes. Il y a Tess, bien entendu. Elle passe autant de temps que moi autour de la chambre de Day. Elle attend qu'il sorte de son coma. Il y a Eden qui reste aussi longtemps que Lucy le lui permet. Il y a les derniers Patriotes – surtout Pascao. Il y a toutes sortes de médecins et de personnel médical que je commence à bien connaître ; je me rappelais leurs noms à la fin de la première semaine. Il y a Anden qui est rentré du front avec ses propres cicatrices. Une foule compacte campe autour de l'hôpital, mais Anden n'a pas eu le cœur de lui ordonner de se disperser. Elle restera là pendant des mois. Parmi elle, beaucoup de gens arborent une mèche écarlate. En règle générale, ils sont silencieux. Ils chantent parfois des mélopées. Je me suis habituée à leur présence et j'ai même fini par en tirer un certain réconfort. Ils me rappellent que Day est vivant. Qu'il se bat toujours.

La guerre contre les Colonies est terminée – pour l'instant, du moins. Les Antarcticiens sont enfin venus à notre aide avec leurs armes et leur technologie terrifiantes. Les Colonies et l'Afrique se sont empressées d'accepter notre proposition de cessez-le-feu. Anden et le chancelier ont été traduits devant une Cour de justice internationale qui a imposé un certain nombre de sanctions aux deux parties. On travaille enfin, *enfin*, à la rédaction d'un traité de paix définitif. Les cendres recouvrent toujours les champs de bataille et la vieille hostilité est encore palpable entre les deux nations. Je sais qu'il faudra des années pour que les blessures se referment. J'ignore combien de temps le cessez-le-feu durera, ou à quel moment la République et les Colonies décideront enfin de s'engager sincèrement sur le chemin de la paix. Peut-être jamais. Mais, pour l'instant, cet accord fragile est suffisant.

Après avoir suturé les terribles plaies par balle, les médecins ont aussitôt opéré le cerveau de Day. En raison du traumatisme qu'il avait subi, il ne pouvait pas recevoir le traitement préopératoire complet... mais ils ont quand même décidé de pratiquer l'intervention chirurgicale. À ce stade des événements, peu importait qu'il soit prêt ou pas. Sans cette opération, il serait mort. Et pourtant... Mille questions m'empêchent toujours de dormir, la nuit. Personne ne sait s'il se réveillera un jour, ou s'il sera encore lui-même quand il se réveillera.

Deux mois passent, puis trois.

Nos visites s'espacent petit à petit. Devant l'hôpital, la foule se fait de moins en moins nombreuse.

Cinq mois ont passé. L'hiver est là.

À 7 h 28, par un jeudi printanier de mars, j'entre dans la salle d'attente de l'hôpital pour une de mes visites habituelles. Comme il fallait s'y attendre à une heure aussi matinale, je suis seule. Eden est chez lui avec Lucy. Il doit se reposer. Il continue de grandir. Si Day se réveillait, je sais qu'il dirait que son frère s'affine, que son visage perd ses rondeurs de petit garçon et qu'il entre dans l'adolescence.

Même Tess n'est pas encore là. En général, elle arrive en fin de matinée pour commencer sa journée d'infirmière. Elle assiste les médecins et, quand je la surprends pendant une pause, nous nous mettons dans un coin et nous bavardons à voix basse. Il arrive qu'elle me fasse éclater de rire.

—Il t'aime, tu sais. Il t'aime vraiment. Il continuerait à t'aimer même si cela devait le détruire. Vous êtes complémentaires. Je trouve que c'est mignon, me dit-elle avec un sourire qui exprime un mélange de timidité et de ressentiment.

Elle est parvenue à redevenir la personne qu'elle était lorsque nous nous sommes rencontrées, en un peu plus âgée, un peu plus grande et un peu plus sage.

Je lui donne un petit coup de coude affectueux.

—Mais vous deux, vous partagez un lien qui m'échappera à jamais, quoi qu'il arrive.

Tess rougit en entendant mes paroles. Je n'ai pas pu m'empêcher d'être sincère. Quand elle est bien disposée, Tess est une des personnes les plus douces du monde.

—Sois gentille avec lui, murmure-t-elle. Tu me le promets ?

Je salue l'infirmière de l'accueil et je m'installe à ma place habituelle. Je regarde autour de moi. C'est vraiment désert, ce matin. La présence de Tess me manque. J'essaie de me changer les idées en lisant les nouvelles qui défilent sur un écran.

LE PRÉSIDENT ANTARCTICIEN IKARI ET LES NATIONS UNIES APPROUVENT LE NOUVEAU TRAITÉ DE PAIX ENTRE LA RÉPUBLIQUE ET LES COLONIES.

L'ELECTOR PRIMO ANNONCE LE LANCEMENT D'UN NOUVEAU SYSTÈME DE CLASSEMENT EN REMPLACEMENT DE L'EXAMEN.

LES CITÉS SUR LA NOUVELLE FRONTIÈRE ENTRE LA RÉPUBLIQUE ET LES COLONIES SERONT APPELÉES LES CITÉS UNIES. LES CITOYENS DES DEUX NATIONS POURRONT Y ÉMIGRER DÈS LA FIN DE L'ANNÉE PROCHAINE.

LA SÉNATRICE MARIANA DUPREE EST OFFICIELLEMENT NOMMÉE PRINCEPS DU SÉNAT.

Cette nouvelle m'arrache un faible sourire. La nuit dernière, Anden est passé à mon appartement pour m'informer de la nomination de Mariana. Je lui ai dit que je lui présenterais mes félicitations en personne.

— Elle sera excellente à ce poste, ai-je ajouté. Bien meilleure que moi. Je suis contente pour elle.

Anden a incliné la tête.

— Vous seriez devenue meilleure qu'elle avec le temps, je pense, dit-il avec un sourire aimable. Vous avez la capacité de comprendre les gens. Mais je suis heureux que vous soyez retournée à une vie qui vous convient davantage. Nos troupes ont de la chance de vous compter dans leurs rangs.

Il a hésité un instant, puis il a pris ma main. Je me souviens du contact doux du néoprène de son gant ainsi que du reflet doré de ses boutons de manchette.

— Je ne pense pas vous voir aussi souvent que par le passé, désormais, a-t-il dit. C'est peut-être mieux ainsi, vous ne croyez pas ? Mais n'hésitez pas à passer me voir de temps en temps. Je serai heureux d'avoir de vos nouvelles.

— Moi de même, ai-je répondu en lui serrant la main.

Je suis arrachée à mes souvenirs. Un médecin vient de sortir de la chambre de Day. Il m'aperçoit, inspire un grand coup et se dirige vers moi. Je me tends comme la corde d'un arc. Il y a longtemps que le docteur Kahn ne m'a pas informée de changements notables dans l'état de santé de Day. Une partie de moi est impatiente, parce que les nouvelles seront peut-être bonnes. Une autre se recroqueville de peur à l'idée que quelque chose aille mal. Je scrute le visage du médecin en quête d'indices. Ses pupilles sont dilatées et ses traits tendus, mais il ne ressemble pas à un homme qui va annoncer une catastrophe. Je crois déceler une lueur de joie dans ses yeux. Mon pouls s'accélère. Que va-t-il me dire ? Peut-être va-t-il se contenter des banalités habituelles. *Je crains qu'il n'y ait pas eu d'évolution aujourd'hui. Mais au moins, il est dans un état stable.* J'en ai assez d'entendre ces phrases.

Le docteur Kahn s'arrête devant moi. Il ajuste ses lunettes et il gratte sa barbe poivre et sel entretenue avec soin d'un geste inconscient.

— Bonjour, mademoiselle Iparis.

— Comment va-t-il ? demandé-je.

C'est toujours ainsi que je le salue.

Le médecin sourit, puis prend un petit air gêné. C'est curieux. Il a dû se passer quelque chose d'inhabituel.

—J'ai d'excellentes nouvelles à vous annoncer, dit-il enfin. (Mon cœur s'arrête pendant une longue seconde.) Day s'est réveillé il y a moins d'une heure.

—Il est réveillé ?

Je respire un grand coup. *Il est réveillé.* La nouvelle déferle sur moi comme un raz-de-marée et, pendant un instant, je ne suis pas sûre d'être capable d'y résister. J'examine le visage du docteur avec attention.

—Mais ce n'est pas tout, dis-je. Il y a autre chose, n'est-ce pas ?

Kahn pose les mains sur mes épaules.

—Je n'ai pas l'intention de vous inquiéter, mademoiselle Iparis. Pas du tout. Day a récupéré de manière formidable après son opération. À son réveil, il a demandé de l'eau, puis son frère. Il semble réactif et cohérent. Nous lui avons fait passer un scanner du cerveau. (Sa voix est de plus en plus enthousiaste.) Nous allons devoir procéder à davantage d'examens, bien entendu, mais, à première vue, la situation semble être redevenue normale. Son hippocampe paraît sain et la communication a l'air de se faire correctement avec le reste du cerveau. Le Day que nous connaissons est de retour, et il n'a pour ainsi dire pas changé.

Des larmes me piquent les yeux. Le Day que nous connaissons est de retour. Après cinq mois d'attente, la nouvelle est tellement soudaine. Il était allongé sur un lit, inconscient, luttant contre la mort jour et nuit, et voilà qu'il s'est réveillé. Brusquement. Je souris au docteur, puis je le prends dans mes bras. Je ne peux pas m'en empêcher. Il éclate de rire et me tapote la tête d'un air gêné, mais cela m'est égal. Je veux voir Day.

— Est-ce qu'il est en état de recevoir des visiteurs ? (Et soudain, un détail me frappe de plein fouet.) Pourquoi avez-vous dit qu'il n'a *pour ainsi dire* pas changé ?

Le sourire du docteur s'évanouit. Il ajuste ses lunettes de nouveau.

— Il n'y a rien qui ne puisse être résolu par une thérapie prolongée, je tiens à vous le faire savoir. Vous voyez, l'hippocampe gère la mémoire à court et à long terme. Il semblerait que la mémoire à long terme de Day – ce qui concerne sa famille, son frère Eden, son amie Tess et le reste – soit intacte. Après quelques questions, nous nous sommes néanmoins rendu compte qu'il n'a conservé que très peu de souvenirs à propos des rencontres et des événements des douze derniers mois – voire des vingt-quatre. Il s'agit d'une amnésie rétrograde. Il se rappelle la mort de son frère et de sa mère, par exemple, mais... (Le docteur s'interrompt, mal à l'aise.) Il n'a aucun souvenir du commandant Jameson, ou de l'invasion des Colonies. Il ne semble pas se souvenir de vous non plus.

Mon sourire se volatilise.

— Il... ne se souvient pas de moi ?

— Rassurez-vous, avec une thérapie adaptée, nous pourrons régler ce problème petit à petit, dit le docteur d'une voix apaisante. Sa mémoire à court terme fonctionne très bien. Il se rappelle la plupart des choses que je lui ai dites et il emmagasine les nouveaux souvenirs sans difficulté apparente. Je tenais juste à vous informer avant de vous laisser le voir. Pour que vous ne soyez pas surprise. Ne précipitez rien. Prenez le temps de vous présenter de nouveau. Tout lui reviendra petit à petit, dans quelques années.

Je hoche la tête. J'ai l'impression d'être dans un rêve.

— D'accord, dis-je dans un souffle.

— Maintenant, vous pouvez le voir si vous le souhaitez.

Il sourit de nouveau, comme s'il m'annonçait la meilleure nouvelle du monde. C'est d'ailleurs le cas.

Il s'éloigne et je reste figée. Mon esprit est vide. Je pense. Je ne sais que penser. Je remonte le couloir à pas lents, en direction de la chambre de Day. J'ai l'impression que les murs sont des masses de brouillard qui se referment sur moi. Je ne pense qu'à la prière désespérée que j'ai faite au ciel en échange de la vie de Day.

*« Par pitié, je vous en supplie, laissez le vivre. Je suis prête à tout pour lui sauver la vie. »*

Mon cœur se serre, se transforme en cendre. Je comprends maintenant. Quelque chose a exhaussé mon vœu sans me cacher le prix à payer. On m'a offert la chance de ne plus jamais faire de mal à Day.

J'entre dans la chambre. Day est réveillé. Il est assis contre une pile de coussins. Il dégage une énergie étonnante en comparaison des derniers mois, quand il gisait sur son lit, inconscient. Je remarque aussitôt que quelque chose a changé. Ses yeux me suivent sans trahir la moindre familiarité. Il me regarde de cet air poli et prudent qu'on réserve aux inconnus. Il me regarde comme il me regardait la première fois que nous nous sommes rencontrés.

Il ne sait pas qui je suis.

J'ai l'impression d'avoir la poitrine prisonnière dans un étau dont les mâchoires se serrent un peu plus à chacun de mes pas. Je sais ce que je dois faire.

— Salut, dit-il lorsque je m'assieds sur le lit.

Ses yeux parcourent mon visage avec curiosité.

— Salut, dis-je doucement. Est-ce que tu sais qui je suis ?

Il prend un air contrit qui ne fait que m'oppresser un peu plus.

— Je devrais ?

Je fais un effort surhumain pour ne pas éclater en sanglots, pour supporter l'idée que Day a tout oublié de nous deux : la nuit passée ensemble, les épreuves que nous avons traversées, tout ce que nous avons partagé et perdu. Nous avons été effacés de sa mémoire. Il ne reste plus rien. Le Day que je connais n'est pas celui qui est devant moi.

Je pourrais le lui dire, bien sûr. Je pourrais lui rappeler que je suis June Iparis, la fille qu'il a sauvée dans les rues de Lake et dont il est tombé amoureux. Je pourrais prendre le temps de lui raconter en espérant, comme le docteur Kahn, que cela va réveiller sa mémoire. *Dis-lui, June. Dis-lui. Vous serez heureux tous les deux. C'est si facile.*

Mais j'ouvre la bouche et aucun son n'en sort. Je ne peux pas faire cela.

*Sois gentille avec lui,* m'a demandé Tess. *Tu me le promets ?*

Tant que je ferai partie de la vie de Day, je le ferai souffrir. Il n'y a pas d'alternative possible. Je le revois sanglotant dans sa maison, penché sur une table. Pleurant les personnes dont je l'ai privé. Le destin m'offre une manière de racheter mes fautes sur un plateau d'argent. Day a survécu et, en échange, je dois sortir de sa vie. Il me regarde comme si j'étais une inconnue, mais il n'y a plus trace de cette douleur et de ce désespoir qui accompagnaient toujours la passion et l'amour que je lisais dans ses yeux. Il est maintenant libre.

Il est libéré de notre histoire et moi seule continuerai à en porter le fardeau.

Je déglutis avec peine avant de sourire et d'incliner la tête.

— Day, articulé-je tant bien que mal. Je suis heureuse de te rencontrer. Je suis envoyée par la République pour m'assurer que tu vas bien. C'est fantastique de te voir réveillé. Le pays va être fou de joie quand il apprendra la nouvelle.

Day acquiesce d'un air poli. Je sens sa tension.

— Merci, dit-il avec prudence. Les docteurs m'ont dit que je suis resté dans le coma pendant cinq mois. Qu'est-ce qui s'est passé ?

— Tu as été blessé au cours de la guerre entre la République et les Colonies. (J'ai l'impression que mes paroles sortent de la bouche de quelqu'un d'autre.) Tu as sauvé ton frère, Eden.

— Est-ce qu'Eden est ici ?

Ses yeux se sont illuminés à la mention de son frère et un magnifique sourire se dessine sur ses lèvres. Cette réaction me fait l'effet d'un coup de couteau dans le cœur, même si je suis heureuse qu'il n'ait pas oublié Eden. Je voudrais tant qu'il réagisse ainsi en me voyant.

— Eden sera ravi de te retrouver. Les docteurs l'ont fait appeler. Il arrivera bientôt.

Je lui retourne son sourire, un sourire sincère, quoiqu'un peu amer. Day m'observe de nouveau. Je ferme les yeux et je m'incline.

Il est temps de partir.

— Day, dis-je. (Je choisis mes mots avec soin, les derniers mots que je lui adresserai.) Ce fut un privilège et un honneur de me battre à tes côtés. Tu as sauvé nombre d'entre nous, bien plus que tu ne le sauras jamais. (Pendant un instant, je pose les yeux sur lui et je lui dis mentalement tout ce que je n'ai pas le courage de dire à haute voix.) Merci. Merci pour tout, soufflé-je.

Day est intrigué par l'émotion qu'il sent dans mes paroles, mais il me salue à son tour.

— Tout l'honneur a été pour moi.

Mon cœur se brise en entendant cette voix qui parle sans la moindre tendresse, la tendresse qui se serait manifestée s'il s'était souvenu. Je ressens l'absence de cet amour douloureux qui m'était devenu si précieux. Il a disparu.

S'il savait qui je suis, j'ajouterais quelque chose, quelque chose que j'aurais dû lui dire plus souvent, quand j'en avais la chance. Aujourd'hui, je suis sûre de mes sentiments pour lui, mais il est trop tard. Je range les trois mots dans mon cœur et je grave les traits merveilleux de son visage dans ma mémoire. J'espère que cette image ne me quittera jamais. Nous nous saluons de nouveau en silence.

Je lui tourne le dos, pour la dernière fois.

Deux semaines plus tard, on dirait que tous les habitants de Los Angeles se sont rassemblés pour voir Day quitter le pays une fois pour toutes. Après mon départ, le matin de son réveil, des émissaires antarcticiens sont venus le chercher, lui et son frère. Ils avaient remarqué les dons d'Eden en matière d'ingénierie et ils étaient prêts à lui offrir une place dans une de leurs universités. Ils ont proposé à Day de le suivre.

Je ne me joins pas à la foule. Je reste dans mon appartement et je regarde les événements sur un écran pendant qu'Ollie dort paisiblement près de moi. Dans mon quartier, les rues sont envahies par la foule. Les gens se bousculent pour contempler les JumboTron. Le bruit étouffé de la manifestation me parvient sous la forme d'un vague brouhaha tandis que je regarde les informations.

DANIEL ALTAN WING ET SON FRÈRE PARTIRONT CE SOIR POUR ROSS CITY, EN ANTARCTIQUE.

Voilà ce que les gros titres annoncent. Sur l'écran, Day agite le bras pour saluer la foule rassemblée autour de son immeuble tandis qu'il se dirige vers une Jeep en compagnie de son frère. Je devrais l'appeler Daniel, comme les journalistes. Peut-être qu'il n'est rien d'autre que Daniel aujourd'hui, peut-être qu'il n'a plus besoin de surnom. Je le vois aider Eden à monter dans le véhicule, puis le suivre et disparaître. *C'est tellement étrange,* me dis-je en caressant Ollie d'une main distraite. Il n'y a pas si longtemps, les patrouilles de la ville l'auraient arrêté à la première occasion et, maintenant, il quitte la République en héros national.

J'éteins l'écran et je reste assise dans la pénombre tranquille de mon appartement. Je savoure le silence. Dehors, les gens scandent le nom de Day. Leurs clameurs montent dans la nuit.

Quand le bruit s'apaise enfin, je me lève du canapé. J'enfile un manteau et des bottes avant d'enrouler une mince écharpe autour de mon cou. Je quitte mon appartement et je descends dans la rue. Une douce brise nocturne balaie mes cheveux et des mèches viennent parfois effleurer mes sourcils. J'erre dans la ville déserte, seule. Je ne sais pas trop pourquoi. Peut-être que j'essaie de trouver Day. Mais ce ne serait pas logique, puisqu'il est parti. Son absence laisse un gouffre douloureux dans ma poitrine. Le vent me fait monter les larmes aux yeux.

Je marche une heure, puis je prends un train pour me rendre dans le secteur de Lake. Une fois arrivée à destination, je me promène au bord de l'eau en admirant les lumières du centre-ville et du stadium de l'Examen. Le bâtiment n'est plus utilisé, mais il demeure un sinistre symbole du passé. Des roues à aubes géantes brassent l'eau du lac. Leur rythme forme un fond sonore mélodieux et apaisant. Je n'ai aucune idée de l'endroit où je vais. Je sais juste qu'à cet instant, je me sens plus à l'aise dans le quartier de Lake que dans celui de Ruby. Ici, je suis moins seule. Dans ces rues, je sens encore la présence de Day.

Je retrace le chemin que j'ai emprunté lorsque j'ai été envoyée en mission dans ce quartier. Je repasse devant les mêmes bâtiments en bordure du lac, devant les mêmes maisons en ruine. Je n'étais pas la même personne à cette époque. J'étais perdue, ignorante et pleine de haine. J'éprouve un sentiment curieux à suivre les pas de cette étrangère, un sentiment à la fois bizarre et rassurant.

Au bout d'une heure, je décide de faire une pause à l'intersection d'une ruelle et d'une rue déserte. À l'extrémité du passage étroit, une tour abandonnée dresse ses onze étages vers le ciel. Les fenêtres et les portes sont condamnées par des planches. Le rez-de-chaussée est tel que dans mes souvenirs, avec ses vitres brisées et les éclats de verre qui jonchent le sol. Je me glisse dans l'ombre du bâtiment et je me souviens. C'est ici que, pour la première fois, Day a tendu la main vers moi. Elle a surgi d'un nuage de poussière pour me venir en aide. C'était il y a si longtemps. Nous ne savions pas encore qui était l'autre. Ce fut le début de quelques nuits magnifiques entre un simple garçon des rues et une jeune fille qui avait des ennuis.

Des souvenirs me reviennent avec une précision étonnante.

*Une voix me dit de me lever. Je regarde à côté de moi et je vois un garçon me tendre la main. Il a des yeux bleus et brillants, le visage sale et une vieille casquette sur la tête. Je n'ai jamais rencontré quelqu'un d'aussi beau.*

Mon errance m'a conduite aux prémices de notre voyage commun. Je suppose qu'il y a une certaine logique à revenir ici maintenant que tout est terminé.

Je reste dans les ténèbres pendant un long moment. Je me laisse envelopper par les souvenirs que Day et moi avons jadis partagés. Le silence me prend dans ses bras accueillants. Ma main glisse sur ma hanche et effleure la cicatrice que m'a laissée Kaede. Tant de souvenirs, tant de joie et de chagrins.

Des larmes coulent sur mes joues. Je me demande à quoi Day pense en ce moment, tandis qu'il vole vers un pays étranger. Je me demande si une partie de lui, même enfouie au fin fond de son cerveau, se rappelle quelque chose de moi, de nous.

Au fil des minutes, je sens l'étau qui étreint mon cœur se desserrer. Day va vivre sa vie. Je vivrai la mienne. Tout ira bien pour nous. Un jour, dans un avenir lointain, nos chemins se recroiseront peut-être. En attendant, je ne l'oublierai pas. Je tends le bras et je touche un mur en imaginant que je peux sentir la chaleur et la vitalité de Day. Je regarde autour de moi et je lève la tête vers les toits, vers le ciel nocturne où brillent faiblement quelques étoiles. Soudain, j'ai vraiment l'impression de le voir. Je sens sa présence dans chaque pierre qu'il a touchée, dans chaque personne qu'il a aidée, dans chaque ruelle, dans chaque rue, dans chaque ville qui a subi son influence. Car Day est la République. Il est notre phare. *Je t'aime. Je t'aime et en attendant le jour où nous nous retrouverons, je te garderai dans mon cœur et je protégerai nos souvenirs. Je pleurerai les moments que nous n'avons pas eus et je chérirai ceux que nous avons partagés. Comme je voudrais que tu sois à mes côtés.*

*Je t'aime, à jamais.*

# LOS ANGELES
# CALIFORNIE

## RÉPUBLIQUE AMÉRICAINE

## DIX ANS PLUS TARD

# JUNE

**18.36**
**Le 11 juillet.**
**Secteur de Batalla, Los Angeles.**
**25 °C.**

JE FÊTE AUJOURD'HUI MON VINGT-SEPTIÈME ANNIVERSAIRE.

En règle générale, je fête mes anniversaires de manière assez discrète. Pour mes dix-huit ans, j'ai dîné dans un restaurant sans prétention du secteur de Ruby, au sommet d'une tour, en compagnie d'Anden, de deux sénateurs, de Pascao, de Tess et de quelques anciens condisciples de Drake. Mon dix-neuvième anniversaire s'est déroulé sur un bateau, à New York – les Colonies ont reconstruit une version de la cité engloutie dont seuls quelques faubourgs émergent encore de l'Atlantique. J'avais été invitée par plusieurs délégués d'Afrique, du Canada et du Mexique. J'ai passé mon vingtième anniversaire seule, confortablement installée sous les couvertures avec Ollie qui dormait sur mes jambes. J'ai regardé les informations qui annonçaient qu'Eden avait obtenu son diplôme universitaire. J'ai essayé d'apercevoir Day pour voir à quoi il ressemblait à vingt ans. On annonçait qu'il avait été engagé par l'agence de renseignement antarcticienne. Mon vingt-et-unième anniversaire fut plus animé. Il se déroula à Las Vegas. Anden m'avait invité à un festival d'été et nous avons fini par nous embrasser dans ma chambre d'hôtel. Mon vingt-deuxième anniversaire fut le premier que je fêtai avec Anden comme petit ami. Mon vingt-troisième s'est résumé à une cérémonie officielle au cours de laquelle j'ai été nommée commandant de tous les escadrons de Californie. J'étais devenue la plus jeune commandante de l'histoire de la République. Le vingt-quatrième se passa sans Ollie. Pendant le vingt-cinquième, j'ai dîné et dansé avec Anden à bord du *RS Constellation*. Je passai le vingt-sixième avec Tess et Pascao en leur racontant que j'avais rompu avec Anden. L'Elector et moi étions arrivés à la conclusion que j'étais incapable de l'aimer comme il le souhaitait.

Certaines années se déroulèrent dans la joie, d'autres dans la tristesse, mais les drames les plus douloureux me paraissaient toujours supportables, car j'avais affronté des événements bien plus tragiques au cours de ma jeunesse. Pourtant, il y a quelque chose de différent aujourd'hui. Je crains ce prochain anniversaire parce qu'il me renvoie à un passé que j'ai tout fait pour oublier.

Je suis restée silencieuse pendant la plus grande partie de la journée. Je me suis levée de bonne heure et j'ai fait mes exercices habituels au stade, puis je me suis rendue à Batalla pour confier différentes missions urbaines à mes capitaines. Aujourd'hui, je dois prendre la tête de mes deux meilleures patrouilles pour escorter Anden pendant une rencontre avec les délégués des Colonies. Nous ne partageons plus le même appartement, mais je le protège toujours avec la même vigilance. Il est mon Elector et j'ai la ferme intention qu'il le demeure. Aujourd'hui, il doit débattre avec les représentants des Colonies de l'immigration vers les Cités Unies qui sont devenues une zone extrêmement prospère sous l'impulsion de citoyens de la République et des Colonies. Ce n'est pas sujet à polémique. La frontière qui séparait les deux nations ennemies est désormais une sorte de tampon. Je jette un coup d'œil autour de moi tandis qu'Anden serre les mains des délégués et pose pour les photographes. Je suis fière de ce qu'il a accompli. Ce sont de petites avancées, mais des avancées tout de même. Metias serait heureux de voir la République d'aujourd'hui. Day aussi.

En fin d'après-midi, je quitte Batalla Hall et je me dirige vers un bâtiment couleur ivoire à l'est de Batalla Square. À l'entrée, je montre ma carte d'identité et je prends l'ascenseur jusqu'au onzième étage. Les bruits de mes pas résonnent dans un couloir familier et je m'arrête devant une plaque funéraire de trente centimètres carrés. Le nom CAPITAINE METIAS IPARIS est gravé sur la surface cristalline.

Je reste immobile pendant un moment, puis je m'assieds en tailleur avant d'incliner la tête.

— Salut, Metias, dis-je à voix basse. C'est mon anniversaire aujourd'hui. Tu sais quel âge j'ai ?

Je ferme les yeux. Dans le silence qui m'entoure, une main spectrale se pose sur mon épaule – la douce présence de mon frère qu'il m'arrive de sentir, parfois, dans les moments de calme. Je l'imagine, souriant, me regardant avec une expression libre et détendue.

— J'ai vingt-sept ans, poursuis-je dans un murmure. (L'émotion me réduit au silence pendant une seconde.) Nous avons le même âge maintenant.

Pour la première fois de ma vie, je ne suis plus sa petite sœur. L'année prochaine, nous franchirons une nouvelle étape, et Metias sera toujours là. À partir d'aujourd'hui, je serai à jamais plus vieille que lui.

J'essaie de penser à quelque chose de plus gai. Je raconte au fantôme de mon frère ce qui s'est passé au cours de l'année, mes échecs et mes succès en tant que commandant, mes emplois du temps chaotiques. Je lui dis, comme toujours, combien il me manque et comme toujours, j'entends le souffle de son fantôme à mon oreille. Il répond avec tendresse que je lui manque également, qu'il me surveille, où qu'il soit.

Une heure plus tard, lorsque le soleil se couche et que ses rayons cessent de pénétrer par les fenêtres, je me lève et je quitte le bâtiment. J'écoute quelques messages manqués dans mon oreillette. Tess devrait terminer son service à l'hôpital en ce moment, l'esprit sans doute rempli de nouvelles histoires à propos de ses patients. Au cours de la première année qui a suivi le départ de Day, Tess est restée en contact étroit avec lui et elle me donnait constamment de ses nouvelles. Elle me parlait de son nouvel emploi, de la vue d'Eden qui s'améliorait, des jeux antarcticiens. Mais, au fil des années, leurs échanges se sont espacés. Ils ont fini par se limiter à de brefs appels de fin d'année – et encore. Tess a grandi et fait sa vie.

Je mentirais en disant que je ne regrette pas ses informations à propos de Day. Cependant, j'ai hâte de les retrouver, elle et Pascao, pour bavarder pendant le dîner. Pascao a sans doute quitté l'université de Drake, impatient de nous raconter ses dernières histoires à propos de l'entraînement de ses cadets. Je souris en songeant à ce qu'ils vont dire, tous les deux. Je me sens d'humeur plus joyeuse, un peu plus libre après la conversation avec mon frère. Mes pensées me ramènent à Day pendant un court moment. Je me demande où il est, avec qui il est, s'il est heureux.

J'espère qu'il l'est, du fond du cœur.

Le quartier est tranquille ce soir. La police urbaine n'est plus aussi présente que par le passé. Je suis seule. La plupart des lampadaires sont encore éteints et, dans l'obscurité de plus en plus dense, je distingue une poignée d'étoiles qui clignotent au-dessus de ma tête. Les JumboTron projettent un kaléidoscope de lumières colorées sur les trottoirs gris de Batalla. Je me surprends à marcher sous les écrans et à tendre la main pour regarder les taches multicolores danser sur ma manche. Je jette un coup d'œil distrait aux dernières nouvelles en consultant la liste de mes appels manqués. Mes épaulettes cliquètent doucement.

Un message attire mon attention. Tess me l'a laissé au cours de l'après-midi. Sa voix chaude et joyeuse résonne à mon oreille.

— Hé, regarde les infos.

Elle ne dit rien de plus. Je fronce les sourcils, puis j'éclate de rire en me demandant à quoi elle joue. Mes yeux se posent sur un écran géant et je regarde avec curiosité. Je ne vois rien de très intéressant. À quoi Tess faisait-elle allusion ? Et soudain… Un titre en caractères de petite taille défile. La nouvelle est si brève que je n'y ai pas prêté attention au cours de la journée. Je cligne des yeux d'un air dubitatif, puis je la relis lorsqu'elle défile de nouveau.

EDEN BATAAR WING EST DE RETOUR À LOS ANGELES POUR POSTULER UN EMPLOI D'INGÉNIEUR À BATALLA.

Eden ? Une onde de choc fait vibrer la chape de silence qui m'enveloppe depuis le début de la journée. Je relis la nouvelle une troisième fois avant d'être sûre qu'on parle bien du frère de Day. Eden vient pour chercher du travail.

Il est en ville, et Day est sans nul doute avec lui.

Sans réfléchir, je tourne la tête pour observer les environs. Ils sont là, quelque part. Ils marchent dans les mêmes rues que moi. Il est là. Je secoue la tête pour raisonner l'adolescente qui vient de se réveiller en moi. L'espoir renait, après tant d'années. Du calme, June. Ma gorge se noue. Les paroles de Tess résonnent sous mon crâne. Je me remets en marche. Je pourrais me renseigner et trouver où ils séjournent, jeter un petit coup d'œil pour m'assurer qu'il va bien… Je décide d'appeler Tess dès que je serai à la gare, dans les faubourgs de Batalla.

J'y arrive quinze minutes plus tard. Les lampadaires se sont allumés pour repousser l'obscurité de plus en plus dense. Quelques soldats s'éloignent sur le trottoir d'en face. En dehors d'eux, et de moi, le quartier est désert.

La rue tourne légèrement et je vois deux personnes se diriger vers moi. Je fronce les sourcils et je les observe. Je me demande si une visite chez un oculiste ne s'imposerait pas.

Ce sont deux jeunes hommes. Plusieurs détails m'interpellent. Des détails si familiers qu'ils me surprennent à peine. Ils sont tous les deux grands et minces. Leurs cheveux blond clair brillent dans la rue plus ou moins bien éclairée. On comprend sur-le-champ qu'ils ont un lien de parenté, car ils partagent les mêmes traits et la même allure tranquille. Celui de gauche porte des lunettes. Il parle avec entrain en chassant les boucles dorées qui glissent sur son visage. Ses mains dessinent des diagrammes devant lui. Il remonte régulièrement ses manches jusqu'aux coudes. Le col de sa chemise est froissé et ouvert. Un sourire insouciant éclaire son visage.

Son compagnon est plus réservé. Il écoute avec patience en gardant les mains dans les poches. Une petite moue moqueuse relève le coin de ses lèvres. Il porte désormais des cheveux courts et son visage d'adolescent a cédé la place à celui d'un jeune homme, mais je le reconnais sans l'ombre d'une hésitation. On sent toujours cette énergie quand il rit aux propos de son frère, cette intensité et cette vitalité.

Mon cœur accélère soudain malgré l'étau qui me serre la poitrine. Day et Eden.

Je baisse la tête tandis qu'ils se rapprochent. Du coin de l'œil, je vois qu'Eden m'a remarquée. Il s'interrompt au milieu d'une phrase et un petit sourire se dessine sur ses lèvres. Ses yeux se tournent vers son frère.

Day m'aperçoit à son tour.

L'intensité de son regard me prend au dépourvu. Personne ne m'a regardée ainsi depuis si longtemps. J'ai du mal à respirer. Je me redresse et j'accélère le pas. Il faut que je m'éloigne tant que je suis en mesure d'empêcher mes émotions de s'étaler sur mon visage.

Nous nous croisons sans un mot. J'ai l'impression que ma poitrine va exploser. Je respire par petits coups pour me calmer. Je ferme les yeux. Les martèlements de mon cœur envahissent mes oreilles. Puis j'entends les bruits de pas s'éloigner dans mon dos. Un profond sentiment d'abattement monte en moi. Je déglutis en endiguant un flot de souvenirs.

Je me dirige vers la gare. Je vais rentrer chez moi. Je ne vais pas me retourner.

Je ne peux pas.

À cet instant, j'entends de nouveaux bruits de pas derrière moi. Des bruits précipités sur le trottoir. Je me fige. Puis je rassemble mes forces et je tourne la tête.

C'est Day. Il se dirige vers moi. Quelques mètres plus loin, Eden le regarde, les mains dans les poches. Day observe mes yeux avec une expression tendre et curieuse. Une décharge électrique remonte le long de ma colonne vertébrale.

— Excusez-moi, dit-il.

Oh ! Cette voix ! Elle est plus grave et plus douce que par le passé. L'élégance de la maturité a remplacé la rudesse de l'adolescence.

— Excusez-moi, répète Day, mais… est-ce que nous ne nous serions pas déjà rencontrés ?

Pendant un moment, je suis incapable d'articuler un mot. Que dire ? J'ai passé tant d'années à me convaincre que nous étions désormais des étrangers.

— Non, murmuré-je. Vous faites erreur.

Dans ma tête, une voix me supplie de lui dire la vérité.

Day fronce les sourcils, déconcerté. Il se passe la main dans les cheveux. Je remarque alors quelque chose qui brille à son annulaire. C'est un anneau de fil de fer tressé. Un anneau fait avec des trombones. Mes poumons se vident.

Il porte encore la bague que je lui ai offerte.

— Oh, dit-il enfin. Eh bien, je suis désolé de vous avoir importuné, dans ce cas. C'est juste que… vous me rappelez quelqu'un. Vous êtes vraiment sûre que nous ne nous sommes jamais rencontrés ?

Je scrute ses yeux en silence. Je ne peux rien dire. Une émotion secrète se dessine sur son visage, un mélange de familiarité et de curiosité, quelque chose qui m'apprend qu'il livre une bataille intérieure pour m'identifier, pour découvrir ma place dans sa vie. Mon cœur crie et le supplie de remporter la victoire. Mais personne ne brise le silence qui s'est installé entre nous.

Day observe mon visage de nouveau avec tendresse, puis il secoue la tête.

— Je suis sûr de vous avoir rencontrée, souffle-t-il. Il y a longtemps. Je ne sais pas où, mais je pense savoir pourquoi.

— Ah ! Et pourquoi ? demandé-je avec douceur.

Il ne répond pas tout de suite. Puis il fait un pas vers moi. Il est maintenant assez près pour que je distingue la petite imperfection de son œil gauche. Il rit tandis que ses joues rosissent.

— Je suis désolé. Ça va vous paraître étrange, mais…

J'ai l'impression d'être happée par le brouillard. J'ai l'impression d'être dans un rêve dont je n'ose pas me réveiller.

— Je…, dit-il. (Il hésite, comme s'il choisissait ses mots avec prudence.) Il y a longtemps que je cherche quelque chose que je pense avoir perdu.

*Quelque chose qu'il pense avoir perdu.* Ces mots me nouent la gorge tandis qu'un fol espoir monte en moi.

—Il n'y a rien d'étrange là-dedans, m'entends-je dire.

Day sourit. Un désir tendre et ardent apparait dans ses yeux.

—J'ai eu la soudaine impression de trouver quelque chose quand je vous ai vue, tout à l'heure. Vous êtes sûre que... vous ne me connaissez pas ? Et que moi je ne vous connais pas ?

Que dois-je faire ? La partie de moi qui a décidé de sortir de la vie de Day me souffle de recommencer pour le protéger des souvenirs qui l'ont tant fait souffrir par le passé. *Dix ans... Cela fait-il vraiment si longtemps ?* Une autre voix proteste, celle de la June qui a rencontré Day dans la rue. Elle me presse de lui avouer la vérité. Je me décide enfin à dire quelque chose.

—Je me rends chez des amis.

—Oh ! excusez-moi. (Day se racle la gorge, mal à l'aise.) Moi aussi, en fait. Je suis invité par une vieille amie dans le secteur de Ruby.

*Une vieille amie dans le secteur de Ruby ?* Mes yeux s'écarquillent. Je comprends soudain le ton malicieux de Tess dans le message qu'elle m'a laissé. Je comprends pourquoi elle m'a demandé de regarder les nouvelles.

—Votre amie ne s'appellerait pas Tess, par hasard ?

C'est le tour de Day d'être surpris. Il esquisse un sourire déconcerté.

—Vous la connaissez ?

Qu'est-ce que je fais ? Qu'est-ce qui se passe ? Je suis forcément en train de rêver et je suis terrifiée à l'idée de me réveiller et de voir Day disparaître. J'ai espéré ce moment trop souvent. Je ne veux pas le perdre une fois de plus.

— Oui, réponds-je dans un murmure. Je dois dîner avec elle ce soir.

Nous nous regardons en silence. Le visage de Day a retrouvé son air grave et ses yeux sont si intenses que des bouffées de chaleur m'assaillent en rangs serrés. Nous restons là pendant un long moment. Quand Day reprend la parole, j'ai perdu toute notion de temps – ce qui m'arrive très rarement.

— Je me souviens, dit-il.

Je scrute ses yeux à la recherche de son ancienne tristesse, de la souffrance et de l'angoisse qui ne les quittaient jamais en ma présence. Je ne vois rien de tout cela. Je vois quelque chose d'autre... Je vois une plaie cicatrisée. Elle a laissé une marque indélébile, certes, mais elle s'est refermée. Après tant d'années, il a enfin fait la paix avec son passé. Je vois... Non, je dois me tromper. Comment cela serait-il possible ?

Je vois des souvenirs dans ses yeux. Des souvenirs de *nous*. Ils sont brisés, mais ils sont là. Les fragments sont éparpillés, mais ma présence les pousse à se rassembler. Je ne me trompe pas.

— C'est toi, murmure-t-il soudain d'une voix émerveillée.

— Tu crois ? soufflé-je.

Ma voix tremble sous le coup d'une émotion que j'ai muselée pendant dix ans.

Il est si près, ses yeux sont si brillants...

— J'espère. Je veux réapprendre à te connaître, dit-il sans élever la voix. Si tu es d'accord. Tu es enveloppée dans un brouillard que je veux chasser.

Ses cicatrices ne disparaîtront jamais, j'en ai la certitude, mais peut-être que... peut-être qu'avec le temps, avec l'âge, nous pourrons redevenir amis. Peut-être pourrons-nous guérir. Peut-être pourrons-nous retrouver le chemin que nous avions emprunté quand nous étions si jeunes et si innocents. Peut-être que nous pourrons nous rencontrer comme le font les autres, au coin d'une rue, par une belle soirée. Peut-être pourrons-nous nous regarder dans les yeux sans avoir à refaire les présentations. Des échos du vieux rêve de Day émergent des brumes de notre jeunesse. Je me souviens.

Peut-être que le destin existe vraiment.

J'attends. Je suis trop décontenancée pour réagir. Pour faire le premier pas. Je ne *dois pas* faire le premier pas. C'est à Day qu'il revient de le faire.

Pendant un moment, je pense qu'il ne le fera pas.

Et puis il lève le bras et effleure ma main. Il la serre comme pour me saluer. Et soudain, nous sommes réunis de nouveau. Je sens les pulsations de notre lien, de notre histoire, de notre amour comme une onde magique. Je sens le retour d'un être proche après une longue absence. La renaissance d'un destin inéluctable. Des larmes envahissent mes yeux. *Peut-être que nous allons enfin avancer ensemble.*

— Salut, dit-il. Je m'appelle Daniel.

— Salut, dis-je. Je suis June.

Découvrez un extrait du roman

**Les Insoumis**

**Tome 1**

de Alexandra Bracken

# Prologue

Quand la sirène retentit, j'arrachais des mauvaises herbes dans le jardin.

Ma réaction, chaque fois, était violente, que je sois dehors, au réfectoire ou dans mon baraquement. Les sons stridents explosaient comme des bombes dans mon crâne. Après quelques minutes, les autres détenues de Thurmond pouvaient se relever, chasser la nausée et l'égarement comme on époussette des brins d'herbe sur le tissu d'un uniforme. Pas moi. Je mettais souvent des heures à m'en remettre.

Cette fois, ça n'aurait pas dû être différent.

Mais ça l'a été.

Je n'avais pas assisté à ce qui avait provoqué la punition : je travaillais si près de la clôture électrifiée du camp que l'air sentait l'ozone. Quelqu'un avait peut-être eu le courage de sortir des limites du jardin. Ou bien un rêveur optimiste, réalisant tous nos désirs, avait lancé une pierre à la tête d'un soldat des Forces spéciales Psi. Si c'était le cas, il n'y avait rien à regretter.

Tout ce que je sais, c'est que les haut-parleurs lancèrent deux avertissements : un court puis un long. Mes cheveux se dressèrent sur ma nuque et je tombai à genoux sur la terre humide, les mains sur les oreilles, les épaules crispées en prévision de l'assaut.

Le bruit grilla tous mes nerfs. Il franchit la barrière de mes mains, couvrit les hurlements de mes centaines de camarades et s'installa au centre de mon cerveau.

Un flot de larmes jaillit de mes yeux. Je tentai d'enfoncer mon visage dans la terre… goût d'humus et de sang sur mes lèvres. Près de moi, une fille bascula en avant, la bouche ouverte en un cri que je n'entendis pas. Tout le reste devint flou.

Mon corps se crispa de plus en plus au rythme des modulations du son, se recroquevilla comme un morceau de vieux papier jauni. Quelqu'un me prit par les épaules et me secoua ; j'entendis mon nom – Ruby –, mais je fus incapable de réagir. Je sombrai dans le néant.

Puis le noir.

Et le silence.

# Un

La première victime fut Grace Somerfield.

Du moins la première dans ma classe du cours moyen. Je suis sûre que des milliers de gamins, peut-être même des centaines de milliers, avaient déjà succombé. Les gens avaient mis longtemps à comprendre… ou bien s'étaient arrangés pour ne rien voir alors que les enfants mouraient depuis longtemps.

Quand la nouvelle des décès s'était finalement répandue, mon école avait formellement interdit aux enseignants et au personnel de parler devant nous de la « maladie d'Everhart », ainsi nommée à cause de Michael Everhart, sa première victime connue. Bientôt, il avait été décidé de lui donner un véritable nom : neurodégénérescence idiopathique aiguë des adolescents… NIAA. Ensuite, ce ne fut plus seulement la maladie de Michael.

Les adultes, autour de moi, cachaient cette information derrière des sourires hypocrites et des démonstrations d'affection. Moi ? J'étais encore dans mon petit monde de princesse. Plus tard, je me suis demandé comment j'avais pu être aussi naïve, négliger tous les indices. Même les signes bien visibles, comme lorsque mon père, flic, s'est mis à faire beaucoup d'heures supplémentaires et à éviter mon regard. Ou lorsque ma mère m'a imposé un régime strict de vitamines et ne m'a plus jamais laissée seule, même pendant quelques minutes.

Mes parents contrôlaient strictement mon accès à Internet et à la télévision. La disposition de mes animaux en peluche sur mon lit me préoccupait beaucoup plus que l'éventualité de mourir avant mon dixième anniversaire.

Je n'étais donc pas du tout préparée à ce qui se passa le quinze septembre.

Il avait plu, la veille au soir, et mes parents m'envoyèrent à l'école avec mes bottes en caoutchouc rouge. En classe, on parla des dinosaures et on fit une page d'écriture, puis Mme Port, visiblement soulagée, nous libéra pour le déjeuner.

Mes souvenirs sont très nets.

Grace a été la première et ça n'aurait pas dû arriver. Elle n'était pas vieille, comme mon grand-père. Elle n'avait pas le cancer, comme Sara, l'amie de maman. Ni allergie, ni toux, ni plaie à la tête… Rien. Elle est morte d'un seul coup et, quand on a compris, il était trop tard.

Grace se tut soudain. Le gobelet qu'elle tenait glissa entre ses doigts et tomba sur la table. Elle avait la bouche ouverte, fixait un point situé juste derrière ma tête. Elle fronçait les sourcils, comme si on lui expliquait quelque chose de très compliqué.

— Grace ? dis-je. Ça va ?

Ses yeux se révulsèrent. Elle poussa un petit soupir, pas assez fort pour déloger la mèche de cheveux châtains posée sur ses lèvres.

On se figea et on eut sans doute tous la même idée : elle s'est évanouie. Une semaine plus tôt, Josh Preston avait perdu connaissance, sur le terrain de sport. D'après Mme Port, il n'avait pas assez de sucre dans le sang… Voilà le genre d'idioties qu'on nous servait.

Une assistante d'éducation se précipita vers nous. C'était l'une des quatre vieilles dames qui surveillaient alternativement la cantine et la cour de récréation.

Devant un public fasciné, elle allongea Grace sur le plancher et posa une oreille sur son T-shirt rose vif, tentant d'entendre un cœur qui ne battait plus. Puis elle se mit à crier. Bientôt, ses collègues et d'autres adultes nous entourèrent. On comprit vraiment que Grace était morte à l'instant où Ben Cho poussa sa main inerte du bout de sa chaussure.

Les autres élèves se mirent à hurler. Une fille, Tess, pleurait si fort qu'elle ne pouvait plus respirer. Beaucoup partirent en courant vers la porte du réfectoire.

Je restai assise parmi les repas abandonnés, paralysée par la terreur.

Il fallut que le responsable de la sécurité me porte dehors.

Grace est morte, pensais-je. *Grace est morte ? Grace est morte.*

Et ce n'était que le début.

Un mois plus tard, après les premières vagues de décès, les Centres de contrôle et de prévention sanitaires publièrent une liste de cinq symptômes, destinée à aider les parents à déterminer si leurs enfants risquaient d'être victimes de la NIAA. La moitié de mes camarades de classe étaient déjà morts.

Ma mère avait si bien caché ce document que je ne le trouvai que par le plus grand des hasards, un jour où je montai sur le plan de travail de la cuisine à la recherche du chocolat qu'elle dissimulait derrière les casseroles.

Le tract, orange vif, s'intitulait : *Comment déterminer si votre enfant est en danger.* Mme Port l'avait distribué quelques jours plus tôt. Elle l'avait plié en quatre et fermé avec trois agrafes, pour que nous ne puissions pas le lire.

RÉSERVÉ AUX PARENTS était écrit, souligné trois fois. Trois fois, c'était sérieux.

Je lus avec appréhension :

1. Votre enfant est soudain triste et renfermé et/ou se désintéresse brusquement des activités qui lui plaisaient.

2. Il éprouve de grosses difficultés à se concentrer ou se consacre si intensément à certaines tâches qu'il perd la notion du temps et/ou se néglige et se désintéresse des autres.

3. Il est victime d'hallucinations, de vomissements, de maux de tête chroniques, de pertes de mémoire et/ou d'évanouissements.

4. Il manifeste de violents accès de colère, des comportements à risque ou d'automutilation (brûlures, bleus et coupures).

5. Il présente des comportements ou des aptitudes inexplicables, dangereuses, ou bien s'en prend physiquement à vous ou aux autres.

SI VOUS CONSTATEZ L'UN DES SYMPTÔMES MENTIONNÉS CI-DESSUS, INSCRIVEZ VOTRE ENFANT SUR NIAA.GOV ET ATTENDEZ QUE L'ON VOUS INDIQUE DANS QUEL HÔPITAL IL VOUS FAUDRA LE CONDUIRE.

Après avoir lu, je repliai proprement le tract, le remis exactement où je l'avais trouvé et vomis dans l'évier.

Ma grand-mère téléphona dans le courant de la semaine et, avec la franchise qui caractérise les grands-parents, m'expliqua tout. De très nombreux jeunes de mon âge mouraient. Mais les médecins travaillaient et je ne devais pas avoir peur, parce que j'étais sa petite-fille et ne risquais donc rien. Il me fallait être sage et, si j'éprouvais des sensations bizarres, avertir mes parents.

Très vite, la situation, déjà préoccupante, devint terrifiante. Une semaine après l'enterrement de trois de mes quatre jeunes voisins, le président s'adressa au pays. Mon père et ma mère regardèrent son allocution en direct sur l'ordinateur et je l'écoutai, derrière la porte du bureau.

— Mes chers compatriotes, dit le président Gray, nous sommes aujourd'hui confrontés à une crise tragique menaçant non seulement la vie de nos enfants, mais aussi l'avenir de notre nation. Sachez qu'en cette période éprouvante nous, à Washington, prenons des mesures d'assistance aux familles affectées par cet horrible fléau et aux enfants ayant la chance d'avoir survécu.

« Pour l'éditeur, le principe est d'utiliser des papiers composés de fibres naturelles, renouvelables, recyclables et fabriquées à partir de bois issus de forêts qui adoptent un système d'aménagement durable. En outre, l'éditeur attend de ses fournisseurs de papier qu'ils s'inscrivent dans une démarche de certification environnementale reconnue. »

Édité par la Librairie Générale Française - LPJ
(58 rue Jean Bleuzen, 92178 Vanves Cedex)

*Composition Nord Compo*
Achevé d'imprimer en France par CPI (142919)
Dépôt légal 1re publication janvier 2016
40.3336.7/02 - ISBN : 978-2-01-397133-1
*Loi n° 49-956 du 16 juillet 1949 sur les publications destinées à la jeunesse*
*Dépôt légal* : août 2017